Narratori ◀ Feltrinelli

Lorenzo Marone
Magari domani resto

Stampa  Grafica Veneta S.p.A. di Trebaseleghe - PD

ISBN 978-88-07-03220-2

FSC
www.fsc.org
MISTO
Carta
da fonti gestite in
maniera responsabile
FSC® C021883

www.feltrinellieditore.it
Libri in uscita, interviste, reading,
commenti e percorsi di lettura.
Aggiornamenti quotidiani

IL RAZZISMO
È UNA
BRUTTA STORIA.
razzismobruttastoria.net

A quelli che resistono.
E tirano avanti.

Non sei tenuto a venerare la tua famiglia, non sei tenuto a venerare il tuo paese, non sei tenuto a venerare il posto dove vivi, ma devi sapere che li hai, devi sapere che sei parte di loro.

PHILIP ROTH, *Pastorale americana*

Io vivo qui

Non so se sia vero, ma ho letto che in Vermont le mogli hanno bisogno di un permesso scritto dal marito per farsi impiantare protesi dentarie, e che nello Swaziland le donne nubili non possono stringere la mano agli uomini. In Montana, invece, non hanno il permesso di andare a pescare da sole la domenica (?). In Florida possono essere arrestate se si paracadutano la domenica (?). Nello Utah non possono giurare. In Indonesia non devono sedersi a cavalcioni di una moto, in Arabia Saudita non possono guidare, in Arkansas un uomo può picchiare la moglie, ma non più di una volta al mese. In South Carolina è legale percuotere la moglie, ma solo la domenica, e solo sui gradini del tribunale, e prima delle otto del mattino (quindi bisogna organizzarsi per tempo).

Nel nostro Paese, per fortuna, le donne fanno ciò che vogliono (almeno nella maggior parte dei casi), perché, per fortuna, non esistono leggi tanto retrograde, stupide e maschiliste. E se pure esistessero, nel mio rione, per fortuna, nessuna femmena le rispetterebbe; qui i divieti non sono visti di buon occhio, al più si accettano i suggerimenti.

Siamo a Napoli, Quartieri Spagnoli.

Io vivo qui.

Il mio nome è Luce.

E sono donna.

Voglia d'alluccà

Alleria, il cane spelacchiato che vigila sulla mia vita ormai da un po', rizza le orecchie e manda un abbaio mentre lo stereo diffonde le note di Pino Daniele per tutti e trentacinque i metri quadrati (compresi il bagno e il balconcino che affaccia su un vicolo buio e umido) nei quali consumo le giornate. Finisco di truccarmi e rispondo al citofono.

"Luce, scendi? Sono io..."

"Già, sì, mò vengo!"

L'avvocato Arminio Geronimo ha settant'anni, è un ometto tarchiato, con due ciuffi di capelli ai lati della testa che sfidano la gravità, un paio di cespugli ispidi al posto delle sopracciglia, la barba al limite dello sfatto, la camicia sempre sbottonata dalla quale fa capolino la maglia della salute (oltre a qualche pelazzo bianco e a un crocifisso d'oro intarsiato, grande come un iPhone), e i denti storti e gialli che gli pendono dalla bocca. Insomma, non proprio un bel tipo. Il problema è che quest'uomo che mi saltella attorno da più di un anno è il mio capo, quello, cioè, che mi paga uno stipendio, seppur misero. Per tanto tempo è stato un noto avvocato matrimonialista, praticamente non c'è stata coppia negli ultimi quarant'anni a Napoli che non si sia insultata davanti e per tramite dell'avvocato Geronimo. Poi, suppergiù a metà degli anni novanta, è iniziato il boom delle truffe alle assicurazioni e il buon Arminio, da sempre una lince per quel che riguarda tresche extraconiugali e affari, ha fiutato l'osso e si è lanciato, lasciando il ramo dei divorzi al suo più stretto collaboratore, tale Manuel Pozzi.

In pochi anni Geronimo ha costruito un impero grazie ad amicizie influenti e alla totale assenza di peli sullo stomaco, mettendo in piedi un sistema che gira alla perfezione, dove tutti gli ingranaggi ruotano all'unisono per permettere a lui e ai suoi tanti compari di incassare cifre notevoli dalle assicurazioni che nulla possono. Arminio Geronimo è a capo di una fitta rete di persone che si adoperano ogni giorno per realizzare falsi sinistri e spillare migliaia di euro di risarcimento alle compagnie, le quali poi si rivalgono sempre sui più deboli, che sono costretti a pagare cifre fuori mercato per un semplice motorino. Ma questo, che poi è il motivo per il quale giro su un Vespone arancione dell'ottantadue scassato e senza scocche, è un altro discorso, e qui interessa parlare di Geronimo. Il suo gruppo conta molteplici loschi figuri dei Quartieri, dei Vergini, e di Forcella; alcuni sono semplici ragazzotti che ne approfittano per portarsi qualcosa a casa a fine mese, manovalanza a basso prezzo, ma altri, come Manella (così chiamato per le sue piccole mani che si infilano come serpi nelle borse delle signore in autobus), o come Pepp 'a gallina (per via delle gambe minute che reggono un busto possente), sono veri e propri esperti del settore e ciclicamente compaiono coinvolti negli incidenti, a volte come danneggiati, altre come responsabili, e in alcuni casi anche in qualità di testimoni. Manella, per di più, non ha nemmeno la patente, pur risultando implicato in oltre ottanta sinistri stradali. Geronimo, a ogni modo, nella sua posizione di preminenza, coordina e raccorda tutti i partecipanti all'attività criminosa.

La domanda che sorge spontanea è: perché la mia vita di donna onesta e un po' pignola, che paga le multe il giorno dopo la notifica, a un certo punto ha incrociato quella di Arminio Geronimo? Presto detto. Una volta terminata l'università, ho iniziato il lungo iter di galoppina fra i vari studi legali di Napoli e provincia. "Prima di imparare a fare l'avvocato, devi imparare a fare gli adempimenti." Così dicevano tutti.

Per mesi sono andata avanti e indietro sulla Vespa fra tribunali, studi legali, uffici notifiche e quant'altro, sotto la pioggia o con il sole cocente, finché un giorno ho detto basta: ero diventata la regina degli adempimenti, conoscevo tutti i tribunali della Campania, mi muovevo come un vip fra i corridoi dei palazzi di giustizia e sapevo ingraziarmi le simpatie dei cancellieri. Ma non ero in grado di scrivere una lettera di diffida, né un precetto. Perciò, quando mia madre mi parlò dello studio Geronimo, nel quale si imparava presto e si guadagnava da subito, non esitai un istante.

Insomma, la mia laurea in giurisprudenza con centodieci (la lode sarebbe stata la ciliegina sulla torta, ma nella mia vita, purtroppo, una caspita di torta con la ciliegina sopra non l'ho mai vista) è servita, fino a oggi, solo per sguazzare in un torbido mondo di truffaldini e furbetti. Con l'aggravante che io, al contrario di Arminio Geronimo, non mi sono neanche arricchita.

Comunque l'avvocato è un uomo rispettato nei vicoli della città, anche se non gode di uguale stima fra i suoi collaboratori e fra i colleghi, alcuni dei quali, a ragione, lo considerano per quello che è: un avvoltoio! Nessuno, però, ha mai avuto il coraggio di spiattellargli in faccia ciò che pensa, nessuno si è mai preso la briga di affrontarlo di petto, tantomeno le donne, con le quali quasi sempre si prende confidenze che nessuno gli ha dato. Tutti zitti, insomma, davanti a lui. Tutti, tranne me.

Un pomeriggio di qualche mese fa ero abbastanza su di giri, per non dire imbufalita, a causa del mio compagno di allora, il quale mi aveva comunicato con un breve sms di non essere più sicuro di volere una storia seria e che perciò aveva bisogno di un po' di tempo per riflettere. Mi ero chiusa nel bagno dello studio e lo avevo chiamato per urlargli in faccia che nessuno gli aveva mai chiesto di essere serio, che non avevo alcun bisogno di serietà, che, anzi, già ne avevo avuta fin troppa nell'infanzia e che adesso mi andava benissimo questa vita scalcinata e ironica che, almeno, sapeva come rubarmi un sorriso. Il fatto è che il miserabile la vita poco seria la voleva trascorrere comunque da solo, perciò fece le valigie e disse che mi avrebbe chiamata presto. Due giorni dopo seppi che era partito con gli amici per la Thailandia e gli scrissi un messaggio che pregai oltrepassasse la dogana, qualcosa tipo: "Spero tanto che farai una cazzata delle tue, di modo che la polizia thailandese ti trattenga lì per sempre!". E poi ci aggiunsi un bel "vaffanculo", che in tali casi ci sta sempre bene.

Alla fine non fu una gran perdita: nonostante all'inizio tentassi di convincermi del contrario, il bastardo non mi è mancato neanche un po'. Ho avuto solo un momento di vera crisi, la prima sera senza di lui, trascorsa davanti al computer con uno yogurt ai cereali. No, sto mentendo, non c'era nessuno yogurt, questo era il proposito del pomeriggio, quello che mi ero detta fra me e me, e cioè che lo scombussolamento non avrebbe compromesso la mia vita, la quale doveva, e sottolineo doveva, proseguire come nulla fosse. E fra le cose che scorrevano, anche se con molta fatica, c'era la mia perenne dieta.

Sono a dieta dall'età di quindici anni, dal giorno in cui un compagno di scuola con i lineamenti di un uomo di Neanderthal fece una battuta sui miei cuscinetti del sedere e poi scoppiò a ridere insieme agli altri australopitechi che lo accerchiavano. Siccome adesso di anni ne ho trentacinque, posso affermare con un certo orgoglio che la mia personale battaglia ai suddetti cuscinetti prosegue infaticabile da venti e passa anni, con alti e bassi. All'epoca della convivenza con il bastardo ero in netto vantaggio sulla cellulite, perciò mi ripromisi di non farmi spodestare dai miei acerrimi nemici cuscinetti per una banale delusione amorosa. Arrivata a casa, però, trovai il solo ronzio del frigo a farmi compagnia e tutti i buoni propositi si sbriciolarono all'istante; mi sedetti davanti al pc e mi scolai una bottiglia di birra accompagnandola con un pacco di Fonzies confezione famiglia acquistato dal bastardo solo tre giorni prima (la qual cosa per un attimo mi portò a pensare che anche i Fonzies facessero parte di un suo arguto piano, come se avesse voluto premunirsi da mie reazioni isteriche disseminando per casa una serie di sedativi naturali). Alla fine mi leccai le dita per bene e mi alzai per rovistare nella dispensa, dove trovai lui, il nemico numero uno, il barattolone di Nutella da un chilo ancora sigillato. "Dannato te, ovunque tu sia," sussurrai alla stanza vuota, e affondai il cucchiaino in quel ben di dio.

Fatto sta che riuscii a non piangere per l'intera serata, nonostante d'improvviso quella stanzetta al quarto piano di uno stabile fatiscente dei Quartieri mi apparisse più miserabile del miserabile che aveva appena fatto le valigie. Eppure quando avevo visto il monolocale, la prima volta, mi era sembrato un albergo di lusso. Forse perché mi permetteva di allontanarmi dalla presenza ingombrante di mia madre, o forse nel mio inconscio (con il quale ho tuttora poche frequentazioni) c'era nascosta una parte di me che desiderava credere alle favole romantiche. Insomma, io scambiai questo cesso di stanza ammuffita per un nido d'amore.

Il momento peggiore arrivò dopo cena, quando mi resi conto che bisognava gettare la spazzatura del giorno prima, operazione da sempre considerata da 'omm, come diceva scherzando il mio papà. Solo che quella sera di uomini nelle mie vicinanze, purtroppo o per fortuna, non ce n'erano, perciò afferrai con due dita il sacchetto puzzolente e scesi fra i vicoli silenziosi di un lunedì sera di inizio primavera. Arrivata ai bidoni, lanciai il sacchetto e girai i tacchi. Un guaito, però, mi fece bloccare e voltare d'istinto: non c'era nessuno in giro. Avevo appena ripreso a camminare quando arrivò il secondo lamento, che sembrava provenire proprio dai bidoni della spazzatura. Mi avvicinai e sporsi la testa: lì dentro, in un cartone dal quale sbucava solo il piccolo muso, c'era un cucciolo di cane che mi guardava con occhi lucidi.

"E tu che cavolo ci fai qua?" fu la mia prima reazione.

Subito dopo tornai a ispezionare la strada, ma anche stavolta non trovai anima viva, e per un attimo pensai di far finta di nulla e andarmene. Ma fu solo un attimo, lo giuro, quello successivo afferrai il cane e lo portai a casa bofonchiando contro i vermi che lo avevano abbandonato.

15

"E chi è 'stu suricillo?" chiese Patrizia, che stava fumando appoggiata al portone del nostro palazzo.

Patrizia è una ragazza simpatica che abita in una monocamera umida al piano terra, in quella che una volta doveva essere la stanza adibita a portineria. In realtà il suo vero nome è Patrizio, perché è un uomo dal naso aquilino e le mascelle squadrate, anche se a un certo punto ha deciso che essere femmina era più nelle sue corde, per cui ora se ne va in giro apparecchiato come una soubrette, con i capelli gonfi di lacca, alla Marilyn per intenderci, due linee di rimmel sugli occhi che neanche Cleopatra, le unghie lunghissime e colorate ognuna diversa dall'altra, il push-up fisso dal quale fuoriescono tette imbalsamate, e una minigonna che ha sempre difficoltà a coprirle le natiche, quelle sì davvero femminili. Insomma, Patrizia è un femminiello, come si dice da queste parti, un travestito che, racconta qualche malalingua, per campare fa la vita. Io in realtà non l'ho mai vista accompagnata, ma tant'è.

"L'ho appena trovato dentro a un bidone," risposi.

Lei strabuzzò gli occhi. "Ma tu guarda che brutta gente che esiste," commentò avvicinandosi con la solita camminata da vamp, e l'aria si riempì del suo profumo dolciastro. Dalla stanza alle sue spalle proveniva una musica pop di infimo livello seguita da una voce lamentosa in dialetto. Patrizia è anche una fan sfegatata dei neomelodici, che ascolta a tutto volume e a tutte le ore.

"Lo vuoi?" chiesi.

"Io?" fece spaventata, e portò le mani al torace.

"Eh..."

"E comme faccio, Lulù, non posso... ho mille cose da fare!"

Non so perché Patrizia ami chiamarmi Lulù. Di sicuro le piacciono i diminutivi, infatti si fa chiamare Patty, con la ipsilon, come tiene a precisare.

"Va be'," risposi, "allora per adesso lo porto da me", e mi infilai in ascensore.

16

"Brava Lulù, hai un grande cuore," ribatté lei gesticolando più del solito, e richiuse la porta.

È così che è entrato Alleria nella mia vita, in una sera triste nella quale pensavo di aver perso la dignità di femmina, una vita ordinaria, e la mia battaglia ventennale con il lardo. Gli diedi del latte e gli preparai la cuccia usando il cuscino del bastardo (il che mi diede una certa soddisfazione), poi, ancora vestita, mi tuffai sul materasso. Solo che il cane continuava a piagnucolare abbarbicato ai piedi del letto. L'avevo appena prelevato dall'immondizia, aveva il pelo cotonato e una specie di muco agli occhi; insomma, faceva abbastanza schifo. Titubai, ma alla fine pronunciai un "ma sì" e lo sistemai accanto a me. Lui iniziò a scodinzolare e si acquattò col muso sotto la mia ascella. Il giorno dopo lo portai dal veterinario e gli diedi quel nome: perché, proprio come la canzone di Pino, anche a me quella sera era salita nel petto una strana voglia di alluccà. E, soprattutto, perché fu mentre quel piccolo esserino mi leccava il gomito che decisi che la mia vita non l'avrebbe di certo cambiata l'avere un bastardo accanto e un nido d'amore scrostato nel quale rifugiarmi. No, la mia vita l'avrebbe trasformata l'allegria, anzi l'ironia, che da allora mi fa compagnia tutti i giorni e si prende gioco di me e anche di lei.

La vita appunto.

Arteteca

Ma dicevamo dello scontro con Arminio Geronimo, che resta pur sempre il mio capo. Insomma, ero così arrabbiata che dimenticai le finte buone maniere che di tanto in tanto sul luogo di lavoro adotto, e decisi di spiattellargli in faccia la verità. A dirla tutta il poverino fu abbastanza sfortunato nel convocarmi l'attimo seguente alla mia sfuriata telefonica con il bastardo. Mi presentai da lui con due schiocche rosse in faccia che nemmeno Heidi, la camicetta fuori dai pantaloni (non so come e quando fosse uscita, se alla prima bestemmia, che non posso riportare, o quando il bastardo aveva iniziato a balbettare frasi senza senso), i capelli scompigliati e il battito accelerato. Geronimo sollevò il capo, mi squadrò e disse: "Uè, Luce, e che hai combinato?".

Non risposi, e fu allora che l'avvocato pronunciò la frase che avrebbe cambiato per sempre il nostro rapporto: "Sembri appena uscita da una notte di sesso selvaggio", e si mise a ridere come un demente. A quel punto l'arraggio (che è sì una normale arrabbiatura, ma se non curata subito porta a picchi elevati di cazzimma) prese il sopravvento: mi feci ancora più rossa in viso e in petto (quando mi parte la cervella chissà perché il torace si fa del colore della carbonella pronta ad accogliere dodici salsicce), mi avvicinai alla scrivania con tre passi lunghi e ribattei: "Uè, avvocà, e a lei chi gliel'ha data mai tutta questa confidenza, mi scusi? Che ne sa di come faccio sesso io e, soprattutto, pensi a lei, che se a letto è trasandato come in ufficio, povera moglie sua!".

Lui sgranò gli occhi, con un balzo gettò la poltrona all'indietro contro il muro rigato, e rimase a scrutarmi. Poi tornò a poggiare le mani sulla scrivania e, dopo un interminabile minuto di silenzio, mi puntò gli occhi e disse: "Luce Di Notte, t'avess' licenzià per quello che hai appena detto, 'o ssaje?".

Luce Di Notte è il mio nome completo. Lo so, non è un nome, è 'na figura e merd', ma che ci devo fare se mio padre all'epoca fumava un po' troppi spinelli? In realtà sulla storia del nome potremmo starci un'infinità, perché ancora oggi non ho ben capito come andò. La mamma sostiene che lei voleva chiamarmi semplicemente Maria, papà, invece, spingeva per Stella. Da quanto dice la nonna, lì iniziarono le prime schermaglie fra i miei; nemmeno nata, già ero un problema per la famiglia.

"Stella Di Notte fa ridere," ripeteva mamma, e lui la guardava come a dire: "Ma perché non ci metti un minimo di ironia nella vita?".

Insomma, per mesi andarono avanti a scontrarsi su Maria, Stella, Luna e Rosaria. "Chiamiamola come tua madre, Rosaria," disse infatti un giorno lei, convinta che con quell'astuta mossa avrebbe infine vinto la guerra.

"Tu sì pazz'," fu la pronta risposta di papà.

Almeno, questo è quanto sostiene ancora oggi mia madre. "Il pazzo è sempre stato lui, ma nemmeno io che non lo lasciavo ero tanto sana," mi confidò una sera di tanti anni fa.

"Che ti piaceva di lui?" le chiesi allora, mentre guardavamo delle vecchie fotografie.

Mamma non ci pensò su neanche un attimo e rispose: "Non teneva paura di niente".

"Non aveva paura di niente," mi ripetei la sera nel letto, nell'ennesimo tentativo di discolpare ai miei occhi quel padre dissennato. L'uomo che una mattina di dicembre del novanta mi accompagnò a scuola e pronunciò la solita frase: "Picceré, mi raccomando...".

"Non sciupare la giornata! Sì, lo so, me lo dici ogni..."

"Brava, dammi un bacio. Ti vengo a prendere dopo."
Invece non venne, né la sera, né mai più. Scappò di casa quella mattina e dopo un po' partì per l'estero, e per molti mesi non sapemmo più nulla di lui. Poi, esattamente due Natali dopo, qualcuno telefonò a mamma per dirle che il marito era stato trovato morto in Venezuela, in circostanze ancora da chiarire. Sapemmo poi che l'avevano freddato in un vicolo di Caracas insieme a un romano, ma nessuno ci disse nulla sul movente dell'agguato, né abbiamo capito se i colpevoli siano mai stati presi. Non so perché si trovasse in Sud America e non so che cosa avesse combinato per farsi ammazzare, ma sono certa che non stesse facendo nulla di male, solo rincorrendo uno dei suoi tanti progetti strani e ambiziosi, e che deve aver pestato i piedi a qualcuno di grosso senza nemmeno accorgersene. Papà era fatto così, per lui tutto era un gioco e mai nulla meritava la nostra attenzione, men che meno preoccupazione. Dovrei odiarlo, come tenta di fare ancora mia madre, invece non ci riesco, e quando penso a lui mi viene da ridere, perché papà faceva ridere sul serio.

Nessuno, nel mio quartiere, a scuola o in un negozio, mi ha mai detto o chiesto qualcosa al riguardo, ma so che molti si sono fatti un'idea, che è anche la più semplice, e cioè che Pasquale Di Notte stesse lì a fare qualcosa di losco. Non saprò mai la verità, e nemmeno mi interessa conoscerla, mi basta continuare a pensare di lui quello che ho sempre pensato, che fosse una persona sì troppo semplice e ingenua per questo mondo, ma con una grande forza che probabilmente nemmeno sapeva di possedere. Dovrei detestarlo per tutto quello che ci ha fatto, per quello che non mi ha dato, invece gli sono grata per l'unico vero insegnamento che mi ha trasmesso: non avere paura di niente.

Comunque la storia del nome mica finì così. Quel furbacchione pensò bene di far sedimentare la faccenda e si disse pronto a chiamarmi Rosaria, come la madre. Perciò mi sarei dovuta chiamare proprio Rosaria Di Notte, che è un nome comune. Invece lui aveva tutt'altri piani per me, e lo rivelò solo dopo aver combinato il guaio, mentre mamma alluccava come un porco scannato (a detta, ovviamente, della nonna). "Mia figlia non avrà mai niente di comune, mettiti l'anima in pace!" ribatté lui, e chiuse il discorso per sempre.

Per farla breve, Pasquale, la mattina seguente alla mia nascita, si recò all'anagrafe per registrarmi e fece di testa sua, come sempre. Poi tornò in ospedale dove già tutti, nonna, zii, vicini di casa e parenti alla lontana, mi chiamavano Rosaria, e se ne uscì con la storica frase: "L'ho chiamata Luce, perché Stella Di Notte è una cosa normale, invece nostra figlia è qualcosa di straordinario, come la luce di notte appunto!" e si mise a ridere. A detta sempre di nonna Giuseppina (la mamma di mamma), nella stanza calò un inquietante silenzio prima che una vecchia zia scoppiasse a ridere esclamando: "Stu marito tuo tene sempre voglia 'e pazzià!".

Il problema è che sul punto Pasquale non aveva affatto pazziato. Mi chiamavo davvero Luce Di Notte. Il resoconto di ciò che successe dopo è ormai avvolto dalla nebbia e sul punto sono nate, negli anni, svariate leggende. Una di queste la raccontava sempre zio Mimì, il fratello di mia madre che ora non c'è più, al quale credo piacesse molto, durante le cene di Natale o a Pasqua, trovarsi al centro dell'attenzione, perché iniziava a bere come un dromedario fino a ubriacarsi e dedicava il resto del pranzo a narrare le sue strane storie, fra le quali un classico era proprio la nascita del mio nome. Secondo zio Mimì la mamma, nonostante la spossatezza e sebbene in quell'istante mi stesse allattando, si alzò dal letto con un guizzo felino e afferrò il marito per i capelli, per poi dar vita a uno strascino in piena regola, mentre le infermiere cercavano di riportare la calma in corsia. La versione di nonna mi sembra un tantino più credibile: secondo lei i due non si parlarono per settimane, tanto che papà, per farsi perdonare, fu costretto a comprarle un regalo costoso, un ciondolo d'oro giallo a forma di L.

"Così avrai sempre con te tua figlia a illuminarti il viso," disse mentre glielo allacciava al collo.

La frase, e il momento romantico che ne scaturì, è frutto della mia fantasia; in realtà non so se andò proprio in questo modo, ma a me piace pensarlo. Fatto sta che da allora mamma non si è più separata dal gioiello che porta ancora indosso. A chi negli anni le ha chiesto spiegazioni sulla provenienza del ciondolo, ha sempre risposto volgendo lo sguardo imbarazzato altrove e sussurrando: "È passato tanto tempo, chi s'arricorda...".

È che non le è mai piaciuto celebrare quel gesto di amore, come qualunque altra cosa buona abbia fatto papà, credo perché teme che in tal modo si possa scalfire l'odio che prova ancora nei suoi confronti, odio che per certi versi ha avuto il pregio di tenerla in piedi.

Per fortuna ci pensò nonna Giuseppina, che era sì vecchia, ma rincretinita no di certo, a ripristinare la verità: "Nenné," mi disse un pomeriggio di tanto tempo fa, "non stare a sentire a mammet', le cose che non valgono nulla ci accompagnano sempre per un breve periodo, poi le perdiamo o le dimentichiamo chissà dove. Quelle che amiamo, invece, le custodiamo con cura, le appendiamo al collo e le portiamo con noi. Le cose belle della nostra vita, sient' a me, quasi sempre ci sopravvivono".

Ma torniamo alla diatriba con il mio capo. Eravamo rimasti alla sua frase:

"Luce Di Notte, t'avess' licenzià per quello che hai appena detto, 'o ssaje?".

Arminio Geronimo fa parte di quella categoria di persone che quando desidera tenerti a debita distanza ti chiama per nome e cognome. Nel mio mondo, però, non basta di certo un nome e un cognome per far stare la gente al suo posto; nel mio mondo tenere le persone a distanza è un gran daffare quotidiano. Perciò ribattei subito, prima che lui potesse aggiungere altro: "Mi faccia capire, avvocato, lei può prendersi la confidenza e io no? E perché, perché sono femmina e lei è il mio capo? Cos'è, mobbing questo? O forse è uno di quei maschilisti insicuri ai quali piace fingere di avere le palle comandando una donna?".

Lui spalancò ancora un po' le palpebre e mi mostrò una simpatica serie di venuzze rosse spruzzate sul bianco degli occhi; doveva avere la pressione a mille e stava per prendergli un coccolone. Ma neanche se gli fosse esploso il cuore sarei arretrata. Per fortuna fu lui a fare un passo indietro, perché decise di buttarla sullo scherzo; sempre meglio che affrontare una ragazza nevrotica alla quale piace giocare a fare la vaiassa! Scoppiò a ridere e se ne uscì con questa frase: "Mamma mia, avvocato Di Notte, e comme sì pesante! Steve pazziann'!" e alzò le mani in segno di resa.

Fu un peccato, lo ammetto. Se solo quel giorno avessi avuto il coraggio di infierire, oggi non mi ritroverei con un tacchino lesso che mi si è abbarbicato addosso come una cozza. E infatti qualche settimana dopo mi si avvicinò e disse: "Andiamo a mangiare qualcosa quaggiù?". Sbuffai senza farglielo vedere e annuii, così ci ritrovammo a tavola insieme, in un'osteria dietro via Monteoliveto, e Arminio passò subito all'attacco: "Sei proprio carina con questo nuovo taglio di capelli!".

Il nuovo taglio di capelli, in realtà, non era frutto di chissà quale particolare tendenza, ma solo del bisogno di darci proprio un taglio. "Genny, taglia tutto!" avevo ordinato al mio parrucchiere sotto casa. Lui mi aveva squadrata un attimo e aveva detto: "Luce, ma sì sicura? Proprio tutto?". Avevo annuito e chiuso gli occhi. Quando ero uscita dalla "Boutique di Genny" (sì, ok, il magazzino di Gennaro), sembravo uno scugnizzo, con i capelli rasati nemmeno dovessi partire per l'Iraq, gli occhiali da sole e il giubbino di pelle. Facevo molto Top Gun insomma, e siccome, ho poi capito, ad Arminio Geronimo piacciono le schifezze a letto, quelle cose un po' strane tipo sadomaso, il mio nuovo aspetto mascolino lo affascinò assai. Perciò mi ritrovai a schivare i viscidi complimenti di un settantenne che si sarebbe volentieri fatto prendere a schiaffi sul culo da una trentaquattrenne.

"Senti, ma perché non mi dai del tu? Mi fai sentire vecchio altrimenti!"

Conscia della pericolosità della frase, restai in silenzio. Lui, allora, trovò il coraggio di compiere un altro passettino in avanti: "Te l'ho mai detto che sei proprio seducente?".

Al terzo commento inequivocabile (più o meno all'arrivo a tavola della mia cotoletta): "E sei anche simpatica, dovremmo frequentarci di più fuori dal lavoro!", lo stoppai, mi pulii la bocca e dissi: "Avvocà, nun è ccosa!" e rimasi a fissarlo per accertarmi che avesse capito. Ma lui non aveva capito un accidenti. "Cosa non è cosa?" chiese, e spalancò gli occhi come quel giorno, a regalarmi di nuovo lo spettacolo delle striature rosse che lo facevano assomigliare a un diavolo.

"Fra me e lei, non è cosa, non perda tempo! Non potrebbe funzionare. Io, lo vede, sono una che non sta mai ferma, tengo il ballo di San Vito, l'arteteca, come si dice qui da noi, una specie di magone qui, 'ncopp 'o stommaco. A me piacciono i guaglioni, però quelli un po' cattivi, con la testa sempre a pariare, quelli che non crescono mai e pensano solo a se stessi, che ridono di continuo e non si prendono sul serio. I Peter Pan, le cape di cazzo insomma. Non sono una di quelle donne alla ricerca di un padre, anche se un padre non l'ho mai tenuto, o l'ho tenuto per troppo poco. O, forse, lo sono e manco lo so, perché lui era proprio così, un fottuto allegro buono a nulla..."

Il silenzio ci divise per un attimo, prima che io tornassi a parlare: "Ecco, abbiamo messo subito le cose in chiaro. Ora, se si permette di licenziarmi o inizia a mettermi i bastoni fra le ruote, faccio scoppiare un casino che neanche immagina, e dico che mi ha infilato una mano fra le cosce e ha anche tentato di baciarmi, e le faccio passare un guaio".

Quando terminai di parlare, la cotoletta aveva smesso di fumare e Arminio Geronimo non aveva più saliva in bocca. Afferrò con mano tremante il bicchiere di vino e trangugiò di getto. Solo dopo mi guardò dritta negli occhi e ribatté: "Che donna che sei, Luce! Se avessi qualche anno in meno riuscirei a conquistarti! Comunque tieni la stoffa giusta per fare l'avvocato in questa fetente di città! Ok, hai vinto tu, amici e basta" e mi porse la mano con un sorriso. Ricambiai e mi dedicai alla carne ormai fredda.

Purtroppo quella stretta, avvenuta quasi un anno fa, sta iniziando a perdere la presa. Da un paio di mesi, infatti, l'avvocato Arminio Geronimo, l'unico essere di sesso maschile con il quale intrattengo un rapporto quotidiano (a parte Manuel, del quale non ho ancora parlato), colui che da un anno mi passa uno stipendio e mi permette di fare quello che ho sempre desiderato, la donna libera e anticonformista, è tornato alla carica con un più o meno velato corteggiamento.

Mi sa che è giunto il momento di arraggiarmi un'altra volta.

Il Signore se ne fotte degli addobbi

Solo che appena scendo per strada e lo trovo in piedi che mi aspetta fuori dall'auto, con le braccia al petto, il sole che gli illumina il viso scorbutico e il vento che gli scompiglia i pochi capelli rimastigli, tutti i buoni propositi se ne vanno a farsi benedire. È che l'atmosfera di inizio estate mi fa stare bene, il cielo terso, l'aria frizzante, il caos dei vicoli, l'odore di ragù genovese che sguscia da una finestra aperta, le risa dei ragazzi, tutto, stamattina, sembra essere al posto giusto, persino la vecchia Seicento incastonata da tre anni fra i paletti di quella chiesa sconsacrata. Persino Arminio Geronimo, che se non fosse qui sotto con la sua bella Mercedes decappottabile, il gessato e i Ray-Ban a goccia mi toccherebbe prendere l'autobus, e questo sì potrebbe rovinare la magia del momento. Perciò sorrido e mi avvicino, lui apre lo sportello e fa una specie di baciamano che mi lascia disorientata, perché a me nessuno mai ha aperto neanche la porta del bagno.

Quando ieri mi ha detto che sarebbe passato a prendermi, non ho fatto in tempo a celare una smorfia di disappunto e per un attimo ho anche pensato di sputtanarlo davanti a un cliente ricordandogli il discorsetto di qualche mese prima. Lui deve essersi accorto della riflessione perché si è affrettato ad aggiungere: "Ho una causa per te".

Ed eccomi qua, nella macchina superfiga di un vecchio rattuso insoddisfatto, a fissare il suo sorriso e a chiedermi quale sia questo benedetto lavoro, che dopo quasi due anni presso lo studio legale Geronimo & Partners (e stendiamo un velo pietoso sui partners), Arminio non mi ha mai ancora affidato nulla di serio, dicendo che dovevo prima fare pratica sul campo. "Si inizia con gli adempimenti," disse anche lui il primo giorno, "tutti abbiamo iniziato così."

"Avvocà," risposi, "ho fatto adempimenti per mesi e non ne faccio più!"

Lui si fermò a metà strada nel corridoio, si voltò e domandò: "In che senso?".

"Nel senso che non faccio più adempimenti. La laurea me la sono presa per fare l'avvocato, non la segretaria," ribattei a muso duro, e in testa mi ripetevo la solita frase che da sempre serve a farmi forza: "Non ho paura di niente!".

Lui rimase a fissarmi per un po', quindi scoppiò a ridere e rispose: "Vabbuò, allora mettiti appresso a Manuel!".

Se quella sera mi avesse mandata a quel paese, obbligandomi a proseguire negli adempimenti, forse le cose sarebbero andate meglio. Invece mi affidò alle cure del fatidico Manuel Pozzi, l'avvocato più *cool* dello studio Geronimo, un quarantenne che si sfonda di lettini solari, con la capigliatura alla Big Jim, sempre vestito di tutto punto, profumato come una zoccola, con i bicipiti gonfi e le mani curate. Uno che a pranzo va in palestra e quando torna si apre uno yogurt (e ti guarda pure con aria schifata perché ti stai sbafando il cornetto alla crema rimasto dalla mattina). Uno con la battuta sempre pronta (in genere a sfondo sessuale e classista) e molte sicurezze nelle tasche. Uno che piace, insomma, che in tribunale è sempre circondato da un capannello di colleghi che lo idolatrano e ridono alle sue battute stupide. Uno che scopa molto. E questo, più di ogni altra cosa, soprattutto più della sua preparazione, lo fa essere un vincente. Uno da imitare, da seguire, da farsi amico. Se hai il numero personale di Manuel Pozzi, allora sei uno che conta.

"'A primmavera ti rende ancora più affascinante," esordisce Geronimo una volta messa in moto l'auto.

Davvero non capisco cosa ci trovi quest'uomo di tanto attraente in me. Sì, ho lineamenti del viso puliti, forse una bocca carnosa e il nasino un po' all'insù, ma per il resto ho la stazza, il culo e il carattere di un bassotto. E, proprio come il cane, appena qualcuno di non gradito si avvicina troppo, inizio a ringhiare. Ma con Geronimo anche cacciare i denti sembra non sortire alcun effetto, perché lui va avanti imperterrito per la sua strada, convinto che alla fine riuscirà a farmi cadere. E a me, se non si è ancora capito, gli uomini che sono certi di poterti conquistare grazie alla loro posizione mi danno sui nervi, così come quelli troppo sicuri di sé, quelli che non hanno mai una titubanza e non sanno prendersi in giro. Perciò sono pronta a ribattere a modo, solo che l'avvocato decide di restarsene per un po' in silenzio e allora non bado più a lui e ne approfitto per godermi il refolo di vento che mi porta un po' di sole in faccia.

"C'è un parcheggio da queste parti?" domanda al primo incrocio.

"Un parcheggio? Che deve fare con un parcheggio?"

"Che si fa con un parcheggio? Si parcheggia, no?"

"Aveva parlato di un lavoro per me," ribatto e gli dedico uno sguardo accusatorio, lo stesso che uso quando mi fanno insospettire o arrabbiare, e allora divento brutta assai perché, senza accorgermene, allargo le narici, e poco ci manca che inizi a cacciare il fumo dal naso, come i tori furibondi nei fumetti.

"Il lavoro per te è qui, svoltato l'angolo," risponde lui soddisfatto.

"Qui?"

"Già."

"E perché è venuto con l'auto?"

L'avvocato si gira a guardarmi e, con aria perplessa, fa: "Perché, scusa, come potevo venire?".

"Con la metro? L'autobus? A piedi?"

"E poi non avrei potuto fare il frescone che ti apre lo sportello. Speravo almeno in un piccolo bacio innocente..." ribatte mentre accosta accanto a un bar e sale con le ruote sul marciapiede. Niente da fare, a settant'anni passati, con un'esistenza alle spalle priva di particolari delusioni o ferite, e una posizione economica agiata, Arminio Geronimo può considerarsi fra quei pochi eletti ai quali la vita ha deciso di non dare insegnamenti. Pertanto mi sento quasi in dovere di intervenire con un bel calcio assestato nelle parti basse, in modo da levargli il sorriso dal volto e un po' di sicurezze. È che bisogna sedersi a tavola con il dolore almeno una volta nel corso dell'esistenza se si vuol entrare a far parte della ristretta cerchia di esseri "umani". Ma di queste cose, in fondo, Arminio Geronimo, e i compari buzzurri dei quali si circonda, che cosa possono sapere.

La colpa della frequentazione con Geronimo è da attribuire a mia madre, la quale da un po' di anni ha preso una brutta fissa con la religione e la Chiesa, al punto da conquistare, non senza sacrifici, l'ambitissimo doppio titolo di catechista e sacrista, grazie a don Biagio, il parroco della zona al quale piace molto dispensare consigli e cariche più o meno inutili. Mamma, insomma, oltre a insegnare il catechismo ai bambini, ha anche il gravoso e importante compito di mantenere in ordine l'altare. Ogni giorno, quindi, acquista centinaia di fiori che dovranno poi essere potati e raccolti in mazzi per dare vita a sempre nuove decorazioni. Una mansione tutt'altro che agevole, in quanto ogni settimana bisogna addobbare almeno sei angoli della parrocchia oltre all'altare, ovvio. Se usasse tutto quel tempo per aiutare chi ha davvero bisogno, invece di star lì a menarla con la storia dei fiori e di cambiare l'acqua ai vasi, la sua vita sarebbe spesa meglio e, soprattutto, quella di altre persone potrebbe essere un tantino migliore. Una volta provai a farla ragionare, ma lei rispose che è importante che la casa del Signore abbia sempre nuovi ornamenti e fiori freschi, allora sbuffai e passai oltre. "Che io sappia, il Signore ha sempre parlato di carità, non di fiori. Il Signore se ne fotte degli addobbi," avrei dovuto risponderle, ma la conversazione ci avrebbe portato verso strade inesplorate e non avevo né tempo, né voglia di litigare. Da allora, ogni qualvolta mia madre inizia a tessere le lodi di don Biagio, mi metto a canticchiare tra me e me una canzone; è l'unico modo certificato per non farmi venire l'ulcera.

A ogni modo, fu lei a chiedere al parroco se conoscesse qualche studio legale dove farmi fare pratica. E don Biagio fra le sue potenti amicizie annoverava purtroppo anche Arminio Geronimo, il quale in un primo momento disse di no, ché aveva già tanti collaboratori, poi rispose "vediamo" e, infine, alla terza volta, fu costretto ad accettare un colloquio.

Il fattore decisivo che suscitò in lui simpatia nei miei confronti non fu tanto il mio grado di preparazione (non mi fece alcuna domanda al riguardo), quanto piuttosto il fatto che alla famosa chiacchierata presso il suo studio di via Monteoliveto mi presentai con indosso un paio di jeans e una giacca con sotto un top un po' scollato. "Elegante ma sportiva," aveva commentato mamma nell'accompagnarmi alla porta. Elegante ma sportiva. Eppure, come detto, non fu l'eleganza a convincere l'avvocato, né la mia parlantina ad abbagliarlo, né tantomeno la sfrontatezza o la preparazione. Fu solo un piccolo quanto decisivo dettaglio.

Si dice che la vita si dipani in modo imprevedibile e che i bivi che ci portano a cambiare strada spesso si presentino senza motivo, per una circostanza accidentale, un po' di fortuna o sfortuna. Nel mio caso, invece, furono un paio di zizze a mutare il corso degli eventi.

Una baraonda di ragazzini urlanti invade la strada come uno sciame di api impazzite e corre verso la mandria di genitori appostati poco più in là. Con Arminio siamo seduti a un bar dall'altro lato della carreggiata e io mi sono appena accesa una sigaretta. Il sole è alto in cielo e da quegli alberi in fiore sono certa sarebbe possibile ascoltare il cinguettio dei passerotti che ci ricordano che la primavera sta, infine, cedendo il passo all'estate, se non vi fosse questo plotone infinito di motorini che sfrecciano su e giù suonando il clacson a festa.

Arminio mi fissa con il solito sguardo da pesce lesso che si sente irresistibile e sorride nel completo elegante del tutto fuori luogo rispetto al contesto. Appare come sempre disinvolto, oserei dire felice, quasi stessimo prendendo un caffè che prelude a un amplesso epocale. Io invece fumo nervosamente e ogni tanto mordicchio le pellicine degli indici per placare un po' la curiosità di conoscere quale sarà la mia prima causa.

"La vedi quella donna?" fa lui all'improvviso, e punta gli occhietti da roditore verso la scuola elementare di fronte.

Emetto un grugnito e inarco le sopracciglia per mettere a fuoco la scena.

"Quale donna? Sono quasi tutte donne!" commento.

"Quella con la coda di cavallo e i tacchi che sembrano dei trampoli, truccata come una matrona romana, che adesso sta abbracciando il figlio..."

"Ok, ce l'ho a fuoco."

"È lei la tua causa," ribatte l'avvocato, e finisce di sorseggiare il caffè.

"La mia causa? Che significa?" chiedo disorientata. Spengo la sigaretta e mi faccio attenta. Lui, con lo sguardo ancora fisso sulla donna, aggiunge: "La situazione è delicata, Luce. La signora è separata dal marito e quest'ultimo vorrebbe ottenere l'affidamento del figlio perché sostiene che la moglie sia irresponsabile, di vedute diciamo così 'aperte', e berrebbe pure".

Dedico un'occhiata alla mamma che ha appena tolto lo zaino dalle spalle del figlio e se l'è sistemato sulle sue. "Quella? A prima vista non sembrerebbe..."

"Come fai a dirlo? Che c'hai, i superpoteri? Luce, m'arraccumann', si tratta di un caso delicato, ma mi fido di te, devi trovarmi qualcosa, qualunque cosa dimostri che chella femmina nun è 'na buona madre."

L'avvocato Geronimo ha sempre un tono di voce rauco e mentre parla fa partire anche qualche schizzetto di saliva in varie direzioni. Conoscendolo, ho avuto premura di sedermi a distanza di sicurezza.

"In che senso, scusi?"

"Nel senso che abbiamo bisogno di prove."

"Allora non è lei il nostro cliente?"

L'avvocato sorride e mi guarda con aria compassionevole. "No, è il marito."

Sbatto le palpebre e indietreggio con il collo, per poi tornare a fissare la donna. Solo dopo mi rivolgo a Geronimo. "Mi faccia capire, perché forse sono scema. Dobbiamo spiare la controparte? È questo che mi sta chiedendo? Di giocare sporco?"

Lui si sfila gli occhiali da sole e mi scruta con pazienza

prima di ribattere: "Luce, non iniziare a fa' burdello o a metterti dalla parte sbagliata. Quella donna è una cattiva madre, e noi vogliamo solo il bene del bambino".

Sarà per solidarietà femminile, o perché in quella figura rivedo la mia di madre, costretta a crescere me e mio fratello da sola, ho un rigurgito rivoluzionario: "Perché, siamo certi che il nostro cliente sia un buon padre?".

Geronimo stringe i denti, ora visibilmente alterato, e replica: "Il 'nostro' cliente è chino 'e sord' e ci paga assai, e a noi questo solo deve interessare. Però vuole risultati sicuri. E noi gli daremo i risultati. È così? Ti ricordo che facciamo gli avvocati, non gli assistenti sociali. Se il nostro cliente si dice convinto che quella non sia una buona madre, noi gli crediamo. O quantomeno facciamo le nostre valutazioni. E questo ti sto chiedendo, di guardare e giudicare".

"Mi sta chiedendo di spiare," ribatto dura.

"Non è il termine esatto. Le cose possono sembrare diverse a seconda dell'angolazione da dove le guardi," fa lui e si avvicina col busto. Poi aggiunge: "Mettiamola così: e se grazie alla nostra piccola indagine riuscissimo a salvare un bambino? Se davvero quella donna fosse un'inetta? Non sarebbe giusto toglierle il figlio e affidarlo al padre?".

Vorrei replicare qualcosa, ma non so che dire, perciò resto a fissare il volto di questo brutto essere, e capisco finalmente chi mi ricorda: Gargamella, il cattivo dei Puffi. Sì, è proprio lui, solo un po' più vecchio.

"È il lavoro giusto per te!" riprende.

"Pensavo di fare l'avvocato, non il detective."

"Uffa, Luce, comme sì petulante. Prenditi 'sta causa e chiudi un po' la boccuccia per favore. È un lavoro importante, e lo do a te perché mi fido e perché 'a signora abita nel vicolo parallelo al tuo. Ti sarà semplice capire che combina, è della tua zona, sicuramente conoscerai tutti nei Quartieri, sai come la gente ragiona qui, come si comporta..."

"A parte il fatto che non so cosa pensi la gente e neanche mi interessa saperlo, ché tanto prima o poi me ne andrò, questo al mio paese si chiama 'pedinare'."

"Che parolone! Cerca di vedere come si comporta con il figlio, semmai fai qualche domanda in giro."

Di fronte al mio silenzio, lui si fa serio e chiede: "Preferisci che dia il lavoro a Manuel?".

"No," rispondo di getto, "me la vedo io."

L'idea di spiare la gente non mi piace per niente, solo che ho un affitto da pagare, un cane al quale badare, e una mamma che ogni giorno mi chiede perché non torno a vivere da lei, ché siamo entrambe sole e potremmo farci compagnia. Io la fine della zitella la posso pure fare, anzi diciamo che sto iniziando a entrare in confidenza con la prospettiva, ma la fine della zitella che accudisce la povera mamma sola è troppo. Perciò fumo e mi faccio piacere questa specie di lavoro che mi ritrovo per le mani e questa specie di Gargamella che mi corteggia senza remore.

"L'indirizzo della signora," prosegue con fare sbrigativo, "proprio a due passi da te" e mi porge un incartamento, "si chiama Carmen Bonavita, trentasette anni, nullafacente e nullatenente. Il fitto della casa lo paga il marito, che le passa pure gli alimenti, ovviamente."

In quell'"ovviamente" ci sta tutto il pensiero camorristico-maschilista-fascistoide del mio capo, ma siccome sono stanca e voglio liberarmi di lui quanto prima, afferro le carte e amen, mentre la donna si allontana con il figlio per mano.

Geronimo lascia cinque euro sul tavolino e mi invita ad alzarmi per avviarci verso l'auto, che si apre con un *bip*. Prima di salire torno a guardare il bambino che saltella mentre racconta qualcosa alla madre: ha un bel caschetto castano chiaro e indossa un paio di scarpe da ginnastica giallo fluorescente. E, cosa più importante, ha lo sguardo sereno.

"Il figlio come si chiama?" domando.

"Il figlio ha sette anni e si chiama Kevin."

"Kevin?" e mi produco in una smorfia di disgusto.

"Kevin," ribatte l'avvocato e s'infila sorridente nell'abitacolo.

L'impeto di solidarietà per la giovane mamma è già un ricordo lontano.

'A freva

Si chiama "freva", ed è quel particolare sentimento tutto partenopeo con il quale si descrive una sensazione di malessere che non è solo e semplicemente, come da traduzione, febbre, ma qualcosa di più violento e viscerale. Come tutti i sentimenti, anche la freva è difficile da spiegare, bisogna provarla sulla propria pelle. Allora ho pensato di fare così: illustro la causa scatenante che ha prodotto in me il sopravvenire di questa maledetta sensazione con la quale convivo spesso, ché di mio sono già abbastanza frevaiola. Insomma, tornata a casa dopo l'incontro con l'avvocato Geronimo, ho infilato il guinzaglio ad Alleria e siamo scesi fra i vichi. Sarà che alla sua padrona piace poltrire la mattina fino a tardi (quando mi è possibile), fatto sta che il mio è un cane un po' atipico, pigro da far paura e, soprattutto, intrattabile nelle prime ore del giorno.

In questo mi ricorda molto mio fratello. Quando vivevamo ancora entrambi sotto lo stesso tetto, per un periodo cominciò a svegliarsi quasi ogni giorno verso l'ora di pranzo e solo dopo innumerevoli richiami di nostra madre si sedeva a tavola con la testa calata nel piatto e non diceva una parola per l'intero pasto. E se provavi a iniziare una discussione (cosa che, in realtà, faceva solo mamma, la quale ha il dono, perché di dono si tratta, di non imparare mai dal passato), Antonio mugugnava qualcosa e si imbestialiva sempre di più, finché o lui era costretto ad alzarsi e tornare a letto, o tu (e col tu intendo io) gli dovevi soltanto chiavare il piatto di pasta e patate in faccia.

Ecco, Alleria è molto simile ad Antonio: se gli infili il guinzaglio prima delle undici, si impunta e si rifiuta di scendere. "Ho sonno, e fuori fa freddo," sembrano dire i suoi occhi. Per fortuna il pavimento di piastrelle scivoloso mi fornisce una grossa mano, così posso trascinarlo con forza fino alle scale. A volte però si incaponisce sul serio, allora, dopo circa dieci minuti di lotta, lo mando a quel paese e scendo nervosa, e poi semmai rispondo male a Manuel, che quasi sempre non c'entra niente. Il fatto è che la vita di un povero cane già è breve e non molto avventurosa (se non altro quella del mio), che almeno facesse come gli girano le cervella, penso dopo un po', e mi acquieto, giusto il tempo di tornare per pranzo e trovare una pisciatina nell'angolo accanto alla porta d'ingresso.

Comunque no, non intendevo questo quando parlavo di freva, anche se la guerra di nervi con Alleria spesso mi porta a provare qualcosa di simile. In realtà il sentimento che ho provato a illustrare è qualcosa di ben più potente, che ti corrode e lacera dentro. Perciò mi conviene tornare a narrare anziché tentare di spiegare. Insomma, una volta per strada, ho scortato silenziosa Alleria per una ventina di minuti fra i vicoli sotto casa, poi mi sono infilata nel solito bar per prendere il solito caffè. Qui, vista l'ora di pranzo, c'era solo Sasà dietro al banco, un ragazzo secco secco, poco più piccolo di me, i capelli a spazzola, brillanti ai lobi e un tatuaggio sul collo. Appena mi ha vista, ha esordito: "Uè, picceré, e che fine hai fatto?".

Solo a due persone permetto di apostrofarmi col termine "picceré": Sasà, per l'appunto, e Antonio, mio fratello. Antonio mi chiama così perché lo faceva papà, e Sasà perché lo fa Antonio, che è il suo migliore amico.

"Sto abbastanza incasinata in questo periodo," ho ribattuto.

Senza che chiedessi nulla, lui mi ha preparato un caffè macchiato, quindi è uscito da dietro al banco e si è messo a giocare con Alleria, che quando si tratta di pariare è il numero uno.

"Lo sai chi è passato di qua l'altro giorno?" ha detto poi Sasà, ancora inginocchiato accanto a Cane Superiore.

Sì, lo chiamo anche "Cane Superiore", perché sarà pure pigro e viziato, ma ha un'intelligenza più sviluppata rispetto a tanti esseri umani con i quali mi intrattengo durante il giorno.

Ho guardato incuriosita il mio interlocutore, il quale si è sollevato in piedi e ha aggiunto: "Il tuo ex".

"Il mio ex?" ho chiesto con voce stridula e naso arricciato.

Sasà è scoppiato a ridere e ha risposto: "Sì, proprio lui. Nun l'aggio riconosciuto subito, poi mi ha salutato e ho capito".

"E che vuleva?"

"Sta cercando una casa da queste parti."

"Una casa?"

"Una casa. Ha detto che si è trovato bene in zona e i fitti sono buoni."

"E tu che gli hai detto?"

"E che gli ho detto, che mia cugina fra poco lascia l'appartamento perché ha avuto 'nu criaturo... l'affitto è buono, poteva provare a parlare con lei. Perciò gli ho dato il suo numero di cellulare."

"Così gli hai detto?"

"Eh."

"Sasà, ma fuss' addiventat' scemo tutto a un tratto? Che fai, lo stronzo vuole venire a vivere a due passi da me e tu gli stendi il tappeto rosso?"

Lui si è messo a ridere di nuovo e ha risposto: "Luce, ma tu che vvuò a me, pensavo che non te ne importasse più!".

"Scusa, ma sei deficiente?" ho alzato la voce. "Lui è il mio ex?"

Sasà mi ha guardata senza sapere che cosa rispondere.

"È il mio ex, sì o no?"

"Sì," ha fatto, accompagnandosi con il movimento del capo.

"Embè, la parola 'ex' non ti dice niente?" e ho accostato la mano all'orecchio. "Un ex è qualcosa di andato, appassito, facente parte del passato, peruto."

Lui ha continuato a fissarmi come fossi una matta.

"E a me il passato non piace, non sono come la maggior

parte delle persone che idealizza i tempi andati, come se nel passato tutto fosse sempre stato perfetto. È 'na fesseria, Sasà, un'illusione, ci fa più comodo ricordare solo le cose belle, perciò il tempo già vissuto ci sembra perfetto! Ma, perché, secondo te nel passato le stronzate non le facevamo lo stesso?"

"Sì, Luce, aggio capito, ma..." ha tentato di interrompermi, solo che ormai ero partita.

"Insomma, a me girarmi indietro troppo spesso proprio nun me piace, perché poi mi vengono 'e duluri reumatici, il torcicollo."

Poi finalmente mi sono zittita, perché avevo bisogno di riprendere fiato e perché, d'un tratto, mi sono ritrovata senza più nulla da dire, e allora ho notato che Alleria si era seduto per terra e si stava leccando una zampa, come fa sempre quando si annoia, e che Sasà, invece, era arretrato quasi di un metro verso il bancone.

Devo essere sincera, la prima cosa alla quale ho pensato è stata l'alito, e poco ci mancava che mi portassi la mano alla bocca per controllare. Ero digiuna, avevo da poco bevuto il caffè, c'erano buone probabilità, insomma, che avessi marchiato a fuoco il mio amico con l'appassionato monito. Ma non ho più avuto tempo e modo di riflettere sulla questione perché Sasà ha gettato gli occhi oltre le mie spalle e ha detto: "Prego".

Mi sono girata di scatto e ho visto un uomo sulla cinquantina, volto scuro e scolpito dalle rughe, barba bianca e sfatta, con ogni probabilità un operaio (indossava una semplice t-shirt blu e un pantalone grigio macchiati di calce), con già i cinque euro in mano, pronto a ordinare. Mi sono fatta da parte prendendomela col povero Alleria che si era piantato per terra e non si spostava di un millimetro, e l'uomo si è aggrappato al banco per ordinare una Peroni. Solo dopo si è girato verso di me e ha commentato: "Signò, avite raggione vuie, i ricordi so' pericolosi! Quelli brutti" e ha alzato il pollice grosso e calloso in aria, "fann' male, e quelli belli... comunque fann' male 'o stess'!". Poi ha afferrato la birra ghiacciata con una mano e il resto con l'altra, mi ha sorriso, ha fatto un cenno col capo a Sasà, ed è sgattaiolato fuori.

Ho guardato il barista interdetta per qualche secondo e alla fine ho chiesto: "Lo hai visto anche tu?".

"Cosa?"

"Quell'uomo, l'operaio."

"Eh."

"Non me lo sono inventato?"

"Ma che vai dicenne, Luce?"

"No, scusami, è che per un attimo ho pensato che fosse stata un'allucinazione: un muratore che nei Quartieri Spagnoli attende una Peroni e dispensa lezioni di filosofia!"

Sasà ha riso, io mi sono avvicinata (fregandomene del problema alito) e ho detto: "Comunque, per tornare al discorso di prima, ti perdono. Sei giovane e non sai quel che fai...".

"Uè, picceré, ho solo due anni meno di te!" ha gonfiato il petto lui.

"Se vuoi continuare ad avere il privilegio di chiamarmi picceré, telefona a tua sorella e dille di non dare la casa al bastardo," ho ribattuto puntandogli l'indice contro. Poi gli ho afferrato la nuca e ho piantato gli occhi nei suoi. Lui mi è sembrato colpito e, forse, anche un po' imbarazzato, perciò ne ho approfittato: "E comunque, ninnillo, ricorda: ho solo due anni più di te, ma quei due anni so' stati 'na vera schifezza. E avere a che fare con lo schifo ti porta a dare del tu alla vita. Tu le dai del tu?".

Sasà non ha risposto (credo non stesse capendo nulla della nostra conversazione), così gli ho dato un bacio sul naso, ho fatto un cenno ad Alleria, e sono uscita senza voltarmi.

Il bastardo che cerca casa nei paraggi mi fa torcere lo stomaco, mi fa sentire così piena di rabbia e livore che quasi mi verrebbe voglia di prenderlo a mazzate. È come se lo facesse apposta, come desiderasse sfottermi, e al solo pensiero la pressione massima mi zompa a duecento, mi vengono le extrasistole, e sento il bisogno di muovere di continuo i muscoli delle gambe e delle braccia per smaltire l'adrenalina accumulata.

Ecco, chesta è 'a freva.

Il soldatino di marzapane

Siccome Alleria non ne vuole sapere di tornare a casa, e siccome non ho alcuna intenzione di farmi intossicare la giornata da chi nemmeno è più al mio fianco, decido di scendere verso via Toledo, una delle principali arterie dello shopping napoletano sulla quale i vicoli dei Quartieri si riversano uno dopo l'altro, come affluenti del grande fiume a valle.

Passeggiare per via Toledo non è cosa semplice, devi essere vigile e saper schivare la massa di gente che cammina inebetita scrutando le vetrine. Ad Alleria non piace granché andar per negozi, con tutte quelle persone che si accalcano e intralciano il cammino, a stento spostandosi all'ultimo per non calpestargli una zampa. E infatti, appena sbuchiamo nel marasma, si impunta e sono costretta a fare la vocina dolce per smuoverlo. È una guerra di nervi quotidiana fra me e lui, che è sì un cane intelligente, ma non ha la cazzimma, che è una cosa tutta umana. Io ne ho in abbondanza e la uso a mio piacimento, quando mi è utile, come in questo caso. Insomma, per farlo camminare mi tocca indicare un punto imprecisato davanti a noi e poi sussurrargli nell'orecchio: "Guarda chi c'è!".

A quel punto lui, come folgorato, solleva la testa, drizza le orecchie, scodinzola, e allunga il passo, alla ricerca del fantomatico personaggio che di lì a poco incontreremo sulla nostra strada e che nella sua testa, immagino, lo riempirà di coccole e grattini. Con un simile trucco riesco a percorrere qualche centinaio di metri in santa pace, dedicandomi alle vetrine e ai tipi di passaggio, e mi scopro divertita nel constatare la stupidaggine del genere maschile. Durante il mio breve tragitto, infatti, incrocio lo sguardo con tre uomini di età diverse, ma il movimento oculare di ognuno di loro è sempre lo stesso: occhi nei miei occhi, rapido spostamento verso le tette, ritorno agli occhi.

Avere la prova che tutti i maschi sono fatti con lo stampino di certo non aiuta a riequilibrare il karma, eppure il loro modo di agire sempre uguale suscita in me una certa ammirazione. Occorre una buona dose di abilità e un chirurgico sfruttamento del tempo a disposizione per racchiudere in quel magico istante un movimento oculare degno di un falco. Perché il tutto nasce e finisce nell'intervallo di uno sbadiglio, poi, inevitabilmente, i movimenti contrari dei corpi portano gli occhi della suddetta tipa e, soprattutto, la sua attenzione (che per un intervallo infinitesimale è stata tutta per te, sì, proprio per te) lontano per sempre. Perciò c'è il rischio che, se non calcoli bene timing e distanza, quando, di ritorno dalle tette, sollevi lo sguardo verso i suoi occhi, lei già non ci sia più, risucchiata dietro le tue spalle. E allora la natura, nel corso dei millenni, ha pensato bene di aiutare l'uomo a risolvere il problema permettendogli di sviluppare capacità straordinarie che neanche sa di possedere. In questi brevi e poetici incontri di sguardi che da sempre si ripetono senza sosta lungo le strade di tutto il mondo, come i flash delle foto a un concerto, o come il luccichio di mille lucciole nel buio, è racchiusa la grande capacità dell'uomo di evolversi per sopravvivere.

Da qui ecco il mio stupore, che non mi fa incazzare ma quasi mi porta a sorridere quando l'ennesimo vecchio rattuso compie il rituale su di me. Perché in lui non scorgo tutta la miseria del genere maschile, piuttosto la grandezza dell'umanità, che per riprodursi ha imparato persino a impratichirsi con le nozioni di fisica.

D'un tratto una statua vivente attira la mia attenzione: è un soldatino, sì, proprio uno di quei classici soldatini di plastica che un tempo si acquistavano in edicola. Mio fratello li amava così tanto che, a volte, per fargli un dispetto, mi forzavo di giocarci io, di modo che lui fosse costretto a concedermi il permesso, altrimenti mamma si sarebbe arrabbiata e avrebbe detto: "Antonio, non fare il geloso, non c'è cosa peggiore che essere possessivi. Sono oggetti, plastica e nulla più, giochi privi di valore. Vuoi mettere con la gioia di aver fatto felice tua sorella?".

Io mica mi sentivo granché felice mentre inventavo storie stupide con quei cosi di plastica, però mi beavo dello sguardo frustrato di Antonio alle mie spalle, che ogni tanto cercava di intervenire perché, a suo dire, stavo sbagliando la disposizione sul campo dei singoli soldati. Quelli inginocchiati, infatti, dovevano essere messi davanti a quelli in piedi o, al più, appostati su una sporgenza di roccia (va be', sì, la credenza andava bene lo stesso), così da fungere da vedetta. Io però me ne fregavo di tutte le pesanti disposizioni e facevo a capa mia, anche perché mica li costringevo davvero alla guerra i soldatini, ché a me la guerra non è mai piaciuta, e nemmeno i film pieni di sangue. Io, al contrario, inventavo storie di tradimenti, passioni, roba sentimentale insomma, anche se a lui non lo dicevo, altrimenti avrebbe spifferato tutto a mamma, la quale, giustamente, mi avrebbe rispedita a giocare con le Barbie. Invece lei mi guardava sorridendo e commentava: "Il mio maschiaccio!".

Non si dovrebbe dire una frase del genere a una ragazza, si rischia di confonderla. E infatti un po' confusa dal punto di vista sessuale lo sono stata, almeno i primi anni dell'adolescenza. Mi piacevano pochissimi ragazzi, ed ero anche abbastanza pretenziosa, nemmeno avessi il fisico di Madonna al posto dei famosi cuscinetti. Ricordo che in seconda media fui attraversata da una primavera ormonale che mi scombussolò e mi fece esplodere le due minute sorelle che ancora porto in petto. D'improvviso non avevo occhi che per un ragazzo, uno di terza, e ogni volta che mi imbattevo in lui il cuore iniziava a pompare come un forsennato e le guance mi diventavano del colore delle ciliegie, tanto che una mattina, rientrata in classe, l'insegnante si preoccupò temendo che avessi preso un colpo di sole. Il fatto è che quel ragazzo era per me una specie di dio, un Apollo, con i lineamenti perfetti, la boccuccia a forma di cuore, il naso piccolo e proporzionato, i capelli biondi e lunghi che gli cadevano sulle spalle, la pelle dorata, e nemmeno un filo di barba. In effetti, ci misi poco a fare due più due e a comprendere che il mio dio più che ad Apollo assomigliava ad Atena. Di lì all'attacco di panico fu un attimo.

Le mie compagne erano tutte innamorate pazze di tal Gaetano, un energumeno scuro scuro, con i capelli rasati da marine, lo sguardo truce e il nero sotto le unghie, che passava tutte e cinque le ore nel cesso a fumare. Eppure loro sostenevano che fosse bellissimo e facevano a gara per ottenere l'attenzione di quel vero esemplare di maschio. Ben presto iniziai a farmi delle domande: mi piacevano le donne e non lo avevo ancora capito? Ero lesbica? Non provavo attrazione per le mie amiche, però non potevo negare che subissi il fascino degli uomini effeminati; il bicipite gonfio e lo sguardo sicuro per me erano seducenti quanto le cosce di una ballerina in televisione. Per fortuna a chiarirmi le idee arrivarono gli anni di ragioneria e, soprattutto, Raffaele, il mio primo grande amore. Fu lui a farmi comprendere definitivamente che non erano le donne a piacermi, ma la gentilezza. Che non avevo mai conosciuto.

Ma dicevamo della statua vivente, che poi non è altro che un artista di strada. Mi avvicino per sbirciare con più attenzione: il soldatino è identico a quello di plastica, inginocchiato nella classica posa di chi prende la mira, con il fucile poggiato sul petto e l'occhio nel mirino. Indossa l'uniforme, ma è verde da capo a piedi, un verde talmente luminoso che sul casco riverberano i palazzi del centro e uno spicchio di cielo. E poi, chicca finale, ha anche la pedana (senza, che soldatino sarebbe?). Alleria fa due passi e si lancia ad annusare la statua tutto felice, poi inizia a scodinzolare interessato.

"Ma che fai?" dico e lo spingo indietro, ma lui tira di nuovo verso il soldato. Stupido cane che ha creduto fino in fondo al mio inganno e ora pensa che il manichino sia il suo premio, l'uomo dalle mille e una coccola.

"Stai buono," dico, e infilo una mano in tasca per afferrare una monetina, quindi mi avvicino con un sorriso e lancio l'euro in un casco rovesciato ai piedi della statua. Quest'ultima, per tutta risposta, fra lo stupore e i gridolini eccitati dei bambini, carica il fucile e spara un colpo a salve, poi si gira e mi fa l'occhiolino. A quel gesto Alleria, come morso da una vipera, inizia ad abbaiare, con un balzo sfugge al mio controllo e si lancia contro il soldato. Il pover'uomo ondeggia ma non cade, allora Cane Superiore (che in quest'occasione di superiore dimostra ben poco), vedendo che di grattatine e coccole neanche l'ombra, passa a leccare lo scarponcino del malcapitato, forse scambiando tutto quel verde luccicante per un'enorme torta di marzapane. Il povero soldato continua a non muovere un muscolo, anche se noto la sua pupilla che si sposta rapida. Dovrei fare qualcosa, in fin dei conti l'uomo sta lavorando, eppure la scena è così comica che non posso fare a meno di scoppiare a ridere, perché Alleria ha la lingua che ormai assomiglia a quella di un marziano, e perché l'artista di strada è costretto a restare fermo e muto nonostante il casino che avviene al suo fianco.

"Scusami," dico, e tiro ancora una volta a me il cane, "è solo che la situazione è proprio buffa."

Lui non risponde e Alleria, ormai sazio, decide di acquietarsi al suo fianco, la lingua penzoloni che ricorda un giardino inglese e la coda che oscilla a destra e a sinistra. "Ma sì," dico dopo averci riflettuto un istante, e mi inginocchio anch'io fra i due.

Se mi vedesse mia madre, inizierebbe a maledirsi per aver cresciuto una femmina senza pudore, che alla sua età si getta per terra insieme a un artista di strada, con in braccio un cane sporco di vernice, a giocare a fare la barbona. Al solo pensiero mi viene di nuovo da ridere, così sto proprio sorridendo quando gli occhi del soldato si posano su di me. Non vedo bene il suo volto, non so quanti anni abbia, se sia italiano o straniero, muto o parlante, non conosco nulla della sua vita, eppure mi compiaccio del suo sguardo e di quello dei passanti che si fermano a curiosare divertiti quando la statua spara a salve.

Merito del mio Alleria, penso, e lo accarezzo sulla testa. Sarà anche pazzo, ma resta pur sempre il mio supercane speciale senza cazzimma, l'unico essere vivente capace di farmi ridere senza chiedermi poi nulla in cambio.

Nessuno può fare niente per nessuno

Quando dissi a mia madre che volevo fare la penalista, lei sbottò: "Uh, maronna mia, e come ti viene? Mò mi devi far stare angosciata tutti i giorni? Non è la città giusta questa per fare penale! Perché non fai civile? Oppure potresti specializzarti in divorzi. Le donne vanno forte in questo ramo!".

"Ma che ne sai tu dei rami?" chiesi divertita.

"Fai sempre la spiritosa," rispose mentre puliva il lavello. Mi dava le spalle e ogni tanto ciondolava il capo per farmi capire che non approvava la scelta.

Mi avvicinai, le appoggiai una mano sulla spalla e dissi: "Perché stai sempre a pensare a noi? Perché non pensi un po' di più a te e alla tua felicità?".

Lei, come se nemmeno avessi parlato, si girò e rispose: "Potresti parlare con don Biagio...".

"Ancora cu stu don Biagio?" sbottai, e mi allontanai, "ma che gli devo dire, sentiamo?"

"Gli spieghi la situazione, che sei laureata e cerchi un lavoro..."

"Mà, quello è un prete, mica il collocamento!"

"Sì, ma conosce tutti..."

"E allora?"

"E allora potrebbe chiedere un favore a qualcuno. A Carmine, il figlio di Nunzia, gli ha trovato un buon lavoro."

"Il figlio di Nunzia? Ma non fa il becchino?"

"Ma quale becchino? Lavora nell'azienda di pompe funebri, che deve molto al parroco..."

La guardai con gli occhi fuori dalle orbite e risposi: "Cioè, famme capì, tu preferiresti vedermi lavorare in un'azienda di pompe funebri?"

"Ma no, stupida, era per fare un esempio. Io vorrei vederti sistemata, con un lavoro normale e una famiglia normale, e con dei figli da crescere. Mi piacerebbe fare un po' la nonna, sai, prima di morire."

"Adesso non fare la pietosa..."

Solo che lei rimase in silenzio, un silenzio troppo pesante per i miei gusti. "Va be', io vado..." dichiarai sbuffando.

"Non ti preoccupare," si affrettò a ribattere, "non ti scoccio. Tanto ho capito che sarà il Signore a prendersi cura di te quando non ci sarò più. Io non posso farci niente!"

A quel punto seppi cosa rispondere: "Ecco, brava, finalmente lo hai capito. Nessuno può fare niente per nessuno, e tu non sei da meno. Non puoi fare niente per me", e mi incamminai verso l'ingresso. Poi ci ripensai, tornai indietro e aggiunsi: "Anzi, sì, una cosa, invece, potresti farla: preoccuparti di come sto e non di quel che faccio, potresti chiedermi di me e non sempre del mio lavoro. Regalarmi un sorriso e dirmi che andrà tutto bene. Ma capisco di pretendere troppo".

Lei anche stavolta non rispose e tornò a sciacquare il lavello. Rimasi ancora un istante nella cucina che puzzava di aceto, i pugni chiusi e i denti serrati, sperando che mia madre si girasse e sorridesse, che dicesse che sì, avevo ragione, ma lei non lo fece, non lo fa mai.

"E figurati..." dissi infine, e uscii dalla stanza.

Avevo già aperto la porta di casa quando lei comparve sull'uscio. "Lo so, la mia vita ti sembra monotona e inutile. Tu aspiri a qualcosa di più, è così? Tu vuò 'na vita avventurosa, un lavoro appassionante, vuoi che nessuno ti dica mai cosa fare."

Poi rimase lì a guardarmi, le mani intrecciate sul grembo e la mascella contratta. E, d'un tratto, mi rividi in lei, nella sua figura solida e schietta che, però, non aveva la forza di celare l'insicurezza di fondo. Eravamo due donne che si amavano e non si capivano, l'una di fronte all'altra, ognuna con le sue idee e il suo modo di intendere la vita.

"Sì, voglio proprio questo, cosa c'è di male?"

Lei sospirò e rispose: "Niente, amore mio, nun ce sta niente 'e male a combattere per essere felici. È solo che ho paura che, mentre tu stai qui a lottare contro tutto e tutti, la vita ti sfili via di mano".

A quelle parole non riuscii a nascondere la rabbia che conflagrò debole, quasi chiedendo permesso, grazie a una sola piccola lacrima che scalfì la mia corazza. Quando me ne accorsi, era troppo tardi; chinai il capo e mi riversai per le scale. L'ultima frase di mia madre mi colpì dietro le spalle e mi travolse come una valanga: "La felicità è silenziosa, Luce, ricordalo. Se fai troppo casino, lei ti passa sulla testa e nemmeno la senti".

E ora sono qui, appostata come un segugio sotto la casa di Carmen Bonavita da due giorni, con una macchina fotografica nello zaino e un chewing gum in bocca, a giocare a fare la detective privata, io che non ho mai sopportato una domanda di troppo da un fidanzato.

Sono le undici del mattino quando lei esce dal palazzo. Proprio come ieri. Compie pochi passi e si blocca subito, appena fuori dal portone, per estrarre dalla borsa pitonata il pacchetto di sigarette che non abbandona mai. Disto dalla mia preda una decina di metri, eppure il suo profumo zuccheroso arriva fin qui. Indossa un paio di jeans attillati sopra scarpe viola con la zeppa, un giubbino fucsia di pelle e ai lobi porta due cerchi con i quali si potrebbe giocare senza problemi all'hula hoop. Per non parlare del trucco: il viso sembra di cera, tanto è pieno di fard, e il rossetto rosa spicca a illuminare l'intero vicolo.

Niente da fare, più passo il tempo con questa cafona, più la solidarietà femminile iniziale va assottigliandosi. È proprio una tamarra doc, penso mentre la seguo con gli occhi intrufolarsi da Nando, il salumiere della zona, dal quale esce poco dopo parlando al cellulare e ridendo in modo sguaiato. Sbuffo e le vado dietro, lei svolta l'angolo e si infila nella "Boutique di Genny". E ora? Afferro il telefono e chiamo l'avvocato Geronimo.

"Sono in tribunale, che bbuò?" esordisce lui con la solita grazia. Anch'io dovrei essere in tribunale, perché faccio l'avvocato, se non te lo sei scordato. Così dovrei rispondergli, invece dico: "Sto seguendo la signora Bonavita nel giro mattutino. Adesso si sta facendo una messa in piega dal parrucchiere e poi chissà in quale turbinio di shopping mi coinvolgerà. A che ora posso smontare?".

"Un po' di pazienza, Luce, vedrai che qualcosa salterà fuori prima o poi. Sono solo due giorni che le stai appresso."

"Solo due giorni? Già due giorni, io direi..."

"Vabbuò, Di Notte, ora t'aggia salutà, ne parliamo nel pomeriggio."

Chiudo la conversazione e mi siedo su uno scooter legato a un palo. Quindi mi accendo una sigaretta e cerco di far passare il tempo dedicandomi a tre africani che in genere vendono occhiali finti e cd pezzottati su via Toledo, e che ora stanno risalendo il vicolo in fretta e furia dopo aver raccolto tutto l'ambaradan per l'arrivo di una volante della polizia municipale.

La signora Bonavita esce dopo una mezz'ora con una nuova messa in piega e si tuffa nel bar accanto. Entro anch'io e ordino un caffè. Lei sta bevendo un succo di frutta e cinguetta col barista di turno. In due giorni non l'ho mai vista consumare qualcosa che non sia acqua o succhi di frutta, mai vista entrare in luoghi diversi da un negozio. Mi sembra una donna volgare, di sicuro benestante, rifatta da far schifo, annoiata e, forse, anche infelice, come tutte le persone che si nascondono sempre dietro una risata. Ricordo che mia nonna una mattina, giocavo con un'amica, mi vide ridere per finta, come a volte fanno i bambini, e intervenne: "Nenné, non sprecare le tue risate, che un domani ti serviranno!".

Ecco, a me pare proprio che 'sta benedetta signora Bonavita sperperi un sacco di risate.

Nel primo pomeriggio passo da Genny per chiedere informazioni.

"Ué, Luce," fa lui appena mi vede, "che c'è, vuoi farti ricrescere i capelli?" e scoppia a ridere.

"No, lo sai che non torno mai indietro. Piuttosto, esci un attimo, che ti devo parlare."

"Che è stato?" e si fionda all'esterno con una sigaretta in bocca.

"Senti, mi serve sapere una cosa..." dico titubante.

Lui mi squadra da capo a piedi e attende. Indosso un giubbino attillato sopra i jeans e ai piedi delle Converse; con i capelli corti e gli occhiali da sole assomiglio a un cantante rock. O a un neomelodico.

"Senti, ma quella signora che è venuta stamattina da te..."

"Quale signora?"

"Quella bionda, col giubbino viola..."

"Carmen."

"Eh, Carmen. Ecco, volevo sapere... insomma..."

Genny mi guarda senza capire. "Che tipa è?" riesco infine a sussurrare e mi mangio le parole, come se il pronunciarle di fretta possa in qualche modo giustificarmi. È che mi sento in colpa, e non ho un buon rapporto con il senso di colpa, perché lui da sempre cerca di farsi largo dentro di me a spintoni, ma io tiro dritto per la mia strada, finché arriva il pomeriggio in compagnia di mamma, che sui sensi di colpa potrebbe tenere un corso triennale all'università, ed ecco che il miserabile torna a farsi vivo. Basta una sua semplice frase del tipo: "Ieri sono stata tutto il giorno da sola...", oppure: "Volevo preparare il ragù domenica, ma tanto tu non vieni mai!" a procurarmi una fitta lancinante dietro lo sterno. Per fortuna col tempo ho affinato una tecnica di comprovata efficacia che mi aiuta a sentirmi meglio: rispondo sempre con un sì e un cenno del capo. Come mio fratello fa da una vita, del resto. Spetta a lui il diritto di autore sull'invenzione dell'"annuisco anche se non ho capito una mazza". Era capace di passare una serata ad assentire e, quando poi gli andavo vicino per chiedergli lei cosa volesse, replicava: "Ah, boh, non l'ho nemmeno ascoltata".

Ma torniamo a Genny, che di tutti questi argomenti non sa nulla e che del mio senso di colpa manco se ne fotte. Infatti mi restituisce l'accendino che gli ho prestato e risponde: "Carmen è una brava ragazza, 'na tipa a posto! Ha un bambino di sette, otto anni, e vive sola. Nonostante ciò, è sempre allegra, e poi è fissata col figlio".

"Gli vuole bene?"

Genny mi squadra perplesso e risponde: "Chi non vuole bene a un figlio?".

"Già," balbetto, e passo oltre. "E il marito?"

"Se n'è andato. Litigavano sempre."

"E com'è?"

"In che senso?"

"Il marito di questa Carmen, intendo, com'è?"

Lui si insospettisce: "Ma che so' tutte 'ste domande?".

Distolgo lo sguardo e ribatto: "Così... tanto per parlare...".

"Luce, qui ti vogliono bene tutti, sei una brava ragazza, sei sempre stata al tuo posto, tieni la tua vita, perché ti devi mettere a fare domande strane in giro? Senti a me, vai per la tua strada, che sì 'na grande!"

Quindi lancia il mozzicone lontano, mi afferra la guancia fra indice e medio, si porta le dita alle labbra per baciarle, e torna dentro. Resto da sola nel vico, e nel silenzio di questo primo pomeriggio pongo alla strada la domanda che non ho avuto il tempo di fare a lui e che mi è rimasta sulla punta della lingua: "Ah, sì, mi vogliono bene tutti? E dove stanno questi tutti, Genny, famme capì? Perché io accanto a me non veco proprio a nisciuno!".

Nulla è mai come abbiamo immaginato

"Allora, che mi racconti?"

"Niente, don Vittò, mi hanno assegnato la mia prima causa e mi fa schifo!"

"Ti fa schifo?"

"Eh, perché non è una causa, si tratta di spiare una signora..."

"E non sta bene spiare le persone, nenné..."

Indugio un attimo, la nonna mi chiamava così, ma non dico nulla e rispondo: "Lo so, lo vada a spiegare al mio capo".

Lui sorride e fa un tiro dalla pipa, cosicché le guance ricoperte di zucchero filato sembrano sprofondargli nell'incavo degli zigomi. Don Vittorio è il mio vicino di casa, un uomo sulla settantina che vive solo e sulla sedia a rotelle. Lo conobbi proprio il giorno seguente alla dipartita in Thailandia del bastardo e al ritrovamento di Alleria nel bidone della spazzatura. Il pomeriggio venne a bussare alla porta Agata, la polacca che lo accudisce. Mi dedicò un ampio sorriso e mi pregò di seguirla in casa del vecchio.

"Salve, signora, sono il suo vicino, Vittorio Guanella," esordì lui, "si può accomodare un attimo?"

Rimasi in piedi a fissarlo e lui proseguì: "Niente, volevo chiederle un favore, se desidera posso parlare con suo marito però," fece con meno sicurezze. Il mio atteggiamento scostante lo aveva colpito. In realtà non avevo niente contro di lui, è che non mi piace sentirmi chiamare signora.

"Non sono sposata," precisai infatti.

Il vecchio sorrise imbarazzato e cambiò argomento: "Senta, io ho un problema. Agata", e sollevò il mento a indicare la badante in piedi di fianco alla tavola, "prima delle quattro del pomeriggio non può più venire a prendersi cura di me..." e lasciò il resto in sospeso, come volesse una risposta o un commento.

"E quindi?" chiesi, giusto per farlo contento.

"E quindi avrei bisogno di qualcuno che mi cucini per il pranzo. Sa, io so' vecchio e sto su questa cosa", e afferrò i braccioli della carrozzina, "e poi non so cucinare".

Rialzò il mento e tornò a infilare gli occhi lucidi nei miei.

Ma tu guarda 'nu poco che mi doveva capitare, ricordo che pensai un attimo prima che lui tornasse a parlare. "Insomma, forse potremmo metterci d'accordo... Io una pensione c'ho, però se a pranzo lei potesse preparare qualcosina pure per me, ecco, le sarei molto grato."

Mi portai la mano agli occhi per stropicciarmeli, quindi replicai con tono duro: "Ma lei mi ha vista?".

Vittorio Guanella rimase con la bocca aperta.

"Mi guardi meglio, le sembro il tipo che si mette a cucinare un bel pranzetto per la famiglia?"

Lui si grattò la testa e mi squadrò brevemente prima di lasciarsi andare a un sorriso. "Be', in effetti, non sembra, no."

"Sono parecchio strana, mi creda. Io non cucino, non stiro, non lavo i piatti e non vado a messa la domenica. Non sono una brava ragazza, insomma, e, se proprio lo vuole sapere, mi faccio preparare il pranzo da mia madre tutti i giorni, altrimenti rimarrei digiuna."

"Ah," fece lui, e stavolta si grattò la barba.

"Eh," risposi io.

"E allora come vogliamo fare?"

Sbuffai e feci due passi in avanti per sedermi sul bracciolo della poltrona al suo fianco.

"E come vogliamo fare?" ripetei quindi, anche se dentro di me già avevo un'idea. "Senta, io posso chiedere a mamma se può preparare qualcosa anche per lei, e di certo quella mica si prende i soldi. Si figuri, è sacrista e catechista..."

"Cos'è la sacrista?" mi interruppe.

"La sacrista? Non l'ho ancora capito, qualcosa tipo fioraia, ma più bigotta però..."

Don Vittorio stavolta scoppiò a ridere.

"Comunque," ripresi quando tornò serio, "basta che le spieghi la situazione e sono certa che le prepara anche il dolce tutti i giorni. Però, se decidiamo di fare 'sta cosa, lei mi deve ricambiare con tre favori..."

"Tre favori?" domandò, turbato in volto.

"Le piacciono i cani?"

"I cani?"

"Eh, i cani. Ieri sera ne ho trovato uno. Me lo terrebbe lei durante il giorno, ché io devo andare a lavorare?"

"Ma che cane è?"

"E che ne saccio, e 'nu cane, un bastardino, secco e con le zampe lunghe lunghe, sembra Giamburrasca. Perché, cambia qualcosa di che razza è?"

"No, no..." si affrettò a rispondere.

"Allora?"

"E il secondo favore?"

"Il secondo favore è se posso mangiare da lei a pranzo."

"Da me? E suo marito?"

"Azz', allora insiste! Le ho detto che non è mio marito. E, comunque, non fa più parte della mia vita."

Lui non commentò e fui costretta ad aggiungere: "Allora? Affare fatto? Io porto da mangiare e lei offre la casa?" e gli porsi la mano.

"E il terzo favore?" domandò subito.

"Non mi deve chiedere il perché."

"Di cosa?"

"Perché preferisco mangiare da lei, perché non c'è più quello che chiama mio marito, perché mi faccio preparare il pranzo da mia madre. A tavola è triste restare in silenzio, però mi deve promettere che non mi farà domande personali. Non voglio gente che ficchi il naso nella mia vita."

Vittorio Guanella scoppiò di nuovo a ridere e allungò la mano ossuta verso la mia. "Affare fatto!" disse poi con entusiasmo. "Vorrà dire che parleremo della mia di vita. E le assicuro che ne ho di cose da raccontare!"

"Ma tua mamma lo sa che pranzi con me?"

"Don Vittò, si ricorda la promessa? Niente domande personali," rispondo e addento un pezzo di sfilatino.

Lui intinge il pane nel sugo della carne e protende il busto verso la tavola, per non sporcarsi. Solo dopo commenta: "Comunque la signora è una grande cuoca. Mi piacerebbe conoscerla prima o poi".

"Meglio poi," dico, e mi verso un bicchiere di vino.

Ogni giorno Vittorio Guanella mi fa trovare apparecchiata la tavola nella sua piccola cucina: una tovaglia a quadretti rossi e bianchi che accoglie due bicchieri di vetro simili a quelli che aveva anche la nonna Giuseppina, stretti sul fondo e larghi sopra, quattro posate, due rosette (che il salumiere consegna tutte le mattine alle undici in punto), e una bottiglia di Aglianico con un fazzoletto annodato al collo, per evitare la caduta di gocce. Ogni giorno apro la porta (mi ha consegnato una copia delle chiavi) e lo trovo già dietro la tavola, sulla carrozzina, concentrato in qualche strana lettura delle sue, mentre Alleria, che fino a poco prima, immagino, era steso al suo fianco, mi viene incontro scodinzolando.

Finisco di bere e afferro il pacchetto di sigarette dalla borsa.

"Nenné, ti vedo un po' scocciata oggi..."

"Mia nonna mi chiamava così..."

"Così come?"

"Nenné..."

"Ah, sì?"

"Già. Lei mi chiamava 'nenné', mio padre, invece, 'picceré', come ancora mi chiama mio fratello..."

"Stai venendo meno al patto," dice lui sorridendo.

"In che senso?"

"Stai parlando di te... e così mi stuzzichi, mi viene voglia di farti delle domande..."

"È che oggi ho una specie di palla in gola che non vuole scendere né salire."

"Mi piacciono i soprannomi, i diminutivi," fa allora lui, "trovo siano una facile scorciatoia per dire a una persona che teniamo a lei. Insomma, nenné, che hai passato?"

Faccio il primo tiro e ribatto titubante: "Si è mai sentito come se la vita la stesse trascinando a forza da qualche parte dove non vuole andare?".

Lui sembra riflettere, si versa un altro po' di vino, e risponde: "Sì, capisco cosa intendi".

"Insomma, io sono una che cerca di non abbattersi, non mi piacciono i lagnosi, come mia madre per intenderci. Però, ecco, se mi fermo a riflettere, non è che poi la mia vita sia questa gran cosa."

"Non ti piace più il tuo lavoro?"

"Boh, forse non mi è mai piaciuto e facevo finta del contrario. È che io immaginavo di diventare uno di quegli avvocati dei film americani, alla Tom Cruise in *Codice d'onore*. Tiene presente? Lo ha visto?"

Don Vittorio fa no con la testa.

"Va be', comunque pensavo di diventare una così insomma, che lotta contro i poteri forti per i diritti dei più deboli. Invece mi ritrovo a faticare per un rattuso che mi chiede di spiare una madre."

"La verità è che nulla è mai come lo abbiamo immaginato."

"Ecco, bravo, ha ragione, niente è come l'avevo immaginato. Il lavoro e, forse, anche la mia esistenza in generale."

Lui si gratta la barba e risponde: "Sei ancora in tempo per cambiare le cose".

Faccio un altro tiro alla sigaretta e mi lascio leccare la mano da Alleria. "Forse dovevo sposarmi e fare un figlio, come diceva mia madre."

"I genitori dovrebbero insegnare a rincorrere le passioni, non i progetti."

Questo vecchietto piccolo piccolo e solo al mondo, con gli occhi incavati e pochi ciuffetti di capelli in testa, è capace sempre di donarmi un po' di allegria. È laureato in filosofia, però non ha mai insegnato perché subito dopo gli studi si è imbarcato su una nave da crociera con la sua tromba. Ha suonato per tutta la vita sulle navi e ha girato l'Europa senza mai sposarsi e avere figli.

"Le passioni ti possono regalare anche un pizzico di felicità ogni tanto, i progetti mai. Anzi, spesso te la portano via, la felicità intendo. Perché ti inducono a spostare l'obiettivo sempre un po' più in là", e rimane a guardarmi con espressione dolce.

"Allora, forse, dovrei andarmene da qui, come ha fatto mio fratello, costruire qualcosa lontano, così da lasciarmi alle spalle questa puzza di umido che sembra seguirmi ovunque..."

"La puzza di umido?"

"Già, è la muffa, si avverte anche in questa casa, e nell'androne", e tiro su con le narici, "in verità è presente in tutti i vicoli dei Quartieri. E sui miei vestiti."

"Io non la sento," commenta lui divertito.

"Per forza, con l'età i sensi si perdono per strada..." e strizzo l'occhio.

Lui sorride e replica: "Nenné, l'hai detto tu, la puzza ti segue ovunque. Non è detto che al nord ti libereresti di lei. Lo sai che diceva Seneca all'amico Lucilio?".

Scuoto il capo.

"Devi cambiare d'animo, non di cielo..." e stavolta è lui a strizzarmi l'occhio.

"Ma proprio un filosofo doveva capitarmi per vicino?"

"Sono stato più musicista che filosofo nella vita."

"Perché non mi suona qualcosa con la sua tromba? Non l'ho mai ascoltata..." domando allora.

"Non ho più la forza, ci vuole fiato," risponde senza tentennamenti, e chiude il discorso.

"Anche a me sembra di non avere forza in questo periodo," aggiungo dopo altro silenzio. "Vuole sapere la verità?"

Annuisce.

"Credo di non star onorando il nome che mi porto dietro. Sono più ombra che luce ormai."

Don Vittorio si lascia andare a un breve colpo di tosse e mi pone la mano sul braccio prima di commentare: "E vabbuò, e che sarà mai, c'è bisogno anche di ombra ogni tanto, aiuta a guardare meglio le cose, ché troppa luce rischia di accecarti! E poi, se non esistesse il buio, non potremmo apprezzare la luce. C'è un detto africano che dice: dove c'è troppo sole, c'è deserto...".

Gli dedico uno sguardo fra l'ammirato e il curioso, don Vittorio riempie ancora i bicchieri e mi invita a fare un brindisi. Lo accontento, anche se non so cosa ci sia da festeggiare, e lui chiarisce: "Ti sto dicendo che la vita è questa, alti e bassi, luce e ombra. Anzi, più si va avanti e più il rapporto cambia in peggio. Senti a me, che tengo una certa età, nun penzà tropp' e continua per la tua strada, che tanto lei ti porta dove vuole e tu nemmeno te ne accorgi. Parlo sempre di lei, della vita".

Infine ingolla il vino con un sorso, si pulisce la bocca con la manica della vestaglia, riaccende la pipa con due boccate che gli gonfiano le guance, e conclude: "Sai che bisogna fare quando arrivano questi momenti nei quali ci sentiamo pieni di dubbi, insicuri e indecisi, e dove tutto ci sembra nero?".

Non rispondo.

"Chiudere gli occhi e buttare giù un bel bicchiere di vino rosso."

Sorrido. Sì, ora il messaggio mi è più chiaro.

Le monache e gli angioletti

Anche stamattina mi ritrovo seduta al bancone del bar di Sasà con una Peroni in mano (nonostante siano le undici), ad attendere che la signora Bonavita decida di fare il suo solito giro quotidiano di shopping. Le andrò dietro per l'ultima volta e poi filerò allo studio Geronimo per dire all'avvocato che rinuncio al caso e che può anche cacciarmi. Non è questa la vita che volevo. Che il bastardo sia bastardo lo posso anche accettare, il mondo è pieno di persone e ci sta di acchiappare la mela marcia, ma che all'improvviso le mie giornate siano imbottite di cose che mi fanno schifo e non mi appartengono, questo proprio non mi va.

Mi sembra di essere tornata bambina, costretta a mandar giù il boccone con la forza. Ho impiegato più di trent'anni per apprezzare la cucina nelle sue mille sfaccettature; da piccola non mi piaceva nulla, se non la cotoletta con le patate fritte. Non mangiavo verdura, niente frutta, e pochissimi primi piatti. A una certa età mia madre mi costrinse a ingurgitare ogni pomeriggio dei beveroni contenenti non so quanta frutta e verdura. Siccome all'inizio mi rifiutavo di assecondare la sua pazzia, lei arrivò a minacciarmi affermando che, se non avessi buttato giù in un sol colpo il miscuglio infernale, avrebbe chiesto alle suore del convento dietro casa di venire a prendermi e portarmi via per sempre con loro. Non è difficile immaginare l'effetto di una tale minaccia su una bambina di dieci anni. Per mesi trascorsi le notti in bianco nel letto, attenta a ogni più piccolo rumore provenisse dal soggiorno; mi immaginavo le monache vecchie e arrognate che entravano sogghignando nella mia stanza e mi rapivano. Altre volte, invece, mi svegliavo all'improvviso urlando sempre per il medesimo sogno, e cioè che da sotto il letto sbucava la strega di Biancaneve, con quel mantello nero e il grosso porro sul naso incurvato.

Per fortuna qualche anno dopo il convento fu chiuso e le monache andarono a rovinare l'infanzia di qualche altra povera bambina. Non gliel'ho mai detto a mamma, ma la sua minaccia è stata una delle cause per le quali, una volta adulta, ho deciso di chiudere i rapporti con la religione. Più della constatazione che, a volte, dio nulla può (avevo trascorso l'infanzia pregandolo di far tornare mio padre), furono quelle vecchie megere appostate dietro casa a convincermi che non possa venire nulla di buono da chi decide di chiudersi alla vita e si segrega in quattro mura.

A ogni modo, per tornare alla mia dieta insana, dopo la partenza delle malefiche suore vestite di nero arrivò l'età dello sviluppo. Iniziai a cambiare il corpo e le abitudini, e anche la mia alimentazione si ampliò poco alla volta, fino al giorno in cui mi imbattei, un bel po' di tempo dopo, nel bastardo che, guarda caso, era fissato con la cucina orientale. In due anni abbiamo provato ristoranti di tutti i tipi: cinesi, giapponesi, cingalesi, indonesiani, ci siamo strafogati di cous cous, di sushi, di porcherie che si mangiavano con le mani, di strane polpette afrodisiache, di salse con tanto di quel peperoncino dentro che l'ex ormai peruto passò un fine settimana sul cesso giurando che non avrebbe mai più mangiato nulla che non provenisse dalla comunità europea.

Eppure, sarà stata la voglia di essere al suo fianco, il desiderio di aprirmi sempre più alla vita e conoscere qualcosa che non conoscevo o, più semplicemente, il fatto che quando hai qualcuno accanto col quale condividere un'esperienza, ti sembra che anche la paura (che in genere ti viene a rompere le palle nel silenzio della notte, come un bambino frignone) si faccia un po' da parte, rispettosa del tuo breve momento di felicità, insomma io in quei due anni ho imparato a mangiare di tutto. Ho imparato, soprattutto, a dire qualche sì.

E se proprio devo trovare qualcosa di positivo nella nostra relazione, dico che è stato grazie all'incontro con il bastardo se oggi mi ritrovo a ridere di quella adolescente che andava avanti a patatine e cotoletta, e sapeva dire solo di no.

Che c'entra tutto questo con il mio lavoro? C'entra, perché ultimamente mi sembra di essere tornata quella ragazzina paurosa, costretta a ingurgitare il beverone per paura che se la portino via le monache. No, il tempo degli intrugli è finito da un pezzo e ora sono io a decidere quale boccone ingoiare. E a chi dire sì.

Sono immersa nei miei astrusi pensieri quando Carmen Bonavita fa il suo ingresso nel bar con la solita espressione smorta spiaccicata in faccia, addobbata come un albero di Natale, e dirige subito lo sguardo verso Sasà, che sta asciugando un bicchiere.

"Uè," dice.

Lui si gira e ribatte: "Uè, Carmen, buongiorno!".

"Cià, Sasà. Senti, stasera aggia ascì, vuoi chiamare Claudia per vedere se po' venì a guardare Kevìn?"

"No, Carmen, Claudia ha ricevuto quella telefonata di lavoro che stava aspettando, pensavo te lo avesse detto..."

"Ah, mannaggia... cioè, so' cuntenta per lei, figurati, però io mò comme faccio?" e si porta le mani ai fianchi.

"Posso venire io," dichiaro d'istinto, e lascio cadere con disinvoltura la bottiglia di Peroni nel lavello dietro il bancone.

Carmen Bonavita si gira come se si fosse appena resa conto della mia presenza e inizia a scrutarmi. Per fortuna oggi indosso una semplice camicia sopra i jeans, penso, mentre con la coda dell'occhio noto Sasà che aggrotta le sopracciglia e allunga il collo verso di me.

"E tu chi sì?"

"Sta cercando una babysitter? Io lo sono."

Carmen mi fissa ancora un istante prima di rivolgersi a Sasà, che ha sempre la bocca aperta.

"Vi conoscete?"

"E come no," si riprende lui, "lei è Luce, la figlia della signora Di Notte, la catechista..."

Sul viso della signora Bonavita appare il sorriso. "Ah, tu sì 'a figlia della sarta? Che brava donna, mamma mia, sempre gentile con tutti. Kevìn la adora!"

"Conosce mia madre?"

"E chi non la conosce? Qualche volta le ho portato pure qualche pantalone di mio marito a fare le pieghe..."

"Già," ribatto, "chi non la conosce..."

"Allora puoi venire tu stasera?"

"Ma perché, Luce, da quando..." tenta di intervenire Sasà, ma io mi alzo e stringo la mano alla donna per poi rispondere: "Nessun problema, finisco di lavorare e vengo".

"Perfetto, io abito nel primo palazzo della strada. Devi citofonare Bonavita."

"Ok."

"Allora a più tardi", e fa per uscire dal bar. Poi torna indietro e aggiunge: "Ma che bellu nomm' Luce, mette alleria! Piacere di averti conosciuta... e salutami mammà!".

Quindi scompare, inghiottita dall'ombra dei vicoli. Dovrei andarle dietro ma, ormai, non posso. Sasà mi sta ancora guardando a bocca aperta.

"Che c'è?"

"Da quando in qua fai la babysitter?"

"Da oggi, perché? Ho bisogno di soldi."

"Ma non facevi l'avvocato?"

"Sasà, ma che so' tutte 'ste domande, che sì, mio padre? Piuttosto, hai parlato con tua sorella?"

Lui inizia a balbettare qualcosa.

"Ancora non ci hai parlato?"

"Me so' scurdato..."

"Sasà," dico e infilo gli occhiali da sole, "la mia vita già è difficile, nun te ce mettere pure tu. Parla con tua sorella, altrimenti vengo qua e ti strappo le palle! Ammesso che tu le abbia."

Lui continua a tenere la bocca spalancata.

"E chiudi quella bocca, che qua dentro è pieno di mosche," dico, prima di sgattaiolare all'esterno.

Mi presento sotto casa di Carmen alle venti puntuale. Appena suono il citofono, risponde la sua voce squillante. "Terzo piano."

Il cortile interno del palazzo accoglie una decina di motorini, un gatto che dorme sdraiato sulla sella di una Vespa, e la casupola di legno del portiere nella quale fa bella mostra di sé una foto di Padre Pio e il poster di Hamšik. Chiamo l'ascensore e nel frattempo cerco di non pensare al guaio nel quale mi sono cacciata; mi ero ripromessa di andare dall'avvocato Geronimo per rinunciare al caso, invece mi ritrovo a fingere di essere una babysitter.

Ma il problema non è neanche questo, quanto piuttosto il fatto che non ho mai avuto a che fare con un bambino in vita mia. Che ci posso fare, a me i criaturi non piacciono! Vedo quelle mamme che se li spupazzano, e ridono, e giocano, e parlano solo dei loro figli, e quanto so' belli, so' capricciosi, però sono intelligenti, il mio ha parlato a un anno, il mio a nove mesi, il mio studia chimica da quando aveva tre mesi. Non credo a chi dice che i bambini salveranno il mondo. Per carità, io da bambina ero cattivissima, staccavo la coda alle lucertole, schiacciavo le lumache, davo i calci di nascosto ai cani. E i maschi facevano anche di peggio! Mio fratello era un lucido serial killer di insetti. Eppure le zie ci chiamavano angioletti.

Perciò quando vedo una madre che si bea troppo della sua creazione non ci casco. Perché basta un nulla per fabbricare un nuovo angioletto crudele e aggressivo: una carezza di troppo per esempio, o un alluco non dato al momento giusto. E basta ancora meno per creare un angioletto pauroso e insicuro, che da grande si tramuterà in un adulto infelice: un mancato gesto di amore, una spiegazione non data, una richiesta non ascoltata, o lo sguardo assente di un padre. Ma quale angioletti, siamo tutti creatori di mostri.

Sbuco dall'ascensore e mi trovo davanti proprio lui, Kevin, sette anni, caschetto castano e occhi nocciola leggermente a mandorla, che mi punta con il suo sguardo indagatore.

"Sei tu Luce?"

"Sì," rispondo secca.

"Sei la mia babysitter?"

"Sì."

Mi scruta un altro po' e aggiunge: "Mi piace il nome Luce, mi fa pensare al giallo, il mio colore preferito!".

Non ho il tempo di rispondere perché sul pianerottolo sopraggiunge la signora Bonavita sorridente come non mai e truccata come non mai, che mi invita a entrare. Sarà sotto i quaranta, ma è vestita come una ragazzina, con la minigonna nera attillata che mette in risalto un culo marmoreo che sembra appoggiato sulle scapole (e che io nemmeno a dieci anni potevo sognare di avere), gli stivali al ginocchio e una camicetta scollata che fa intravedere il push-up che dà vigore a una quarta che, se fosse vera, ci sarebbe da chiamare la Nasa per capire come faccia a sfidare la gravità.

Carmen mi fa strada in casa e con modi sbrigativi mi mostra le varie stanze, ma sono troppo impegnata a invidiarle il posteriore per concentrarmi su altro. Alla fine lei si gira e domanda: "È tutto chiaro?".

"Sì," rispondo subito, anche se non ho capito una mazza.

"Tanto Kevìn ha già mangiato. E poi non torno tardi," precisa, "e, per qualunque cosa, me puo' chiammà, lì ti ho appuntato il mio numero."

Kevin al mio fianco mi guarda e fa: "Andiamo a giocare?".

"A giocare?"

"Eh," ribatte e mi afferra la mano.

Sarà una lunga e difficile serata.

Il deposito di Paperon de' Paperoni

Per fortuna Kevin si stufa presto di giocare perché in tv danno il suo cartone preferito. Corre in salotto, si tuffa sul divano e inizia a drogarsi di televisione. Così ho il tempo di girovagare un po' per l'appartamento, che consta di tre stanze più la cucina abitabile, un ampio salone e due bagni. Centocinquanta metri quadrati di esplosione barocca che condensano tutta la sua cafonaggine nella testiera del letto, intarsiata di oro giallo e con due cape di leone che sorreggono la struttura. In realtà ogni stanza è un trionfo di orpelli, ghirigori e gingilli che risaltano lo stile rococò dell'abitazione, e non mi sorprenderei più di tanto se d'improvviso vedessi passare una dama ottocentesca con lo strascico e la parrucca, che si soscia con il suo ventaglio. A pensarci, il salone sembra prelevato con una gru da qualche mobilificio nei dintorni di Caserta, ed è strano che non mi sia ancora imbattuta nella statua di un animale esotico. La signora se la passa bene per essere nullatenente e nullafacente; di certo il marito è uno con i soldi. E l'associazione benestante-cafone dalle nostre parti non è mai una buona cosa, e mi fa pensare male.

Kevin è così assorto che nemmeno si accorge dei miei movimenti alle sue spalle e, mentre guarda la tv con la bocca aperta, strofina l'indice fra le dita dei piedi. Gli passo accanto senza far rumore e mi imbuco nella sua stanzetta, l'unica della casa con un arredo normale. È la classica cameretta di un bimbo viziato, stracolma di giochi, pupazzi, Lego, un tappeto coloratissimo, disegni alle pareti, soldatini un po' ovunque, un album delle figurine per terra, una console di videogiochi sotto il televisore, un paio di robot sul letto, un pigiama appallottolato e un "Topolino" sul comodino. Sgrano gli occhi e mi avvicino per controllare se si tratti proprio del noto fumetto e mi accorgo che le mensole traboccano di giornaletti di ogni tipo. Possibile? Non credevo che questa casa potesse sorprendermi; finora ci ho trovato dentro tutto quello che pensavo di trovare. Ma che Kevin leggesse, proprio non potevo immaginarlo.

Lui mi chiama.

"Che c'è?" chiedo, una volta di là.

"Sono le nove e mezza e a quest'ora mamma mi fa mettere il pigiama."

"E allora?"

"Me lo puoi prendere tu, per favore?"

"Dov'è?"

"Sul letto."

"Stai parlando di quella specie di mappina aggrovigliata alle lenzuola?"

Lui sorride divertito, io vado a prendere il benedetto pigiama.

"Mi aiuti?" fa lui.

"Perché, da solo non lo puoi fare? Sei paraplegico?"

"Che significa paraplegico?"

"Niente, lascia stare," rispondo e mi avvicino per togliergli la maglietta e i pantaloni. Lui solleva le braccia in automatico e non smette di fissare lo schermo. Si capisce subito che si tratta di un'operazione che avviene sempre uguale, ogni sera. Solo che al mio posto c'è la mamma. Gli afferro i polsi, ma non riesco a infilargli la testa, stringo un arto e me ne sfugge un altro. Ripeto l'operazione sbuffando, ma niente da fare, il busto mi sembra troppo grande. Dopo un po' Kevin si accorge delle mie difficoltà e dice: "Dai a me", quindi agguanta il pigiama e con un solo movimento lo indossa.

D'improvviso mi è presa una gran voglia di fumare; sarà perché mi sono appena resa conto della mia totale inettitudine a recitare il ruolo di madre? E se pure fosse? Ci sono donne che nascono già con l'istinto materno, altre che imparano piano piano e alcune, infine, che pensano che veniamo al mondo per evolverci, migliorarci e lasciare qualcosa di buono a chi viene dopo e a chi ci ricorderà. E non solo per mettere la zizza in bocca a un creaturo!

Per fortuna Kevin mi distoglie da tali inutili pensieri. "Luce?"

"Che c'è?"

"A quest'ora prendo anche sempre il latte."

"Il latte?"

"Sì, mamma mi porta una tazza di latte caldo qui sul divano e rimane con me finché ho finito. Poi dopo vado a letto."

Socchiudo gli occhi e mi avvio in cucina senza dire una parola. Ma come si fa a fare la madre? Forse in quei nove mesi il bimbo ti installa qualcosa nella pancia, una specie di microchip collegato a una ricetrasmittente con la quale può comandarti a bacchetta una volta uscito. Senza dubbio ai miei tempi non esistevano ancora queste diavolerie tecnologiche; mia madre non mi ha mai portato qualcosa sul divano e, se le chiedevo di aiutarmi a studiare, rispondeva: "Lulù, impara a cavartela da sola, che da grande nessuno ti rimboccherà le coperte!".

Come avrei potuto mai credere alle favole se la donna che era lì apposta per raccontarmele si è sempre presa la briga di sbugiardarne le piccole menzogne un attimo prima che iniziassi a crederci?

"Ti metti vicino a me?" domanda Kevin, quando torno con il latte caldo.

Mi siedo al suo fianco e non riesco a nascondere un sospiro di noia. Lui si gira e mi fissa perplesso prima di tornare alla televisione. Poi si volta ancora e domanda: "Tu hai figli?".

"No."

"Peccato, altrimenti avresti potuto portarli qui, e giocavamo insieme."

"Già, peccato."

"E un marito?"

"Nemmeno."

"Sei sola?"

Ma cosa vuole da me questo esserino? E poi, come fa a essere così compito e educato, con una madre del genere? Non gli ho sentito ancora dire una parola in dialetto.

"Sì."

Passano un paio di minuti prima che l'angioletto torni all'attacco. "Io al tuo posto prenderei un bambino, così non staresti più sola. Come me e mamma."

"Lo prenderesti?" ripeto cercando di restare seria.

"Già."

Certo, non sarebbe male se si potessero scegliere i bambini da uno scaffale, come al discount. Io arrafferei il più costoso e di marca, i prodotti economici sono un pezzotto e si scassano subito.

"E un papà ce l'hai?"

Stavolta devo produrmi in un'espressione alquanto bizzarra del viso perché lui arriccia il naso e aggiunge: "Che ho detto?".

"No, non ho neanche un padre. È morto quando ero ragazza."

Lui spalanca gli occhi e mi fissa per un istante di troppo che mi costringe a distogliere lo sguardo. Ma tu pensa se ci si può imbarazzare dinanzi a un bambino!

"Mio padre, invece, se n'è andato," ribatte, e stavolta mi costringe a voltarmi.

Ho impiegato anni per costruirmi la corazza di distacco che mi porto appresso e ora arriva questo poppante a farmi dubitare delle mie convinzioni. Non è bello che qualcuno calpesti il tuo bel castello di sabbia costruito con tanta passione e cura!

"Sì?" chiedo, perché non saprei cos'altro dire.

Lui annuisce, si pulisce il naso con la manica del pigiama, e prosegue: "Mamma dice che se n'è andato perché deve lavorare lontano, ma io non ci credo, perché lui spesso viene a prendermi a scuola, e come fa se lavora lontano?".

"Potrebbe viaggiare per venire da te..."

"No, io penso che non voleva starci più qua, si era scocciato..."

Mi sistemo meglio sul divano e mi faccio attenta.

"Di cosa?"

"Di litigare con mamma."

"Litigavano tanto?"

Kevin annuisce.

"Il fatto che lui non viva più qui non significa che non ti voglia bene. Sai, a volte i grandi fanno un sacco di casini..." sento dire alla mia bocca.

"Sì, l'avevo capito," commenta e sorseggia un altro po' di latte. Poi aggiunge: "Volevi bene al tuo papà?".

"Io? Certo," rispondo di getto e mi alzo. Non so cosa voglia da me questo genietto, ma non ho alcuna intenzione di fare una seduta terapeutica con lui. "Hai finito il latte? Dai, che si sta facendo tardi!"

Kevin fa un ultimo sorso e mi porge la tazza. Poi, con ancora un baffo bianco sotto il naso, dice: "Non ti preoccupare, se diventeremo amici, da grande ti farò io compagnia!".

Scoppio a ridere e rispondo: "Ok, penserai tu a me, però adesso andiamo a dormire".

"Cinque minuti ancora, ti prego, finisce il cartone e andiamo."

"Ok", e porto la tazza in cucina, un po' sorpresa per aver ceduto senza nemmeno provarci.

Esco sul balcone e mi accendo finalmente la sigaretta. Il vicolo che scorre dieci metri più giù appare placido e silenzioso, con solo una coppia di fidanzati che parlotta animatamente davanti a un maestoso portone in legno sovrastato da un arco in piperno, lui che gesticola nemmeno fosse una marionetta e lei che lo fissa senza ribattere. Io al suo posto gli avrei già tirato un calcio nelle palle. Sollevo lo sguardo e mi imbatto in un'anziana nel palazzo di fronte: la saluto, ma lei non contraccambia e si rifugia dietro la tenda.

Mi arriva un messaggio di Manuel Pozzi: "*Che stai combinando con la mammina?*" dice e poi chiude con un simpatico (secondo lui) emoticon che sorride. Manuel che si prende la briga di inviarmi un sms alle dieci di sera è sospetto. Vorrà qualcosa. Digito la risposta: *"Che c'è, Manuel, ti serve qualche favore?"*.

Nel tempo che termino la sigaretta, risponde: *"Mamma mia, Luce, è questo che pensi di me? Volevo solo sapere come stai, sono tre giorni che non vieni allo studio. Ci manchi"*. *"Manco? A chi?"* *"A me, per esempio"* e stavolta non aggiunge faccine divertenti.

Resto a guardare il messaggio, convinta che ne arriverà presto un altro a chiarire la situazione, ma non accade più nulla. Rientro in casa più confusa di prima, infilo il telefono nella tasca posteriore dei jeans, e mi avvio in salone per smuovere Kevin dal divano. Lo trovo che dorme rannicchiato e con la testa sul bracciolo, mentre i personaggi animati in televisione continuano a darsele di santa ragione. E adesso? Lo sveglio? Mi avvicino e gli poggio la mano sulla spalla, ma lui niente. Allora faccio un po' di pressione, ma ancora nulla. Lo scuoto con più forza e Kevin lancia un mugolio, ma non si smuove di un millimetro. Mi passo una mano sul viso e sospiro, proprio mentre arriva il terzo messaggino da parte di Manuel: *"Che fai, non rispondi più?"*.

"Manuel, iamme bell', dimmi che bbuò, che sto già abbastanza incasinata!" digito senza pensarci troppo. Poi mi inginocchio e cerco di abbrancare l'angioletto, il quale, appena sente la stretta, mi si avvinghia al petto e infila la testa nell'incavo della mia spalla. Meno male che è secco come un'alice, altrimenti, per quel che mi riguarda, sarebbe potuto rimanere tutta la notte sul divano. Un ciuffo di suoi capelli mi solletica il naso mentre il telefono mi avvisa dell'arrivo di un nuovo messaggio con un *bip* e una leggera vibrazione sulla natica. Appoggio Kevin sul letto e sfilo il cellulare dalla tasca con uno sbuffo. *"Sempre simpatica, eh? Niente, volevo solo dirti che adesso ci sono anche io sulla causa Bonavita..."*

Il primo impulso è quello di telefonare all'avvocato Geronimo, poi penso di rispondere a Manuel, infine lo sguardo mi cade su Kevin che dorme storto sopra le coperte, perciò sussurro un rapido "fottiti" e torno al bambino, il quale continua a non muovere un muscolo nonostante i miei sforzi.

"Kevin, dai, aiutami," dico e gli acciuffo le gambe per infilargliele sotto le lenzuola.

Lui emette un grugnito e si copre. Sono tutta sudata e anche imbestialita con l'avvocato Geronimo e con Manuel, eppure, nascosto da qualche parte dentro di me, sento gorgogliare un vagito di appagamento. È che non pensavo di saper mettere a letto un bambino, non pensavo che avrei mai rimboccato le lenzuola a qualcuno che non fosse mia madre, quando non sarà più in grado di farlo. Non pensavo che l'odore della pelle di Kevin potesse rubarmi un sorriso e che una stanzetta in penombra, illuminata solo da un lumino a forma di deposito di Paperon de' Paperoni, piena di pupazzi dalle smorfie simpatiche, di fumetti e pezzi della Lego, avesse la capacità di farmi sentire così bene. Non pensavo che nell'infanzia degli altri si potesse scorgere un pizzico della propria e che una cameretta addobbata potesse trasmettermi la stessa sensazione di sicurezza che provavo da bambina, quando me ne restavo a letto a leggere con il lumino acceso e la voce della televisione in salotto che filtrava da sotto la porta.

Forse perciò a un certo punto arrivano i figli: perché decorare la loro stanza con tanti stupidi animaletti serve a farti dimenticare per un po', giusto un po', che il tempo dei giochi è ormai finito.

I cattolici della domenica

Carmen Bonavita arriva prima delle undici e mi trova seduta sul divano a fare zapping. Appena sento le chiavi nella toppa mi metto a sedere composta e attendo. Lei entra piano, mi sorride, si disfa del cappottino leggero che portava sulle spalle, aggancia la borsa sull'appendiabiti, quindi si toglie le scarpe che lascia sul pavimento e si getta sul divano al mio fianco.

Solo adesso mi accorgo che ha il mascara sciolto e gli occhi lucidi. Ha pianto, e non fa nulla per nasconderlo. E poi da quando è entrata non ha ancora detto una parola; mi guarda e sorride, ma è un sorriso diverso da quello che ho imparato a conoscere, in questo intravedo un baluginio di dolore che la rende più umana, forse anche più simpatica. Stasera non assomiglia a una statua di cera, come il soldatino di via Toledo, ma a una persona a tutti gli effetti. Eppure, di fronte alla sua muta sofferenza, non so che fare, cosa dire, come comportarmi.

Mia madre si è premunita di insegnarmi il Padre Nostro, l'Ave Maria, il Credo e l'Eterno Riposo, ma non mi ha spiegato come ricambiare un gesto di affetto, come non fuggire con lo sguardo davanti a una persona che ti mostra il suo dolore, in che modo aiutare chi ti tende la mano. Per il resto ci ha pensato papà, anzi la sua assenza, che mi ha spinta a costruirmi questo strano personaggio schietto, forte, che non ha bisogno di nessuno e crede di non conoscere il dolore. Il tocco finale al mio caratteraccio l'ha dato, infine, Napoli, la mia città, anzi i Quartieri Spagnoli, il posto dove sono nata e cresciuta, che mi hanno costretta a diventare anche sospettosa, curiosa, e moralmente incorruttibile. Perché la verità è che in un luogo senza regole non bastano quelle della Chiesa a tenerti fuori dai casini, serve qualcosa di più profondo, un esempio, per esempio. E di esempi da seguire mio fratello e io, nonostante tutto, ne abbiamo avuti due: quello di nostra madre, che con il suo rigore, la severità e l'onestà ci ha insegnato a non fregare il prossimo, e quello di nonna Giuseppina, che con la sua ignoranza, la semplicità e l'esperienza ci ha insegnato a non farci fregare dal prossimo. Il risultato finale è una specie di femmina di bassotto incazzata che proprio non riesce ad accettare che qualcuno le pesti i piedi e che il più forte vinca sempre sul più debole.

Più che la parola di Nostro Signore, insomma, è stata la vita stessa a forgiarmi, e lo ha fatto nel modo più semplice, guardandomi da lontano, come la madre con il figlioletto che gioca a qualcosa di pericoloso e non interviene. Perché al mondo si impara a stare anche e soprattutto cadendo, sbucciandosi un ginocchio e sanguinando.

Nessuno ha mai assorbito nulla da un giorno di quiete.

"Kevin è proprio un bravo bambino," esordisco per rompere l'imbarazzante silenzio.

Impiego poco per capire che è la frase sbagliata al momento sbagliato; Carmen, senza distogliere lo sguardo dal mio volto, e senza smettere di sorridere, inizia a piangere. All'inizio una sola lacrima, che corre veloce lungo la guancia e si tuffa sul divano, poi seguono le altre, che forse attendevano un gesto di coraggio da parte della prima.

Distolgo lo sguardo, e lei tira a sé le gambe e si volta a fissare la parete prima di dire: "Scusami".

"Si figuri," rispondo, e lei torna a fissarmi e fa: "Dammi del tu, ti prego".

Annuisco e domando: "Ho detto qualcosa di sbagliato?".

"No, quando mai," ribatte con il volto ormai del tutto impiastricciato, "anzi, hai detto la frase giusta..."

Vado in cucina a prendere dei tovaglioli e quando torno la trovo che fissa la televisione senza guardarla. Ha due linee di mascara che le cadono dagli occhi e il naso rosso stropicciato dal pianto. Afferra il tovagliolo e si pulisce.

Attendo ancora un po' e dico: "Io andrei...".

"No, aspetta, ti prego."

Quasi mi sembra di provare compassione per lei, una donna che fino a ieri mi procurava un certo prurito noioso.

"Puoi stare un altro po'?"

Non so che dire, così lei prosegue: "Kevìn è 'a vita mia, l'unica cosa bbona che aggio fatto".

Mi risiedo. Lei tira fuori il pacchetto di sigarette e me ne porge una in automatico. Faccio di no con la testa e lei aggiunge: "È stato buono?".

"Un angioletto."

Sul viso di Carmen si allarga un sorriso di orgoglio: "Sì, hai detto buono, un angioletto". Quindi fa un tiro e ricomincia a piangere in silenzio. E io resto lì, anche se in realtà vorrei andarmene, correre via, chiederle scusa per essermi infilata nella sua casa e nella sua vita con l'inganno, vorrei poter andare a svegliare Arminio Geronimo e sputargli in faccia, a lui e al suo cliente che si crede il padre perfetto. Ma non posso, e mi tocca stare qui a fare quello che non so fare e che non ho mai fatto: consolare.

"È che nun saccio cchiù c'aggia fa."

Non rispondo e lei si affretta a precisare: "Stasera sono uscita con un ragazzo, 'nu bravo guaglione, uno lontano da questi ambienti di merda...".

"Ah," faccio, ma lei non ha finito di parlare.

"Solo che a un certo punto sono arrivati doie strunz 'ncopp' 'a moto."

"Che è successo?" chiedo con un filo di voce.

"È successo che quel pezzo di merda mi aveva fatto seguire dai cumparielli suoi!"

"Chi?"

"Chi? Mio marito, semp' iss'!"

Resto senza parole e lei ne approfitta per proseguire: "I due hanno mazziato a quel poveretto, mi hanno sbattuta in un taxi e mi hanno riportato qui!".

"Ma come?" tento di abbozzare, ma lei nemmeno mi ascolta e domanda: "Ti va un bicchiere?".

"Di cosa?"

"Quello che buò tu, rhum, grappa, vino..."

"È tardi..." dico.

"Io, invece, aggio bisogno 'e bere", e si alza con ancora la sigaretta in mano. La sento aprire un pensile in cucina e mi vengono in mente le parole di Geronimo sul fatto che Carmen Bonavita non sia una buona madre. Che beva mi sembra evidente, che non sia una buona madre, be', è tutto da dimostrare. Lei torna con una bottiglia di scotch. "Mi dispiace, manc' ce cunuscimm', mi starai prendendo per una pazza," dice poi.

"Ma no..."

Mi interrompe e aggiunge con tono più scanzonato: "Scusa, nun so' affari miei, ma pecché nun te fai crescere 'e capill? Accussì sembri un maschio, invece sì 'na bella guagliona!".

Ecco, ora iniziano anche le domande personali, quelle che non permetto di fare a nessuno. Eppure stavolta, chissà perché, rispondo di getto. "È un periodo che mi va di giocare a fare la guerra, l'amore mi ha stufata!"

La risposta ha un effetto devastante sulla signora Bonavita, che resta a fissarmi sbalordita per un istante prima di scoppiare a ridere. "'O saje che tien' ragione? Brava, l'amore ci ha proprio scucciato, mò me metto pur'io a fà 'a guerra!"

Sorrido per gentilezza mentre penso a come uscire dalla situazione, ma lei torna seria e prosegue l'interrogatorio: "Che c'è, Luce, anche nella tua vita ce sta 'n'omm strunz?".

Sto per dirle che no, nella mia vita non c'è nessun uomo, ma lei continua come un treno senza attendere la risposta e fregandosene del mio evidente disagio.

"Siamo troppo stupide nuie femmine, crediamo ancora a

tutte chelle fesserie sull'ammore. Io, per esempio, a mio marito ci ho voluto bene davvero, almeno all'inizio, e ti pozz' assicurà che lui era proprio 'nu strunz', eh. Però, che vuoi fare, io nun 'o vedev'."

Mi giro d'istinto per controllare se la testa di Kevin faccia capolino da dietro la porta della stanzetta, ma per fortuna dorme. Carmen si accorge del mio movimento e chiarisce: "Nun te preoccupà, Kevìn tiene il sonno pesante. Altrimenti non parlerei, sto cercando di proteggerlo da stu schifo. Lui non dovrà essere uno di loro".

"Di loro chi?"

"Di loro, di loro," replica Carmen, e fa un altro lungo sorso di scotch, "di quelli comme a suo padre, gente 'e mmerd!"

A questo punto mi farebbe piacere apprendere qualcosa in più sul padre di Kevin, ma non so fino a che punto posso spingermi. Il problema è che proprio non riesco a restarmene zitta e buona nel mio angolo, nella mia porzione di mondo. Due mesi fa, era notte, a un certo punto si sono sentiti degli spari provenire dalla strada. Alleria è schizzato in piedi e ha cominciato ad abbaiare come un forsennato. Sei spari contro la saracinesca di un supermercato nel vico dietro casa mia. Ho guardato l'orologio, erano le tre e quarantacinque; mi sono alzata e ho aperto la finestra. La strada era buia e silenziosa, nemmeno un gatto era possibile scorgere. Sei spari e non c'era un'anima affacciata. Forse qualcuno stava spiando da dietro le persiane, ma nemmeno uno ha avuto il coraggio di sporgersi.

Una cosa simile accadde quando ancora abitavo con mia madre e mio fratello. Una notte si sentirono dei colpi e la mattina dopo furono trovati cinque gatti abbattuti dalle pallottole. "Va be', so' gatti!", sentii dire alla gente, compresa mamma, la quale si preoccupò di occultare la verità a se stessa e a noi attraverso una serie di bugie inventate al momento. "Avevano la rabbia, erano malati!"

Il fatto è che non si è mai sentito un gatto con la rabbia nei Quartieri Spagnoli, ma poi, come faceva la gente a sapere che i gatti avevano la rabbia? Qualcuno si sarebbe dovuto prendere la briga di analizzare le feci dei felini per controllare l'esistenza del virus. Qui non si controllano gli umani, figuriamoci gli animali! Qui nessuno ha tempo e voglia di preoccuparsi per la morte, e i problemi si affrontano quando arrivano, non prima. La vita qui è come un rubinetto che gocciola, non vale la pena intervenire finché la perdita non ti costringe a restare sveglio la notte.

Perciò fui l'unica, come sempre, a intestardirmi per conoscere la verità. Di fronte alla reazione scomposta di mamma, che continuò a starnazzare per giorni che lei aveva fatto tanto per proteggerci dalla zozzimma là fuori e che io, adesso, volevo mettermi, e mettere anche loro, nei guai con domande che non si fanno, decisi di andare dai carabinieri. Fu mio fratello Antonio a fermarmi, mi afferrò per il polso e mi portò a casa di forza. Non gli rivolsi la parola per una settimana e il sabato successivo mi presentai dal parroco dell'epoca, tale don Carmine, per chiedergli di parlare col Padreterno, di modo che intervenisse lui per punire i colpevoli.

"Luce, il Signore non conosce la vendetta," fu la sua pacata risposta.

"E allora pensateci voi, don Carmine," dissi, "domani nell'omelia dite a questa brutta gente di farsi almeno avanti per chiedere perdono."

"Erano gatti malati..." replicò con un filo di voce, e io capii dove mia madre aveva preso la storiella della rabbia.

"Sì, erano solo gatti, e i gatti non mi stanno nemmeno tanto simpatici, però, che devo fare, la prepotenza e la violenza me fanno venì 'nu torcimento qui" e poggiai la mano sulla bocca dello stomaco. "Erano solo gatti malati, don Carmine, come dicite vuie, che siete uomo di chiesa e ne sapete certamente più di me, piccole morti. Eppure a me sono proprio le piccole morti a farmi incazzare. E sapete perché?"

Il prete non disse nulla per la parolaccia e puntò il pavimento con gli occhi. Sembrava uno scolaretto impreparato.

"Perché mi fanno sentire impotente."

Lui non osò sollevare il capo, allora aggiunsi: "Perciò, fatemi la cortesia, date voi il buon esempio domani...".

Don Carmine si sfregò le mani sudate, tossì imbarazzato di fronte a una ragazzina di quindici anni che lo metteva spalle al muro, e cercò di trovare la forza di ribattere. "E chi siamo noi per giudicare, cara Luce? Non ho la presunzione di essere il Padreterno. Lui sa tutto e, nel caso, saprà anche come intervenire," sentenziò con un sorriso forzato.

Aggrottai le sopracciglia e lo guardai dritto in volto, sul punto di sputargli in un occhio, quindi recuperai la lucidità e, alzandomi, commentai: "Poi vi domandate perché la gente non viene più in chiesa".

Mia madre mi perdonò dopo molti mesi. Io, invece, a don Carmine e a quelli come lui, ai cattolici della domenica, che si inginocchiano premurosi davanti all'altare e poi fuori dalla parrocchia si infastidiscono e filano dritti se un ragazzo di colore li avvicina per chiedere un aiuto, ancora non li ho perdonati.

E mai lo farò.

A ogni modo il ricordo mi dà la spinta necessaria per dire a Carmen quello che penso. "Dovresti denunciarlo, non può fare quello che ha fatto, questo è stalking!"

Lei torna a guardarmi con espressione stranita, un misto fra stupore e divertimento. Forse non sa che cosa significhi il termine "stalking".

"A tuo marito intendo," aggiungo allora, con meno sicurezza di prima.

La signora Bonavita trangugia l'ultimo dito di scotch rimasto nel bicchiere, si accende un'altra sigaretta, e fa: "Luce, ma tu 'o ssaje chi è mio marito?".

Attenzioni

Sono così su di giri che affronto i gradini del mio palazzo due alla volta e arrivo sul pianerottolo con il fiatone. Se avessi fra le mani Arminio Geronimo me lo mangerei con tre morsi, lui e il suo cliente camorrista. Capisco che davanti ai soldi la gente nun guarda 'n faccia a nisciuno, ma fottere una madre è davvero troppo.

Sfilo le chiavi dal giubbino e sento un mugolio provenire dall'appartamento di don Vittorio. Alzo lo sguardo e mi accorgo di un foglio attaccato alla mia porta di casa: *"Alleria è ancora da me. Se non hai cenato (non lo fai mai), ti ho lasciato un piatto di pasta e patate nella mia cucina. Le chiavi ce le hai, entra e mangia. La signora Agata sa cucinare poche cose, ma ti assicuro che fa una pasta e patate che quasi parla! Io vado a dormire. Buonanotte"*.

Anche se non ho fame, prendo le chiavi di casa del mio vicino ed entro cercando di non fare troppo rumore. Cane Superiore mi salta addosso e cerca di leccarmi dietro l'orecchio, così l'iniziale sconforto poco alla volta si scioglie grazie al piccolo inaspettato messaggio da parte del vecchio e all'accoglienza (questa, invece, aspettata) del mio amico. Non ho trascorso una bella serata e non sono fiera di quel che ho fatto, ma so quello che farò domani: andrò dall'avvocato e gli sbatterò in faccia la verità!

Alleria, nel frattempo, continua a cercare di infilare il muso nel solco della mia spalla per passare a leccarmi anche il collo, così lo allontano con fermezza e gli sussurro la solita domanda, se gli sono mancata: lui mi fissa e piega un po' il capo da un lato. Sorrido e gli do un bacio in mezzo agli occhi prima di avviarmi con passo soffice verso l'unica luce accesa della casa, in cucina.

La tavola è apparecchiata per una persona: un bicchiere, un tovagliolo, un piatto coperto da un altro piatto, la solita bottiglia di vino, e una rosetta. Mi scappa ancora un altro sorriso (e la cosa mi stupisce parecchio, considerato il mio umore fino a un attimo fa), poi mi volto d'istinto a controllare il corridoio buio, quasi Vittorio Guanella fosse lì ad attendermi. Solo dopo sollevo il piatto di copertura e resto ad ammirare il capolavoro di Agata; la vista di questa pasta callosa e amalgamata, come piace a me, come la faceva nonna Giuseppina, mi risveglia l'appetito.

"Alla faccia di tutti gli stronzi che popolano la terra!" mormoro alla stanza vuota, e innalzo il bicchiere di vino.

Subito dopo mi butto con la testa nel piatto, con Alleria accucciato sotto le gambe e mille pensieri che mi premono come un macigno contro lo sterno. Meno male che ho un vecchio accanto che sa come farmi sentire bene, rifletto mentre mastico a bocca aperta un boccone troppo grande e mi perdo nei dettagli della stanza che avrò guardato centinaia di volte: una sfilza di bicchierini da liquore sulla mensola sopra il frigo per esempio, o il calendario di un laboratorio di analisi accanto alla credenza fermo a due mesi fa, una piccola gabbia per uccelli vuota appesa di smerzo a un chiodo arrugginito, come fosse un panno sporco, l'orologio a muro che segna ancora l'ora solare, una decina di scatole di farmaci impilate di fianco ai fornelli, e una foto sulla cappa alla quale ho sempre dedicato uno sguardo distratto. Quando ho finito di gustarmi la pasta, prendo il bicchiere di vino e mi alzo per osservare da vicino l'immagine: è don Vittorio da giovane, in compagnia di una bella ragazza bionda e sorridente che danza al suo fianco. Si trovano chiaramente nella sala da ballo di una nave (si vedono gli oblò sullo sfondo) e sembrano in intimità, felici addirittura. Mi avvicino ancora un po' e quasi riesco a sentire il suono di quei momenti, il ballo che ha unito i loro corpi, quasi mi viene voglia di correre in salotto ad ascoltare il quarantacinque giri che è sempre sul giradischi, quello che don Vittorio mette su di continuo, con la sua struggente melodia che riesce a vincere il tufo per arrivare ad accarezzare anche me. Però i colori sono opachi e la fotografia, nonostante il sorriso dei due ancora impresso sulla carta, non sembra avere più la forza di restituire a chi la guarda tutta la gioia di quel piccolo istante di tanti anni prima. Apro la finestra e mi accendo una sigaretta. Un ragnetto appeso a capa sotto al marmo del davanzale, infastidito dalla mia presenza, inizia a muovere le zampe all'impazzata.

Erano giorni che non cenavo seduta a tavola, sono settimane che non mi preparo qualcosa di decente. Il silenzio della cucina, la luce giallognola proveniente dal piccolo lampadario al soffitto, il ronzio del vecchio frigo Siemens e la vista della tavola apparecchiata per una persona mi hanno riportata alla mia adolescenza, quando per un periodo lavorai come cameriera in un bar di via Toledo e la sera mi ritiravo sempre tardi. Anche lì in cucina mi aspettava una tovaglietta con sopra una tazza di latte caldo e i biscotti. Sapevo che mamma avrebbe voluto vedermi concentrata solo nello studio, ma già allora sentivo la necessità di essere indipendente e chiederle i soldi per le sigarette mi faceva stare male. Comunque lei non disse mai nulla sul mio lavoro, ma tutte le sere quella tazza era lì, ad aspettarmi, e la mattina era di nuovo sulla tavola, pulita e piena di altro latte.

La vita è un continuo cambiare abitudini, amicizie, modi di fare e di pensare, ideali, amori, addirittura fede, tuttavia quando poi ti ritrovi per caso dinanzi a una vecchia abitudine, solo allora capisci quanto ti sia mancata, quanto ti abbia marchiato la pelle senza che tu te ne accorgessi. Non dico che occorra restarvi legati per sempre, anche perché alla lunga può trasformarsi in una zavorra pesante da portarsi appresso, dico solo che questa tovaglia preparata con cura, il piatto di pasta e patate, mi hanno fatto capire che ci sarà sempre un posto per me nel mondo finché qualcuno mi farà trovare qualcosa di pronto sulla tavola.

Alleria si alza a sedere e mi lecca la mano. Chino il capo e incontro i suoi occhi dolci. A volte mi domando come sia possibile sentirsi soli su questo cavolo di pianeta che ospita miliardi di specie, che straborda di vita, di esseri animali e vegetali, insetti e persone. E invece è proprio così, siamo tutti continuamente alla ricerca di qualcuno che ci accompagni lungo il percorso, spinti dal desiderio di trovare l'amore eterno, che sia quello di un figlio, un compagno o una madre, e nemmeno ci accorgiamo che, a volte, basta un amico che ti fa trovare la tavola imbandita e un messaggio sulla porta di casa, o gli occhi lucidi del tuo cane che ti fissano senza un perché.

Non parlerei d'amore, una parola abusata, parlerei piuttosto di "attenzioni".

Quello che ci manca, tutto quello che può farci sentire meglio, è racchiuso in questa piccola parolina che un cane conosce molto meglio di noi: attenzioni.

Figlia di 'ntrocchia

Giungo allo studio alle nove e un quarto del mattino, con addosso un paio di jeans e una camicetta di seta. Mi sono truccata un po' durante l'attesa dell'autobus (la Vespa non è voluta partire) e un altro po' in ascensore, e ho addirittura la borsa che pende da una spalla. Quando sono in ufficio, mi piace marcare il territorio, mostrare ai miei colleghi che sono anch'io donna, con la D maiuscola. No, perché qui dentro, a parte Giovanna, la segretaria del capo, sono quattro maschi e la sottoscritta, perciò spesso i miei cari colleghi dimenticano il piccolo particolare che nell'appartamento c'è una femmina e iniziano a scambiarsi battute cameratesche perlopiù inerenti il sesso (argomento principe dello studio Geronimo, subito dopo il calcio e il diritto, in questo preciso ordine), il tutto per sentirsi divertenti e accrescere, secondo il loro bacato cervello, l'amalgama di squadra. Almeno la presenza nel loro campo visivo di un filo di rimmel, un pizzico di rossetto e di unghie colorate, serve a mantenere la conversazione nei limiti del decente. Nonostante ciò, in un anno ho imparato molto di più sul calcio e sul Napoli, che sul diritto.

Per fortuna ho sempre amato il calcio. Quando eravamo piccoli, Antonio pranzava velocemente e correva a prepararsi per andare a giocare, mentre io lo guardavo silenziosa dall'uscio. Un giorno fu trattenuto a scuola per non so quale motivo, perciò chiamò casa e mi pregò di preparargli il borsone e portarglielo alla fermata dell'autobus.

"Il borsone del calcio?" chiesi stupita.

"Eh, sì. Ci devi mettere..."

"Lo so cosa ci va," lo interruppi, emozionata.

Lo avevo visto riempire quella borsa così tante volte che impiegai pochi minuti per completare l'operazione, nonostante il tempo perso ad annusare il profumo di bucato proveniente dalla maglietta gialla col numero otto. Avevo suppergiù undici anni, mangiavo poco ed ero mingherlina, e la sacca sembrava più grande di me, eppure riuscii ad arrivare puntuale e conquistai un sorriso e una pacca sulle spalle da parte di mio fratello (il successivo sorriso me lo avrebbe regalato qualche anno dopo, quando al telefono con la sua prof mi finsi nostra madre).

Quando tornai a casa, avevo ormai deciso: avrei giocato anch'io a calcio. Solo che non avevo fatto i conti con mia madre; le rivelai il mio desiderio e lei pensò che stessi scherzando. Solo dopo la mia insistenza si fece seria e disse: "Luce, ma tu sì femmena, che devi fare con questo calcio? Perché non fai nuoto? Oppure ginnastica. Potresti correre, sei magra, bassina e veloce. Che ne dici?".

"Voglio giocare a calcio," risposi senza smuovermi di un millimetro.

Lei sbuffò e si rifugiò nell'altra stanza per farmi capire che intendeva chiuso il discorso. Sbattei la porta di casa e corsi da nonna Giuseppina, che viveva da sola in una stanzetta al pianterreno nel palazzo di fronte al nostro. All'epoca non doveva avere neanche settant'anni, nondimeno ai miei occhi appariva vecchissima, sempre con il tuppo bianco in testa, vestita con abiti scuri, e con soli tre denti in bocca. Lei si chinò a darmi un pizzicotto sotto il mento, come faceva sempre, poi aprì la dispensa e mi offrì i soliti biscotti caldi che preparava con le sue mani sciupate.

Quando morì ritrovai il suo diario dentro una scatola di latta; nonostante la grafia tremolante e imprecisa, riconobbi, fra le altre, anche la ricetta dei famosi "biscotti di nonna Giuseppina", come li chiamavo io. La scatola con il diario è tuttora conservata nel cassetto del mio comodino, sotto le mu-

83

tande e le calze, ma i biscotti, ahimè, sono finiti di esistere con lei. Almeno la versione originale. Per anni ho tentato di cimentarmi in cucina per riprodurli, ma senza risultati degni di nota. Un giorno mia madre si avvicinò e, con aria severa, commentò: "Luce, anche oggi mi hai sporcato tutto il lavello, e che diamine! Ma poi cosa mai avranno avuto 'sti biscotti di tanto speciale? Non ti bastano i Galletti?".

Mi girai di scatto e le ficcai le pupille negli occhi prima di rispondere con voce glaciale: "Erano buonissimi e pieni di un ingrediente speciale che proprio non riesco a riprodurre: l'amore. Sai di cosa sto parlando?".

Lei irrigidì la mascella e non replicò, si sistemò lo scialle sulle spalle e si recò come ogni pomeriggio in parrocchia. Mi pentii quasi subito della frase, nonostante la sua uscita fosse stata del tutto fuori luogo. Il fatto è che proprio non riuscivo ad accettare che lei provasse ancora astio nei confronti della madre, anche ora che non c'era più. Mi chiedevo dove fosse finito tutto l'amore che quella vecchia donna aveva saputo donare. Di certo non nel cuore di mamma.

In ogni caso mi rimase un sasso sullo stomaco e le parole sulla punta della lingua. Se all'epoca fossi stata solo un po' più scetata, le avrei detto che è inutile star lì a recriminare, che anch'io avrei tanto desiderato l'amore e la presenza di un padre, invece la vita sa essere fetente, cazzuta e ribelle, e mica se ne frega delle tue preghiere e di cosa speri, l'amore te lo regala se ne ha voglia. E quando dice lei.

La nonna ascoltò in silenzio il mio sfogo sul desiderio di diventare calciatrice, un gomito appoggiato alla tavola (ricordo ancora la tovaglia di plastica beige con i fiorellini azzurri) e la mano a sostenere la guancia, finché fu sicura che avessi terminato di frignare.

"Nenné, io credo che mammt' tene ragione. Ormai sì gruoss', dovresti iniziare a vestirti 'nu poco chiù aggraziatella, chiù femminile..."

"Perché?" chiesi sulla difensiva.

Lei sorrise e ribatté: "Perché no?".

"Le mie compagne sono tutte stupide, smorfiose, e parlano solo di uomini."

"E a te non interessano gli uomini?"

"Non mi piacciono le femmine, se questo vuoi sapere..."

"Non me ne frega se ti piacciono i maschi o le femmine. Mi interessa che tu ti voglia bene!"

Rimasi a guardarla senza capire e lei proseguì. "Per me tu può fa calcio, lotta, chello che bbuò, però devi sempre amarti, rispettarti, avere cura di te. Hai cura di te, Luce?"

Sollevai le spalle e afferrai un altro biscotto. Nonna continuò: "Se giocare a pallone ti fa sentire bene, allora fallo. Ma io credo che a te del calcio non importa niente".

"Invece sì, è una mia passione," precisai a denti stretti.

"Chi cerca troppo 'na passione, rischia di trovarla subito."

"Non ti capisco."

Mi carezzò la mano. "Niente, niente, nenné, solo... piensace natu poco, siente a me."

I suoi occhi piccoli e dolci avevano il potere di calmarmi, perciò non dissi più nulla e dopo qualche giorno l'idea pallonara si dissolse com'era venuta.

Quella storia mi ha insegnato due cose: la prima è che un "no" ha molta meno forza di un "pensaci", e la seconda è che, forse, il mondo sarebbe un posto migliore se si perdesse un po' più di tempo appresso alle richieste dei ragazzi, anziché balbettare poi di fronte a quelle ormai insolite degli adulti.

La verità che non potevo rivelare a nessuno è che a me il calcio piaceva perché mi ricordava mio padre. Non che lui fosse questo gran tifoso però amava fare casino e festeggiare, come si sarà capito, e nella seconda metà degli anni ottanta il calcio a Napoli fu l'unico motivo che permetteva alla gente di scendere per strada a fare 'o burdello, come diceva sempre lui con un sorriso.

La mattina del dieci maggio dell'ottantasette, il giorno del primo scudetto, mi venne a svegliare alle sette. "Picceré, scetati, dobbiamo andare a fare le fotografie!"

Aveva una macchina fotografica professionale al collo che non so dove avesse preso e sorrideva beato, con il solito cappellino da baseball calato sul viso e i capelli che gli spazzolavano le spalle. Mamma era già in cucina e mi stava preparando il latte, ma lui disse che quello era un giorno speciale e avremmo fatto colazione al bar, e che per pranzo avrebbe comprato anche le paste da Scaturchio. Lei fece una smorfia ma non disse nulla, forse perché immaginava che l'intento del marito sarebbe rimasto, appunto, solo un intento. Fatto sta che scendemmo con il suo Vespino Special ammaccato (sì, anche lui aveva una Vespa) e ci inoltrammo per i Quartieri, e a ogni angolo lui posava i piedi per terra e fotografava le bandiere ai balconi, le facciate dei palazzi dipinte con il tricolore, i gradini delle chiese verniciati di azzurro. Napoli era un'esplosione di colori e sorrisi in quella speciale domenica, un trionfo di vessilli e sciarpe. Ogni strada e vicolo erano addobbati a festa, i monumenti, le fontane, tutto fu pittato con il colore del cielo, e la gente se ne andava in giro con una faccia allegra, gentile come non mai. Erano solo le otto del mattino e nell'aria già riuscivo a sentire l'odore delle graffe appena sfornate e della speranza che sfilava da sotto le finestre e si mescolava al vento primaverile. La felicità era a portata di mano per tutti quel giorno, e per la prima volta la città poteva prendersi una soddisfazione così grande senza essere costretta a dire grazie a nessuno.

Passammo la mattinata in giro fra i vicoli, lì dove a stento riusciva a sfilare la Vespa, inoltrandoci sui marciapiedi per raggiungere la parete di un palazzo in fondo a una stradina intasata di auto, o arrampicandoci con le ruote sulle rampe che raggiungevano i vicoli più a monte, per godere dello spettacolo che a ogni incrocio si faceva più sorprendente. Quando tornammo a casa, era ora di pranzo e le paste papà non le aveva comprate, preferendo acquistare due trombette da un amico ambulante. Per fortuna, mamma, conoscendo il marito, aveva preparato un bel tiramisù con i Plasmon, come piaceva a me. Alla domanda di quest'ultima sul perché avessimo passato la mattinata a fotografare la città, fui io a rispondere di getto: "Perché è tutta colorata!".

"Brava a papà!" ribatté lui. "Perché è tutta colorata!" e mi diede il cinque.

In verità, l'amico di papà dal quale avevamo acquistato le trombette aveva una bancarella su via Toledo dove vendeva sciarpe, bandiere, trombette appunto, e fotografie dello stadio e dei calciatori, che all'epoca andavano molto di moda. A papà, seppi dopo, era venuta l'idea di immortalare i vicoli addobbati a festa per poi vendere le foto all'amico ambulante, tanto che, come ci ha raccontato anche la nonna, in quei giorni si andava vantando della sua grande vena imprenditoriale. L'amico, però, gli disse che lo avrebbe pagato solo sul venduto, se la merce fosse piaciuta. Le foto andarono a ruba, ma papà non vide comunque una lira; il grande amico, finita la festa, smontò baracca e burattini e scomparve.

Alla faccia della vena imprenditoriale di Pasquale Di Notte.

In realtà non è questo l'aneddoto che mi fece innamorare del calcio. Due anni dopo, una sera papà rientrò in casa euforico sventolando due biglietti davanti ai nostri occhi sbalorditi. "Iamme, preparatevi," disse poi, "che stasera vi porto allo stadio!"

Antonio fece un urlo di gioia, io, invece, guardai mamma che fissava il marito sulla soglia della cucina con aria interrogativa. "Dove hai preso i biglietti?" chiese infine, sempre dubbiosa quando si trattava di lui.

"Un amico..." rispose papà e si caricò Antonio sulle spalle.

"E come andate, che stiamo senza macchina?"

"L'ho aggiustata."

"L'hai aggiustata?"

"Eh..."

"Tu?"

"L'ho portata da un amico..."

"I migliori amici del mondo tieni..." commentò lei acida prima di tornare ai fornelli.

Dieci minuti dopo eravamo nella nostra vecchia Seicento

amaranto scassata che impiegò non so quanto per accendersi con un singulto. Antonio era fuori di sé dalla gioia, papà canticchiava *Quel ragazzo della curva B* di Nino D'Angelo, e io mi beavo in vista della serata da trascorrere con lui, che non c'era mai e tornava sempre tardi la notte. All'altezza di corso Europa, però, l'auto fece un paio di colpetti di tosse, un brontolio, e si accasciò in mezzo alla carreggiata.

"Cazzo," commentò papà, quindi scese e ci costrinse a spingere la macchina sul marciapiede, mentre la gente dietro di noi strombazzava impaziente il clacson.

"E adesso?" chiese deluso mio fratello.

"E adesso facciamo l'autostop," rispose lui senza perdersi d'animo.

Mentre noi ce ne stavamo con il pollice all'insù in attesa che qualche anima pia ci caricasse, lui arrotolava quella che all'epoca pensavamo fosse solo una sigaretta.

"Odora di tè," commentai una volta, e papà rispose: "E quello il tè ci sta dentro".

Arrivammo che il secondo tempo era iniziato da dieci minuti e il Napoli già vinceva tre a zero. Il muso lungo dietro il quale Antonio si era riparato fino a quel momento scomparve subito, appena mise piede all'interno del San Paolo e si fece rapire dall'esplosione di colori e di luci, dai cori delle curve, dalla gente che ballava e rideva.

E poi giunse pure il gol, che per gli altri era il quarto, ma per noi il primo, e allora ci ritrovammo abbracciati tutti e tre, con papà che ci riempiva di baci e ripeteva: "I miei due angeli so' diventati tifosi!".

Amanti del calcio lo siamo diventati quel giorno di sicuro, angeli, invece, lo siamo stati per poco. E con scarsi risultati.

I veri angeli riescono a proteggere le persone che amano.

Ma è meglio tornare al presente e a me che sono appena arrivata in ufficio. Poso la borsa al mio posto e mi dirigo subito nella stanza di Geronimo. È Giovanna a fermarmi.

"Non c'è," dice, senza nemmeno sollevare lo sguardo dal monitor.

Giovanna Forino è una stangona di un metro e ottanta, con un seno enorme, ma anche con un culo grande quanto un campo da golf. È una donna in carne insomma, senza stacco vita, con il viso spigoloso e il naso adunco, gli zigomi alti, occhi piccoli ricoperti da due spesse lenti, e qualche brufolo sparso qua e là. Però è una intelligente, perché, consapevole dei propri limiti, ha da subito deciso di giocarsi le carte migliori e non passa giorno che si presenti in ufficio senza almeno tre quarti di tetta di fuori. Nonostante la mole delle sue mammelle, infatti, usa push-up e camicette scollate, e in tal modo riesce in parte ad attirare qualche sguardo malizioso (sulle tette, non su di sé) durante la giornata.

Quarantacinque anni, sposata e con un figlio, Giovanna Forino è il desiderio sessuale irrealizzato e irrealizzabile di Pasquale Acanfora (da me soprannominato Centogrammi, perché è secco da far schifo e ha due spallucce da rachitico), avvocato sotto i cinquanta senza uno zillo in capa e con l'alito dispettoso. Pasquale lavora nello studio Geronimo da più di quindici anni, e da dieci, pressappoco dal giorno successivo all'arrivo della Forino, cerca di corteggiarla senza alcun successo. Eh sì, perché Giovanna ha, purtroppo per Centogrammi, il cuore impegnato: è perdutamente innamorata di Manuel Pozzi, il quale, come ovvio, non ricambia la passione.

Tutto questo si ripercuote anche sulla mia vita. Neanche a farlo apposta, Pasquale Acanfora è in stanza con me, la scrivania di fianco alla mia. Perciò il triangolo amoroso in qualche modo investe pure la sottoscritta, perché la mattina si instaura un circolo vizioso che mi porta a ricevere un saluto affettuoso e un sorriso da parte di Pasquale solo se a sua volta Giovanna l'ha salutato con un sorriso. Ma ciò avviene esclusivamente se, prima ancora, Manuel ha fatto lo stesso con lei. Insomma, l'educazione, la gentilezza e il buonumore dello studio Geronimo dipendono dal nostro mitico Manuel Pozzi e dalla sua voglia di civettare ogni tanto con la Forino, che qualche volta, in mia presenza, nelle segrete stanze dell'avvocato Arminio, è stata da quest'ultimo definita, nello stile british che lo contraddistingue, come "'nu cesso ambulante".

Stamattina mi sembra facile capire che il tanto agognato sorriso del suo amante non sia ancora arrivato; Giovanna, infatti, tiene la capa dentro lo schermo e non mi degna di uno sguardo.

"E dov'è?"

"A Roma."

"A Roma?"

"Aveva una causa da discutere..."

"Quando torna?"

"Domani."

"Domani?"

Silenzio. Dannazione.

"Manuel c'è?"

Alla parola "Manuel", Giovanna solleva il capo e mi fissa. "È nel suo ufficio, perché?"

L'inclinazione acidula della sua voce mi ricorda che la Forino è ancora gelosissima del nostro Manuel. I primi tempi mi fece la guerra perché ero la prima donna che varcava la soglia dello studio Geronimo da non so quanto, e immaginò che potessi anch'io innamorarmi del suo uomo e avvolgerlo nella mia tela di femmina seducente. L'astio, però, durò poco, giusto il tempo che ci misi a capire come stavano le cose. Una mattina arrivai prima di tutti e la trovai già al suo posto, poggiai il culo chiatto sulla sua scrivania e avvicinai il volto al suo. Lei mi dedicò uno sguardo timoroso e sorpreso.

"Senti, Giovà," esordii, "mettiamo le cose in chiaro, perché già mi hai rutt' 'o cazz!"

Lei indietreggiò.

"A me Manuel nun me piace, nun me dice niente, anzi, se lo vuoi sapere, mi sta pure un po' sulle balle, con quel sorrisino perfettino. A te, invece, ti attizza e ti fa salire il sangue in capa, lo capirebbe pure mia mamma, che è cattolica bigotta e col sesso non ci va tanto d'accordo, e a me va bene così, per carità, sono contenta per te e ti auguro una lunga storia di amore con lui. Perciò non mi rompere più le scatole d'ora in avanti e, anzi, cerca di essere un po' più gentile, solo un po', perché in fin dei conti non sai nulla della mia vita. Nessuno sa un emerito niente della vita degli altri..."

Lei sgranò gli occhi e, con espressione contrita, replicò: "Ma che vuoi?".

"Be'," proseguii, "mi piacerebbe se lanciassi meno occhiatine a quell'idiota impomatato, che già se lo crede di suo senza il tuo contributo, ma questa è la tua vita e io me ne sbatto, anche se ti voglio dire una cosa..." e mi avvicinai ancora di più, "... io sono dalla tua parte. Sono sempre dalla parte delle donne. Forse perché sono state due di loro a crescermi, non lo so. O forse perché, se mi mettessi dalla parte degli uomini, dovrei fare i conti con la figura paterna e, semmai, anche identificarmi in lui. Per carità, è tutto più semplice se hai qualcuno di invisibile al quale attribuire le colpe di ogni sbaglio o fallimento."

Quindi scesi dalla scrivania e tornai alla mia postazione. Non abbiamo mai più parlato dell'accaduto, né lei ha più fatto riferimento al nostro discorso. Però, quando dieci minuti dopo le passai davanti, mi dedicò un bel sorriso. Che figlia di 'ntrocchia che sono, pensai soddisfatta, e per festeggiare mi allontanai sculettando come un'oca.

Mica sei lesbica?

Manuel è alla sua scrivania con il viso incollato allo schermo del computer, perciò mi accoglie sollevando solo l'indice come a dire di aspettare. Mi porto le mani ai fianchi e sbuffo. Lui sorride divertito (non so perché gli piaccia tanto il mio carattere di merda), infine mi inquadra: "Uè, Luce, buongiorno, come stai?".

"Fammi capire una cosa," inizio senza ricambiare il saluto, "tu lo sapevi che il marito di Carmen Bonavita, nonché nostro cliente, è un camorrista?"

Finalmente catturo la sua attenzione; Manuel mi guarda per un istante di troppo e fa: "Chi te l'ha detto?".

"Nessuno, le voci del popolo... lo sanno tutti!"

"Be', ti assicuro che all'inizio Arminio non aveva capito... altrimenti non avrebbe accettato."

"Ma chi, Arminio? Ma figurati, quello si venderebbe la madre!"

"Abbassa la voce..."

"Allora, che avete intenzione di fare?"

"In che senso?"

"Continueremo a difendere lui contro di lei?"

"Decide Arminio, lo sai..."

"Ma guarda caso l'avvocato non c'è e tu hai ricevuto l'ordine di seguire la causa..."

Manuel non risponde.

"Perché?"

"Perché cosa?"

"Perché l'avvocato ti ha affiancato a me?"

Si alza, si sistema il nodo della cravatta che gli comprime il gargarozzo, si passa una mano fra i capelli, che se ci fosse Giovanna in stanza gli verrebbero i bollori, sfodera il suo miglior sorriso e, infine, ribatte: "Luce, sei una rompiballe di prima categoria, lo sai? Sono le nove del mattino, perché non mi accompagni a prendere un caffè e ne parliamo?".

"Non credere di farmi fessa con un caffè e un sorriso!"

"Tranquilla," replica lui, e infila il braccio sotto il mio, "lo so che il mio fascino non ha poteri su di te."

Mi trascina in ingresso e apre la porta. Prima di spingerci fuori, si rivolge a Giovanna: "Torniamo fra poco".

Evito di guardarmi le spalle per non imbattermi negli occhi rabbiosi della Forino e mi abbandono alla guida di Manuel. In ascensore lui si ammira allo specchio e io rimugino.

"Che c'è, Di Notte? Cos'è quel muso?"

"Rifletto."

"Su cosa?"

"Niente, lascia stare."

"Ah, già, è vero, sono troppo stupido per comprendere i pensieri di una femmina come te..." e sorride ancora.

Ci sediamo a un tavolino del bar sotto l'ufficio, lui ordina un caffè, io un succo di frutta.

"Allora," incalzo, "che pensi di fare?"

"Che dovrei fare?"

"Forse dovremmo convincere l'avvocato a rinunciare al mandato..."

"Sono molti soldini..."

"Senti, Manuel, a parte il fatto che quelli che definiscono il denaro 'soldini' non li sopporto proprio, come chi chiama le scorregge 'puzzette'. A ogni modo, ho conosciuto quella donna e ti posso assicurare che non è vero che non è una buona madre. Sì, beve un po' troppo ed è ignorante, ma non mi è sembrata cattiva, anzi. Il bimbo è stranamente educato, un tipetto incredibile, quasi simpatico mi verrebbe da dire, se non fosse che i bambini mi stanno sulle scatole!"

Lui mi ascolta in silenzio, una gamba accavallata sull'altra e la mano alla guancia, e sembra pensare. I suoi bicipiti gonfi intanto pulsano sotto la camicia. Alla fine domanda: "Ma tu sei davvero così o ci fai?".

"Che vuoi dire?"

"Cioè, davvero sei sempre incazzata e non sopporti nessuno? Oppure ti diverti a farlo credere?"

"Non sto sempre incazzata," ribatto di getto.

"Be', nemmeno allegra però..."

"Comunque parlavamo di lavoro."

Manuel socchiude gli occhi e sorride. Di nuovo. Per un istante mi viene voglia di buttargli il succo di mirtillo sulla bella camicia bianca; questo sì mi farebbe scoppiare dal ridere. Solo che lui si avvicina e schiaffa il suo bel volto abbronzato a una spanna dal mio, gli occhi color mare dei Caraibi che mi trapassano. Quindi se ne esce con la frase: "Posso farti una domanda molto personale?".

E io resto a guardarlo, incapace di qualsivoglia reazione. È che sono presa dal chiedermi per quale motivo a me la natura ha deciso di colorarmi le pupille di un marroncino sbiadito color cacca di bufalo e a lui ha montato due turchesi che riverberano il sole. Poi ci domandiamo perché esista l'invidia; iniziate da lassù a trattare tutti in ugual modo e vedrete come si andrà d'amore e d'accordo anche quaggiù!

"Mica sei lesbica?" chiede Manuel a bruciapelo, e subito dopo torna ad accasciarsi sulla sedia.

Avverto una vampata di energia riscaldarmi le vene e le braccia iniziano a formicolarmi. Ora mi alzo e gli schiatto il bicchiere in testa, oppure gli lascio un'unghiata sulla guancia, un calcio nelle palle, un...

"No, perché sarebbe proprio un gran peccato!"

Cerco di riconquistare la calma. "Manuel, che vuoi?"

"Che voglio?"

"Stai facendo lo stronzo con me, nel caso non te ne fossi accorto."

"Embè?" ribatte placido.

La sua sicurezza è insopportabile. "Embè, c'hai qualche secondo fine, di questo sono certa."

"Perché, non potrei corteggiarti per il semplice gusto di farlo?"

"Tu?"

"Io," replica serio.

Butto giù l'ultimo sorso di succo di frutta e cerco di rispondere nonostante un tale al semaforo si sia incollato al clacson. "Manuel, senti, ho le tette piccole e il culo grosso, qualche smagliatura sulla pancia e un po' di cellulite. Tu esci solo con natiche di marmo e occhi dolci. Allora, che vuoi?"

Lui non demorde: "Però hai un bel visino, e poi sei intrigante, con questo tuo caratteraccio! Mica uno può sempre e solo guardare il sedere!".

Spalanco le palpebre per osservarlo meglio mentre sento le guance farsi roventi come le castagne arrustute a ottobre. Dannato sistema nervoso simpatico che dilata i vasi sanguigni fregandosene di ciò che voglio e facendomi diventare del colore dei puparuoli che friggeva mia madre a ogni occasione. Dovrei essere infuriata, in fin dei conti Manuel ha ammesso che il mio posteriore non è dei migliori, eppure la frase sul mio viso mi fa sentire in qualche modo lusingata. Possibile che sia anch'io una di quelle stronzette che fa tanto chiasso per sentirsi emancipata, libera e intelligente, e poi cade come una crisommola matura dall'albero al primo complimento del Big Jim di turno? Non posso permettermelo, a meno che non voglia subire un inaspettato tracollo dell'autostima alla quale cerco di prestare attenzione e cura da quando sono venuta al mondo.

"Non sono lesbica, Manuel, mi piacciono gli uomini, ma non quelli come te, mi dispiace."

"Come me come?"

Aspetto qualche secondo prima di rispondere: "Tu ti piaci assai, mio caro Manuel, sei pieno di sicurezze!".

"Be', non è quello che cercano tutte le donne, la sicurezza?"

"Forse alcune, di certo non io. La sicurezza è quella cosa

che ci fa sentire morti mentre perdiamo le giornate a riflettere sul perché non siamo felici."

Lui ride di nuovo e si passa una mano fra i capelli. Ancora una volta.

"Una tazza di latte caldo sulla tavola è tutta la sicurezza di cui ho bisogno. L'unica," sento ribadire alla mia voce fredda.

Certo da fuori non devo risultare troppo simpatica. Tuttavia Manuel Pozzi sembra divertirsi; con quella sua aria da stronzo si sistema meglio sulla sedia: "Non ti capisco, potresti dare risposte meno elevate? Sai, resto pur sempre un maschio con i muscoli e senza cervello!".

Stavolta mi scappa da ridere. Non sarà un intellettuale e nemmeno una persona troppo sensibile, ma ha senso dell'umorismo e anche un po' di sana autoironia. Che poi, diamine, non so nemmeno se mi andrebbe di passare davvero la vita di fianco a una persona colta che non spiccica un sorriso. Anche perché io sono molto più brava a ricambiare che a dare, perciò se nessuno d'ora in avanti mi regalasse più un sorriso, rischierei di morire senza che le mie labbra ne abbiano più provato l'ebbrezza.

"Ci sei?"

Manuel è tornato col busto a pochi centimetri dal mio viso inebetito. Sono costretta a socchiudere gli occhi e a scuotere il capo per far dissolvere la strana vocina che da qualche minuto mi sta scorticando l'orecchio pur di sussurrarmi che, in fin dei conti, una nottata con l'adone che ho di fronte non sarebbe chissà quale oltraggio alla mia dignità. Che poi, a dirla tutta, una vita è degna quando è spesa bene, e a tal proposito la solita vocina continua a ripetermi che un amplesso con il manichino bonazzo potrebbe rivelarsi un'ottima spesa. Per fortuna lui decide di arrivare al punto. "Senti, la verità è che l'avvocato mi ha detto di affiancarti perché temeva proprio che tu potessi venire meno per una specie di solidarietà femminile... e poi perché la gente che ruota attorno alla causa non è proprio di altissimo livello, diciamo così..."

"Non ho bisogno di protettori," mi difendo con voce gelida.

"Non sono il tuo protettore e, anzi, se vuoi saperlo, la penso come te. E gliel'ho anche detto ad Arminio."

"Cosa?"

"Che dovremmo rinunciare all'incarico."

Questo benedetto Manuel Pozzi sta scardinando tutte le mie certezze. Ancora una frase azzeccata e quasi quasi cedo alle sue lusinghe.

"Per quel che mi riguarda, puoi star certo, non ho alcuna intenzione di fregare quella donna e suo figlio!"

"Ho fatto un po' di domande: dopo l'ennesimo tradimento, la signora si è ribellata e i due sono finiti alle mani, allora il marito ha fatto le valigie e se n'è andato. Il giorno dopo la signora Bonavita è corsa dall'avvocato per chiedere il divorzio. Capisci? Il divorzio, in quel contesto... all'interno di una famiglia camorrista, dove gli uomini spesso hanno pieno potere sulle donne, lei chiede di separarsi. È stato un oltraggio al capofamiglia non perdonabile."

"Non lo sapevo..."

"Eh già, solo che entrambi gli avvocati ai quali si è rivolta, appena saputo con chi avevano a che fare, hanno rinunciato al mandato. E adesso lui, per punirla, si è messo in testa anche di riprendersi il figlio."

"E Geronimo che dice?"

"Arminio, lo sai, conosce tutto e tutti, e se è diventato quel che è diventato, lo deve proprio alle sue tante amicizie. Prima di fare uno sgarro a qualcuno di potente ci pensa tre volte. La situazione è delicata..."

"Che ci pensasse pure, tanto io rinuncio. E domani glielo comunico..."

Mi alzo e caccio il portafogli. Lui mi blocca con un gesto gentile ma autoritario e lascia dieci euro sul tavolino. Poi mi riprende sottobraccio e commenta: "Secondo me fai bene, è una questione delicata, non per una donna".

Sto per rispondergli a modo, ché se c'è una cosa che mi dà fastidio del genere maschile è che si arroga il diritto di sapere cosa è o non è per una donna, ma lui subito aggiunge: "Comunque, se dovessi cambiare idea e ti andasse una cena romantica, io sono qui".

"Non molli, eh? Ma perché non fai felice Giovanna piuttosto?"

"Giovanna chi?"

"Come Giovanna chi? La nostra segretaria..."

"Luce, e dico che sì, ma non sto ancora così inguaiato!"

"E dai, è una brava ragazza."

"Sì, e a me non piacciono le brave ragazze", e mi fa l'occhiolino, "mi piacciono quelle con la cazzimma!"

Niente da fare, per tutto il periodo che sono stata con il bastardo e avevo i capelli lunghi e cotonati, la borsa a tracolla, lo sguardo dolce e il sorriso pronto, nessuno mi ha degnata di uno sguardo, quando ho deciso di smetterla di essere gentile con la vita, ché tanto lei gentile con me non lo è mai stata, allora sono iniziati a spuntare spasimanti e corteggiatori di ogni tipo.

È che forse gli altri si accorgono di quando riesci a mettere un po' di forza negli occhi e allora si avvicinano per capire se ce n'è un pizzico anche per loro.

Stasera mi sembra di essere felice

Nell'infilarmi l'accappatoio che avevo poggiato sul water mi lascio andare a una piccola imprecazione per non aver ancora acquistato la cinta. Ogni volta che esco dalla cabina doccia penso che devo comprare una cinta o, più facile, un altro accappatoio, poi me ne dimentico e sono costretta a camminare per casa con questo coso che svolazza e lascia intravedere tutto. Per fortuna nel palazzo di fronte non sembra esserci nessuno alla finestra, per cui me ne frego e sbuco in salotto con i piedi scalzi, i capelli bagnati, e mille goccioline d'acqua che si incontrano e si uniscono come amanti sulla mia pelle. Afferro il pacchetto di Lucky Strike e accendo una sigaretta, poi premo il pulsante "play" sullo stereo e la musica riprende da dove si era fermata qualche giorno fa.

A che serve sta' accussì, sempe 'ncazzato, ma po' pe chi? Fora fa friddo... Nun me scuccia'...

Alzo il volume, faccio un tiro e mi lascio avvolgere dal fumo denso mentre ballo per il piccolo salotto. Poi squilla il cellulare. E ti pareva! Rispondo senza guardare il display: "Pronto?".

"Luce?"

"Chi è?"

"Antonio..."

"Antonio? Mio fratello Antonio? Quello che non si fa sentire da tre mesi e non scende a Napoli da due anni? Quell'Antonio lì?"

"Hai finito?"

Mio fratello è una di quelle persone, e sono tante, che riescono a farmi salire il sangue in testa senza pronunciare una sillaba. Apro la finestra e mi riverso sul piccolo balconcino della cucina per prendere una boccata d'aria.

"Come stai?" chiedo poi.

"Bene. Tu?"

"Tutto a posto. Così si dice, no?"

Silenzio imbarazzato. Sono le undici di sera e nel vicolo c'è solo un gatto che si lava il sedere.

"Ti ho chiamata per dirti una cosa importante... ho appena finito di parlare con mamma," fa lui.

Socchiudo gli occhi e tento di elencare velocemente i possibili guai che Antonio può aver combinato: ha perso il lavoro, ha fatto un incidente, ha deciso di partire per l'Australia, ha messo incinta qualcuna.

"Che è successo?"

"Be', ecco... insomma... sei diventata zia!"

Bingo, ci ho azzeccato!

"Zia?"

"Zia!"

Silenzio.

"Luce, ci sei?"

"Certo, dove vuoi che vada?"

"Be', non mi dici niente? Non sei contenta?"

"Che io sappia per fare un figlio occorre una donna. Tu ce l'hai una donna, Antonio?"

"Sempre scema, eh? Si chiama Raffaella, ed è bellissima!"

"Come il mio primo amore..."

Silenzio.

"Il mio primo amore... si chiamava Raffaele. Ricordi?"

"Mmh, sì, forse..."

Un signore con un sacchetto in mano e un toscano in bocca si ferma davanti a una saracinesca chiusa e guarda l'orologio. Sembra che stia aspettando qualcuno, però ogni tanto butta l'occhio verso di me.

"Vabbuò, come non detto. E da quanto tempo la conosci? Da quanto state insieme?"

"Più di un anno..."

"E me lo dici adesso?"

"Be'... sai..."

L'uomo che fuma sta chiaramente sbirciando per vedere se l'accappatoio si apre un altro po'. Dovrei rientrare o mandarlo a quel paese, ma sono troppo presa dalla discussione.

"La ami?"

Antonio risponde di getto: "Molto".

"Bene, sono contenta per te allora. Sai già se è maschio o femmina?"

"Maschio."

"Meno male..."

"Perché meno male?" chiede con voce divertita.

"Be', un'altra donna in famiglia non si sarebbe sopportata. E poi ci vuole un maschio a questo punto della mia vita, uno al quale insegnare quanto sappiamo essere stronze noi donne se non otteniamo ciò che vogliamo."

"Effettivamente tu sei proprio una gran stronza," ride lui, "perciò non credo che te lo lascerò educare!"

"Hai ancora qualche mese di tempo per disprezzare il tuo passato, l'infanzia, tua madre e questo posto. Goditela, fai una veloce ripassata del perché continui a scappare da noi, perdona chi devi perdonare e poi torna qui con tuo figlio, che non può pagare le colpe dei tuoi rancori e dei tuoi buchi non riempiti. Così, semmai, gli insegniamo a restare anziché fuggire."

Nessuna reazione da Antonio.

"Uè, ci sei?"

"Sì..."

"Va be', dai, scherzavo, non te la prendere..." dico mentre spengo la sigaretta sulla ringhiera.

"Sì, lo so, è che... non ti ho detto una cosa..."

Altro veloce ripasso di possibili guai dei quali Antonio non mi ha messa a conoscenza: questo figlio non lo vuole, non è sicuro che sia suo e non ha alcuna intenzione di riconoscerlo. Vuole portarlo con sé in Australia senza farcelo nemmeno vedere.

"Antò, e parla, iamme, mi stai facendo scendere la uallera!"

Getto il mozzicone e fisso l'uomo che continua imperterrito ad ammirare ciò che l'accappatoio senza cinta permette di ammirare.

"Niente, è che il bambino, in verità, è già nato."

Strabuzzo gli occhi e mi allontano dal parapetto. Se non avessi appena terminato di fumare, mi accenderei un'altra sigaretta.

"È già nato?" grido.

La sua voce si fa lontana e piccola. "Una ventina di giorni fa."

"Venti giorni fa?"

"Luce, devi ripetere ogni frase?"

"Tu sì pazz', 'o ssaje?"

"Non ve l'ho detto perché..."

"Come si chiama?"

"Arturo, come il padre di Raffaella."

"Arturo..." sussurro, per prendere confidenza con un nome che fino a cinque minuti fa non significava nulla per me. Ora, invece, mi troverò a pronunciarlo chissà quante volte. D'improvviso, a metà della mia vita, senza aver fatto nulla, senza aver scelto, mi trovo con un nome da amare e un giorno da festeggiare.

"Per un attimo avevo pensato di chiamarlo Pasq..."

"Non voglio saperlo, non mi interessa. E Arturo è un bel nome."

"Luce, senti, non ho avuto il coraggio di dirvelo, di dirlo a mamma, perché, insomma, Raffaella ha quattordici anni più di me e una figlia di tredici."

Caspiterina, stavolta il fratellino davvero lo vuol far scoppiare il cuore a nostra madre.

"Quattordici in più? E quanti ne ha?"

"Quarantasette."

"Quarantasette? Ma perché, si possono avere ancora figli a quell'età?"

"Be', è difficile, ma può succedere. Non era voluto, picceré, ma è l'imprevisto più bello che mi sia mai capitato."

E non stento a crederci, considerati gli altri imprevisti della sua vita. A undici anni, per inseguire un gatto, andò sotto a un motorino; il bello è che lui non si fece niente e il pilota si scassò la testa. A tredici reagì alle vessazioni di un compagno di scuola, solo che era il compagno sbagliato, figlio del boss del Pallonetto; la sera ci ritrovammo sotto casa diversi energumeni pronti a ucciderlo e fu solo grazie all'intervento di alcuni influenti personaggi della zona che riuscimmo a far rientrare la cosa. A quindici fu beccato con dell'hashish in tasca e lo portarono in questura. Mia madre pianse per tre giorni e tre notti, nel buio della sua camera, al quarto risveglio decise che il lutto doveva essere archiviato, si infilò la solita maschera e non parlò mai più dell'accaduto. A ventidue, Antonio partì per Roma per un concerto dei Metallica e non diede più notizie per cinque giorni. Al secondo, mamma voleva andare dai carabinieri, ma io, che conoscevo bene mio fratello, dissi di aspettare ancora un po'. Si presentò di mattina, rasato a zero, sorridente e con due nuovi tatuaggi e disse che al concerto aveva conosciuto una belga con i capelli biondi e gli occhi turchesi, ed era partito con lei per Bruges. "Mi sono innamorato," andava ripetendo, finché mamma partì con un buffettone alla Bud Spencer, dall'alto verso il basso, che gli spaccò in due il labbro inferiore.

Insomma, nella vita pazza di mio fratello, anzi nella vita dissennata di entrambi, me e lui, figli di una madre che ha sempre avuto paura di perdere il controllo e lasciarsi andare alla felicità, e di un padre che, al contrario, ha sacrificato tutto e tutti in nome di questa, l'arrivo di un bimbo (voluto o non voluto è lo stesso) non può non essere considerato come il re degli imprevisti, qualcosa di così incredibile da procurare un giramento di testa e un po' di extrasistole.

Qualche volta capita che rientri in casa con uno sbadiglio, ti lavi odiando la tua immagine riflessa nello specchio, ti spogli imprecando sottovoce per l'ennesima giornata sprecata e poi, proprio quando sei lì, pronta ad accusare la tua vita, fosse anche solo per un istante, succede qualcosa di inaspettato, una bolla di bellezza che scoppia a un metro da te e ti irradia il viso, e ti porta a credere ancora per un altro po', fino al prossimo sbadiglio, che non basteranno tutte le rotture di cazzo, i dolori e le ingiustizie del mondo per farti smettere di amare la tua piccola e a volte noiosa esistenza.

Mai.

Un giorno Antonio venne a chiedermi centomila lire. A quei tempi lavoravo nel bar di via Toledo, però, cavolo, centomila erano sempre centomila.

"Che ci devi fare?" chiesi.

Lui titubò e alla fine trovò il coraggio di rispondere: "La settimana prossima io e Livia facciamo tre mesi di fidanzamento, volevo comprarle qualcosa".

"E chi è 'sta Livia adesso?"

"È una..."

"E non puoi chiederli a mamma?"

"No."

"Perché?"

"Non voglio che sappia i fatti miei..."

"E nonna?"

"Nonna già me li ha dati..."

"Già te li ha dati? E allora?"

"Non mi bastano," proseguì lui e chinò il capo.

"Ma perché, che devi comprare?"

"Un anello, costa quattrocentomila lire."

"Quattrocentomila lire? Antò, ma tu foss' asciut' pazz'? Quattrocentomila lire?" sbraitai. "Ma lo sai quanto sono? È l'intera pensione della nonna. Per una ragazza che conosci da appena tre mesi poi!"

"Uff, lascia stare," disse, e fece per andarsene.

"Aspè, vieni qua," lo richiamai, ma Antonio non si girò.

Qualche giorno dopo gli diedi i soldi; lui sembrò non crederci e mi sorrise, quindi afferrò la banconota e mi schioccò un bacio. Poi scese di fretta e furia per fare ritorno tre ore dopo con l'anello in tasca che mi mostrò solo dopo essersi accertato che non ci fosse mamma nei paraggi.

"Domani glielo do sotto scuola," dichiarò soddisfatto.

L'indomani, però, non ci incontrammo, tornò la sera tardi e si infilò nel letto. E la mattina seguente non si alzò per andare a scuola, sostenendo di avere la febbre.

Mamma gli baciò la fronte e commentò: "A me sembra che non tieni niente!" prima di chiudersi in cucina a rammendare.

"Che è stato?" chiesi allora.

Lui non rispose.

"Antò?"

"Eh?"

"Che è stato?"

"Niente..."

"Ià, dici."

"Quella ragazza, Livia..."

"Eh..."

"Mi ha lasciato."

"Ti ha lasciato? Ma non era il vostro anniversario?"

"Eh, e mi ha lasciato il giorno del nostro anniversario. Io le ho dato l'anello e lei ha detto che sono pazzo, che siamo giovani e lei deve ancora pariare, così ha detto. Eppure il suo banco era pieno di scritte colorate di noi due con tanti cuori vicino..."

"E l'anello?"

"Non l'ha accettato. Sono corso al negozio, ma il commerciante vuole darmi poco più della metà di quanto ho speso. Ho chiesto anche ad altri, e nessuno mi dà più di duecento. Sono disperato."

Scoppiai a ridere, lo giuro, prima sommessamente, poi sempre più forte. Lui mi guardò come fossi pazza e domandò con tono aspro: "Ma che tieni da ridere?".

"No, scusa," tentai di replicare, "è che la tua faccia mazziata è troppo divertente!"

"Grazie assai per il sostegno," rispose offeso.

Feci due passi e mi sedetti sul bordo del suo letto. "Fratellì, benvenuto nella vita, quella vera degli adulti, che ti prende a buffi quando meno te lo aspetti."

Lui cercava di ignorarmi giocando con il lembo del lenzuolo. Gli afferrai il mento e sollevò il capo. "Mò ti sembra un inferno, lo so, ma poi passa, così dicono, perlomeno. Vedrai che un domani, quando rincontrerai la tua Livia che vuole solo pariare, ci riderai su."

"Già," commentò lui poco convinto, "e intanto ci ho appizzato duecentomila lire."

"Fino a prova contraria, siamo io e nonna ad avercele appizzate..."

"Te le ridò," disse guardandomi dritto negli occhi.

"Lascia stare, sono centomila lire ben spese."

"Ben spese?"

"Be', sì, in fin dei conti ti sono servite per prendere il tuo primo vero calcio nel sedere in nome dell'amore."

"Ah, grazie, molto gentile..."

"Ti farà bene, imparerai a non fidarti troppo delle scritte colorate e dei cuoricini."

"E infatti non mi fiderò più di una donna, siete proprio delle stronze!"

Mi alzai e sorrisi. "Hai visto? D'ora in avanti può essere che ci andrai un po' più cauto, almeno fino al prossimo incontro nevrotico, alla nuova scintilla d'amore."

"Certo che hai proprio una bella visione dell'amore tu, eh, una grande fiducia..."

Mi venne spontaneo aggrottare le sopracciglia. "Antò, scetati, la fiducia è quella cosa che non ti fa guardare dove metti i piedi e al prossimo sgambetto sei di nuovo giù!"

"Luce, sei ancora lì?"

"E dove vuoi che vada?"

"Allora, non dici niente? Sei contenta?"

"E come no, sto solo cercando di abituarmi all'idea. E mamma come l'ha presa?"

"Mi ha sbattuto il telefono in faccia."

"E mica c'ha tutti i torti..."

"E io proprio di lei ti volevo parlare. Mi serve un favore..."

"Ci fosse mai stata una volta che hai terminato una telefonata senza questa frase!"

Lui ridacchia e prosegue: "Ci parli tu con lei? Lo sai, mamma la pensa a modo suo..."

Alleria arriva sul balcone e infila il muso fra le sbarre della ringhiera.

"Antò, lei la penserà pure a modo suo, ma tu non puoi chiamarla dopo che il nipote è già venuto al mondo! Ma che hai fatto negli ultimi nove mesi?"

"Non sai quante volte ci ho provato a dirglielo, poi però mi bloccavo all'ultimo perché immaginavo la sua reazione di fronte all'età di Raffaella, che è anche separata. Non me la fidavo di sentire nelle orecchie."

"E me l'aggia surbì io, famme capì? È questo il tuo piano?"

"Già, più o meno è questo."

"Dannato stronzo," ribatto, quindi sbuffo e mi stropiccio gli occhi. Quando li riapro, mio fratello al telefono ride ancora e l'uomo nel vicolo ha ormai finito di fumare e ora guarda fisso in mezzo alle mie cosce.

"Senti, ma perché una volta tanto, ora che sei anche padre, non fai l'uomo, vieni qui e ci parli tu con mamma? Non puoi scappare per sempre, dovresti averlo capito ormai. A un certo punto, ce sta poco 'a fa, devi girare le spalle e guardare dritto in faccia il tuo passato, altrimenti quello continua a seguirti come un cagnolino al quale hai dato un pezzo di pane. A volte, Antò, andare non serve a nulla."

"Luce, mamma mia, e come sei diventata pesante! Non ti ricordavo così filosofa."

"Io, invece, ti ricordavo uguale uguale spiccicato, non sei cambiato di una virgola. Povero Arturo. Ma questa Raffaella come fa a sopportarti?"

"Dice che la faccio ridere."

"È già qualcosa," rispondo, "e comunque con mamma non ci parlo, non posso stare tutta la vita ad apparare i tuoi guai."

Lui si fa serio. "Picceré..."

"E mò non pensare di farmi fessa con la vocina dolce!" lo interrompo subito.

"Picceré," riparte lui, come se non avessi parlato, "tu hai un rapporto diverso con lei, la sai prendere, l'hai sempre saputa prendere. E, soprattutto, la sai ascoltare. Con me andrebbe a finire che lei inizia a giudicare e a me parte la cervella, e poi mi pento di quel che dico."

"Sì, vabbuò, la scusa è buona!"

"E poi c'è anche un altro problema..."

"Ancora?"

"Io a Raffaella me la voglio sposare!"

"Sposare?"

"Eh, perché, che c'è di male?"

"Niente, non c'è niente di male, se la ami. Solo credevo che questa parola fosse abrogata per la nostra famiglia."

"Sì, è strano, ho sempre pensato che non avrei mai fatto una cosa del genere e, invece, eccomi qui."

"E io che c'entro nella scelta?"

"C'entri, picceré, tu con la mia vita c'entri sempre, soprattutto quando si tratta di prendere decisioni importanti."

"Non capisco."

"Lù, sarai pure intelligente e studiosa, come diceva mamma, però sì proprio addurmuta. Sto cercando di dirti che ti vorrei come testimone, e come madrina di Arturo."

"Io?"

"Eh, tu."

"Come madrina? Ma sì sicuro? Io non riesco a prendermi cura nemmeno di me!"

"Non è vero, secondo me saresti una buona madre. Anzi, perché non ti sbrighi e ne fai uno? Di figlio intendo."

"E sì che sono abituata sempre a cavarmela da sola, ma stavolta mi manca un requisito fondamentale."

"Va be', insomma, accetti?"

Lo so, madrina non è madre, ma la derivazione è quella, e io non mi ci vedo proprio accanto a una parola così importante. Sarà che sono ancora presa dal cercare di riempire le voragini dell'infanzia; è questo il maggior danno che ti lascia un genitore assente, che poi resti per tutta la vita con il pensiero che tu l'amore e la felicità te li devi meritare ogni santo giorno.

Fisso dritto in faccia il rattuso giù alla strada e sollevo il dito medio. Lui indietreggia, distoglie lo sguardo e infila le mani in tasca. Di fronte al mio silenzio, Antonio prosegue: "Tra l'altro vorrei sposarmi a Napoli, ovviamente al comune, perché Raffaella, come ti dicevo, è divorziata. Insomma, serve una buona parola con mamma, che è bigotta, lo sai".

"E la buona parola deve essere la mia! Vabbuò, Antò, sei fortunato, stasera mi hai trovata romantica. Io la madrina non la saprò fare, però mi piace sentirmi necessaria, è il mio limite. E tu lo sai bene, vero fratellino?"

In sottofondo sento un vagito.

"È lui?"

"Già."

"Parlerò con mamma."

"Grazie, Luce, sapevo di poter contare su di te."

"Ecco, bravo. E io quando potrò contare su di te?"

"Sempre, picceré, sempre. Ti richiamo, ché Arturo tiene fame e devo aiutare Raffaella. Un bacio."

Chiudo la conversazione e resto a fissare il vuoto, che poi non è per nulla vuoto, perché a dieci metri c'è un palazzo un po' meno sgarrupato del mio dal quale pendono lenzuola colorate, calzini che gocciolano e mutande che danzano nel vento.

Avrò ascoltato migliaia di pianti di bambini, eppure stavolta mi è sembrato di percepire un piccolo sussulto.

"Ehi, tu!" chiamo a gran voce.

Il guardone solleva il capo.

"Non mi capita spesso di dirlo, ma in questo momento mi sembra di essere felice!" grido.

Lui mi fissa con aria intimorita e decide di allontanarsi a passo svelto. Accarezzo Alleria sulla testa e commento: "Vedi come sono gli uomini, Cane Superiore? Capaci di stare due ore a fissarti il culo senza provare scuorno e pronti, invece, a fuggire come bimbi impauriti di fronte a un'emozione".

Scuorno

Ogni volta che metto piede nell'appartamento di mia madre mi prende una strana sensazione che non so spiegare, una specie di rabbia mista a compassione, perché alla mia età ancora non ho capito come confrontarmi con una donna tanto diversa da me, eppure uguale. E poi c'è la casa, che è quella dove sono cresciuta, nella quale dovrei sentirmi a casa, per l'appunto, e invece non è così, perché i luoghi che lasciamo cambiano, proprio come cambiano le persone, e quando li rincontri non sono più gli stessi, e allora ti muovi al loro interno con cautela e malinconia, la stessa che provi quando ti capita di incappare in un vecchio amico per strada e ti accorgi che non sai più cosa dirgli.

L'appartamento è cambiato parecchio da quando sono andata via, basti pensare ai santini che ormai spuntano in ogni angolo, alle statuette religiose, ai crocifissi come quello in cucina, che non c'è mai stato, o alla figura di Padre Pio che ti accoglie all'ingresso.

La trovo che sta smontando le tende.

"Ma non le hai lavate il mese scorso?"

"Due mesi fa."

"Embè, lavi le tende ogni due mesi?"

"Sono già nere."

Sbuffo: "Dovresti spendere le tue energie per cose più importanti".

La mia pazienza sta già per esaurirsi.

"Luce, che c'è, come mai qui a prima mattina?"

"Perché, non posso venire a trovarti appena sveglia?"

"Non lo fai mai."

È inutile, il nostro rapporto è un continuo scaricarsi colpe e giustificazioni. Non sapremmo cosa raccontarci altrimenti.

"Mi ha chiamata Antonio ieri..." provo a dire.

Lei scende dallo scaletto e si adagia la tenda sulla pancia, poi afferra i lembi e la piega con abili movimenti. Indossa un maglioncino di filo amaranto su una gonna grigia e al piede porta delle pantofole blu. Sembra una vecchia.

"Ho sentito Antonio ieri..." ripeto.

Lei continua a piegare la tenda con la testa china, senza rispondere. Sono le otto e mezza e non ho ancora fatto colazione, perciò apro il frigo e sbircio: in un angolo c'è una confezione da sei di yogurt magri.

"Da quando in qua mangi yogurt?" chiedo.

"Sono per te," fa lei, e continua a non guardarmi.

"Per me?"

"Per te, per la tua colazione, o per la merenda."

"E come facevi a sapere che sarei passata di prima mattina?"

"Non lo sapevo, lo speravo."

Da sempre, quando deve dirti una frase di amore, mamma inizia a fissare qualche soprammobile inutile che niente c'entra e poi caccia fuori le parole velocemente, come a liberarsi da un peso. Ora mi sembra che i suoi occhi si siano posati sulla mensola al suo fianco, anzi, per essere precisi, sul barattolo di miele. Stacco un vasetto di yogurt dalla confezione e mi avvicino alle sue spalle per abbracciarla. "Perché non mi guardi mai quando devi dirmi una cosa così?" domando poi.

"Così come?"

"Bella."

"Ma che vuoi? Me metto scuorno!" e cerca di divincolarsi.

Sorrido e le afferro il viso minuto. Con gli anni diventa sempre più uguale a nonna Giuseppina. Che buffa la vita, ti impegni con tutta te stessa a sembrare diversa da tua madre, anno dopo anno, e poi, a un certo punto, una mattina qualsiasi, ti guardi allo specchio e rivedi il suo volto, le sue stesse rughe, e gli occhi stanchi. E allora sorridi alla tua immagine riflessa per ritrovare l'antica sensazione di fiducia che provavi a un suo sorriso.

"Me metto scuorno," ripeto divertita. "È bello mettersi scuorno, mà, le persone sensibili se mettono scuorno!"

Lei sorride e agli angoli della bocca si aprono delle crepe.

"Mi ha chiamata Antonio," ripeto di nuovo dopo un po', quando ho già affondato il cucchiaino nello yogurt.

Lei per tutta risposta apre un pensile e tira giù una scatola di cereali. "Tieni."

"Pure i cereali?"

"Non stai a dieta?"

"Sto sempre a dieta..."

"E lo so, perciò te li ho presi."

La scruto a lungo per capire come faccia ad avere tali poteri. Lei sapeva che sarei venuta, non lo sperava. Verso i cereali nel vasetto e riprendo a parlare con la bocca piena. "Insomma, mà, io capisco che stai incazzata, e hai ragione, lo sono io, figurati tu. Ma alla fine ci ho pensato e sono arrivata a una conclusione..."

Mamma molla la tenda piegata sullo schienale della sedia e si appoggia al lavello, con le braccia che si cercano l'una con l'altra per intrecciarsi come fili di vimini davanti al suo petto cadente e la schiena leggermente curva, nella tipica postura di chi si prepara a ricevere un pugno nello stomaco. Quindi si fa attenta e aspetta. Solo che io sono indaffarata con lo yogurt, allora lei mi anticipa: "Non ti ho insegnato a mangiare con la bocca aperta".

"Se è per questo non mi hai nemmeno insegnato a ruttare, a mettermi le dita nel naso e a fare le scorregge. Te lo insegna la vita, mà, c'è poco da fare, mettiti l'anima in pace."

Lei sospira. "Come devo fare con te?"

Ma io non l'ascolto e torno a parlare di Antonio. "Dicevo che sono arrivata a una conclusione", e sgranocchio gli ultimi cornflakes, "e cioè che una mica può stare sempre incavolata e avercela con il mondo intero. Sarà un caso, ma Pino Daniele stava cantando proprio questo verso quando ha chiamato Antonio."

"Che c'entra Pino Daniele?" fa lei.

"Niente e tutto. Ora tu ti senti offesa e umiliata, e hai ragione. Ma che te ne fai di tutto questo? Nulla. Anzi, soffri solo di più perché te ne stai lì a rimuginare sul fatto che tieni un figlio stronzo. Sì, hai un figlio stronzo, ma la sai la novità qual è?"

Mi sembra che un piccolo sorriso inizi ad affiorare sotto la sua scorza di austerità.

"Avanti, quale sarebbe la novità?"

"Che il fatto che tu abbia due figli strani, ma Antonio lo è molto più di me, non dipende da te. Sì, come tutti, hai fatto i tuoi sbagli, sei stata una madre petulante, pesante e non molto affettuosa, però ci hai insegnato a camminare dritti, pur sbandando."

Gli occhi le si fanno d'improvviso grandi e luccicanti.

"E poi ci hai insegnato a essere delle persone perbene, a non fare agli altri quello che non vorremmo fosse fatto a noi, come dice Gesù."

"Gesù non dice questo..."

"Ah no? E chi è stato allora? Va be', non importa, l'importante è che tu ora perdoni Antonio, che si vuole sposare..."

"Sposare? Si vuole sposare?"

Mamma fa un passo verso di me e ora gli occhi sono carichi di attesa.

"Non te l'ha detto?"

"No che non me l'ha detto, non gli ho dato il tempo, ho chiuso la conversazione prima."

"Vedi? Sei troppo orgogliosa, questa è la verità. Quel bambino è tuo nipote, non ti va di conoscerlo?"

"Certo che mi va, soprattutto se Antonio decide di sposarsi."

"Ecco, appunto, a tal proposito c'è un piccolo intoppo..."

Il sorriso cede il posto a una smorfia interrogativa.

"Tipo?"

È già sulla difensiva. Succede a chi ha poco a che fare con la felicità. Serra ancora di più le braccia attorno al diaframma e quasi mi sembra di avvertire un piccolo scricchiolio nell'aria simile al lamento che emette il parquet dello studio Geronimo le volte che percorro con grandi falcate il corridoio che mi separa dalla stanza dell'avvocato per andargliene a cantare quattro.

"Insomma, la compagna è un po' più grande di lui, solo un po' però eh, e... ecco... è divorziata e ha una figlia."

Mamma impallidisce e fa un suono strano con la lingua, tipo uno schiocco sotto il palato, quindi sfila la sedia dal tavolo e vi si accascia. Io, nel frattempo, sono con la testa dentro il vasetto dello yogurt, impegnata a raccogliere con il cucchiaino gli ultimi residui, perciò nella stanza cala il silenzio. In realtà sto cercando di usare il momento per pensare a qualcosa di importante da dire. Il problema è che non mi viene proprio niente. E infatti è lei a riprendere la parola, con voce rotta dallo sconforto: "Perché mi fa questo?". È sull'orlo delle lacrime.

"Questo cosa?"

"Sposarsi con una donna più grande, e divorziata, e con una figlia."

"Embè, non sei contenta? Proprio tu dovresti esserlo. Non ti avrebbe fatto piacere se qualcuno si fosse preso cura di te e dei tuoi figli? A me sì, puoi star certa."

Ho alzato il tono della voce senza rendermene conto.

"Antonio è pronto a fare da padre anche a chi non è suo figlio, mi sembra che sia una cosa bella, da ammirare. Non siete voi che professate l'amore per il prossimo? E poi che fate, al primo inghippo vi tirate indietro?"

Lei si guarda le mani e non ribatte subito, come avesse bisogno di caricare più aria nei polmoni per sorreggere la frase. "Il divorzio è peccato!" sentenzia infine.

Se non le tiro un ceffone è solo per rispetto, ma vorrei tanto andarle vicino e urlarle nell'orecchio, scuoterla da un'ignoranza che la rende schiava e mi fa sentire orfana. Il piccolo momento di complicità è già un ricordo lontano e quasi non mi sembra possibile di aver pronunciato delle frasi di amore nei suoi confronti.

"A te te stanno scemunenn' in quella chiesa, lo sai?" prorompo, e corrugo la fronte tanto che gli occhi mi si fanno minuscoli.

Mamma non mi guarda. Bene, vuol dire che si vergogna di quel che ha appena detto. Solo che purtroppo è capatosta, e farle cambiare idea è quasi impossibile.

"Parli di peccato, ma quale peccato? I peccati sono altri, mà, quelli che commettono tutti i giorni le persone di merda qua fuori, quelli so' peccati, e anche quelli che compie don Biagio, se vuoi saperlo, che non sfama i cani randagi nel cortile della chiesa. Il più grande peccato sarebbe non saper amare gli altri, invece tuo figlio li ama gli altri, e glielo hai insegnato tu. Eppure la cosa sembra dispiacerti."

"Non è vero che don Biagio non accoglie i cani randagi..." ribatte lei offesa.

"Me ne fotto di don Biagio, stiamo parlando della vita di tuo figlio e tu pensi a difendere il parroco!" esclamo, e nel contempo mi alzo con un saltello per espellere la rabbia che si ciba delle mie parole.

Lei continua a guardarmi fuggire con gli occhi, rimugina e intanto gioca ad attorcigliarsi le mani. Sembra una bambina. Dopo un po' dice: "È che io una famiglia per voi la immaginavo diversa. E poi così non potrà nemmeno fare la cerimonia in chiesa".

"E come la immaginavi, sentiamo? La famigliola felice del Mulino Bianco? Ci vedevi attorno a una tavola, sorridenti, a preparare una tonnellata di fette biscottate con la marmellata?"

"Mi sarei accontentata di una famiglia normale."

"Questa è bella, noi che parliamo di famiglia normale. Ma poi cos'è la famiglia normale? Io non lo so. So però che le famiglie sono fatte da genitori che restano e figli che crescono, e che quando un padre dice alla figlia: 'Ti vengo a prendere all'uscita', veramente ci va davanti all'ingresso di quella fottuta scuola. Questo è normale, mà!"

Adesso sto urlando, tanto che lei si zittisce di nuovo e inizia a piangere in modo sommesso, come fa sempre quando con le parole non riesce più a intaccare il mio senso di colpa.

"Non c'è niente da piangere, non siamo mai stati una famiglia normale, però ci abbiamo tentato, abbiamo fatto del nostro meglio e abbiamo tirato a campare, e siamo venuti su, e ora Antonio sta cercando di costruire qualcos'altro, che non sarà normale di sicuro, ma che sarà suo. E tanto basta."

Appena terminato di parlare, avverto il bisogno di bere, perciò infilo il bicchiere sotto il rubinetto e lei ne approfitta: "La ragazzina, la figlia della compagna...".

"Eh..."

"Non sarà mai una figlia vera, non potrà esserlo, non è sangue del suo sangue. E un domani, quando Arturo sarà grande, la cosa conterà!"

Stavolta mi siedo. Lei ha paura, me ne accorgo dal movimento delle ciglia che seguono le palpebre indecise. In realtà mia madre sa che sta per partirmi l'embolo e tra poco perderò il controllo. E meno male che Antonio aveva pregato me di parlare!

"Senti, io non posso pensare che tu sia diventata questa. Peccati, sangue del tuo sangue, ma che dici? Ma chi ti ha messo in bocca simili parole? Ma ti senti? Ma dov'è finito l'amore, il rispetto, la solidarietà, la carità? Questo vi insegnano in quella cacchio di chiesa tutto il giorno? Si può amare un figlio solo perché è sangue del nostro sangue?"

Comincio a camminare per la stanza.

"Posso amare qualcuno solo se l'ho creato io, se in lui c'è qualcosa di me. Questo non è amore, è narcisismo. Queste persone sono le stesse che di fronte alla prospettiva di adottare un bambino restano inorridite. Chi sa amare lo fa a prescindere dal legame di sangue. Io amo mio figlio perché l'ho aiutato a crescere, ho condiviso con lui una parte della mia vita, perché mi regala ogni giorno qualcosa, perché mi ama per come sono. Ecco un valido motivo per amare un figlio!"

Lei si porta le mani al viso per asciugarsi gli occhi e mi accorgo che trema. E allora provo una gran pena per lei, una donna che non ha mai avuto certezze e ora sta facendo di tutto per trovarne qualcuna. Ogni volta che la scopro con il capo chino sul Vangelo o sulla Bibbia, ogni volta che inizia a dispensare lezioni su quei tempi antichi, mi viene da pensare che se usasse la stessa curiosità per la storia, l'arte, la cultura in generale, sarebbe una donna diversa. Forse non con così tante risposte, ma con un po' più di voglia di vivere addosso.

"Il tuo Signore," torno a dire con voce calma, "non insegna questo. Tu non ci hai insegnato questo."

"Il Signore vuole che le famiglie restino unite. Il matrimonio è un vincolo sacro che non si può sciogliere a proprio piacimento," dice sottovoce.

Prendo un sospiro prima di rispondere: "Le persone che sanno sempre cosa vogliono mi stanno sul cazzo, mamma, figurati quelli che dicono di sapere cosa vuole dio!".

"Ma come parli, Luce? Sembri un maschio!"

"Sì, lo so, me lo dicevi anche da piccola..."

Passa un secolo prima che lei riprenda a parlare e nella cucina buia torna a farsi sentire il vecchio orologio a muro appeso sopra la cappa, lo stesso che da bambina restavo a fissare immobile quando mamma ripeteva la solita frase mentre cuciva: "Dieci minuti e ho finito". Dieci minuti a osservare il tempo scorrere possono non passare mai, soprattutto se hai tredici anni e desidereresti solo scendere per strada dalle tue amiche e invece ti tocca attendere che tua madre liberi l'unico tavolo della casa per permetterti di studiare. Socchiudo gli occhi per tentare di difendermi dal rintocco assordante e dal conseguente flashback che mi procura; ad alcune vite non è permesso nemmeno rifugiarsi nei ricordi dell'infanzia.

Alla fine lei se ne esce con una frase appena sussurrata: "Va bene, se mio figlio vuole sposarsi con quella donna, si sposerà, e io sarò al suo fianco, come sempre. Se dio vorrà, andrà tutto bene".

"Ecco, brava, così mi piaci."

Mi sforzo di baciarla sulla fronte prima di avviarmi alla porta e gettarmi questa cavolo di cucina, e tutto quello che c'è dentro, alle spalle. Sono le nove del mattino e già mi sento svuotata e senza forza.

Se dio vorrà, andrà tutto bene.

E se non vorrà, ce ne faremo una ragione.

Comme ven', accussì c'ha pigliammo, avrebbe detto la nonna.

Brigantaggio

Stamattina, di ritorno dalla passeggiata con Alleria, stavo infilando le chiavi nella toppa del portone quando ho sentito un *flop* vicino all'orecchio. Mi sono spostata d'istinto e ho guardato a terra. Ai miei piedi c'era una macchia nera che si muoveva.

"Ma che cazz'..." mi sono lasciata scappare mentre mi chinavo con circospezione.

Era un uccellino, una rondine per l'esattezza, anzi un cucciolo di rondine. Si dice cucciolo? Non lo so, fatto sta che la poveretta (o il poveretto) era abbastanza malconcia per la caduta e, infatti, ha iniziato a lamentarsi. Alleria ha drizzato il pelo e ha avvicinato il muso per ispezionare, quindi, resosi conto che l'esserino nulla avrebbe dato o tolto alla sua esistenza, ha girato il muso e se n'è dimenticato.

A me la scelta.

Che poi vorrei sapere perché le rondini non se ne vanno in un bosco a nidificare. Perché scelgono un sottotetto schifoso dei Quartieri? Se fossi un uccello, prediligerei un posto un tantino più tranquillo per i miei figli. Comunque non so nulla di ornitologia, ma nel campo dell'umanità so farmi valere, perciò non ci ho pensato su e ho preso quel batuffolo nero fra le mani per portarlo a casa. Mi sarei presa cura di lui fino a quando fosse stato in grado di volare.

Quando Patty (che se ne stava, come al solito, fuori dalla porta a fumare) mi ha visto con la rondine, ha allungato entusiasta le braccia abbronzatissime. Patrizia infatti ha la pelle del colore del fango, e sarebbe impossibile il contrario dato che è la migliore cliente del solarium che si trova un paio di vicoli più su. Un giorno che ero particolarmente su di giri e mi andava di scherzare con lei (che, in effetti, è una portatrice sana di allegria), le chiesi se si infilava nel lettino nuda e Patrizia, per tutta risposta, si voltò di scatto e si calò la gonna per mostrarmi le chiappe (separate da un tanga di pizzo rosso) del colore dell'Orzo Bimbo. "Lulù," esclamò quindi, "agli uomini o ci piacciono le bionde, o le femmine scure scure comme 'a me!" e fece l'occhiolino.

Mi sono inoltrata verso l'ascensore mentre lei esclamava: "Quanto è bellillo! Dove lo hai preso?".

"Era qua fuori, sarà caduto dal nido."

"Certo, Lulù, li trovi tutti tu i bisognosi", e ha assunto una posa da manichino, con una mano appoggiata a un fianco, "evidentemente c'hai una grande energia positiva, sì forte, e gli altri se ne accorgono," ha concluso.

Dalla sua casa proveniva la voce del neomelodico di turno a fare da sottofondo alla nostra conversazione. Ma tu guarda se dev'essere Patrizia a rivelarmi tali scomode verità, ho pensato mentre rispondevo: "Già, mi sa che hai ragione, sono una calamita per chi non ce la fa a camminare con le proprie zampe", e sono corsa a casa, dove ho adagiato l'uccello in una scatola da scarpe, con un po' di ovatta a fargli da cuscino e un bicchierino di acqua. Solo che la piccola rondine non sembrava troppo felice del nuovo nido e ha cominciato a cinguettare ininterrottamente. Ho preso una crocchetta di Alleria e gliel'ho messa sotto il becco, ma niente. Ho aperto il frigo e preso del latte. Ancora niente. Dopo mezz'ora il mio tentativo di salvataggio era già un fallimento e la sensazione di euforia che mi aveva presa all'inizio (e che mi aveva fatta sentire fiera di me, alla stregua di quegli operatori di Greenpeace che lottano per salvare le balene, i cani, e tante altre specie) era volata via, sostituita da un senso di impotenza, un briciolo di nervosismo e un pizzico di noia.

Poi mi sono ricordata che don Vittorio una volta aveva un

uccellino e che la gabbia ormai vuota giaceva ancora nella sua cucina. Sono andata da lui e gli ho spiegato il problema, il vecchio ha sorriso e mi ha sfilato la scatola-nido dalle mani; se la sarebbe vista lui. Da quel momento ho ritenuto terminato il mio compito e mi sono sentita sollevata e gratificata dall'aver compiuto un grande gesto per il mondo. E ora mi ritrovo seduta alla tavola del mio amico a mangiare distrattamente mentre ascolto la storia di una delle sue conquiste marinare.

"Insomma, il giorno dopo avremmo attraccato nel porto di Istanbul e non l'avrei più rivista," sta dicendo don Vittorio, "allora presi il coraggio a due mani e mi avvicinai. Era bellissima, con questi boccoli biondi e gonfi, come si portavano allora, e un vestito blu luccicante che le scendeva lungo le gambe. Non ricordo cosa dissi, però ricordo i suoi occhi di ghiaccio. Fu proprio una bella serata quella", e conclude con un colpetto di tosse imbarazzato.

"A volte viene voglia anche a me di imbarcarmi e non tornare più," commento, "mandare a quel paese Geronimo e tutti quelli come lui, semmai salire su al nord, a fare una vita che già so non sarebbe la mia, ma che però, forse, mi permetterebbe di costruire qualcosa, qualunque cosa. Perché qui a volte mi sembra di essere un pesce rosso in una boccia, giro in tondo e un po' alla volta inquino la stessa acqua che respiro."

Don Vittorio butta giù un po' di vino e torna a infilare la forchetta nel piatto di rigatoni. "Sai, anch'io da ragazzo sentivo la necessità di fuggire, lasciarmi tutto alle spalle, pensavo fosse la soluzione migliore. Poi mi sono ritrovato in mare aperto e ho capito che tutto quello che credevo di aver abbandonato a terra era ancora con me, nella mia cabina."

Ha un baffo di sugo appena sotto il labbro inferiore, ma non glielo dico.

"Non c'è fuga per quelli come me, forse anche come te, per quelli che credono che ci sia sempre qualcosa di più bello di là dall'orizzonte."

"Be', non proprio ottimistica come visione," chioso, prima di decidere di metterlo al corrente della macchia di pomodoro indicandogli il punto esatto con l'indice. Lui si pulisce con il tovagliolo e mi guarda per chiedere se è tutto a posto. Solo dopo che ho annuito, torna a parlare: "In realtà una specie di fuga esiste anche per noi inguaribili sognatori incapaci di crescere e affrontare le difficoltà della vita".

"Meno male," dichiaro divertita, "c'è una salvezza anche per me."

Don Vittorio si gira e afferra la pipa dalla credenza, si passa la lingua fra i denti e la accende con tre boccate, poi torna a fissarmi. "Sì, cara Luce," dice poi, "una possibilità di salvezza l'abbiamo. Possiamo scegliere la strada più semplice, che è sì la più noiosa e lontana da ciò che siamo davvero, ma, almeno, ci tiene al riparo da troppi problemi. Oppure fare altro..."

"Cioè?"

"Be', non possiamo decidere da dove partire e dove fermarci, però almeno ci è dato di scegliere il tragitto da percorrere. Possiamo prendere la strada principale, quella che tutti ci consigliano, la più trafficata, sicura e comoda. Oppure, come dicevo, svoltare nel primo sentiero sterrato e andarcene per i campi, nel sottobosco, fra la sterpaglia, il fango e gli insetti, con la possibilità di incrociare qualche squilibrato (o dovrei chiamarlo illuminato?) e perderci, e passare una notte all'addiaccio. La scelta è la nostra, la tua, la mia. Io, per quel che mi riguarda, ho preferito fare il brigante."

"Il brigante?"

"Sì, hai capito bene, la mia vita è stata un brigantaggio, come nell'antichità, ho evitato le strade più affollate, quelle che prendono tutti, e mi sono inoltrato nel sottobosco. E ti assicuro che è stato molto più divertente."

Mi accendo una sigaretta e dedico al mio bizzarro interlocutore quotidiano un mezzo sorrisetto. Quest'uomo ha la capacità di parlare delle scelte importanti della vita (cosa che la maggior parte della gente non si preoccupa nemmeno di pensare) senza farti capire che sta affrontando argomenti delicati. Ti spiega raccontando.

"Forse avrebbe dovuto fare l'insegnante..." dico.

"Sì, credo che sarei stato bravo, però sono contento delle mie scelte. Al mondo, cara mia, esistono due categorie di persone: quelle che fanno e quelle che non fanno. La prima tipologia è composta da individui in genere egoisti, balordi, bugiardi e lunatici, nella seconda, invece, ci sono quelli che tutti vorrebbero avere come amici o mariti, soprattutto mariti, quelli che spiegano agli altri come essere felici e vivere appieno la vita, ma che della propria non hanno il coraggio di cambiare neanche il tragitto per recarsi al lavoro la mattina. Questi sono quelli che mettono su famiglia e, a volte, se hanno fortuna, si arricchiscono, però poi muoiono prima, perché tutta la vita non vissuta e solo spiegata si accumula nell'organismo, giorno dopo giorno, finché poi esplode con un infarto, un ictus, un cancro. E tanti saluti all'uomo che insegnava agli altri a essere felici."

Lui parla e io gioco a modellare la cenere della sigaretta sul bordo del posacenere. Don Vittorio, come tutte le persone intelligenti e profonde, è anche un po' burbero. A volte lo becchi che non dice una parola per l'intero pranzo, altre invece, come oggi, inizia a sentenziare di felicità, scelte, e vita. E questi sono i giorni migliori.

"Allora lei è un uomo speciale, perché appartiene a entrambe le categorie, di chi fa e di chi insegna..."

Lui dà qualche altra boccata alla pipa e osserva il fumo salire volteggiando verso il piccolo lampadario sopra le nostre teste prima di rispondere: "Io non insegno, racconto la mia esperienza, è diverso. Non si può spiegare agli altri come vivere, né si può trasmettere la voglia di essere felici. La felicità è una cosa piccola e intima che ti costringe ad averne cura e rispetto anche quando non ti va, quando sei stanco e vorresti solo stravaccarti sul divano. È una moglie petulante che ti parla mentre guardi la partita".

Scoppio a ridere e quasi mi intossico con il fumo. La felicità è una moglie petulante; chissà perché la frase mi fa pensare a mia madre. Don Vittorio sembra aver terminato il lungo sproloquio, così finisco la sigaretta e inizio a sgombrare la tavola.

"Ieri ho saputo di essere zia," dico dopo un po', "mio fratello ha un figlio... e si vuole sposare, mettere su famiglia."

"Bene, è una buona notizia. Auguri allora."

"Grazie."

"Quanti anni ha?"

"Due in meno a me."

"Mi piacerebbe conoscerlo."

Apro il portafogli e sfilo una fotografia. "Eccolo."

Afferra con due dita l'immagine e allunga il collo. "Quanti anni hai qui?"

"Boh, dieci, undici forse... siamo al mare, a Coroglio. Mamma spesso ci portava lì, da una sua amica."

"Però è inverno, avete i maglioni," fa lui mentre cerca di mettere a fuoco l'immagine allontanandola dal viso.

"Sì, e infatti d'inverno andavamo."

"Tu sei proprio buffa," afferma senza girarsi.

Mi chino al suo fianco a guardare la foto e mi rivedo bambina, su quella spiaggia lontana scolorita dal tempo. "Non mi piacciono le fotografie," dico poi.

"Forse perché non ti piacciono i ricordi."

"Sì, già, forse è così. È che ho cominciato a collezionarli troppo presto, mentre le mie amiche pensavano ad accumulare Barbie."

Lui continua a non guardarmi, la testa china sulla foto.

"E poi mi fa arrabbiare chi vive nel passato, chi sta sempre lì a cercare di non perdere nulla, chi pensa ad ammassare oggetti e ricordi appunto. È inutile imballare le cose, serve solo a riempirti di roba vecchia che porta polvere. E la polvere, si sa, è fatta di pelle, unghie, capelli, è piena di vita, certo, ma di quella già disfatta."

Vittorio Guanella alza il capo e mi osserva con stupore, ma io riprendo a parlare: "Come mia madre, che ha una foto simile sul comodino. Il passato sembra sempre il contenitore perfetto della felicità, ma è un abbaglio, un inganno. Lei quando guarda questa foto, i suoi bambini che sorridono, ci vede felici, la spiaggia, i gabbiani, il mare, la sabbia".

"Eravate felici?"

"Macché," rispondo, "io c'ho sempre una specie di magone sulla bocca dello stomaco che non se ne va, figuriamoci se bastavano una spiaggia e un paio di gabbiani. Che fra l'altro mi stanno anche sui coglioni i gabbiani..."

Stavolta è lui a ridere. Solo quando torna serio aggiungo: "Bah, forse è solo un mio problema, che sto sempre lì a rimuginare troppo. Il resto del mondo non fa caso a simili cose, anche se il resto del mondo non fa caso a un sacco di cose. Mi capita spesso di pensare come sia possibile che la gente vada a messa, chieda miracoli a un dio che non conosce, e se ne fotta poi di alzare ogni tanto gli occhi al cielo per ammirare quei puntini magici che si presentano tutte le notti, o di capire come sia possibile che a un certo punto un insieme di cellule all'interno dell'utero inizi a battere".

"Il resto del mondo in genere è troppo occupato a rammaricarsi perché hanno cancellato una serie tv dal palinsesto," s'intromette don Vittorio, sempre più a suo agio nel mio sfogo improvviso contro l'umanità.

"Sì, giusto, proprio così!" ribatto. Poi, dopo ancora un istante di silenzio, concludo: "In verità non siamo proprio dei maestri di felicità in famiglia".

"E chi lo è," fa lui e tira un'altra boccata alla pipa. "Però, scusa, se non ti piacciono i ricordi, perché porti la foto con te?"

"Boh, non lo so, forse perché alcuni ricordi invece mi piacciono. Ricordo perfettamente l'odore del mare per esempio. E il rumore dell'inverno."

Tiro su col naso.

"Il rumore dell'inverno?"

"Già..."

"Bambina mia, queste sono cose per vecchi, il rumore dell'inverno, l'odore del mare. Hai detto bene prima, alla tua età dovresti godere di altro e galleggiare più in superficie. A immergerti troppo in profondità, rischi di incontrare il buio..."

"Non mi importa, penso che..."

Un abbaio improvviso di Alleria ci interrompe. Tendo

l'orecchio e sento delle voci provenire dal ballatoio, allora mi dirigo in ingresso e ficco l'occhio nello spioncino: davanti alla mia porta di casa ci sono Carmen Bonavita e il figlio.

"Chi è?" chiede don Vittorio appena sbucato alle mie spalle.

"Quella donna di cui le ho parlato, la moglie del camorrista..."

"E che vuole?"

"E che ne so? È col figlio."

"Be', che fai, non apri?"

"Devo?"

Lui alza le spalle e rimette a me la decisione. Carmen, intanto, sta provando a suonare di nuovo. Anche da qui dietro la prima cosa che noto è il suo abbigliamento aggressivo: indossa dei pantaloni color oro arricciati sulle caviglie e scarpe con un tacco che non saprei nemmeno definire, una specie di trampolo comunque. Al busto ha una giacchetta di jeans arrotolata sulle maniche.

Apro la porta, lei si gira e mi guarda sorpresa, poi si riprende ed esordisce: "Uè, Luce, ma non è chella 'a casa toia?" e indica la mia porta.

"Sì, ero venuta a trovare mio zio," rispondo subito, e sento don Vittorio sussurrare qualcosa.

Carmen fa due passi verso di me con il figlio per mano; ha un chilo di fard sul viso, ciglia enormi e, ora che la guardo da così vicino e alla luce del sole, qualche lentiggine qua e là. I capelli, biondissimi, sono increspati in tanti boccoli fluorescenti. Il disegno finale che ne viene fuori è abbastanza zotico, eppure è talmente bella da sembrare addirittura affascinante.

"Scusami, t'aggio purtato a Kevìn, non sapevo il numero del tuo cellulare, così so' passata prima da Sasà. Aggia per forza uscì oggi pomeriggio, tengo una cosa urgente da fare. Me lo puoi tenere tu?" e indica con il capo il bambino che mi fissa silenzioso.

Distolgo lo sguardo e mostro un attimo di indecisione che mi risulta fatale. Se cresci per strada, come molti di questo quartiere, e come la stessa Carmen, sviluppi quasi subito un superpotere che la gente comune (quella che trascorre un'infanzia più o meno normale) non può nemmeno immaginare, e cioè la capacità di avere sempre e comunque la risposta pronta, quasi avessi installato al tuo interno un microchip con una serie di repliche preimpostate. Un po' come per gli animali, che nascono già con l'istinto predatorio, il napoletano di strada viene al mondo con la risposta pronta. Perciò, di fronte alla mia piccola titubanza, questione di attimi, Carmen prende il sopravvento in un istante, il tempo di affibbiarmi la mano del figlio e dire: "Grazie assai, Luce, sì preziosa, te voglio bene! Torno a prenderlo stasera verso le dieci, gli prepari tu qualcosa? Nisciun' fritto, però, m'arraccumann'!".

Poi si bacia le dita e le dirige verso di me, come fanno i preti con l'acqua santa quando benedicono la folla. Non credo abbia nulla di santo Carmen, e di sicuro niente da benedire, è solo il suo modo di ringraziarmi, un gesto di affetto, se così vogliamo definirlo. L'istante dopo è già svanita nella tromba delle scale ed è l'eco dei suoi trampoli sul marmo a ricordarmi che è tutto vero e non si tratta solo di un brutto sogno.

"La sai fare la crema?" domanda Kevin con ancora la mano nella mia.

"La crema?"

"Eh, la crema. A me piace molto, più della cioccolata. La sai fare?"

"No," ribatto, "non credo. Dai, entra, ti faccio conoscere mio zio."

"Se non sai fare la crema, allora dobbiamo andare a prendere un gelato!"

Ho come l'impressione che nell'ultimo periodo stiano entrando troppi bambini nella mia vita. E senza nemmeno chiedere il permesso.

La scatolina dei ricordi belli

Kevin cammina sereno con Alleria al guinzaglio, mentre con l'altra mano si mantiene saldo alla carrozzina di don Vittorio. Eh già, per la prima volta da che lo conosco, il vecchio è sceso di casa. Merito di questo bambino con il caschetto che parla un italiano impeccabile e definisce la madre "ignorante". Appena entrato nel mio appartamento, si è messo ad accarezzare Cane Superiore, il quale, furbacchione, non se l'è fatto ripetere e ha ricambiato le moine dapprima scodinzolando e poi sdraiandosi a pancia in su per approfittare di tutti quei grattini piovuti dal cielo. Terminato con Alleria, Kevin ha spostato lo sguardo verso don Vittorio: ha fatto due passi in avanti ed è partito con una serie di domande a raffica sulla carrozzina, se è facile guidarla, se è come portare l'auto, se è comodo farsi trasportare dagli altri. Ero convinta che Vittorio Guanella si imbestialisse, anche perché una volta, all'inizio, gli chiesi se avesse figli e lui rispose secco che non amava i bambini. Invece l'incontro fra esseri così diversi ha portato a qualcosa di imponderabile in un primo momento: i due si sono piaciuti.

"Aspettate," esordisce don Vittorio, e indica un carretto che vende lo zucchero filato. "Che ne dici di quello?" domanda e strizza l'occhio a Kevin, che sorride e ribatte con un euforico: "Ok". L'attimo dopo sono entrambi di fianco al venditore. Resto ad ammirarli da un paio di metri e rifletto sulla mia condizione: sono le quattro del pomeriggio, dovrei essere allo studio Geronimo, invece mi trovo per strada, in compagnia di un uomo che potrebbe essere mio nonno e un bambino che potrebbe essere mio figlio. Per un attimo mi incanto a pensare all'idea, poi torno in me e distolgo lo sguardo da tutto quello zucchero filato che mi porta ricordi non troppo felici.

Un giorno di tanto tempo fa mio padre tornò a casa raggiante perché, a suo dire, aveva appena fatto un affarone comprando da uno dei suoi tanti amici proprio il carretto dello zucchero filato. Avrò avuto sette anni, eppure la vedo come se fosse davanti a me la faccia di mamma che, accanto allo stipite della cucina, con in mano uno straccio sporco, rimase a fissare il marito con aria affranta. Lui allora si avvicinò e la abbracciò, come faceva sempre quando doveva farsi perdonare qualche magagna, e poi sorrise (ma tanto lui sorrideva sempre) prima di commentare: "Era troppo un affare, non potevo non approfittarne!".

Mamma si divincolò con uno strappo e disse solo una piccola breve frase di tre parole che ancora mi rimbomba nella testa: "Non ci meriti!". Quindi si rifugiò nella stanza da letto e non fece più ritorno. Lui fu molto sorpreso perché per un secondo, ma proprio un secondo, riuscii a cogliere nei suoi occhi un velo di tristezza. L'istante dopo, però, si inginocchiò accanto a me e ad Antonio, e disse: "Mamma non può capire, vero? A voi piace lo zucchero filato?".

Mio fratello lanciò un gridolino di gioia simile a quello di Kevin, io, al contrario, mi limitai ad annuire, mentre con la coda dell'occhio controllavo se nostra madre ci stesse spiando; avevo imparato già a non mostrare troppo affetto nei confronti di mio padre se lei era nei paraggi. È che mamma, nella sua quotidiana guerra contro un uomo irresponsabile che non c'era mai e che non portava una lira a casa per i suoi figli, credeva di aver bisogno di un alleato, e quell'alleato non potevo che essere io, perché femmina, e perché primogenita. Io che, nonostante tutto, amavo papà, il suo sorriso, l'allegria, persino la sua assenza, dovetti imparare a fingere una velata ostilità nei suoi confronti, così da non inimicarmi lei che, in fin dei conti, era l'unica a preoccuparsi davvero della mia esistenza. "Se non hai la forza di combattere, scendi a compromessi, ma una volta che le tue spalle si sono irrobustite, allora impara a tirar fuori gli artigli." Così mi disse una volta nonna Giuseppina, anche se non proprio con questo italiano impeccabile.

"Tu non lo vuoi?" chiede Kevin.

"No", e gli do cinque euro, "tieni, paga tu."

Lui afferra i soldi soddisfatto e torna da don Vittorio, il quale sta già gustando il suo bastoncino. Ma un vecchio può mettersi a leccare lo zucchero come fosse un bambino?

Invece l'idea di papà si rivelò azzeccata, perché il carretto dello zucchero filato gli permise di guadagnare un bel gruzzoletto. Ogni mattina scendeva dai Quartieri e si fermava su via Toledo. Dopo qualche giorno ci chiese se volessimo andare con lui; mamma, nel frattempo, si era un po' ammorbidita (considerato che l'idea si stava rivelando buona e papà riusciva quantomeno a portare un po' di soldi) e non fece storie.

Era un pomeriggio, sotto Natale, e la strada era più stracolma del solito, la gente passeggiava e rideva, si guardava intorno e si fermava a mangiare. Dappertutto luci colorate, e anche i vicoli che si inerpicavano su per la collina, nelle viscere dei Quartieri, avevano cacciato il vestito buono dall'armadio e si erano agghindati a festa, addobbati di stelle comete che pendevano fra un palazzo e l'altro e rendevano la miseria un po' più allegra. E infatti, chissà perché, nei miei ricordi mi sembra come se in quegli anni tutti fossero più contenti, nostro padre in primis, che non la smetteva un attimo di sorridere mentre affogava la stecca di legno nel calderone dello zucchero e serviva le numerose clienti che si accalcavano al suo cospetto. Il fatto è che lui era pure molto bello oltre che un po' irresponsabile, perciò a parte fare soldi con lo zucchero, ben presto si cacciò nei guai con mamma, la quale si dimostrò anche parecchio gelosa. Fatto sta che la sua attività di "creatore di dolcezza", come amava ripetere alle acquirenti che lo guardavano estasiate, durò poco, il tempo di giungere all'estate.

Mamma, invece, all'epoca già aveva due lavori: la mattina faceva le pulizie in un piccolo albergo e il pomeriggio si dedicava agli aggiusti di sartoria. Non c'è giorno, nella mia infanzia, in cui non ricordi provenire dalla cucina il rumore della macchina per cucire o il campanello che d'improvviso si metteva a suonare e ci regalava nuovi ospiti. Le continue visite mi permettevano di fare una pausa dallo studio e partecipare per un po' alle discussioni degli adulti, mentre infilavo il cucchiaino nella ciotola della crema che in frigo non mancava mai. Lei chiacchierava con il cliente di turno, anzi il cliente parlava e lei annuiva, perché a parlare proprio non poteva, visto che era sempre china ai suoi piedi, ad approntare pieghe, con i capelli annodati e una miriade di spilli che le spuntavano dalla bocca. Gli spilli con gli anni sono diminuiti, come i clienti, eppure i suoi capelli, ora bianchi, restano annodati, come la bocca in effetti, ancora contratta e perlopiù serrata, quasi il tempo si fosse servito di quei pungiglioni per cucirle le labbra per sempre.

Kevin e don Vittorio tornano sorridenti e soddisfatti. Il bambino morde con voracità la dolce nuvola e il vecchio mi porge la stecca. Faccio di no con la testa e lui sembra intuire che non amo particolarmente lo zucchero filato. In ogni caso, dicevo, il lavoro di papà non durò a lungo; con l'arrivo del caldo gli affari diminuirono, la gente preferiva andare al mare anziché passeggiare per via Toledo arsa dal sole. Perciò lui prese la fatidica decisione: bisognava andare per fiere e sagre. Mamma nemmeno lo ascoltò, ma lui era convinto della sua idea; noleggiò un vecchio pulmino scassato da un amico (ma tu guarda) e per giorni studiò il percorso. Io mi divertivo a osservarlo seduto al tavolo della cucina, con Antonio su una gamba, a calcolare su una vecchia cartina che puzzava di muffa il giusto itinerario da seguire, mentre mamma friggeva le melanzane e gli dava le spalle. Ricordo ogni cosa come fosse ieri: erano giorni carichi di afa e la gente si riversava per strada a chiacchierare del nulla con i vicini e i passanti. Le case del quartiere erano tutte aperte e i suoni e gli odori di una si mischiavano con quelli dell'altra, come le voci delle televisioni che si sovrapponevano a quelle delle radio, in un baccano che però rendeva le nostre giornate simili a una festa. Antonio era troppo piccolo, a me, invece, era permesso scendere ogni tanto, soprattutto per andare dalla nonna. Correvo da lei e la trovavo seduta appena fuori dal basso, che a me piaceva tanto perché assomigliava alle tane degli gnomi. E ogni volta era impegnata in una conversazione con la vicina, il garzone del salumiere, il vecchio del piano di sopra affacciato al balcone, un ragazzo a cavalcioni su un motorino. Mi sorrideva e mi dava il solito pizzicotto sotto il mento, poi infilava le mani nel grosso seno e cacciava un borsellino pieno di spiccioli. Rovistava con le sue dita arrugginite e se ne usciva sempre con una moneta da cinquecento lire. "Va', nenné, però fa ambress'!"

Io afferravo il piccolo tesoro e correvo da Carmine, che aveva una specie di bar dentro casa sua, nel basso alla fine del vicolo. Carmine era un vecchio centenario, almeno così credevo allora, finché la nonna non mi spiegò che in realtà il buon Carmine era molto più giovane di lei. È che in bocca teneva due soli denti e una sigaretta, quella ce l'aveva sempre, tanto che nonna Giuseppina diceva che sarebbe stato più facile trovarlo senza più nemmeno i due denti, che senza la cicca. La sua casa adibita a bar era buia e puzzava di umido d'estate e di broccoli d'inverno, alle pareti c'era un parato giallo sporco e strappato, e il pavimento era tutto scheggiato, eppure amavo molto quel luogo così misterioso, dove in un angolo, al riparo dal grigio dei pochi mobili e dallo squallore, germogliavano odori e colori: snack, caramelle, gomme, sigarette di cioccolata, barrette di frutta, Baci Perugina, Tic Tac all'arancia e al limone e, dulcis in fundo, caterve di Big Babol, le mie preferite. Io prendevo proprio quelle, le mostravo a Carmine, che di solito era indaffarato a chiacchierare di calcio con qualcuno, e facevo cadere la moneta nella sua mano nera e callosa. A volte lui mi sorrideva e mi scompigliava i capelli, ma a volte, soprattutto se era preso a parlare con don Vicienzo, che era un vecchio che tagliava i capelli a casa sua, proprio accanto a Carmine, nemmeno mi vedeva.

Mio fratello Antonio andava spesso da don Vicienzo, perché per tagliare i capelli questi si prendeva duemila lire e aveva pure il cavalluccio. Già, proprio il cavalluccio dei barbieri veri, quelli di via Toledo o via Chiaia, che, però, ti chiedevano settemila lire per farti salire là sopra mentre loro sforbiciavano. Perciò mamma portava mio fratello da don Vicienzo, il quale, ho poi saputo, non è che fosse proprio barbiere, è solo che da ragazzo aveva lavorato per due anni da un barbiere, però spazzando a terra e basta. E io lo guardavo, con quella faccia appuntita piena di spigoli, e immaginavo la sua strana infanzia, trascorsa a raccogliere quello che non serviva più, le eccedenze della gente. Comunque, a un certo punto, non so come, don Vicienzo era entrato in possesso di un vecchio cavalluccio e si era così ricordato del suo passato: aveva piazzato lo sgabello al centro del piccolo soggiorno e si era messo a tagliare i capelli ai creaturi della zona, i quali, per la verità, dopo un po' avevano iniziato a presentarsi ogni giorno, e non per un taglio, ma per salire sul bel destriero. Don Vicienzo, che teneva sì la faccia appuntita e quando parlava non si capiva un'acca, era però un brav'uomo e i bambini gli piacevano assai, perché non diceva mai di no. Perciò gli volevano bene tutti, come in effetti anche a Carmine il barista, che a volte, quando nonna non aveva spiccioli, mi regalava una caramella e mi acchiappava le guance fra le sue dita fradice.

Ecco, dovevo parlare di papà e della sua idea bizzarra di vendere lo zucchero filato in giro per fiere, invece mi ritrovo a ricordare la mia sgarrupata infanzia, che a distanza di sicurezza proprio non ci vuole stare, perché sarà pur vero che sono cresciuta senza un padre e con una madre rigida e di poche parole, ma per molti anni ho potuto godere della presenza della nonna, che quando non aveva soldi mi afferrava la mano e mi portava dentro casa a friggere i famosi crocchè (nonostante fuori ci fossero trenta gradi), che poi mi invitava a portare ancora fumanti all'esterno, dove i vicini aspettavano in ossequioso silenzio e al mio arrivo si mettevano ad applaudire, e io allora sollevavo il piatto quasi all'altezza del viso e assumevo un'espressione fiera, come stessi trasportando una corona reale. Il fatto è che la nonna si era messa in testa di sostituirsi in parte a mia madre per regalarmi un po' di amore e, soprattutto, qualche ricordo bello in più. Nonna Giuseppina sarà stata pure ignorante, però la vita la capiva molto meglio delle mie maestre, e da qualche parte, nel cuore ammuffito dall'umidità della sua casa e della sua vita, sapeva che senza una buona madre non ci può essere una buona infanzia. Perciò devo a quei pomeriggi trascorsi fuori al suo vico masticando Big Babol e cercando di fare palloni sempre più grandi, mentre lei si divertiva a guardarmi e rideva di gusto, se sono riuscita a mettere da parte, in una piccola scatolina che conservo ancora sotto il letto, qualche bel ricordo. Ogni tanto, soprattutto la notte, quando non riesco a dormire, allungo la mano nel buio a cercare la scatolina e la immagino piena di quei nastrini colorati con i quali lei mi intrecciava i capelli, piena di Big Babol sparse, di Tic Tac all'arancia, di monetine ancora calde del suo seno, di crocchè fumanti e di biscotti, e quasi mi sembra che i ricordi odorino di quei pomeriggi estivi, di fragola, arancia, frittura, crema, umidità, caffè, mare e tufo. Quasi mi sembra di essere stata felice, come se quella piccola marmocchia con le trecce fosse stata una bambina come tante e non un essere che combatteva ogni giorno per non mostrare alle sue due donne e al mondo intero ciò che portava dentro, sotto gli occhi vivaci, le ecchimosi che si erano formate a furia di ricevere tante piccole botte dalla vita.

Quei lividi oggi mi costringono a essere come sono. Perché purtroppo possiamo donare agli altri unicamente ciò che abbiamo ricevuto, e chi ha avuto solo 'nu muorzo non ha anche voglia di star lì a fare lo schizzinoso, e allora scaraventa sul tavolo tutto il puculillo messo da parte, senza fare distinzioni fra bello e brutto.

Che piaccia o meno.

Un gomitolo di delusioni

Comunque sono ancora per strada, a godere dell'aria di mare che mi solletica le guance e arruffa i capelli, e ad ascoltare due estranei che neanche mi sembrano più estranei, che parlano e si raccontano esperienze. In realtà a parlare è soprattutto don Vittorio, che alla luce del sole mi sembra anche meno vecchio. Adesso, per esempio, sta spiegando a Kevin come e perché sono nati i Quartieri che ci scortano alla nostra sinistra lungo la passeggiata per via Toledo.

"Sai perché si chiamano Quartieri Spagnoli?" domanda più a se stesso. "Sono nati nel millecinquecento, per volere del re spagnolo, che li fece costruire per ospitare i soldati che dovevano reprimere eventuali rivolte del popolo."

Ma Kevin non lo ascolta neanche e affonda la faccia dentro lo zucchero mentre Alleria tira il guinzaglio e lo costringe a camminare piegato. Spingo la carrozzina e fisso il ragazzino, e mi domando ancora una volta come abbia fatto a venire su così educato e gentile in quella famiglia sopra le righe. Ma non ho tempo di rispondere alla domanda perché nel frattempo Cane Superiore si è fermato di nuovo davanti alla statua vivente, che è qui anche oggi, colorata di verde e immobile nella solita posa soldatesca. Ma dove trova la forza di dipingersi l'intero corpo ogni mattina? Io per passarmi un filo di matita sugli occhi per poco non faccio cadere tutti i santi del paradiso dal calendario. Forse non si lava, si infila così, colorato di verde.

Kevin si lascia trasportare da Cane Superiore e si avvicina, il vecchio e io, invece, restiamo a guardare la scena da lontano.

"È un bravo ragazzo..." commenta lui, che ancora non ha finito di sventolarmi lo zucchero sotto il naso.

"Già. E mi chiedo come possa essere figlio di quella donna..."

"Bah, per fortuna nei confronti di alcuni gli insegnamenti sembrano non avere potere..."

"Non le fa male lo zucchero alla sua età?" chiedo quindi, e lo fisso.

"Sì, credo di sì," ribatte candidamente, poi torna a ciò che gli interessa, parlare di Kevin. "Quel ragazzino è l'esempio vivente che veniamo al mondo già con un carattere ben delineato e che, a volte, per fortuna, i genitori nulla possono. Ogni tanto nasce un bambino che, chissà perché, è dotato di anticorpi speciali nei confronti dei quali il terribile virus che l'umanità tende a replicare con certosina pazienza e fierezza non riesce a produrre i suoi devastanti effetti. Parlo dell'obbedienza."

Dovrei ridere, e lo farei anche se, proprio al termine della sua frase, i miei occhi non si imbattessero in una scena incomprensibile, una di quelle cose che ti fanno sbattere le palpebre, allungare il collo, balbettare, stropicciare gli occhi, girare il capo a destra e a sinistra per controllare se è tutto a posto, se il mondo è ancora lì e se l'allucinazione è scomparsa o meno.

"Credo che ci troviamo di fronte a uno di quei rari casi nei quali è il bambino a educare la madre."

Ma io non ascolto più don Vittorio, perché quello che mi balza sulle pupille è reale, talmente reale da avvertirne gli effetti sul corpo: nel tempo che don Mimì (un vecchio che vendeva carcioffole arrostite su via Toledo nei giorni di festa) impiegava ad accendere la brace (pochi istanti), le guance mi diventano del colore della carbonella appunto, le orecchie iniziano a ronzarmi e la testa a vorticare. Mi sostengo come posso alla carrozzina e mi accorgo che le parole di don Vittorio si stanno facendo sempre più lontane, insieme all'eco dello sparo a salve del soldato artista, alle risa dei bambini, all'abbaio burrascoso di Alleria e alla voce appassionata di Kevin che, sono quasi sicura, mi sta chiamando ripetutamente per invitarmi ad andare a vedere la statua vivente che non si muove e che, però, non vorrei sbagliarmi, sta fissando proprio me.

"Vengo," sento pronunciare alle mie labbra, ma è solo un debole sussurro. Compio tre passi e arrivo davanti al soldato (che sì, in effetti, sembra stia fittiando la sottoscritta), agguanto la manina di Kevin, poi torno a guardare la scena assurda che si svolge a qualche metro da me e ho appena il tempo di rendermi conto che sto per fare la più grande figura di merda della mia vita perché l'attimo seguente il mio piede sinistro si incaglia sotto lo spigolo del marciapiede e ruzzolo per terra. Proprio fra le braccia dell'uomo colorato.

Quando capisco cosa è successo, mi ritrovo con questo cespuglio che mi fissa spiazzato.

Da vicino, il soldatino mi porta alla mente l'Incredibile Hulk, anche se questo non ha niente di incredibile, nessun muscolo pompato alla Manuel, per intenderci, nessuna camicia strappata e, soprattutto, mi guarda con espressione comunque distesa. Sbatto un paio di volte le palpebre per riprendermi dall'imbarazzo, ma non trovo il coraggio di alzarmi e mi lascio cullare dall'artista che mi cinge come fossi la sua bambina.

È la mano di Kevin a riportarmi alla realtà.

"Luce, stai bene?" domanda.

Sì, mai stata meglio, a dirla tutta, nonostante mi trovi sdraiata sul marciapiede della strada più trafficata di Napoli, fra le braccia di un uomo che, piccolo particolare, mi avrà imbrattato di verde i vestiti, e sebbene attorno a me vi siano decine di individui che osservano incuriositi la scena.

"Va meglio?"

La voce del soldato è suadente e non ha nulla di militare, anzi mi sembra di essere avvolta da una fiaba dove tutto è a colori e sa di marzapane. Si può avere un colpo di fulmine per un soldatino? Dannata Luce, che le cose semplici proprio non ti piacciono!

"Vuoi bere?" domanda lui.

Sto per rispondere che sì, voglio bere, ma non perché mi senta da schifo, ma perché credo di avere la bocca impastata, e non è proprio una cosa carina trovarsi faccia a faccia con un uomo che riesce a farti sentire idiota solo grazie ai suoi occhi e al sorriso, e ingolfarlo con l'alito pesante di chi è quasi venuta meno. Solo che poi interviene Alleria, che a vedermi abbracciata a un altro proprio non ci riesce, e mi si lancia addosso per leccarmi il collo. A questo punto sono costretta a rialzarmi fra le risa della gente, e nel caos scorgo anche don Vittorio che mi guarda con aria incuriosita, nascosto dietro un gruppetto di ragazzini gasatissimi per la scena alla quale hanno appena assistito.

"Sto bene," gli urlo, e strizzo l'occhio. Solo dopo mi giro verso il soldato che, nel frattempo, ha preso una bottiglietta dallo zaino e me la sta offrendo.

"Grazie mille!" dico e butto giù un bel sorso, anche se aggrappato alla plastica c'è lo stesso odore forte di vernice e gesso che proviene dalla sua pelle.

Approfitto della bevuta per trovare una risposta valida alla domanda che più di ogni altra mi impazza nel cervello da almeno due minuti: ma davvero hai perso la testa per uno sconosciuto che ti sorride? Poi mi ricordo il motivo per il quale ho fatto la meschina figura: a pochi passi da me c'era mia madre. E non era sola. Mi volto a cercarla inutilmente, allungo il collo e ispeziono la strada, ma a quanto pare è sparita. Forse si è trattato di un'allucinazione.

"Piacere," dice all'improvviso la statua, e mi porge la mano, "je suis Thomàs."

Caspiterina, l'artista è francese, e quando parla sembra che canti. Se sto qui altri dieci minuti, il tipo mi frigge come una sogliola impanata. Ricambio la stretta senza riuscire a proferire una sillaba, perché mi accorgo solo adesso che i suoi occhi sono verdi come la pelle che si pitta, e le labbra, invece, sono di un rosso vermiglio che risalta il bianco lucente dei denti.

"Come ti chiami?" fa lui.

"Luce..."

"Luce? Come la luce? Lumière? Che bel nome!"

Allora sorrido, anche se dovrei piangere; passi una vita a costruirti un'armatura, maglia dopo maglia, in modo da potertene andare in giro al sicuro, e poi basta un francesino che, guarda caso, fa l'artista di strada proprio sotto casa tua, a infilzarti nell'unico punto che avevi lasciato scoperto.

"Le chien est le votre?"

"Le chien?"

"Il cane è tuo?"

"Ah, sì, sì, scusami, sono ancora un po' frastornata..."

"Et l'enfant?"

"L'enfant?"

"Il bambino..."

Mi giro e mi accorgo che Kevin si è appeso alla mia camicia e ha infilato la testa sotto il mio braccio.

"No, no," mi affretto allora a rispondere, "è il figlio di un'amica..."

Forse lo dico con troppa enfasi, come volessi liberarmi della sua presenza, e forse Kevin lo avverte, anche se non dice nulla e non fa nulla, perché i bambini sentono tutto, si accorgono di tutto, di una parola fuori posto come di un'intonazione sbagliata, o un gesto avventato. Incamerano e incapsulano il piccolo dispiacere spesso senza nemmeno accorgersene, restando muti, cosicché lui, il dispiacere, va ad aggiungersi ai tanti altri e nel tempo contribuisce a formare quella specie di gomitolo di delusioni che gli adulti amano chiamare maturità.

"Avrei scommesso che fosse ton fils, il est beau, tu es belle!"

Ora, io sono nata nei Quartieri Spagnoli, mia nonna non spiccicava una parola di italiano, mia madre ha fatto la sarta tutta la vita, mio padre è durato un battito d'ali, mio fratello non ha mai voluto aprire un libro e si è diplomato giusto perché se no mamma lo pigliava con la mazza, e io, be', sono stata l'unica che ha creduto nello studio, nella lettura, nell'evolversi tramite le parole e la cultura, l'unica che ha reso fiera la nostra scapestrata famiglia. Eppure, nonostante la laurea, non sono mai uscita da qui (sì, con la scuola sono andata una volta a Tarquinia e un'altra ad Alberobello), non conosco la terra natia di questo francese che mi parla con voce suadente, non conosco altro modo di vivere che non sia il continuo arrabattarsi, giorno dopo giorno, per scansare i fossi che ti si presentano davanti. La mia vita è da sempre un percorso a ostacoli su una strada lastricata di sampietrini che alle prime piogge scoppiano come tanti popcorn, che se stessimo in un paese normale, in un mondo normale, i buchi sarebbero tappati subito, perché è da sempre istinto dell'uomo cercare di colmare i vuoti. E, invece, qui i buchi non si chiudono, e sei costretto a scansarli, e così impari la regola base di questo luogo a dir poco unico: e cioè che nessuno camminerà un passo davanti a te per sigillare le voragini che ti si presenteranno sul cammino, dovrai essere tu a saperle scansare, una dopo l'altra. E se pure alla fine dovessi finirci dentro, fa niente, perché, in ogni caso, tramite un sampietrino saltato, la vita ti ha insegnato non tanto a schivare i fossi, quanto a saper ammortizzare la botta.

Sì, ho divagato, in realtà volevo sottolineare il fatto che io, nella frase appena pronunciata dal soldato francese, l'unica cosa che ho capito è la parola "belle", che mi sembra simile a quella napoletana. Per fortuna lui ride per la mia faccia meravigliata e si inginocchia di fronte a Kevin per porgergli la mano. "Ti piacciono les soldats?" chiede poi.

Il bambino nasconde il viso dietro la mia schiena.

"I soldatini, ti piacciono?"

Gli scompiglio il caschetto e intervengo: "Avanti, piccolo, rispondi, Thomàs ti ha fatto una domanda".

Kevin annuisce senza smettere di fissare preoccupato l'uomo dalla faccia colorata. Questi capisce che il bambino è alquanto soggiogato dal suo aspetto, allora afferra la bottiglia di acqua e se la versa in testa, poi tira fuori un asciugamano dallo zaino e si pulisce il viso. Durante i pochi secondi che dura l'operazione, ho il tempo di girarmi verso don Vittorio, che ora sembra gustarsi la scena dalle retrovie, con la pipa in bocca e una smorfia accartocciata sulle labbra. Le persone, intanto, avendo capito che non c'è nulla su cui inciuciare, si sono allontanate e mischiate al caos generale. Torno a guardare davanti a me proprio nell'istante esatto in cui il viso di Thomàs sbuca dall'asciugamano, e un battito mi manca nel petto. I suoi lineamenti liberati dal colore sembrano scolpiti per i suoi occhi e per la bocca. I capelli sono ricci e biondi, e riflettono quei pochi raggi di sole che sono riusciti ad arrivare fin quaggiù, e sulle guance ha un sottile strato di barba che sembra essere stata intinta in un vasetto di miele. Non può avere più di trent'anni, di sicuro è più piccolo di me. Ma tu guarda se un adone del genere doveva capitare proprio sotto casa mia! Non poteva restarsene in Francia, così i miei ormoni se ne rimanevano tranquilli tranquilli, come sempre?

"Grazie per avermi raccolta," riesco infine a dire, "mi dispiace averti rovinato la giornata di lavoro."

Lui ride: "Lavoro? Questo non è lavoro! Impiegato è lavoro".

"Sei di Parigi?"

"Oh, no, di Marsiglia. Conosci Marsiglia?"

"Sì, di nome..."

Mentre parlo, mi passo ogni tanto le mani sul viso, le infilo in tasca, punto gli occhi dappertutto tranne che nei suoi, mi dondolo e sorrido senza un valido motivo. Capita quando ti trovi a che fare con l'empatia, che è una cosa strana che neanche so spiegare e che, però, è molto simile alla magia, e ti avvolge e ti rende tutta scema di fronte a un altro, incapace di reggere il suo sguardo e starlo ad ascoltare, e allora pensi che ti hanno fatto proprio sbagliata, con due braccia che non sai mai dove mettere e i piedi che a starsene fermi nemmeno ci provano. Dopo qualche secondo di silenzio, dichiaro: "Va be', allora ciao... mi ha fatto piacere conoscerti...".

Lui mi afferra la mano e dice: "No, encore un moment!".

Non so se sia la capata in bocca che mi ha dato Thomàs

con la sua bellezza, o la scena scioccante di mia madre (della quale, giuro, dopo parlerò), ma mi sembra quasi di comprendere il francese. Il soldato vuole che resti e io non sono in grado di dirgli di no, che faccia di me quello che desidera. Mi passo la lingua sulle labbra secche che la vergogna ha stemperato in ruggine, una tinta ferrosa che sa di cose abbandonate, mentre rifletto sul fatto che credevo di essere un maschiaccio che si mette nella sacca gli uomini e la loro ingenuità, e invece sono qui a balbettare e sorridere come un rospo, nell'attesa che il mio principe azzurro mi baci e mi trasformi in principessa.

"Dove abiti?" mi chiede.

E io non rispondo subito, ma sto lì come una babbea a domandarmi perché un ragazzo così bello e giovane abbia deciso di perdere del tempo con me, che di felice sul volto ho poco o nulla. "Quassù..." e una mano si affretta a indicare il vicolo che si arrampica sulla collina.

"Nei Quartieri?"

"Già..."

Ora dovrei dargli il mio indirizzo, quantomeno il numero di telefono, invece continuo a fissarlo senza dire una parola. Lui evidentemente si convince del fatto che sia una mezza spostata e si volta. Perciò sono pronta a tornare anch'io alla mia vita e alla giornata fatta di Kevin (che non si sa che c'entri con la mia vita) e di don Vittorio (che pure è strano che faccia parte della mia vita), solo che Thomàs torna a me e mi stringe la mano destra con la sinistra. La sua destra, invece, tiene una biro; avvicina la punta al mio polso e inizia a incidere un numero. E la pelle mi si riempie di rilievi, a ricordare quella delle oche direbbero molti, anche se a me non viene per niente da pensare alle oche, ma a un'onda invisibile e magica capace di smuovere per un attimo la superficie, potente come un terremoto. Alla fine scruta il risultato e annuisce soddisfatto prima di dire: "Io sto sempre qui. Almeno per qualche altro giorno. Si tu veux passer".

"Cosa?"

"Mi vieni a trovare?"

"Oui," rispondo d'istinto, e mi lascio andare a un'espressione del viso meravigliata, perché, in effetti, chi cazzo ha pronunciato mai una parola in francese. Solo che l'accento di questo ragazzo, unito all'aspetto, mi fanno sentire avvolta e coinvolta, e così mi sembra di non poter fare a meno di parlare come lui che, l'ho detto, quasi canta. Senza contare quelle cacchio di erre mosce che lo rendono, se possibile, ancora più attraente e che mi rubano un sussulto ogni volta che le sento fare capolino dalla sua bocca. Insomma, a me il guaglione me lo da assai, perciò mi viene da imitarlo, un po' come mi capita con i romani, che se sto due giorni con loro me viene da parlà così e manco me riesce de smette fino a quanno nun so a casa.

"Quello è il mio numero," dice e indica con gli occhi il polso che la sua mano non ha ancora abbandonato. Poi si accovaccia per rivolgersi a Kevin. "Lo vuoi un regalo?"

Il bimbo annuisce, allora Thomàs raccoglie l'elmo da terra e glielo cala in testa. Kevin non sembra credere che il casco sia per lui e guarda il soldato di strada senza sapere cosa dire, ma con un abbozzo di sorriso che gli illumina le pupille. Lo stronzetto francese sa come conquistare il cuore di una donna, penso.

A me da bambina nessuno è mai venuto a infilarmi un elmo in testa per farsi accettare, nessuno si è mai preso la briga di preoccuparsi di ciò che andavo pensando. Non so se mia madre abbia mai avuto qualcuno, di certo a noi non ha mai detto niente. Una volta, avrò avuto undici anni, uscii da scuola un'ora prima e a casa trovai un signore con i baffi e la camicia abbottonata fino al colletto, che con il suo profumo dolciastro e nauseabondo aveva annebbiato il salotto. Mamma subito fece finta di prendergli le misure dei pantaloni, ma si vedeva lontano un miglio che quello non era un cliente. Forse mi impressionai, forse era solo un amico, fatto sta che lui a stento mi degnò di uno sguardo imbarazzato e dopo qualche minuto sgattaiolò via.

Per qualche giorno non parlai e lei, forse, si preoccupò che avessi subìto un trauma, perché fu molto più gentile e attenta del solito. In realtà era la delusione a non farmi aprire bocca, non me l'ero di certo presa per la presenza di quell'uomo, ero rimasta male perché non si era fermato e nemmeno aveva provato a farsi accettare da me che, a dirla tutta, aspettavo solo quello, un adulto che si accorgesse della mia presenza. Sono passati quasi trent'anni e anche se faccio di tutto per dimostrare il contrario, sono ancora alla ricerca di un adulto che non fugga via impaurito.

"Come ti senti, Luce?"

"Bene."

"Ma si può sapere che è successo?"

"Niente, don Vittò, niente, una disattenzione..."

Lui mi studia con aria interrogativa ma non dice una parola e rivolge lo sguardo a Kevin, il quale sorride e alza le pupille di continuo per rimirare il suo elmo.

"Sei bellissimo!" commento, e per tutta risposta il bimbo ride e mi offre la mano.

Se questo ragazzino con il caschetto fosse davvero mio figlio, ora mi sentirei appagata nell'incrociare i suoi occhi felici che hanno dentro uno sfolgorio di luce accecante, un bagliore di fiducia nella vita, nel futuro e, soprattutto, in se stesso.

Quella luce è l'unico vero grande dono che possa e debba farci un genitore.

Tutto il resto è scarto.

Abitudini

Il portone si apre con uno sbuffo e rigurgita un signore grasso con i baffi e la faccia simpatica che porta il cane al guinzaglio. È un tipo del quinto piano e il suo amico a quattro zampe si chiama Dorothy, una bella femmina di bracco. Lui alza la mano e mi saluta, io ricambio con un sorriso di circostanza mentre tento di tenere a bada Alleria, che quando vede Dorothy gli va in circolo il testosterone e non capisce più nulla. Gliel'ho anche spiegato che c'è poco da fare il cascamorto con quella, che è un cane di razza e se la tira assai, e figurati se si concede a lui che è una mischiafrancesca, come si dice qui da noi, e ha il pelo arruffato e le orecchie di un cocker. Eppure Alleria non ne vuol sapere e continua a fregarsene delle stupide regole umane, e finché lei passerà sotto il suo naso, lui tenterà di conquistarla con guaiti, scodinzolii e abbai seducenti. E chissà che non abbia ragione lui.

Comunque è strano che il signore simpatico e con il bel cane nulla sappia di me e della mia vita, e per lui tutto sia uguale a qualche mese fa, quando non avevo anch'io un cane da portare a spasso, ma un uomo accanto con il quale coricarmi. Ogni esistenza, a pensarci, è un intricato e complesso ecosistema nel quale vivono in equilibrio nevrosi, dispiaceri, frustrazioni, novità belle e brutte, traumi, dolori, piccoli momenti di felicità e tanti di noia, eppure alla vista degli altri la nostra vita appare sempre uguale. Ai miei occhi le giornate di quel signore scorrono tranquille come sempre, con un bel cane a fargli compagnia, la moglie che lo aspetta sul divano davanti alla tv, una figlia dall'altra parte della città che fra poco telefonerà per dare loro la buonanotte e fargli ascoltare la voce del nipote preferito. E invece mi sa che anche il placido padrone di Dorothy a volte si sarà trovato ad affrontare una tempesta e la sua vita che scorre lenta si sarà tramutata in acqua che vortica e rompe gli argini. Forse accadrà domani, la settimana prossima, forse è già accaduto, accade tutti i giorni, dentro ogni portone, e io non ne so nulla, noi non ne sappiamo nulla, e continuiamo a salutarci da lontano come se la vita stesse lì ad aspettarci, come bastasse sollevare una mano per dire a chi ci conosce che tutto va bene, tutto è sempre uguale.

Sì, lo so, certe volte mi parte la capa e mi metto a fare ragionamenti strani. Mi infilo in ascensore e mi scopro a pensare al bastardo, come non mi capitava da tempo. A quest'ora sarà tornato a casa (già, ma quale casa?), forse sta facendo la pipì e dopo andrà in cucina a prepararsi la cena, anche se non ha mai saputo cucinare. Mangerà da solo? Oppure avrà invitato un amico? O ci sarà una donna al suo fianco? Come fanno le persone a cambiare vita da un giorno all'altro? Come si fa a modificare le proprie abitudini senza sentirsi un peso alla bocca dello stomaco?

Il bastardo per due anni, ogni sera, apparecchiava la tavola e mi chiedeva cosa ci fosse per cena. E dopo, sul divano, si sdraiava di modo che io potessi infilare i piedi freddi sotto le sue gambe. Chi gli infilerà i piedi sotto le gambe adesso? Dove trova la forza per non chiamarmi e dire: "Ti prego, Luce, non ti amo più, ma la vita mi sembra non abbia un senso senza avere te accanto alla quale riscaldare i piedi"?

Si dice che le abitudini rendano schiavi. Sì, è vero, siamo schiavi inconsapevoli e felici del proprio destino, come gladiatori che si lanciano alteri nell'arena e vanno incontro alla morte senza ribellarsi. Si dice che l'uomo, per sentirsi davvero libero, debba vivere ogni momento come fosse l'ultimo e fare in modo che neanche un giorno sia uguale all'altro. Si dice anche che il tempo rimargini le ferite, che una mattina d'improvviso ti svegli e ti accorgi che hai smesso di soffrire e non hai più bisogno delle vecchie catene che ti laceravano i polsi senza che tu te ne accorgessi. So che prima o poi arriverà anche per me quella mattina, però so anche che fino a quel giorno non potrò far altro che scuotere la testa e distogliere il pensiero dalle mille piccole cose che mi mancano.

Tutti bramiamo una vita di grandi avventure, amori impossibili, sogni da inseguire e idee da far valere. Tutti moriamo dalla voglia di lanciarci a braccia aperte nel mondo per mostrare le nostre capacità, per farci dire che valiamo qualcosa, per succhiare le attenzioni altrui e trovare un senso a questa cosa immensa eppure così piccina che chiamiamo vita. La sera, però, tutti torniamo a casa e ci mettiamo comodi sul divano, ad aspettare che qualcuno infili i piedi freddi sotto le nostre gambe o ci dica che è pronto in tavola. Non le chiamerei semplicemente abitudini, ma un modo per rendere il cielo sopra di noi meno imponente, per sentire di avere un posto dove bastano i nostri soliti piccoli gesti quotidiani a far funzionare le cose.

Essere abitudinari non è poi così da sfigati.

I bambini sono abitudinari. E i cani.

Il meglio che c'è in giro.

Persechella

Nel mio frigo c'è solo una vaschetta di cotto e due uova. Verso l'olio in una padella, poi il prosciutto sminuzzato e le uova, e inizio a girare con la forchetta mentre mi lascio andare a uno sbadiglio. È stata una giornata alquanto pesante: Carmen è venuta a riprendersi Kevin che erano già le dieci. Il bambino si era addormentato sul divano di don Vittorio (con Alleria accanto che teneva il muso sulle sue gambe) dopo essersi preso cura per l'intera serata del cucciolo di rondine (l'ho detto, non so come si chiamino i figli delle rondini), e dopo avergli anche dato un nome, cosa alla quale il vecchio e io non avevamo pensato. Si chiamerà Primavera, perché è una rondine e quindi è femmina (così ha spiegato Kevin), e perché ora è primavera, e le rondini arrivano proprio in primavera. Come nome per una rondine è 'nu poco strano, a dire la verità, anzi come nome per chiunque, ma questo, ovvio, non l'ho detto. In ogni caso l'uccellino sta molto meglio, ha mangiato come un ossesso e si è messo pure a cantare.

Ho scoperto che gli uccelli non si cibano di crocchette per cani e nemmeno di latte. Don Vittorio le ha preparato un miscuglio di pan grattato e uova, qualcosa del genere, che poi le ha infilato nel becco con una siringa. La cosa buffa è che la sera, appena ha rivisto la siringa, Primavera ha iniziato a canticchiare più forte e a sbattere le ali tutta felice, proprio come fa Alleria, che quando annusa la pappa non canta e non vola, però si mette a scodinzolare.

Don Vittorio ha sentenziato che la nostra amica fra qualche giorno sarà già pronta a volare e potremo rimetterla in libertà.

"Voglio esserci anch'io!", ha urlato Kevin, "voglio aiutarla a tornare dalla sua mamma!"

"Va bene, sarai tu a spingerla a volare dalla mamma!" gli ho detto per farlo contento.

In realtà credo che la mamma di Primavera sia già lontana; mica le mamme rondini sono come quelle umane, che a volte sprecano la loro vita per quella dei figli, salvo poi rinfacciarglielo. Ma mi sarei infilata in un discorso difficile, e ho lasciato cadere l'argomento.

"E pensare che fino a poco tempo fa la casa puzzava di vecchiaia, ricordi e noncuranza, e ora invece c'è un ragazzino che dorme rannicchiato sul mio divano insieme a un cane e, soprattutto, ci sei tu, che hai aperto le finestre e fatto cambiare l'aria," ha detto don Vittorio a un certo punto.

Non mi aspettavo una frase del genere, così gli ho offerto un sorriso imbarazzato dalla poltrona di fronte al divano, mentre le note del solito album jazz provenienti dal giradischi inondavano l'ambiente e sembravano colorare tutto di senape. Lui ha proseguito: "Credo che adesso non si senta più quell'odore stantio" e ha finto di annusare l'aria, "a volte, come vedi, la puzza di umidità scompare semplicemente aprendo la finestra. Non c'è bisogno di andarsene chissà dove". Poi ha ricambiato il mio sorriso e ha aggiunto: "Sto cercando di ringraziarti, anche se non sono molto bravo".

"Don Vittò," ho risposto, "lei non è bravo a ringraziare e io non sono brava a ricevere complimenti! Quindi è meglio che ci stiamo zitti!"

Lui si è grattato la barba e mi ha domandato se avessi fame. Ho fatto di no con la testa e ho guardato il display del telefonino. C'erano tre sms non letti. Il primo era dell'avvocato Geronimo: *"Uè, guagliuncé, ma che fine hai fatto?"* diceva. Il secondo, invece, era di mio fratello, che chiedeva se avessi parlato con nostra madre, e il terzo di Manuel. *"Persechella, tutto a posto?"*

"Persechella? Ma chi te sape? Come si permette quel buffone cotonato di prendersi una simile confidenza?"

Don Vittorio è scoppiato a ridere e mi sono resa conto di aver commentato ad alta voce.

"Be', persechella non è mica una brutta parola, anzi..." ha dichiarato, "la perseca, la pesca, è un frutto succoso, dolce, morbido, rosso e tondo."

"A me piacciono le percoche, sono più toste," ho ribattuto intanto che pensavo alla risposta da dare al palestrato.

"Secondo me ha ragione lui, sei una bella persechella!"

Gli ho lanciato uno sguardo di sottecchi e ho aggiunto: "Ormai mi dovrebbe conoscere, tutto sono tranne che dolce...".

"Bah, così ti piace far credere."

Poi Alleria ha fatto uno sbuffo e Kevin ha detto qualcosa di incomprensibile; stavano sognando entrambi.

"Le case hanno bisogno di bambini e cani per non invecchiare," ha dichiarato allora lui.

"Per il cane mi sono attrezzata, per il bambino non ci penso proprio!"

Vittorio Guanella non ha risposto mentre la musica di una vecchia tromba continuava a uscire melodiosa dal giradischi, intervallata ogni tanto dal frastuono di un motorino truccato che sfilava dieci metri sotto i nostri piedi. Non avevo voglia di litigare con Manuel, perciò ho posato il telefono sul tavolo e ho proseguito la morbida conversazione: "E pensare che da bambina avevo stilato un elenco delle cose che avrei dovuto fare da grande, prima di morire e...".

"Già pensavi a morire?" mi ha interrotta lui.

Era fermo sulla sua carrozzina, al centro del soggiorno, le mani intrecciate sull'addome e la pipa spenta in bocca.

"Be', no, non lo so, in effetti, sì, insomma... boh."

"Allora non devi aver avuto una grande infanzia," ha concluso.

"Ce ne sono di migliori, a dirla tutta..."

"E che c'era nell'elenco? Sentiamo..."

"Ora non ricordo con precisione. Di sicuro, dicevo, c'era

il cane. E una casa che affacciava sul mare... andare a cavallo, fare il bagno di notte... ah, sì, poi volevo diventare una stilista... e avere tre bambini, due maschi e una femmina."

"Be', intanto il cane ce l'hai," ha commentato divertito. "Sì, un punto l'ho azzeccato. E ho fatto il bagno di notte. Per tutto il resto, mi sembra difficile..."

"Va be', ma i sogni sono fatti per essere disattesi, altrimenti non si chiamerebbero sogni. E poi chi te l'ha detto? Forse non avrai mai una casa sul mare, ma per i figli sei ancora in tempo! Hai una vita davanti, non iniziare già a fare elenchi e bilanci. Quando arrivano i bilanci, giungono anche i rimpianti, e con questi c'è poco da scherzare... sono bravissimi nel farti sentire un vecchio da buttare!" e ha riso a lungo, finché una tosse convulsa l'ha costretto a fermarsi.

"Comunque," ha ripreso poi, "io penso che mentre noi stiamo lì a menarcela con la storia di cercare la nostra strada e inseguire i sogni, di vivere davvero la vita che vogliamo e mille altre idee un po' banali, il nostro istinto, l'Io, chiamalo come ti pare, lavora per noi e ci indica la via. Certo, anche lui ogni tanto sbaglia, si fa indurre in tentazione da comodità e agi quando in realtà vorrebbe imboccare sentieri più impervi, ma il più delle volte ci azzecca. Insomma, spulciando questi famosi elenchi di cose fatte e non fatte, spesso ci si accorge che sono pochi i motivi per cui pentirsi davvero."

"Io non mi pento di nulla," ho replicato fiera.

"E fai bene, perché tutto quello che abbiamo fatto è quello che potevamo fare in quel preciso momento della nostra vita. Io credo che alla fine quello che noi siamo davvero è scritto in quello che è stato il nostro percorso. Tutte le altre cose presenti negli elenchi che scriviamo, semplicemente non erano parte di noi, sono falsi obiettivi che mettiamo lì per sentirci migliori. In realtà potremmo benissimo non prendere mai una decisione nella vita e lasciarci guidare dall'istinto. Anzi, sono certo che saremmo tutti un po' meno stressati se ci abbandonassimo al flusso delle cose senza avere la presunzione di poter cambiare questo o quel percorso. E sono sicuro che vivremmo la stessa identica vita che abbiamo vissuto. Quello che siamo è dentro di noi, il resto è tutta sovrastruttura. Superfluo. Siamo maestri nel circondarci di cose superflue."

Gli ho lasciato il tempo per riprendere fiato e ho detto: "Oggi pomeriggio a via Toledo ho visto mia madre con un uomo, uno che conosco da tanto e che credevo fosse un cliente. Stavo guardando lei quando sono caduta".

"Be', non ci trovo nulla di strano, hai detto che è sola..."

"Ho sempre pensato che non avesse bisogno di nessuno accanto."

"Tutti abbiamo bisogno di qualcuno che ci faccia sentire speciali. Io, per tornare al discorso degli elenchi, ho avuto una vita piena, forse non quella che mi ero immaginato, ma ricca di tante cose ed esperienze. Eppure il solo vero rammarico è che non ho avuto nessuno con cui condividere tutte queste belle cose."

Subito mi è balzata davanti agli occhi la fotografia sulla cappa. "Chi è quella signora della foto in cucina?"

Lui ha socchiuso solo un attimo gli occhi e ha replicato: "È una storia lunga...".

Non gli andava di parlarne, era evidente, perciò sono tornata alla mia di storia. "Si tenevano per mano e mamma sembrava felice, aveva uno sguardo strano che non le ho mai visto, una luce che le colorava il volto."

"Potrebbe essere stato un amico."

"Con un amico non ti tieni per mano, e non sorridi come un'adolescente innamorata."

"Lei non ti ha vista?"

"Credo di no. Era di profilo e stava andando via."

Don Vittorio si è massaggiato la guancia e dopo un po' ha aggiunto: "È una buona cosa, per lei innanzitutto, e per te, che così non hai più tutto il peso e la responsabilità su di te".

"Mi chiedo perché non me ne abbia parlato, e da quanto vada avanti."

"Lui com'era?"

"Un uomo distinto, capelli bianchi, elegante, alto, abbastanza in là con gli anni."

Alleria ha aperto gli occhi. C'era qualcuno sul ballatoio. Pochi secondi e hanno bussato alla porta; Carmen si è intrufolata in casa ed è rimasta paralizzata di fronte alla scena del figlio che dormiva abbracciato al cane.

"Ma tu guarda che carini!" ha sussurrato senza nemmeno salutare, quindi ha sfilato lo smartphone (che, a proposito, è rivestito con una custodia ricoperta di brillantini e due orecchie alla Bugs Bunny che spuntano sul lato superiore) dalla borsetta e si è messa a fotografare. Solo dopo si è presentata al padrone di casa e lo ha abbracciato con foga, nemmeno lo conoscesse da una vita.

"Kevìn mi ha parlato 'e vuie al telefono, nonno Vittorio vi ha chiamato!" e ha riso divertita. Poi ha abbrancato il povero vecchio in un abbraccio convulso e gli ha piazzato mezza tetta sotto al naso. Don Vittorio è rimasto immobile a fissarmi con gli occhi stravolti.

"È stato buonissimo," ho detto allora per far tornare a respirare il mio innocente vicino.

Lei si è girata verso di me: "Grazie mille, davvero," ha aggiunto con voce dolce, mentre con una mano si infilava una ciocca di capelli dietro l'orecchio, "siete stati molto gentili..." e ha preso in braccio il figlio che continuava a dormire.

Alleria si è prodotto in un sonoro sbadiglio e si è lanciato dal divano.

"Quanto ti devo?" ha chiesto poi, e io ne ho approfittato per dire quello che avevo da dire. "Niente, non mi devi niente."

Carmen mi ha guardata sorpresa, allora ho fatto un sospiro e ho aggiunto la frase che mi ero preparata grazie anche al consiglio di don Vittorio : "Ti accompagno, ti devo parlare...".

Una compressa effervescente

Ho seguito Carmen per strada con l'intenzione di raccontarle come stavano le cose, spiegarle la verità e amen.
"Senti, ti devo confessare una cosa," stavo per esordire, ma lei mi ha anticipata.
"Luce, io non so tu da dove sia arrivata, se sì n'angelo e ti ha mandato il Padreterno da noi, nun 'o saccio e non lo voglio sapere, ma te vulevo dicere che sei stata fondamentale, e che Kevìn ti conosce da pochi giorni e parla di te come fossi la sua migliore amica, e che quando oggi mi ha chiamata e mi ha raccontato del cane, aveva la voce che sembrava quella di un uccellino che canta, e poi mi ha raccontato dello zucchero filato e di nonno Vittorio, e allora io mi so' messa a chiagnere."
Aveva gli occhi lucidi. "Pecché Kevìn non ha nisciuno a parte me. Cioè, sì, tene 'o pate, ma chillo nun serve 'a niente! E forse anch'io nun so' tanto buona come madre, non lo so, a volte non mi sento all'altezza, nun 'o capisco nemmeno quando parla, e vorrei dirgli delle cose, ma nun ce riesco..."
Ho cercato di non mostrare titubanze e ho risposto sincera: "Io penso che tu sia una buona madre".
Carmen si è fermata e mi ha guardata, mentre una lacrima le sfuggiva sulla guancia. Kevin dormiva beato con la faccia affondata nel suo poderoso petto e le gambe penzoloni, e Alleria era impegnato nella ricerca di chissà quale traccia importante sul selciato.

"Sì proprio 'na brava guagliona," ha dichiarato poi, "non so, con te mi sento di poter dire tutto, perché tu mi capisci."

In quel momento avrei dovuto parlare, confessare le mie colpe e interromperla per dire quel che avevo da dire. Invece siamo giunte sotto il suo palazzo.

"Tu non hai figli, vero?"

Ho fatto di no con la testa, anche se la domanda già me l'aveva posta.

"E come fai a essere accussì brava come madre?"

In realtà non mi sembrava di essere stata brava, non avevo fatto nulla di eclatante, se non cercare di essere gentile. Lei, come avesse intuito i miei pensieri, ha aggiunto: "Sai che mi ha detto Kevìn l'ata sera? Che gli piacerebbe se tu vivessi con noi".

Ho puntato gli occhi al lastricato, imbarazzata, e ho infilato le mani in tasca. Solo dopo ho tentato di dire: "Senti, Carmen, in verità...".

Ma lei non mi ascoltava, sembra non farlo mai con nessuno, ed è andata avanti: "Io me ne voglio andare da qui, Luce, voglio che Kevìn cresca con gente diversa, persone comme a te, che hanno studiato, ca nun so' ignoranti comme a me, o comme 'o pate, voglio che diventi un avvocato, un ingegnere... ma loro non vogliono...".

"Loro chi?"

"Tu davvero non hai capito?"

Non sapevo cosa dire, così sono rimasta in silenzio: "Mio marito è 'nu delinquente, uno che cammina col ferro addosso. Tutta la sua famiglia so' gente di miez' 'a via. Qualche anno fa ero scema e nun sapevo manco io chello che vulevo e, insomma, lui mi sembrava forte, deciso, diceva che mi avrebbe protetta, e poi teneva sempre 'nu sacco 'e sord' int' 'a sacca, mi faceva fare la bella vita. Mi piacevano tutte quelle cose perché io nun avevo mai tenuto niente, mio padre è muorto che eravamo piccole e ci ha lasciato sulo diebet'. Perciò anche mammà mi spinse, diceva che così mi sistemavo, ci sistemavamo tutti".

Un motorino è passato lentamente accanto a noi ed è sfilato via. Lei ha atteso qualche secondo, ha aperto il portone e mi ha spinta dentro. "No, scusa, è che sto pigliann' 'na brutta fissazione, credo che lui mi faccia spiare. Va dicenno che non sono una buona madre, che bevo e vado con gli uomini, pecché mi vuole levare a Kevìn!"

In quel momento ho avuto chiara la percezione di aver atteso troppo per confessare.

"Vuoi salire?" ha chiesto poi e nell'asciugarsi il viso con il dorso della mano si è rigata la guancia con una scia di mascara.

Mi è venuto d'istinto sfilarle Kevin dalle braccia, come per proteggerlo da tutta quella merda con la quale avevano colorato il suo piccolo mondo, e lei mi ha lasciata fare. In casa mi ha scortata nella cameretta del figlio mentre Alleria si sdraiava sul tappeto del salotto.

"Ha mangiato, vero?"

"Don Vittorio gli ha chiamato una pizza."

"Kevìn va pazzo per la pizza, soprattutto per la..."

"... marinara. Sì, ce lo ha detto," ho terminato la frase con un sorriso.

Carmen si è scusata ed è corsa in bagno. Avrei dovuto sdraiare Kevin sul letto, invece sono rimasta lì, in piedi, con il suo volto nell'incavo della spalla, a odorare il suo collo sudato, quindi sono passata ai capelli e ho posato il naso sulle ciglia. E allora mi è venuto da pensare a mio nipote Arturo, che è venuto al mondo e non l'ho neanche guardato in faccia, e a come sia possibile non conoscere il viso di una persona che sarà così importante per il resto della tua vita. Come quando arrivò Antonio, che mamma si andava nascondendo perché, mi ha raccontato poi, non voleva farmi ingelosire, e papà, invece, mi chiamava per andare a toccare la panza, proprio così diceva: "Vieni, picceré, vieni a vedere che sfizio, come si muove!".

Io poggiavo titubante la mano sull'addome di mamma e restavo ad ascoltare finché arrivava una botta, e poi un'altra, e sotto i polpastrelli sentivo proprio il movimento di un gomito, o di un ginocchio, e quasi mi sembrava di poterlo toccare, e mi chiedevo come fossero i suoi capelli e di che colore gli occhi. E quando mamma si allontanava, restavo lì, inebetita, di fronte alle mie domande insolute, senza capacitarmi di come un essere umano con mani, ginocchia, piedi e tutto il resto, potesse vivere in quella specie di bolla piena d'acqua (come l'aveva chiamata papà) a spingere tutto il giorno per farsi un po' di spazio. Forse è lì che si forma davvero il carattere di una persona, in quell'istante che a noi sembra tanto gioioso e che, però, per chi è all'interno, non lo è per niente, perché lui è intento a scalciare con tutta la forza che ha per ritagliarsi uno spazio. E chissà che non sia proprio allora che si impari anche a non farlo, a non scalciare per reclamare intendo. Chissà se tutto quello che non riusciamo poi a essere nella vita, una volta usciti da lì, sia riconducibile a quel fatidico momento, alla nostra prima vera lotta per l'affermazione.

Alla fine Carmen ha tirato lo sciacquone, perciò mi sono destata e ho infilato Kevin sotto le lenzuola cercando di tappare il senso di malessere che mi saliva da dentro. È che mi sentivo in colpa per la situazione paradossale nella quale mi ero ficcata, e poi non mi piaceva per niente il fatto che sentissi crescere nitido dentro di me un desiderio fino ad allora sconosciuto.

"È bello, eh?" ha detto lei, di ritorno.

"Fa venire voglia di prenderlo a morsi," ho scherzato.

Carmen ha risposto senza guardarmi. "Non intendevo Kevìn, dicevo che è bello sentirsi madre, è 'na bella cosa. Tu non lo sei ancora, ma dentro di te già 'o ssaje che significa, te lo leggo in volto."

Mi sono girata e l'ho fissata come se davanti avessi un guru, qualche personaggio illuminato che veniva dall'Asia, di quelli con i puntini rossi in fronte, e non una donna senza nemmeno la terza media che ha sempre vissuto in un vicolo di Napoli. Lei aveva capito prima di me cos'era quella sensazione, lo sfrigolio lento e silenzioso che mi sembrava di udire salire dalla pancia, come quando metti a sciogliere una compressa effervescente nell'acqua. Alla fine ho annuito e ho risposto: "Ho un nipote che non ho ancora visto, mi domandavo come fosse".

"Anch'io mi chiedevo come fosse Kevìn, quando era int' 'a panza. Speravo che fosse bellillo, ma nun potevo sapé che veniva fuori stu capolavoro!"

"È buffa questa cosa che si inizia ad amare una persona senza neanche conoscerne il volto. È l'unica volta che accade nella vita."

"Lo vedi? Tu sì 'na femmina speciale, pensi cose speciali, e sei di cuore. Sient' 'a me, muoviti a fa 'nu figlio!"

Per Carmen, e per molti come lei, quello che separa ogni uomo da un desiderio, è solo la volontà di attuarlo, quasi la vita stesse lì a staccare i biglietti per permetterti di entrare nel grande teatro a goderti lo spettacolo.

In salotto mi ha offerto una sigaretta e mi ha dato cinquanta euro. Li ho presi senza fiatare, perché, ormai, che potevo dirle, che ero un avvocato, l'avvocato del marito, ed ero entrata nella sua casa con l'inganno per vedere se, come sostiene lui, trascura il bambino? Ho afferrato i soldi e ho pensato solo che l'indomani avrei finalmente riferito a Geronimo che rinunciavo alla causa e che tanto non avrei più rivisto la signora Bonavita e suo figlio. Solo che lei si è ricordata della mia frase di poco prima e ha chiesto: "Che mi dovevi dire?".

"Che ti dovevo dire?" ho ripetuto mentre meditavo su come aggirare la domanda.

"Hai detto che mi dovevi parlare..."

Ho fatto una smorfia con la bocca e ho risposto: "Non ricordo, niente di importante comunque".

Siamo rimaste a fumare per un po' prima che mi accompagnasse sul pianerottolo. Qui mi ha afferrato le mani e ha domandato: "Domani sei libera?".

Stavo per risponderle di no, ma Carmen, come sempre, mi ha anticipata: "Potresti andare a prendere Kevìn a scuola? Io ho un impegno. Tanto è a due passi, la scuola elementare qui sopra...".

"So qual è," ho risposto, "solo che domani..."

"Ti prego," mi ha supplicata, "non ci abbandonare. Ti do

il doppio. Quanto ti serve? Non ci sono problemi. Claudia, la ragazza di prima, non può più venire, e io aggio bisogno di un aiuto!"

"Ma tuo marito non lo vede mai il figlio?"

"Mio marito? Figurati, quello se ne frega, vuole solo toglierlo a me, per farmela pagare!"

"Farti pagare cosa?" mi è venuto spontaneo chiederle, prima di rendermi conto di essermi spinta troppo in là.

Lei ha lasciato la presa e si è appoggiata allo stipite della porta di casa. Quindi mi ha tirata di nuovo dentro e ha sussurrato: "Luce, tu campi qui, a pochi passi da me e Kevìn, sì cresciuta qui, ma sei di un altro mondo. Conosco tua mamma, chi non la conosce, ha fatto le pieghe a tutto il quartiere, è 'na brava femmena, tu sì 'na brava guagliona. Siamo nate e cresciute a pochi metri di distanza, eppure le nostre giornate nun putesser' essere più diverse. Forse, chissà, tu e io saremmo state anche amiche in un'altra vita...".

L'ho guardata senza ribattere e lei è andata al punto: "Nel mio mondo, Luce, 'na femmena nun po' fa quello che aggio fatto io, non si ribella, non chiede il divorzio e, soprattutto, non minaccia... di parlare!".

Mi sono fatta attenta e lei ha proseguito: "Se ci andassi di mezzo solo io, ti giuro che me foss' stata zitta e buona, come fanno tante altre. Ma a Kevin nun l'adda tuccà, nostro figlio è diverso, lo vedi, è intelligente, sensibile, è curioso, ci piacciono i documentari, figurati, e anche i fumetti! Le maestre mi hanno detto che è assai intelligente e che avessa studià, perché ha il futuro assicurato! Kevìn non c'entra niente con il padre e con quei zuzzusi comm' 'a iss', e non ci deve avere a che fare! Lui, invece, vorrebbe che il figlio crescesse per strada, e che un domani fosse al suo fianco. Allora gli ho detto che se non mi concedeva il divorzio e non lasciava stare a Kevìn, sarei andata dai carabinieri".

A quel punto ho avvertito uno strano formicolio espandersi lungo le braccia. È che sono riuscita a restare fuori da questo schifo per trent'anni, pur vivendoci dentro, l'ho schivato ogni giorno, ogni momento, grazie anche e soprattutto a mia madre e alla nonna e, invece, mi stavo accorgendo di esserci dentro, impelagata in una storia più grande di me, con un piede da una parte e uno dall'altra. Carmen si confessava e io sentivo la paura che mi saliva dalla pancia. "Da quel momento è iniziata la guerra fra me e iss', fra me e loro. Perché quella parola, carabinieri, non la devi mai pronunciare qui. Ma io l'aggio ditt' sulo pe' salvà a mio figlio, e lui 'o sap' buon'. Però ora mi vuole punire lo stesso, e me vò togliere a Kevìn."

Ho chinato il capo, temendo che potesse scorgere il senso di colpa sul mio viso, e lei ne ha approfittato per aggiungere: "Domani aggia ì dall'avvocato, perciò ti sto chiedendo di pensare a lui. Kevìn con te sta bene, e poi ha pigliato una brutta fissazione con il tuo cane, e mi ha anche detto che avete un uccellino...".

"Va bene, ci penso io, non ti preoccupare," ho ceduto infine.

Lei mi ha dato un bacio sulla guancia, poi, prima di chiudere la porta, ha ripetuto: "Sì, in un'altra vita saremmo state grandi amiche".

Quando sono scesa in strada, una leggera pioggerellina stava facendosi largo con gentilezza fra i palazzi del quartiere e i basoli umidi luccicavano sotto il giallo dei lampioni. Alleria tirava per tornare a casa e io osservavo il cielo plumbeo sul quale riflettevano le luci rossastre della città, e nel frattempo cercavo di ingoiare quella strana sensazione, lo sfrigolio che non si era fermato e che anzi era salito in gola.

E ora sono qui, nella mia cucina illuminata da una lampadina bianca che carbura piano e ti immerge in una luce asettica, come quella degli ospedali. Mi sono fatta convincere da mia madre, che da sempre è attenta al risparmio, e non ho pensato che se vivi da sola, e mangi da sola, non puoi avere una luce fredda a farti compagnia, hai bisogno di calore, di quanti più colori e odori possibili.

La sera, quando scendo con Alleria, spesso mi perdo nelle facce dei palazzi attorno a me e le trovo piene di finestre gialle che mi aiutano a immaginare che dietro ognuna di esse ci sia una famiglia che mangia e si racconta la giornata. Perciò domattina vado a comprarmi una di quelle vecchie lampadine, quelle con il filo dentro, che appena premi l'interruttore già sono pronte a diffondere la loro luce giallastra per la stanza, quelle che ti fanno sentire a casa, perché le case da sempre sono illuminate di giallo, che è la tonalità con la quale coloriamo il sole, fin da quando siamo bambini.

Finisco di mangiare la frittata, mi scolo la Peroni calda in due sorsi, faccio un piccolo rutto, e poi mi dedico al mio Alleria che mi porge il muso. Ed è proprio davanti a lui che decido di cacciare infine quella specie di spina che da circa un'ora mi sembra di avere conficcata nelle tonsille. Lo guardo e dico: "Sai qual è la verità, Cane Superiore? È che per cercare di dimenticare le cose brutte del passato, rischi di dimenticare anche quelle importanti".

Lui inclina la testa per cercare di capirci qualcosa e mi lecca le labbra. Accosto la bocca al suo orecchio e sussurro: "Ho un segreto da confidarti...".

I suoi occhi dolci si fanno attenti.

"Il fatto è che io un figlio l'ho avuto..."

Due cuori dentro di me

Avevo diciotto anni e lui diciannove. Si chiamava Nicola, ma io lo chiamavo Nic, perché a quell'età mica capisci che un nome è solo un nome, e la normalità ti sembra qualcosa di spaventoso dalla quale fuggire se vuoi succhiare la vita e non fartela scivolare addosso come ha fatto tua madre e prima ancora tua nonna, e come fanno i tuoi vicini, che si infilano furtivi in ascensore appena ti vedono apparire nell'androne, o i compagni di scuola, che se ne stanno sui banchi con il gomito a tenergli il viso assonnato, senza comprendere che è proprio lì, in quell'istante di noia, che la vita sta sfuggendo loro di mano, incapaci di capire che quello che vorrai essere un domani lo stai decidendo oggi, e che se non inizi a dissodare la terra e a seminarla, ti troverai ben presto con un campo di sterpaglie.

"Ma perché ci tieni tanto ad apparire strana?" chiedeva sempre mia madre quando mi vedeva andare in giro con gli anfibi e le salopette, o con i capelli con la cresta.

"La normalità mi fa schifo, anzi mi fa paura, perché è proprio nelle persone normali che si annida la cattiveria di tutti i giorni, la peggiore," rispondevo fiera.

Lei allora sbuffava e tornava a rammendare. Studiavo perché pensavo che fosse l'unico modo per tirarmi fuori da una mezza vita con mia madre, che sapeva rappezzare i vestiti degli altri, ma non aveva idea di come aggiustare la sua esistenza strappata e la nostra, la mia e quella di Antonio, che si poggiava inevitabilmente sulla sua, e che per questo c'era il rischio che potesse venir su anch'essa traballante, perché se il terreno è molle, le radici non tengono. E invece la mia vita cresceva bene e le radici si aggrappavano ogni giorno di più al terreno, che era la mia pancia, dove custodivo i sogni, le speranze, l'amore non ricevuto e quello ancora da dare, le preghiere mai dette e gli incontri da fare, come le frasi mai ascoltate. Era tutta lì dentro la mia vita non ancora vissuta.

Fino al giorno in cui scoprii di essere incinta.

Ricordo che feci il test nel cesso della scuola e quando rientrai in aula non sapevo più dove mi trovavo, mi sembrava che il mondo si fosse disciolto come un tiramisù e mi stesse crollando addosso. L'insegnante spiegava e io mi tenevo la pancia, e conficcavo le unghie nella carne, come se potessi così liberarmi di quell'estraneo che era venuto a impossessarsi del mio terreno coltivato con tanta cura. Non avrei gettato la mia vita al vento, non mi sentivo capace di avere un bambino, non mi sentivo capace di essere madre. E poi non amavo Nic, forse non lo avevo mai amato. Però non sapevo con chi parlare e la notte la trascorsi nel letto, con la testa affondata nella federa umida delle mie lacrime, a ripetermi che ce l'avrei fatta a superare il momento, e combattevo contro la voglia di alzarmi e andare a svegliare Antonio. Più di una volta misi i piedi scalzi per terra, per chiedergli aiuto, ma poi tornai sotto le coperte. Era solo un ragazzino che già aveva i suoi problemi, come avrebbe mai potuto sostenermi?

Con mamma era impensabile parlare, avevo bisogno di qualcuno che mi amasse, ma che allo stesso tempo non mi costringesse a prendere decisioni che non volevo prendere. Così mi feci forza e andai da nonna. Era inverno e la sua seggiolina era in letargo, rintanata all'interno del basso, sprofondato come sempre nell'odore di minestra.

Lei mi scrutò: "Nenné, che è stato? Qualche problema è successo, è così?" disse.

Non terminò la frase che scoppiai in un pianto dirotto. Allora mi fece sedere al suo fianco, mi abbracciò e mi carezzò la testa sprofondata nel suo grosso seno. Ricordo ancora le sue dita callose impastate di farina, l'odore di pastafrolla impregnato nel grembiule annodato all'addome, e ricordo pure le carezze che durarono un tempo infinito, le mani che mi lisciavano i capelli e prosciugavano il mio pianto. Cominciai a parlare dopo qualche minuto, anche se le lacrime e il muco mi costringevano a fermarmi ogni due parole. Lei ascoltò in silenzio, proseguendo ad accarezzarmi la testa, e quando ebbi finito si scostò e andò ai fornelli per mettere una teiera sul fuoco, attese che l'acqua bollisse, quindi immerse un infuso di camomilla e travasò tutto in una tazza che mi porse con il solito sorriso pieno di amore. La guardai e mi sentii protetta, sicura che nulla al mondo sarebbe mai potuto accadere finché ci fosse stata lei al mio fianco, quella donnina alla quale non era bastata una vita per imparare a leggere decentemente, e che però, ora lo so, una vita le era bastata per capire che se vuoi avere a che fare con l'amore devi avere coraggio, e se non ce l'hai, ti tocca trovarlo, perché se c'è un solo elemento, su questa piccola palla piena di odio che chiamiamo Terra, capace di mostrarci la bellezza del tutto che ci attornia, questo è l'amore.

"Nenné," disse, una volta tornata al mio fianco, "io lo so ca tu sì giovane e tieni una vita annanz', e che adesso non ci pensi proprio a un figlio perché c'hai mille progetti in capa. Però so anche che quando te succere 'na cosa così grossa, ma grossa assai, come avere a che fare con la vita, embè, bisogna farci i conti con questa cosa, pure se non ne hai voglia."

Io tentai di ribattere, lei mi passò un fazzoletto che conservava dentro il reggiseno e proseguì: "A volte ce vò 'nu poco 'e pazienza, figlia mia".

"Che vuoi dire?"

"Che ti devi lasciare andare alla vita e non scegliere tu per lei, perché domani potresti pentirti."

"Non voglio fare la fine di mia madre."

Nonna Giuseppina mi rispose risoluta: "Nenné, se c'è stato un giorno nel quale ho visto felice mammet' è stato proprio quando sei nata tu, e tuo fratello!".

Mi portai le mani alla bocca e iniziai a mangiarmi le unghie.

"Ricorda: i figli non tolgono mai niente," continuò lei, "semmai aggiungono. Sient' a me, nun fa fesserie!"

Le promisi che ci avrei pensato, ma non lo feci, perché dentro di me avevo un unico obiettivo: non fare come mia madre, che si era immolata per noi. Dove sta scritto che l'amore di un genitore debba essere sacrificale? Io sentivo il bisogno di riempirmi ancora di esperienze, di passioni, di emozioni. Non mi sfiorò nemmeno l'idea che, forse, le passioni, l'esperienza, le emozioni, erano racchiusi proprio nel mio ventre.

A Nic lo dissi la domenica, sulla nostra solita panchina, solo per il gusto di punirlo. "Aspetto un bambino," esordii con voce gelida, appena mi fu vicino.

Lui spalancò gli occhi e per poco non iniziò a piangere.

"Non ti preoccupare, non ho alcuna intenzione di rovinarmi la vita," aggiunsi subito dopo.

Nic studiò il mio sguardo. "E come faremo?"

"E come farò. Lo ammazzo, ecco cosa farò!"

"Non dire così," biascicò, turbato.

"Perché, ti dà fastidio ascoltare la voce della verità?"

"Va be', in fondo adesso non è ancora un bambino, non è niente... solo un ammasso di cellule!"

"Già, non è niente," ribattei senza guardarlo. Poi mi voltai e lo lasciai lì.

Non l'ho mai più rivisto. Meglio, altrimenti gli avrei dovuto urlare in faccia ciò che pensai quella mattina e tutte le mattine successive che sono sorte, vale a dire che quel niente, quel semplice ammasso di cellule, probabilmente aveva anche iniziato a battere.

Due giorni dopo la finta sicurezza mi aveva già abbandonata e si stava facendo strada dentro di me una strana sensazione che allora non potevo decifrare, ma che è la stessa che è tornata a visitarmi appena mio fratello mi ha parlato di Arturo. A un certo punto, era notte inoltrata, posai le mani sul grembo e sentii un calore inaspettato che mi fece rizzare i peli sulle braccia. Allora mi girai su un lato e mi chiusi in me stessa, nella posizione fetale. Non ricordo quanto impiegai per riaddormentarmi, ricordo, però, che in quegli istanti si fece largo dentro di me la convinzione che stessi per fare il più grande errore della mia vita.

La mattina dopo mi svegliai con delle coliche molto forti, corsi in bagno e mi sedetti sul water, in preda agli spasmi.

Non era il colon.

Per un piccolo periodo ho avuto due cuori che pulsavano al mio interno. E non ci ho fatto caso. E non ho avuto il coraggio di proteggerli.

Per un piccolo infinitesimale scorcio di vita ho covato la bellezza.

E non ho saputo tenerla dentro di me.

Schizzechea

Centogrammi mi guarda di sottecchi mentre sbuffo appoggiata alla mia scrivania in attesa che l'avvocato Geronimo mi conceda il grande onore di ricevermi. Sono nervosa perché d'improvviso mi sento del tutto fuori luogo in questo posto e in questo lavoro.

"Che c'è, Pasquà," dico a un certo punto, sfastidiata, "mi devi chiedere qualcosa?"

Lui si ferma, sorpreso, e risponde: "No, perché?".

"E perché ogni tanto alzi la capuzzella dallo schermo e mi scruti!"

"Ma no, niente, scusami..." dice titubante, e si porta la mano pelosa alla gola.

Pasquale Acanfora è una gran brava persona, ma di una bruttezza che quasi sconfina in scortesia. È calvo, ma con la corona folta che gli serve anche da riporto, pieno di peli sulle braccia e, immagino, sulla schiena, lenti spesse sopra occhi piccoli, e labbra sottili che scompaiono nel suo faccione. È magro e mingherlino, però ha il viso sproporzionato rispetto al corpo, con due guanciotte paffute ruvide di barba nera nera che si fa tutte le mattine senza grande risultato.

Per spiegare chi è davvero Pasquale Acanfora basta raccontare che d'estate inizia a sfoderare un set completo di camicie a manica corta sotto le quali indossa pure la maglia della salute con il po' di pelazzo bianco che fuoriesce. Però, dicevo, è una brava persona, una di quelle che, nonostante le numerose batoste, ancora non ha capito che il mondo è un vecchio bar scavato in un vicolo del porto, un postaccio pieno di balordi che odora di urina.

Non mi è difficile immaginare che a scuola fosse tartassato dai più grandi, con il suo volto buono e lo sguardo miope. D'altronde, ora che di anni ne ha quasi cinquanta, sembra ancora lo scolaro modello seduto al primo banco, quello che prende i paccaroni dietro alla noce del collo appena si permette di sostare nelle vicinanze di qualche malvivente seduto in ultima fila. Sarà che a me i disadattati in qualche modo piacciono, Pasquale e io abbiamo un buon rapporto, anche se ho dovuto faticare parecchio per conquistare la sua fiducia. Eh sì, perché i tipi come Pasquale, i martoriati dall'esistenza insomma, il più delle volte con l'età adulta non imparano a cacciare le unghie e a combattere, no, imparano piuttosto a non fidarsi più degli esseri umani, cosicché, se anche la vita, a un certo punto, quasi per pietà, decide di donar loro qualcosa di bello, spesso nemmeno se ne accorgono. Sono quelli che ti guardano sempre di stramacchio, con una smorfia di antipatia dipinta sul volto, che non ti danno confidenza, non ti abbracciano, non ti baciano nemmeno a parlarne, e al posto della mano ti offrono una cotoletta imbalsamata. A degli occhi disattenti, Centogrammi potrebbe passare per un topo di biblioteca che se la tira pure, invece non è così, non lo è mai, perché simili personaggi in genere hanno poteri nascosti che tanti neanche immaginano; innanzitutto è preparatissimo (ragione per la quale occupa un posto speciale nella considerazione di Arminio Geronimo) e, cosa più importante, ha un mondo interiore che farebbe invidia a un bambino. Pasquale Acanfora, in realtà, è un bambino, come lo sono tutti coloro che dentro di sé conservano ancora un territorio incontaminato fatto di favole e sogni irrealizzati e, forse, irrealizzabili.

E forse è proprio questo a rendermelo simpatico, nonostante non abbia il minimo senso dell'umorismo e non rida quasi mai, esattamente il fatto che alla sua età faccia ancora parte di quella fetta di umanità che ogni giorno spera nell'avverarsi di uno dei tanti desideri che porta in grembo. La restante fetta è composta da chi ha sostituito i sogni con le certezze, e sono proprio queste, le certezze, a mandare a rotoli il piccolo mondo sul quale siamo costretti a vivere insieme, gli uni con gli altri.

Pasquale non ha una moglie, non ha figli, e abita con la vecchia madre ottantenne. È come se indossasse perennemente un impermeabile sul quale le emozioni scorrono un attimo e scivolano via. Eppure nel cuore atrofizzato di questo ratto di ufficio brilla una scintilla: l'amore non corrisposto per Giovanna Forino.

Ed è proprio lei a entrare in stanza.

"Luce, l'avvocato si è liberato. Ha detto che deve solo telefonare un attimo alla moglie e puoi entrare."

Una vampata di profumo da quattro soldi mi ruba una smorfia di disgusto. Mi giro e vedo Pasquale che, invece, come inebriato dall'odore, ha staccato le zampine dalla tastiera, si è sfilato gli occhiali, e ha allargato le narici nel tentativo di inalare quanto più aroma possibile della sua musa. Lei, è chiaro, non lo degna nemmeno di uno sguardo, gira i tacchi e porta il poderoso culo fuori dalla nostra orbita.

"Pasquà!" dico, ma lui nemmeno mi ascolta e fissa inebetito il punto poco prima occupato dalle chiappe della Forino.

"Pasquà!"

"Eh?"

"Eh, e mi sembri un deficiente che non ha mai visto un culo!"

Lui sgrana gli occhi e ribatte: "Ma che dici?".

"Niente, Pasquà, niente, solo che, parafrasando mia madre, la vita a volte sa essere 'na zoccola e, a forza di picchiettare su quella dannata tastiera, ti sfila silenziosa dietro le spalle, rasente il muro, e tu nemmeno te ne accorgi."

Pasquale resta a fissarmi con aria titubante.

"Ti sto dicendo che dovresti darti una mossa con Giovanna, e con tutto il resto che ancora devi realizzare."

Il topo si infila gli occhiali e torna allo schermo. Il discorso non gli piace.

"Hai trovato una casa?"

"Ancora no."

"È un anno che cerchi..."

"Già..."

"Ma a tua madre almeno lo hai detto che vuoi andare a vivere da solo?"

"Luce, ma stamattina non hai niente da fare?"

"No, sono in attesa, come vedi. Perciò posso stare qui a romperti le balle."

Lui non ribatte.

"Guarda che lo faccio per te. Se qualcuno non ti sta addosso, sei capace di passare tutta l'esistenza a tamburellare su quella dannata tastiera in attesa che chissà cosa arrivi prima o poi a sparigliare le carte."

Pasquale continua a scrivere. "Grazie per l'attenzione, davvero, ma sono adulto e vaccinato, so vedermela da solo."

Restiamo in silenzio, lui a scrivere, io a fissare il cielo, finché arriva la telefonata di Arminio. Posso andare da lui e dirgli ciò che penso. Prima, però, ho un'ultima cosa da riferire al mio collega.

"Io una casa, in realtà, ce l'avrei..."

Centogrammi solleva finalmente lo sguardo e mi fissa incuriosito.

"È dalle mie parti, proprio qualche palazzo dopo il mio... al centro dei Quartieri. Costa poco e sei a due passi da via Toledo."

Pasquale si sfila gli occhiali. "È ammobiliata?"

"Sì, sì, certo."

In realtà non ne ho la minima idea, ma la tentazione di fare un dispetto al bastardo mi gasa parecchio.

"Se ti va, oggi parlo con questo amico, nell'appartamento ci viveva la sorella."

Pasquale sembra rifletterci un attimo di troppo, perciò sono costretta di nuovo a mazzolarlo. "Ci stai pure pensando? Vuoi trascorrere tutta la vita con mammina, sì?"

Il roditore abbassa gli occhi.

"E se riuscissi davvero a conquistare Giovanna," sussurro allora, "che fai, la porti a casa da mammina?"

La prospettiva evidentemente deve scuoterlo, poiché solleva di nuovo il capo e replica d'impulso: "Ok, hai ragione, passa dal tuo amico. Forse è il destino che mi sta chiamando".

"Bravo," dico, e gli do una pacca sulla spalla, "è il destino. E quando chiama lui, c'è poco da fare."

Pasquale sorride contento, così gli faccio l'occhiolino e mi avvio dall'avvocato. Che poi già me lo immagino Pasquale nelle mani di quell'arpia di Giovanna, poveretto! Eppure è così che vanno le cose, spesso i tipi come Pasquale si accompagnano a donne come Giovanna, che ne dispongono come vogliono e se li mettono nel sacco quando vogliono (come ho fatto io un minuto fa). Ma è altrettanto vero che senza simili esemplari di donne, i tanti Pasquali che ci sono in giro passerebbero comunque la vita a obbedire semmai a una madre oppressiva e apprensiva.

Almeno così ogni tanto si fanno pure una scopata.

L'avvocato mi viene incontro con un ghigno marpione che mi provoca subito il voltastomaco e mi fa una sorta di baciamano dal basso verso l'alto. Un particolare interessante di Arminio Geronimo, infatti, è che i suoi occhietti vispi arrivano giusto all'altezza delle mie tette, motivo per il quale in sua presenza mi capita quello che non succede mai: sentirmi una stanghettona.

"Luce, tesoro, come va? Manuel mi ha raccontato. Vieni, assettati."

Già il fatto che mi abbia chiamata "tesoro" mi sterza tutto il sistema nervoso, poi ha una premura e una sdolcinatezza che con me non funzioneranno mai. Lascio cadere il culone sulla sua poltrona di pelle color cacca e aspetto che lui faccia altrettanto. Mi guarda e continua a sorridere, io, invece, ho la faccia da bulldog incazzato, con le guance che quasi mi pendono ai lati del viso.

"Allora, ho saputo che sei riuscita a conoscere la signora Bonavita..."

Accavalla le zampette e si sfila solo un attimo la fede. Sembra uno di quegli gnomi dei fantasy di Tolkien.

"Sì..."

"E che te ne pare?"

"Il problema non è lei, ma il marito..."

L'avvocato si sistema meglio sulla poltrona. "Già, hai ragione," dice, "ci siamo messi in un bel casino."

"Carmen è una classica donna del mio quartiere, una con un'infanzia lurida, cresciuta e educata dalla strada, una che non aveva chissà quali alternative ed è finita nella vita che il destino le aveva confezionato."

Geronimo si prende del tempo per riflettere e poi dice: "Luce, una volta mi raccontasti che hai fatto la chierichetta da bambina, è vero?".

"E che c'entra?"

"C'entra, c'entra, perché si vede che hai una visione cristiana della vita. Nonostante tu faccia di tutto per sembrare cattiva, certe volte sì proprio 'na bigotta!"

Uffa, e io che speravo di non dover fare scenate.

"Avvocà, ma quale bigotta, stiamo parlando di umanità, che, per fortuna, non è appannaggio solo dei cristiani, anzi molti cattolici convinti non ne dispongono. È un qualcosa che hai o non hai."

Lui mi offre un sorriso perverso; forse il mio nervosismo lo eccita, forse, nel suo cervello bacato, sta immaginando una violenta scena di sesso da consumare sulla sua scrivania di cristallo.

"Lei ce l'ha? L'umanità intendo..." chiedo allora per provocarlo.

Ma lui non cade nel tranello. "Uuh, Luce, nun me fa perdere tempo con i tuoi giochini. L'umanità nun te fa magnà, o ssaje o no? E poi hai descritto quella donna come se fosse una poveretta che è stata costretta a sposarsi un delinquente."

"Non ho detto questo."

"Anche tu sei nata lì, anche tu, da quel poco che so, non hai avuto una vita facile, eppure ti trovi dall'altra parte della barricata rispetto alla signora Bonavita."

Resto a fissare il suo volto da Gargamella soddisfatto che ha catturato il Grande Puffo, e per la prima volta non so che dire.

"Abbiamo sempre una scelta," conclude allora dopo un attimo.

Non posso lasciargli l'ultima parola, persino se avesse ragione. Carico la molla e comincio: "Avvocà, 'sta bella frase new age andrebbe bene per uno come Manuel Pozzi, non per chi è cresciuta into 'a 'nu vico ammuffito, senza nessun esempio da seguire. Io ho avuto la fortuna di averne due di esempi. La verità è che dovremmo innanzitutto poter scegliere dove nascere. E da chi. È una questione di attimi, se capiti nella panza sbagliata, hai già il destino mezzo segnato". L'avvocato vorrebbe replicare qualcosa, ma non lo lascio parlare e aggiungo: "Il fatto è che fra una vita spesa male e una appena appena decente, passa uno stuzzicadenti. E per pescare lo stuzzicadenti giusto, caro avvocato, ce vò 'o mazzo, nulla più!".

Proprio in quel momento entra in stanza Giovanna, la quale ci saluta e informa che lei va via per pranzo. Guardo l'orologio: si sta facendo tardi e devo andare a prendere Kevin a scuola. Arminio Geronimo solleva solo la mano e torna subito a me. "Vabbuò, Luce, parlare con te dei massimi sistemi è assai complicato e mi stanca, e io non mi posso stancare pecché oggi tengo la giornata piena piena. Insomma, andiamo al punto: secondo te la signora è una buona madre?"

"Già."

"Beve?"

"Poco," dico, e spero non traspaia un pizzico di indecisione.

"Maltratta il figlio?"

"No, anzi, è amorevole."

"Quindi mi stai dicendo che il nostro cliente si è inventato tutto."

"Il nostro cliente è un malvivente che vuole punire la sua donna per aver sgarrato a parlare!" replico a muso duro.

Arminio Geronimo china il capo, pensieroso, e inizia a giochicchiare con i pollici. Nella stanza scende il silenzio, mentre all'esterno piccole gocce di pioggia punteggiano il vetro della finestra.

"Schizzechea," commento, e lui solleva distrattamente lo sguardo al cielo alle sue spalle, quindi prende a massaggiarsi la mascella e continua a non parlare. Allora lo faccio io, perché a starmene zitta proprio non ci riesco.

"'Schizzechea' mi piace molto come parola, è uno di quei termini solo nostri che dice più di quel che sembra. Mi ci ritrovo."

Geronimo mi guarda come fossi pazza.

"Vuol dire pioviggina, quella pioggerellina che non finisce mai, come questa, che ti sembra possa andare avanti per giorni. Non c'è il sole, ma nemmeno un temporale, è una via di mezzo, né bello, né brutto."

"E che c'appizza mò, Luce, famme capì?"

"Niente, è che siamo tutti un po' una via di mezzo, non crede?"

"..."

"Be', da quel che so e che vedo, neanche lei è proprio un uomo felice."

"Che ne sai tu di me?" domanda con tono brusco.

"Poco o niente, ma sono quasi certa che si trova anche lei sotto una pioggerellina. Non ha la faccia di chi percorre una strada assolata che porta al mare, ma non mi pare nemmeno che si trovi sotto un temporale. Schizzechea anche per lei, avvocà, giusto?"

Lui sembra parecchio innervosito dalla piega che sta prendendo la discussione, si alza e si avvicina alla finestra, con le mani congiunte dietro la schiena.

"Geronimo..." continuo a provocarlo, "come il grande capo Apache. Un nome pesante da portarsi appresso... il confronto è difficile..." e sorrido.

L'avvocato finalmente si volta con aria imbronciata ed

esclama: "Né, guagliuncé, ma tu oggi teness' voglia 'e pazzia? Ià, nun me fa perdere tiempo, che vado di fretta!".

"Allora vado al punto. Insomma... io avrei deciso di andarmene."

Stavolta lo gnomo mi fissa a lungo, e nel suo sguardo riesco a leggere un filo di sconforto.

"'Sto lavoro non fa per me, sono troppo una femmina di pancia, e qui la pancia non serve, serve il cervello."

Arminio fa il giro della scrivania con piccoli passi veloci e si siede sulla poltrona libera di fronte a me. Quindi accosta il viso al mio e dice: "Uè, però mò nun dicere scemenze, tu sì brava e diventerai un ottimo avvocato. Devi solo imparare a distaccarti dalle cose, ti serve 'nu puculillo in più di pelo sullo stomaco".

"Ecco, bravo, ha ragione, proprio quello che non voglio, il pelo sullo stomaco!"

Geronimo sbuffa e mi afferra la mano. "Luce, senti a me, mò sei turbata. Ho sbagliato io a metterti in mezzo a questo casino..."

"No, avvocato, è che io non sono come lei, o come Manuel, a me non interessano i soldi, io ho una cosa strana dentro di me che si chiama 'morale', e che lo so che nel mondo non ti fa fare troppa strada, ma che vuole, io so' fatta accussì, mia mamma è accussì, e mia nonna era accussì. Forse sono giusta nel posto sbagliato, o sbagliata nel posto giusto, in ogni caso, come vede, nun me trovo. Perciò ho bisogno di capire cosa farmene di questa vita..."

Lo gnomo dovrebbe quantomeno sentirsi umiliato e offeso per essere stato estromesso dal discorso sulla morale, invece inizia a sudare. "Senti, facimmo accussì, ci prendiamo la notte di tempo tutti quanti e domattina decidiamo."

"Il fatto è che sento il bisogno di cambiare qualcosa... forse addirittura città..."

A queste parole, come folgorato dal mio discorso semiesistenziale, l'avvocato si incurva e accosta ancora di più il naso da falco al mio viso.

"Né, per caso stessi ancora pensando a chillu scemo che se n'è andato?" domanda poi con occhietti furbi.

Ora ho tre alternative: gli scasso una cosa in testa e chiamo l'ambulanza, giro i tacchi e me ne vado senza rispondere, o ammetto la sua bravura nel leggere le situazioni e gli faccio i complimenti, per poi sviscerare le mie ansie per il futuro, per l'arrivo di un nipote che nemmeno conosco, e per la strana e inaspettata voglia che mi ha preso di avere un figlio. Lui, però, anticipa le mie mosse e aggiunge: "Mò ti spiego una cosa: queste arrivano per tutti", e fa il gesto delle corna, "l'importante è nun perdere 'a capa. Che sarà mai, prima o poi ne troverai un altro... nun te preoccupà, hai ancora tutto il tempo davanti...".

"Veramente non mi ha fatto nessuna corna," tengo a precisare.

Arminio Geronimo capisce di aver colto nel segno e prosegue lungo la strada delineata un attimo prima. "Sì, vabbuò, certo. Comunque devi stare tranquilla, tutte le femmine, arrivate alla tua età, iniziano a preoccuparsi che il tempo passi... nun ce penzà, arriverà anche per te il principe azzurro."

Ma perché sono finita a discutere della mia vita privata con questo buzzurro? Devo fare qualcosa. "Avvocato, a parte il fatto che, se pure fosse questo il problema, non verrei di certo a parlarne con lei, e comunque mi riferivo al lavoro, alla mia vita in generale, sento proprio il bisogno di andare. Ho paura che a restare troppo a lungo in una realtà che non mi piace possa succedere l'irreparabile: mi ci abituo."

Geronimo esclama: "Ah, allora 'o fatto è cchiù serio. Fammi capire, spiegati" e si lascia andare sullo schienale della poltrona.

Già, spiegati, come fosse facile. È che non ce la faccio più a sentir parlare di "botte di macchina", di passare il tempo con avvocatucci da quattro soldi che pensano in ogni momento a come fottere il prossimo. Vorrei dedicarmi a qualcosa di diverso, in fondo penso di essere migliore di tanti miei colleghi che si vantano di spillare soldi facili alle assicurazioni e fare così ingrossare sempre di più le tasche già gonfie di Geronimo.

"Niente, è che..." faccio un profondo respiro e proseguo: "Non mi piace questo lavoro".

Ecco, l'ho detto. Gargamella caccia un toscano dalla giacca e l'accende. Poi resta a fissarmi con un sorrisino piantato sul viso.

"A chi piace il lavoro?"

Già, a chi piace. Qualche fortunato c'è.

"Ma mi faccia capire, a lei che importa se io resto?"

L'avvocato decide di venire al punto, si avvicina di nuovo, appoggia una mano sulla mia coscia e afferma: "Lo so che ti avevo detto che saremmo stati amici, Luce, ma io, non fraintendermi, per carità, insomma, tu mi piaci proprio assai, e anche se dobbiamo essere solo amici, va bbuono, però, ecco, a nun te vedé cchiù, insomma...".

Dovrei tirargli uno schiaffo su quella faccia da cartone animato brontolone, eppure non ci riesco, allora lui va avanti. "Sì, tieni ragione, putesse essere tuo padre, e sì, pure per me schizzechea, nel senso che le cose non vanno male, ma di certo nun so' felice, perché la sera torno 'a casa e m'aggia suppurtà a mia moglie, che è depressa, e poi s'è fatta brutta, Luce, brutta assai. E allora mi chiudo nel cesso e resto mezz'ora a guardarmi allo specchio. E sai che vedo?"

Gli scosto la mano dalla mia coscia e faccio di no con la testa.

"Vedo un vecchio con lo sguardo spento, questo vedo. Io tengo bisogno 'e te, ma anche di Manuel, di gente allegra, di giovani al mio fianco, pecché tu, voi, mi facite sentì bbuono. Io quando te veco..." e si avvicina ancora.

Stringo la mano a pugno, pronta a colpire, ma proprio in quell'istante Manuel Pozzi irrompe nella stanza senza bussare. L'avvocato fa un saltello all'indietro e io ne approfitto per schizzare in piedi. Manuel ci guarda con espressione imbarazzata e non dice nulla per alcuni secondi, perciò è Geronimo a rompere il silenzio: "Pozzi, ma tu non magne mai?".

"Sì, avvocato, stavo proprio scendendo e mi è venuto in

mente di chiederle una cosa..." balbetta lui, "ma ne parliamo dopo." Quindi scompare nel corridoio e in pochi istanti sentiamo la porta dell'ufficio chiudersi.

"Allora, Luce, torniamo a noi..." fa lui.

Lo interrompo subito. "Avvocà, basta con queste commedie patetiche! E poi devo andare, si è fatto tardi. Senta a me, si separi da sua moglie, oppure si faccia un'amante, ma una diversa da me, una alla Giovanna Forino per esempio..."

"No, per carità, chella è 'nu cess'!"

"Va be', però c'ha due belle te..." sto per dire, prima di rendermi conto di essermi infilata in una squallida conversazione con il numero uno dei rattusi. "Insomma, dia anche lei una bella sterzata alla sua vita. Io me ne vado. Tanti saluti e grazie."

"Aspè," grida lui.

"Cosa c'è ancora?"

"Vuoi che rinuncio all'incarico? È chest' che bbuò?"

"Certo, mi farebbe piacere. Ma non per me, per quella donna, che già è sola..."

"E mò vedo come ammà fà, ne parlo pure con Manuel..."

"Sì, ok, però..."

"Nisciuno però, Luce," ribatte e fa due passi verso di me, "anzi, facimmo accussì: ci penso un po' e ti do qualche altra causa da seguire, qualcosa di importante, ma di importante assai. Eh, che ne dici? Tu sì brava, io lo so."

Io non sono una bella donna e quello davanti a me non è un bell'uomo, né un imprenditore di successo o un attore famoso, è solo un vecchio avvocato un po' trastolaro, un imbronglioncello che si è fatto grazie alle amicizie losche, un personaggio misero e furbo. Eppure vederlo azzerbinarsi pur di non farmene andare un po' mi eccita, mi fa sentire una femmina importante. Perciò non replico e aspetto che sia lui a fare la mossa successiva.

"Riflettici senza fretta e mi fai sapere. Semmai ti affido solo cause di separazioni, ti levo dai sinistri di auto. Eh, che ne dici?"

"Va bene, ci penso," rispondo, anche perché sono in ritardassimo.

"Sono contento. Tu devi sempre venire a parlare con me," dice soddisfatto, quindi mi afferra il braccio, si inchina, e mi fa un nuovo baciamano salivoso.

"Avvocato, ma ogni volta deve fare questo gesto?"

"Luce, io alle femmine modestamente le so trattare con garbo, come meritano. Io so' semp' 'nu signore!" e si fa una risata.

Sul fatto che Arminio Geronimo sia un signore potrei disquisire per ore, ma devo andare; strofino la mano sui pantaloni nel tentativo di cancellare le tracce della sua bocca bavosa e mi dileguo. Fuori pioviggina e sto con la Vespa, e fra poco Kevin esce da scuola. Insomma, un bel casino, anche perché mi tocca pure passare a casa di don Vittorio a prendere Alleria, il quale, poveretto, una pisciatina la dovrà pur fare. Infilo il casco, guardo l'orologio e lascio partire un'imprecazione, quindi metto la prima e mi allontano a razzo. Non sono un'esperta, ma credo che l'agitazione che mi ha presa abbia a che fare più con l'essere madre che con l'essere babysitter.

'Ncopp a 'na seggiulella

Appena giunta sotto scuola, manco a dirlo, mi imbatto in Kevin che litiga con un compagno. Copro di corsa la distanza che mi separa dalla scena (anche perché Alleria inizia a tirare come uno psicopatico) e afferro per lo zaino il delinquentello tascabile che ha appena schiaffeggiato il mio bambino. Nello spiazzo si spande un "Oohhh" di meraviglia.

"Embè?" dico poi.

Un'orda di altri piccoli e furbetti ragazzini si accalca intorno a noi. Kevin ha la guancia rossa ma non piange, il picchiatore, invece, mi guarda imbufalito. Avrà otto anni, è secco come un'alice, ha la carnagione scura, i capelli pieni di gel attaccati al cranio, due brillantini alle orecchie e una cicatrice accanto all'occhio. Se non avesse l'età che ha, potrei dire di essermi cacciata in un bel guaio.

"E tu che bbuò?" fa, con aria di sfida.

"Uè, muccusié," ribatto subito, "fai poco 'o guappo cu 'mme..."

Lui sgrana gli occhi e rimane impietrito. Non si aspettava di trovarsi di fronte qualcuno del suo stesso livello. Se avessi risposto in un italiano forbito, avrei perso per sempre la sua stima, e forse me la sarei anche dovuta dare a gambe, ora, invece, il suo sguardo quasi tradisce rispetto. Piccoli trucchi che impari presto quando cresci fra il tufo di questo dedalo di vicoli stantii.

"Ha iniziato iss'!" dice quindi con espressione accigliata e improvvisamente infantile.

Kevin mi tira per un braccio, vuole che lasci stare. Mi libero dalla stretta e mi faccio sotto allo scugnizzo che compie d'istinto un passo all'indietro.

"Chiedi scusa," dico, e lo fisso dritto negli occhi.

Lui sembra indeciso, ma non abbassa lo sguardo. Il cortile si ammutolisce. Faccio cenno a Kevin di avvicinarsi.

"Avanti, chiedigli scusa."

Il ragazzo mi dedica un altro sguardo pieno d'odio, infine cala il capo e sussurra un piccolo "scusa".

"E tu, Kevin, che hai fatto per fare arrabbiare il tuo compagno?"

"Niente."

"Vabbuò, ora datevi la mano," ordino, e Kevin subito protende il braccio.

Il piccolo malvivente non ricambia il gesto, perciò il mio ragazzo rimane con l'arto a mezz'aria, cosa che scatena una grassa risata fra gli ebeti che ci attorniano.

"Ninnì," mi vedo costretta a ripetere, "forse nun ci simm' spiegat', se non gli stringi la mano e ti togli quello sguardo da bullo dalla faccia, da qui nun te ne vai!"

Il ragazzino digrigna i denti e risponde: "Mò chiamo babbo e te faccio vedé io!".

"Chiamm' chi vuò tu, ma allunga prima la mano!"

Lui si guarda attorno per controllare se ha perso il rispetto e solo dopo obbedisce. Infine si gira e fugge via correndo.

Una maestra, con indosso un vestito a fiori e degli occhiali colorati, sbuca dalle retrovie e si frappone fra me e Kevin. Per come va in giro, sembra un miscuglio fra Amélie, del favoloso mondo, e Arisa che, in effetti, è un po' più triste di Amélie.

"Salve, mi chiamo Luciana, e sono arrivata giusto in tempo per assistere alla parte finale della scena. Volevo farle i miei complimenti, sa... qui non tutti hanno il suo coraggio. Qui a intervenire rischi di trovarti in un guaio."

Siccome ho ancora una tanica di adrenalina in circolo,

trovo enorme difficoltà a non chiedere alla gentile docente perché si sia fatta viva solo adesso. Però poi lo sguardo mi cade su Alleria e Kevin che si fanno le coccole e mi calmo: nessuna arrabbiatura può mai avere la forza di contrastare Cane Superiore che dimena la coda! Perciò dico solamente: "Ci sono nata qui. E comunque non si tratta di coraggio, ma di freva, che mi sale ogni volta che ho a che fare con uno di questi miseri personaggi fatti con lo stampino".

La donna sorride compiaciuta per la risposta e passa a elencarmi i moltissimi pregi di Kevin, e quanto è bravo, quanto è intelligente, studioso, compito, dice proprio così, e quanto meriti di studiare e di avere un futuro diverso e migliore rispetto alla media dei ragazzi del posto. Siccome non c'è più nessuno scontro reale o presunto, la folla ben presto si dirada, cosicché resto da sola a fronteggiare l'insegnante allegra e colorata che non so per chi mi abbia scambiata, ma che continua a tessere le lodi di Kevin con un entusiasmo contagioso, tanto che per qualche minuto dimentico il mio ruolo e mi lusingo nell'ascoltare tutti quegli elogi, come se Kevin fosse davvero mio figlio.

Ed è proprio questo che, mi accorgo presto, la donna di fronte a me crede, perché a un certo punto si ferma e dice: "Devo farle i complimenti, il ruolo di noi genitori è fondamentale, soprattutto in un contesto tanto difficile. È principalmente merito suo, e di suo marito ovvio, se Kevin è un bravo ragazzo, e ciò mi conforta, perché mi aiuta a sostenere la tesi che non tutti qui sono come quel delinquente che ha messo a posto, c'è anche gente come lei, famiglie perbene che lottano ogni giorno per conquistare il rispetto e non farsi calpestare i piedi".

"Guardi che si sta sbagliando..." tento di dire, ma la mia interlocutrice prosegue come un treno: "Insomma, come si suol dire, tale madre, tale figlio!" e sorride compiaciuta. L'attimo seguente, per mia fortuna, controlla l'orologio, sgrana gli occhi e grida che deve scappare. Mi porge la mano dicendo che è stato un piacere conoscermi, una mamma così giovane, bella e sportiva, arruffa i capelli a Kevin, che assiste alla scena divertito e un po' imbarazzato, e corre via come il Bianconiglio, però con le ballerine fucsia che rimbombano sui basoli e alcuni temi spiegazzati sotto il braccio.

"Credo mi abbia presa per tua madre," dico rivolta a Kevin. "Eppure siamo abbastanza diverse..." scherzo.

Solo che lui è troppo preso dal cane per rispondermi.

"Ehi, ci sarei anch'io," dichiaro allora con un mezzo sorriso.

Kevin si alza e abbraccia anche me. "È nuova," risponde poi, riferendosi alla maestra, "è arrivata da qualche mese."

"Ah, ecco."

"Però sono contento che ti abbia scambiata per mamma."

Lo dice senza remore, mentre accarezza ancora Alleria che fissa l'orizzonte (un palazzo a dieci metri) con la lingua di fuori. Mi giro e lui si sente in dovere di chiarire. "No, è che mamma è bella, però, ecco, insomma, non parla proprio bene in italiano, e certe volte mi fa vergognare."

Ma vedi un po' cosa doveva capitarmi nella vita, cercare di dare la risposta giusta a un bambino dubbioso, io che non ho mai avuto una benedetta risposta giusta nemmeno per me. Mi accovaccio e lo guardo negli occhi: "Quando ero piccola, mamma lavorava tutto il giorno, allora a volte veniva la nonna a parlare con gli insegnanti".

Kevin si fa attento.

"Lei non spiccicava una parola d'italiano e, spesso, non capiva nemmeno quello che le dicevano i professori. Ma tanto anche per me erano solo complimenti, e lei lo sapeva bene, perciò se ne stava lì ad annuire tutto il tempo e a sorridere. E quando poi a casa le chiedevo cosa avessero detto, inventava che ero la più brava, che avrei vinto dei premi importanti, avrei fatto carriera, e che mi aspettava un futuro radioso."

"Che significa radioso?"

"Radioso? Significa splendente, luminoso, come i raggi del sole."

"Come il tuo nome."

"Già, proprio come il mio nome," rispondo. "Nonna mi accarezzava i capelli e mi ripeteva queste parole, come se le avessero pronunciate i professori: 'Nenné, ti aspetta un futuro radioso'. Chissà dove l'aveva sentita quella parola, però diceva proprio così."

Mi rialzo e gli afferro la mano.

"Non so se qualcuno le abbia mai detto che non valevo niente, che non mi impegnavo, o che il massimo al quale avrei potuto aspirare sarebbe stato un diploma, so che sono state le sue invenzioni, quello che mi raccontava a casa, a darmi la forza per continuare a credere in me, a farmi studiare, anche quando non ne avevo più voglia. È merito suo se mi sono laureata, anche se lei non l'ha potuto vedere."

"Perché non l'ha potuto vedere?"

"Perché è volata in cielo prima," spiego, e l'attimo dopo mi sento alquanto buffa. "A ogni modo, quello che voglio dire è che non importa se tua madre parla italiano, è importante che lei creda in te, che ti faccia sentire speciale. Ti fa sentire speciale?"

Lui annuisce.

"E allora hai una supermamma."

Ci incamminiamo abbarbicati l'uno all'altra, con Alleria giusto un passo avanti, mentre due motorini ci sfilano accanto a velocità supersonica e una vecchia signora che stende i panni fuori al basso ci saluta col capo, e proprio in quel momento un raggio di sole riesce a districarsi dalla morsa dei palazzi e si srotola davanti ai nostri piedi, come a indicarci la strada verso casa.

"Anche tu saresti proprio una super mamma!" commenta lui dopo un po', prima che Cane Superiore lo costringa ad accelerare il passo.

Ho sempre creduto alla favola (anche un po' dequalificante, a dirla tutta) che prima o poi nella mia vita sarebbe giunto n'omm, come diceva sempre mio padre, a farmi sentire davvero femmina, davvero realizzata.

Invece è arrivato un bambino.

Apro la porta di casa, mi lancio sul letto e socchiudo gli occhi, in cerca di un po' di pace. Sotto il portone ci è venuta incontro Carmen, che dietro il solito sorriso nascondeva uno sguardo triste. Non mi ha detto nulla e non le ho chiesto nulla, non era il momento, e poi c'era Kevin fra noi. Perciò proprio di lui abbiamo parlato in quei cinque minuti. Lei ha guardato il figlio giocare con Cane Superiore poco più in là e in un italiano forzato ha commentato: "Io non so da chi abbia potuto prendere. Ogni giorno mi meraviglio di quello che è".

Ho sorriso e lei ha proseguito: "Nun dice mai 'na parolaccia, parla solo in italiano, anzi mi sgrida se nun 'o faccio anch'io. È accussì diverso da me, che a volte mi chiedo se sia davvero figlio a me".

Ho continuato a sorridere, ma lei non ne aveva voglia. "Sai, Luce," ha sussurrato, "a volte penso di non meritarlo 'nu figlio accussì. Lui è troppo per me, e io poco per lui."

Mia madre avrebbe risposto che abbiamo quello che ci siamo guadagnati, io, invece, penso che non esista un dio che distribuisce pene e meriti, è semplicemente la vita, che prende da alcuni e dà ad altri, come un'onda che si abbatte sulla spiaggia e tira via con sé una formina conficcata nella sabbia per poi restituirla a un nuovo bambino seduto sulla riva dalla parte opposta della costa.

"Sei un'ottima madre," ho detto, ma penso che stavolta non mi abbia creduto, anche se mi ha abbracciata e dato un bacio sulla guancia.

Sulla via del ritorno mi sono accorta di avere di nuovo un peso sulla bocca dello stomaco, come se avessi ingoiato qualcosa troppo frettolosamente, senza masticare. Forse era stato il racconto su mia nonna, o forse l'intervento fuori scuola in difesa di Kevin mi aveva portato alla mente ancora lei, l'infanzia, quando mi intromettevo per proteggere mio fratello Antonio, che da bambino a difendersi proprio non era bravo. Un giorno andai a prenderlo a scuola e vidi un compagno grande e grosso che lo spingeva, gli tirava calci e buffetti, e lui zitto e muto, a stento si divincolava. Anche allora mi salì il sangue in capa e mi misi a correre per acchiappare lo zoticone per i capelli. Questi iniziò a frignare, ma io non mollai la presa e, anzi, gli tirai anche un paio di calci nel sedere. Dovettero intervenire le bidelle e un'insegnante per togliermelo dalle mani. Mamma da allora mi vietò di andare a prendere Antonio, ma io mi ostinai ad andarci di nascosto, anche se mio fratello disse che non mi dovevo intromettere, che la vita era la sua e io ero una femmina, e che figura ci faceva. Avrà pure fatto una brutta figura, ma da quel giorno Antonio fu lasciato in pace e gli fu permesso di crescere con comodo. Sì, lo so, si diventa adulti imparando a vedersela da soli, fin da bambini, perché più vai avanti e più sulla strada incontri gente che ti spinge, ti prende in giro e se ne approfitta. Però è anche vero che non siamo tutti uguali, ognuno ha i suoi tempi, ognuno il suo trascorso più o meno traumatico, ognuno si sceglie la strada che ritiene migliore per uscire da quel grande imbuto che è l'infanzia. Ognuno ha il suo passo, e quel passo va rispettato. Chi resta indietro non va né aiutato, né sospinto, solo atteso. Io sono intervenuta per permettere a mio fratello di esercitare il suo diritto a essere aspettato.

Un concetto semplice semplice che, però, chissà perché, a scuola, come nella vita, nessuno ci spiega.

Squilla il telefonino. Guardo il display: è Vittorio Guanella.

"Pronto, don Vittò..."

"Ué, Luce, che fai, non vieni a mangiare?"

"Sono da me, cinque minuti e arrivo. Mamma ha preparato la pasta alla siciliana."

"Ah, perfetto, ià, muoviti, che tengo una fame da lupo!"

Chiudo la conversazione col sorriso sulle labbra. Dovrei alzarmi e correre incontro all'allegria contagiosa di don Vittorio, ma credo che resterò ancora un minuto sdraiata qui (con Cane Superiore che nel frattempo si è accucciato ai miei piedi), a fissare il soffitto e a pensare.

Ricordare.

Una volta ci provò la nonna a spiegarmi come stavano le cose, alla sua maniera. A tredici anni non avevo ancora fatto lo sviluppo e guardavo le mie amiche, che già avevano le curve al punto giusto, con invidia e stupore. C'era una ragazza di nome Jessica che teneva un culillo a mandolino e due zizze che le esplodevano sotto la t-shirt, e tutti i maschi impazzivano quando passava, e lei, però, non pensava a nessuno, e se la tirava, sculettava, camminava come fosse una star per i corridoi della scuola. In realtà era la regina delle vrenzole, che in italiano significa semplicemente volgare, ma in dialetto, invece, diventa proprio una classificazione sociale. Era sempre truccatissima, piena di mascara e fard, con un rossetto accesissimo e il contorno delle labbra tatuato con la matita. Seppur tamarra, era stupenda, e anche gli uomini adulti si giravano per strada a guardarla. Però quando apriva la bocca te ne dovevi solo fuggire, come quando sbagli bagno in autogrill e non ti rimane che proseguire tappandoti il naso e pregando che la tua vescica si svuoti presto. Eh sì, perché la cara Jessica aveva lo stesso linguaggio di uno scaricatore di porto (non so perché ci vadano sempre di mezzo gli scaricatori di porto, ma tant'è), e anche il medesimo tono di voce, a dirla tutta. Eppure il piccolo particolare sembrava non importare agli uomini che le giravano intorno come mosconi su una cacca, motivo per cui era venerata da tutte le altre ragazze dell'istituto, compresa la sottoscritta. E non tanto per lo stuolo di maschi pronti a servirla, quanto per le sue forme generose che facevano impallidire. Il mio sedere, infatti, sembrava quello di una bambina (non aveva ancora fatto conoscenza con i famosi cuscinetti, che sarebbero diventati presenza fissa solo qualche anno più tardi) e per quel che riguarda il seno, be', c'è poco da raccontare, piatto come il mare di Napoli all'alba di un giorno afoso di luglio.

Un pomeriggio avevo vinto l'imbarazzo e chiesto a mamma. Di fronte alla domanda, lei aveva sollevato la testa dalla macchina per cucire, si era sfilata gli occhiali disorientata, e aveva infine replicato: "Luce, non siamo tutte uguali, ognuna ha i suoi tempi, non ti preoccupare, vedrai che presto anche tu diventerai donna. Ma poi, perché questa fretta? Guarda che non è poi tanto bello essere adulti".

Ma a tredici anni mica ti immagini che crescere sia così

faticoso, se no la domanda non la facevo proprio e me ne restavo con il petto piatto e le mie poche certezze nelle tasche. E, invece, dopo poco iniziarono anche a me a spuntare dei promontori, e allora me ne stavo tutto il giorno a rimirare allo specchio quei capezzoli da femmena fernuta, da donna fatta, già immaginando il giorno in cui avrei potuto anch'io dondolare per i corridoi della scuola per sentirmi gli sguardi addosso. Ma i promontori non si trasformarono mai in valichi scoscesi e la mia piccola rivoluzione finì ancora prima di iniziare. E ancora oggi, quando mi capita di guardarmi allo specchio dopo la doccia, sosto per un attimo fra quelle dolci alture e mi vengono in mente le parole della nonna, dalla quale mi rifugiai dopo aver intuito che io come Jessica non sarei stata mai.

"Nenné," disse, "io questa Jessica nun 'a conosco, ma spesso i corpi assai belli dentro so' vacanti. 'O signore se scorda di dare loro anche un'anima. A te, invece, iddio l'anima te l'ha data, e te l'ha data anche splendente come il sole! E t'ha regalato pure 'nu corpicino grazioso e proporzionato, che vai truvanno? Devi solo aspettare, ti devi imparare la pazienza, amore mio..."

"No, io non ce l'ho la pazienza di aspettare," risposi accigliata, "anche perché mi sembra di non fare altro. Aspetto che mi crescano le tette, che diventi grande, aspetto in fila quando vado a fare la spesa, aspetto mamma che non può darmi retta perché addà cosere, aspetto mio fratello fuori alla scuola, aspetto di innamorarmi e di baciare, e di fare un lungo viaggio, aspetto di vedere un posto nuovo che mi lasci a bocca aperta, aspetto di avere un nuovo padre. Io aspetto solo, nonna, e mò me so' scucciata!"

Più o meno furono queste le mie parole. Lei sorrise e inclinò la testa prima di dedicarmi uno sguardo pieno di amore. "Mannaggia a te, vieni qua" e mi fece segno di avvicinarmi. Quando fui fra le sue minute braccia, aggiunse: "Tu sì troppo intelligente per la tua età, lo dico sempre, chesto è 'o problema! Però, nenné, senti a tua nonna che nun capisce niente, è meglio aspettare sempre qualcosa, l'attesa è comme 'a speranza, come un sogno, ti tiene in piedi. Quando hai finito di aspettare quaccosa, finisci cumme a me, 'ncopp a 'na seggiulella a guardare la vita degli altri senza provare più interesse per la tua".

Era la prima volta che si confidava in maniera così diretta, che si lamentava della sua condizione. Mai prima di allora l'avevo sentita parlare di sé in questo modo. Solo che a tredici anni avevo parecchi pensieri stupidi per la testa e il tempo per stare appresso anche alle vicissitudini di una donna che ai miei occhi aveva una vita tranquilla proprio mi sembrava di non possederlo. Perciò lasciai sfilare l'argomento: "Va be', allora vorrà dire che aspetterò ancora, può essere che nel frattempo le tette mi crescano".

"Brava a nonna, aspetta," rispose lei, "che ad aspettà nun è mai muorto nisciuno!" e scoppiò in una risata delle sue.

E invece si sbagliava, perché lei è morta proprio a furia di aspettare. La speranza, cara nonna, cresce in petto e mette radici nel cuore. Ora lo so. Non le hanno fatto l'autopsia perché era vecchia, altrimenti sono certa che nel suo piccolo grande cuore avremmo trovato la spiegazione alla fine improvvisa: era così stracolmo di attesa e speranza che alla fine si è spaccato.

Attesa e speranza di rivedere sua figlia.

Mia madre.

Camorra è una parola che qui non si usa

"Luce!"

A chiamarmi è Sasà, che fuma appostato fuori dal suo bar. Gli vado incontro e mi fermo a pochi passi da lui. Indosso anche oggi le Converse (perché ora si chiamano così, anche se non so perché visto che nella mia infanzia si chiamavano All Star) sotto un paio di jeans attillati e devo stare attenta a dove metto i piedi poiché stamattina è un brulicare di pozzanghere che però, a dirla tutta, riflettono uno spicchio di cielo azzurro e rendono luminosi anche questi vichi in perenne penombra.

"Uè, Sasà, come va?"

Lui fa un tiro alla sigaretta: "Tutto a posto," dice, "mia sorella poi ci ha parlato con il tuo collega e si sono messi d'accordo".

"Se la prende Pasquale la casa allora?"

"Accussì mi ha detto."

"Bene, sono contenta."

"Ma tu davvero pensavi che l'ex tuo veniva qui, proprio sotto il tuo naso?"

"Io non pensavo niente, l'hai detto tu!"

"Ma figurati se quello tornava qui... chillo è scemo, mica è pazzo!" replica con un sorrisetto furbesco.

"Perché?"

"Perché cosa?"

"Perché è pazzo?"

"Scusa, ma tu non dicevi che non lo volevi vedere?"

"Sì, ma che c'entra. Perché hai detto che a tornare sarebbe un pazzo?"

Lui getta il mozzicone per terra. "Be', Luce, insomma, se io fossi il tuo ex, starei alla larga da te..."

"Faccio tanta paura?"

"'Nu poco sì, in effetti... e secondo me sì pure manesca."

"Senti, piuttosto, ma tu a mio fratello lo senti spesso?"

"Antonio?"

"Conosci qualche altro mio fratello di cui non so nulla?"

"Ogni tanto. Perché?"

"E lo sapevi che la compagna aspettava un figlio?"

Sasà sfugge con gli occhi e infila le mani in tasca, poi dice: "Senti, Luce, io nun saccio niente e nun voglio sapé niente. Sono affari vostri...".

"Ecco, bravo, rispondi come fanno tutti in questo posto del cacchio. Non dico che ce lo dovevi venire a raccontare, ma almeno potevi tentare di parlare con quella testa di cazzo, convincerlo a spiegarci come stavano le cose."

"E secondo te nun l'aggio fatto? Ma tu ad Antonio lo conosci, 'o ssaje che nun sente a nisciuno. È capatosta. Sarà un fatto di famiglia!"

"Già, sì, in effetti mi sa di sì, in questo ci assomigliamo parecchio..."

"Ma che ha deciso, scende?"

"E che ne so, spero proprio di sì."

Nel frattempo siamo entrati nel bar e io sto aspettando che lui mi prepari un caffè. Mi porge la tazzina con la bustina di zucchero sul piattino e dice preoccupato: "Comunque, Luce, t'aggia confidà 'na cosa...".

"Che bbuò?" faccio, e zucchero il caffè.

"Però io nun voglio sapé niente. Io non ti ho detto nulla."

"Ancora con 'sto fatto, Sasà? Ancora nun vuò sapé niente? Ma poi, non vuoi sapere niente, eppure sai tutt' cose!"

Sasà avvicina il busto al banco e guarda furtivo l'entrata, quindi sussurra: "L'altro giorno è venuto uno che ti cercava...".

"Il bastardo?"

"No, quale bastardo, uno malamente."

Resta a fissarmi con aria greve, e quasi mi viene da ridere, perché il suo visino aggarbatiello non sembra fatto per le preoccupazioni. Sasà, nonostante i suoi quasi trent'anni, pare ancora un ragazzino. Lui si accorge della mia espressione divertita e continua: "Sto dicendo davvero, è venuto uno che ha chiesto di te, voleva sapere dove abitavi e che facevi per campare".

"E tu che c'hai detto?"

"E che gli ho detto, che vivevi da queste parti, ma non sapevo dove, e che facevi l'avvocato."

"Così hai detto?"

"E che dovevo fare?"

Finisco di girare il caffè e lo butto giù in un sorso. Solo dopo replico: "Vabbuò, non ti preoccupare, hai fatto bene".

Sono già sull'uscio quando lui mi ferma. "Picceré..."

Mi giro di scatto.

"Ma che staie cumbinann' con la signora Bonavita?"

"Niente, Sasà, niente", e sorrido, "tanto tu non vuò sapé niente, no? E continua così, sient' a me."

Camorra è una parola che qui non si usa, non si può pronunciare. Qui al massimo si parla di Sistema, intendendo con questo termine un qualcosa di organizzato. Qui la camorra puoi anche far finta di non vederla, se ti riesce; lei ti cammina accanto, ti sfiora come una leggera brezza primaverile e ti sconcica un po' i capelli. Distrattamente allunghi una mano ad acciuffare la ciocca ribelle per riportarla dietro l'orecchio, e torni alla tua vita. Perché tanto che puoi fare, prendertela con il vento? Un cumpariello del padre di Kevin mi avrà visto ronzare attorno al bambino e avrà voluto fare qualche domanda in giro.

"Mà, sono io."

Lei apre il portone senza rispondere. È in cucina, ma stavolta non ha la testa infilata nella macchina per cucire, è in piedi, lo sguardo alla piccola finestrella, e mi volge le spalle.

"Uè," esordisco.

"Uè," fa lei e non si gira.

L'aria che puzza di verza si mescola al solito odore presente da trent'anni in questa stanza: odore di stoffa tagliata, seghettata, fatta a pezzi e ricostruita, odore di vapore che proviene dall'asse da stiro nell'angolo, di colla per tessuti, del ferro del ditale che anche ora mamma indossa, come fosse ormai parte di sé, come se sotto non sapesse nemmeno più di avere la pelle. E poi c'è il profumo del caffè, che con le sartorie non c'entra niente fino a un certo punto, perché in trent'anni e passa la cucina ha ingurgitato nelle sue pareti ormai gialle milioni di caffè, che ora sono lì, a ricordarmi i tanti pomeriggi della mia infanzia e dell'adolescenza, quando questi aromi erano anche i miei, e quando il sibilo della caffettiera seguiva sempre di poco quello del campanello, ad avvisarmi dell'arrivo di un nuovo cliente che veniva a farsi prendere le misure.

"Che è stato?" chiedo, e poggio la borsa sul tavolo.

Lei non risponde subito e il suo silenzio mi mette in difficoltà. In realtà non è l'assenza di parole a disorientarmi, quanto la mancanza dei tanti rumori che, come gli odori, fanno sempre da sottofondo alle nostre ossidate conversazioni.

"Lo sai bene che è stato."

Non sento il rumore delle forbici che si aprono e si chiudono, per esempio.

"No, invece, non so di cosa parli."

Lei infine si gira e mi fissa con aria ferma.

E poi non c'è nemmeno il rumore del pedale della macchina per cucire.

"Ti ho vista a via Toledo, che mi hai vista," afferma quindi.

In questo profondo silenzio si potrebbe udire senza difficoltà il rumore di uno dei tanti spilli che cadevano sulle piastrelle e non mi permettevano di inginocchiarmi perché mamma diceva subito: "Uè, alzati, che ci sono gli spilli e ti fai male!".

"Ah sì? Bene," rispondo, perché non so cos'altro dire, mentre davanti agli occhi mi rivedo bambina accovacciata per terra a raccogliere con l'indice i tanti fili di cotone spar-pagliati per la stanza, come vermicelli colorati.

Per fortuna è lei a decidere le sorti della discussione. "Non hai nulla da chiedermi?"

Mi siedo. Lei, invece, resta in piedi, un braccio al petto e l'altro al volto, con la mano a coprire mezza guancia.

"In realtà ne avrei di cose da chiederti, ma non so da dove iniziare."

Nessuna caffettiera sibila, e il silenzio continua ad am-morbare l'aria.

"Lo hai riconosciuto, vero?"

Annuisco.

"È il cavaliere Bonfanti," dichiara dopo un'attesa che mi sembra interminabile.

Mi alzo per preparare il caffè; questo silenzio proprio non riesco a sopportarlo.

"Per tanto tempo, Luce, ho pensato solo a te e ad Anto-nio. Ma poi, a un certo punto, voi siete diventati adulti e io mi sono ritrovata con questa vita della quale non sapevo cosa fare..."

"Mà," la zittisco mentre svito la caffettiera, "tu puoi fare quello che vuoi, puoi anche sposartelo a 'sto Bonfanti, ma la devi smettere di dire che la tua vita è stata un disastro per colpa nostra!"

Di fronte alla mia voce incattivita, lei assume subito l'atteg-giamento da vittima. "Chi ha mai detto questo?" domanda.

"Tu, e diverse volte. Ma non voglio stare qui a parlarne. Piuttosto, il cavaliere non ha una famiglia?"

"No, vive da solo da sempre."

"Ah."

Restiamo a guardare le lingue di fuoco che escono dal fornello, poi, quando la moka già inizia a borbottare, mam-ma trova il coraggio di proseguire: "La verità è che ci voglia-mo bene da parecchio".

"Cioè, da quanto?"

Non risponde. Spengo sotto il fuoco, rovescio tre cuc-chiaini di zucchero nella macchinetta, e giro. Ecco un altro rumore familiare: il metallo della posata che sbatte contro quello del bricco e basta a farmi sentire meglio e di nuovo a mio agio. Verso il liquido nelle tazzine e glielo porgo. I movimenti consueti mi aiutano a non pensare troppo e ad agire d'istinto, perché è quando metto in campo l'istinto che in genere le cose si raddrizzano.

"Me lo ricordo Bonfanti quando ero ragazzina," dico mentre soffio sulla bevanda, "sempre elegante, distinto, con modi gentili. Sempre petto all'infuori, postura eretta. A vederlo sembra un colonnello, un generale, un... ma chi è? Che fa?"

"È in pensione, lavorava all'Inps."

"All'Inps? E perché è cavaliere?"

"Ma no, mica è cavaliere per davvero, è che qui lo chiamano così per i suoi modi gentili."

"Ah, ecco."

Sorseggio piano il secondo caffè della giornata: "E in tutti questi anni non ci hai fatto capire nulla. Perché?".

Lei abbozza un sorriso più rilassato. "Mi fa la corte da tanto. D'altronde, è solo da sempre, è un buon uomo ed è stato un ottimo cliente. Ma io, lo sai, all'amore non ci vado molto appresso, perciò ho sempre rifiutato le sue proposte. Soprattutto perché c'eravate voi e, non lo dico per incolparvi, non volevo farvi del male. E così sono passati gli anni. Poi un giorno, di fronte all'ennesimo invito a cena, mi sono trovata senza più scuse. E ho acconsentito."

"Farci del male? Per quel che mi riguarda, il cavaliere lo avrei accettato subito. Anzi, avrei accolto qualunque uomo ti avesse fatta felice. E tu questo non lo hai mai capito."

Mamma stende una mano verso la mia. È tanto che non compie un gesto simile, perciò l'imbarazzo è tale che non riesco a proseguire. Per fortuna riprende subito a parlare: "Appena ti ho vista, l'altro pomeriggio, mi sono voltata e ho allungato il passo... me mettevo scuorno!".

"Era troppo tardi..."

"Già... e, infatti, lui voleva che tornassimo indietro a salutarti. A stento ti conosce, eppure sa tutto di te."

"E io niente di lui..."

L'imbarazzo torna a intromettersi per un attimo, perciò mi butto e dico: "Potresti organizzare una cena. Che ne dici?" e sfilo la mano dalla sua.

"Con lui?"

"Eh, con lui, e anche con Antonio e la compagna, quando scenderanno a Napoli. È una buona idea, non ti pare?"

Gli occhi le si riempiono improvvisamente di lacrime e china il capo, e io, anziché dire qualcosa, resto lì a pensare da quanto tempo non piango, e perché non riesca mai a farlo.

"Che è stato?" chiedo dopo un secolo.

"Niente, so' felice..."

"Embè, che tieni da piangere? Piangi quando sì triste, no quando sì felice!"

Mamma sorride e sfila un fazzoletto dal seno (proprio come faceva la nonna) per asciugarsi. Solo dopo dice: "Mò manchi solo tu", e mi fissa.

"Che cosa?"

"A sistemarti..."

"Ma dai..." dico distrattamente, e butto giù il caffè.

"Figlia mia, io sono preoccupata. Ormai hai un'età, dovresti trovarti un brav'uomo. È un anno che ti sei lasciata con quello. Possibile che nessuno vada mai bene?"

"Mà, nun me scuccià con i soliti discorsi. Un brav'uomo! E dove starebbe 'sto brav'uomo, famme capì! Ma poi, chi lo vuole 'sto brav'uomo..."

Il silenzio, come nebbia che cala d'improvviso, rende di nuovo la stanza ovattata e taciturna. Mamma mi fissa, ma io non ricambio e, anzi, faccio per alzarmi. Lei allora mi anticipa e fa una domanda che mi spiazza: "Nenné, di' la verità a tua madre, ma tu fossi lesbica? Non ti piacciono veramente gli uomini?".

Mi giro di scatto e resto a fissarla come inebetita. Il primo impulso è di urlare, poi penso di andarmene senza risponderle; che credesse quello che le pare! Invece scoppio a ridere, ma forte assai, tanto che sono costretta a piegarmi in due. Lei sorride, sollevata. Aspetta che io mi sia calmata per aggiungere: "Non che per me cambi qualcosa, eh, è solo che non voglio che mi nascondi le cose...".

Le afferro la mano. "Mà, la domanda avresti dovuto farmela parecchi anni fa, non credi?"

I suoi occhi si rintanano nelle orbite. Non capisce e, soprattutto, ha paura della verità, nonostante faccia di tutto per apparire serena. "Non mi piacciono le femmine, nun te preoccupà," dico allora, "però non mi piacciono nemmeno gli uomini..." e resto così, godendo dell'incertezza sul suo viso. Le sfilo il ditale e le scruto il pollice martoriato dalla fatica. "Cioè," aggiungo, "non mi piacciono gli uomini che si atteggiano a uomini. Mi piacciono gli uomini che non se ne fregano di essere uomini..."

Mamma adesso sembra preoccupata. Mi viene da ridere perché lei dice: "Non ti capisco...".

"E lo so, come potresti. Io per prima non mi capisco..."

Di fronte al suo silenzio interrogativo, mi sforzo di spiegare. "Tu te lo ricordi papà?"

Lei indietreggia il collo e fa una smorfia.

"Ti ricordi com'era fatto?"

"E come posso scordarmi?"

"Era 'na capa 'e cazzo, questo è certo, però mi faceva ridere, e poi era sempre allegro, confuso, pieno di dubbi che copriva con false certezze. A volte mi sembrava un pagliaccio, a volte un mio amichetto, e solo a volte un padre..."

Mamma tenta di dire qualcosa, ma io non ho finito: "Insomma, io non lo so se sia stato il suo esempio a farmi così, ma io mi sento come lui, un po' pagliaccio, un po' bambina, un po' maschio e un po' femmina. È per questo che sono ancora sola, perché gli uomini o sanno solo ridere o sanno sulo chiagnere. Pochi sono capaci di fare entrambe le cose!".

Alla fine della lunga spiegazione, lei sfila la mano dalla mia e si soffia il naso prima di domandare titubante: "Insomma, ti piacciono i maschi?".

"Sì, mamma, mi piacciono i maschi, stai tranquilla. Solo che mi piace un tipo di maschio molto speciale, che non si incontra spesso..."

Per un attimo sono tentata di raccontarle del soldatino

francese, ma lei mi sorprende, perché decide di parlare di papà.

"Non parlo mai di tuo padre, lo sai, pure quando avrei potuto farlo, ho evitato, perché non volevo che aveste un brutto ricordo di lui. Però... insomma, era un uomo inaffidabile, uno col quale non si poteva costruire niente."

"E intanto ti ha dato due figli, non mi sembra proprio non costruire niente..."

"Sì, e poi me li sono dovuta crescere da sola..."

Lo spazio temporale che segue è occupato dal rintocco funebre della campana della chiesa che si adagia al nostro fabbricato.

"Ma che cavolo," commento, "e ogni mattina ce sta 'nu funerale?"

"E che ti pensi?"

"Ma che ne so, ma quando ero piccola mica era accussì!"

"È che non te lo ricordi..."

"Comunque don Biagio è triste assai, come si crogiolasse del clima funereo, ce piace..."

"E smettila..." e mi tira uno schiaffetto sulla mano.

"Pensa che bello se la mattina dalla chiesa, invece di questo rintocco di morte, provenisse una bella sinfonia... che ne so, Mozart, Beethoven... o anche un po' di sano rock!"

"Sei sempre stata 'nu poco strana..."

"Semmai un poco troppo normale, vorrai dire. È questo che mi ha inguaiata. Piuttosto, ero venuta per chiederti una cosa: che ne pensi della signora Bonavita?"

"La signora Bonavita?"

"Carmen... quella che abita qui dietro..."

"Ah..."

"Eh..."

"Ma perché?"

"Niente, sto seguendo la causa fra lei e il marito."

"Statte accorta con quella gente, Lù."

"Lei com'è?"

"Be', è sempre gentile, sorridente. Il figlio, poi, non sembra il suo tanto è educato..."

"Però?"

"Però, insomma, il marito si sa chi è..." e abbassa il tono della voce, come se qualcuno potesse sentirci.

"Perché parli sottovoce?"

"È una famiglia di delinquenti, lo sanno tutti."

"Già, lui. Ma che pensi di lei, secondo te è una buona madre?"

"Che ti devo dire, il figlio fa catechismo con me ed è un bambino fuori dalla norma. Non sembra figlio a lei!"

"Lo so, è troppo un amore. Se mai dovessi avere anch'io un figlio, mi piacerebbe fosse come Kevin..." mi lascio scappare, prima di rendermi conto di essermi infilata in un tunnel dove non si vede la luce.

"Sarebbe pure ora..." dice, infatti, subito lei.

"Il padre vuole l'affidamento del piccolo," spiego allora, per tornare sui binari giusti.

"So che è stata lei a chiedere il divorzio." Continua a sussurrare, tanto che faccio fatica a seguire il discorso.

"Ma perché parli sottovoce? Chi ci può sentire?"

"Non si sa mai," risponde, "e poi sono abituata così, non mi viene di parlare normale. Comunque stai lontana da lei, da loro, tesoro, non ti ho cresciuta per vederti avere a che fare con quella gentaglia!"

"È lavoro," dico, secca.

"Statte accorta, allora."

Mi alzo, le do una bacio sulla testa e afferro la borsa. Lei mi segue lungo il corridoio. "Io credo che se non fosse una buona madre, non avrebbe potuto avere un figlio così..." aggiungo sull'uscio.

"Non sempre è detto, a volte i figli sono migliori dei genitori..."

Si riferisce alla madre. A sua madre. La guardo sconfortata prima di commentare: "Ti ha chiesto scusa due volte...".

"Era troppo tardi..."

Sbuffo e mi volto per andarmene, poi, un attimo prima di tuffarmi per le scale, aggiungo: "Il bello è che nella tua chiesa insegnano il perdono".

"Non è così semplice."

"Cosa c'è di difficile, sentiamo?" alzo la voce e torno indietro, a un passo da lei, che retrocede, intimorita.

"Non posso dimenticare quello che mi ha fatto," dice, e chiude di nuovo la porta alle mie spalle.

"Credeva fosse la cosa giusta. Non era certo una pedagoga la nonna. E, comunque, ti ha cercata, e ti ha anche chiesto perdono..."

"Anche io sono ignorante, Luce, anche io non ho studiato, ho solo faticato, ero sola, ma non ho mai pensato un secondo di tradire la vostra fiducia."

"Non ti chiedo di dimenticare, solo di perdonare... almeno ora che non c'è più."

Lei mi guarda a lungo e poi fa: "Tu a tuo padre l'hai perdonato?".

"Che c'entra?"

"Rispondi."

"Certo, molto tempo fa."

"Io invece penso che tu non l'abbia ancora perdonato davvero."

"Ma che ne sai tu di quello che penso?"

"Perché, dio mi assolva, avrò pure la terza media e faccio la sarta, però ho capito che si perdona veramente solo e sempre quando non ce ne importa più niente. Tutti gli altri perdoni, ahimè, non sono veri, e fanno solo un sacco di danni. A me importa ancora di mia madre... come a te importa che tuo padre non ci sia stato."

Resto a guardarla a bocca aperta e per un attimo penso di rispondere che non è vero, che il perdono è un atto di coraggio e lo si fa prima di tutto per se stessi, che serve a voltare pagina e andare avanti. Solo che d'improvviso queste parole mi appaiono vuote e prive di significato e lei se ne deve accorgere perché sorride amara e conclude: "Si perdona davvero solo quando si smette di amare, Luce, senti a me. Perciò i genitori non li perdoniamo quasi mai".

Abbraccio fracido

Era una sera di dicembre quando seppi che mio padre era morto. Avevo undici anni e in quel momento, intendo proprio in quel fatidico istante, poco prima che mamma si avvicinasse per parlarmi, avevo infilato i piedi gelati sotto l'acqua bollente del bidè.

Andavo in giro sempre con indumenti troppo leggeri, nonostante nostra madre ogni inverno si impegnasse a farci a maglia un nuovo pullover. Il problema è che i suoi lavori non mi piacevano, così ingombranti, e poi mi facevano sentire goffa e vecchia. Perciò d'inverno ero sempre poco attrezzata, con maglioncini adatti ai mezzi tempi regalati da qualche parente lontana, cappotti dismessi e consumati, e scarpe inadeguate. Ed è proprio "inadeguata" la parola che più di ogni altra serve a descrivere quel periodo della mia vita. Non ho mai dato valore alla ricchezza e anche di fronte a quei pochi compagni stupidi che, invece, si presentavano ogni giorno con un nuovo capo firmato, facevo spallucce. Però, ecco, in fondo in fondo, se dovessi spiegare cos'è la povertà, e non parlo di miseria, ovvio, risponderei che è proprio quella cosa nella quale a volte nemmeno ti accorgi di trovarti, una condizione abituale dove manca sempre qualcosa di piccolo e non necessariamente fondamentale che ti fa sentire fuori luogo. La mia adolescenza è stata una perenne "piccola" mancanza; qualunque cosa facessi, in qualunque modo mi vestissi, c'era sempre qualcosa di sbagliato, che fosse un maglione troppo grande o troppo leggero, un cappotto vecchio privo di un bottone e che non si chiudeva sul collo, una calza strappata che ti faceva stare sempre sul chi va là, attenta a non fare movimenti repentini, o delle scarpe senza imbottitura che ti ghiacciavano i piedi.

Quel giorno indossavo proprio simili calzature, perciò me ne stavo con i piedi a mollo e lo sguardo perso nelle mattonelle bianche del nostro bagno, quando mamma aprì la porta. Capii subito che i suoi occhi si stavano portando appresso il peso di un dolore.

"Che c'è?" chiesi preoccupata.

Lei si appoggiò al termosifone che funzionava per metà, chinò il capo un istante, come per trovare la forza, poi si risollevò ed emise una specie di rantolo mentre cacciava queste parole: "Ti devo dire una brutta cosa...".

Pensai alla nonna. Non mi balenò neanche per un istante che potesse essere successo qualcosa a mio padre, che se n'era andato da due anni e in quei due anni chi aveva saputo più nulla di lui. Dicevano fosse all'estero, ma per me, ragazzina che non era mai uscita dai Quartieri Spagnoli, l'estero era un qualcosa di inafferrabile, anche solo a pensarci. Era come dire che mio padre si trovava in un mondo parallelo. Per me non esisteva che la mia piccola e manchevole vita, il mio tentare di resistere all'angoscia che mi tormentava dall'interno senza che nemmeno lo sapessi, il cercare di non avere paura di niente, come proprio lui mi aveva insegnato.

"Tuo padre..." balbettò mamma.

E allora capii, solo che, chissà perché, quando capiamo abbiamo bisogno comunque di domandare qualcos'altro, come se il fluire delle parole ci permettesse di prendere tempo e tenere un altro po' in disparte il dolore.

"Cosa?" chiesi quindi.

Non so quantificare il momento, a vederlo da qui, dopo tanti anni, mi sembra infinito, come se fra la mia domanda e la risposta definitiva di mamma fosse passata un'eternità e si fosse aperta una voragine temporale. In quegli istanti di puro silenzio e immobilità, nei quali anche i nostri respiri smisero per un po' di mischiarsi all'aria, la scena fu rubata dal gocciolio ingombrante del rubinetto del lavandino, che papà diceva sempre che avrebbe riparato prima o poi. Perciò, appena arrivò la risposta di mamma, quelle due paroline che mi trapanarono il cervello, "è morto", la prima cosa che pensai fu proprio che il rubinetto dovesse essere aggiustato, che la nostra casa avesse bisogno, una buona volta, di una rinfrescata, e che la mia vita necessitasse di qualcosa di bello che non mi facesse più sentire inadeguata.

"Perché non chiami qualcuno per riparare 'sto cazzo di lavandino?" risposi di getto.

Mamma strabuzzò gli occhi e rimase a fissarmi in apnea prima di trovare il coraggio per domandare: "Hai capito cosa ho detto?".

"No, non ci ho capito un cazzo a dire la verità!" urlai, e cacciai i piedi fuori dal bidè. Afferrai l'asciugamano e iniziai a strofinarmi in modo convulso.

Lei mi guardava e non diceva nulla.

"Me so' scucciata di questa casa dove non funziona mai nulla e fa sempre freddo! E me so' scucciata di non avere mai niente di bello da mettermi, e del rubinetto che perde, della luce in ingresso che non funziona, del parato della mia camera strappato, del telecomando che non ha mai le pile, delle prese che se ne vengono appresso alle spine, delle mattonelle del corridoio che tremano sotto i piedi, e pure di quella chiazza di umidità sotto al soffitto" e indicai verso l'alto. "Non ce la faccio più a vivere accussì, siamo una famiglia fracida che vive in una casa sgarrupata!"

Mentre parlavo mi ritrovai in piedi e nemmeno mi accorsi di quanto stessi urlando, e neanche vidi che mio fratello era comparso nel bagno singhiozzando, e che mamma mi aveva afferrato le braccia nel tentativo di calmarmi. Non vidi nulla, non sentii nulla, e proseguii a gridare tutta la mia rabbia verso una vita che mi sembrava ingiusta e che si divertiva a prendermi in giro e a togliermi le poche cose belle che avevo.

"Luce..." continuava a ripetere nostra madre, e a furia di

202

ripeterlo, e a furia di bloccarmi i polsi, e a furia di ascoltare le mie frasi che si erano tramutate in urla senza senso, riprese a piangere, e nel frattempo sussurrava il mio nome, ma io non riuscivo a sentire nulla, se non un pugno all'interno dello stomaco, che premeva e premeva e premeva, fino a togliermi il respiro.

Poi Antonio fece un passo in avanti, il viso da bambino scompaginato dal pianto e dal dolore, scostò con un solo gesto nostra madre, mi piantò le pupille addosso, e mi abbracciò con una forza che alla sua età non avrebbe potuto avere. E allora i miei occhi tornarono a vedere e il mio corpo a sentire, e notai mamma che ci guardava terrorizzata, e poi mi accorsi dello specchio, che avevo fatto in mille pezzi, e sentii, soprattutto, il respiro affannoso di Antonio, che mi si era abbarbicato addosso alla ricerca di un po' di calore. Mi immobilizzai e nel piccolo bagno tornò di nuovo il silenzio, ancora il maledetto gocciolio.

Restammo non so quanto così, Antonio e io abbarbicati e mamma che si faceva sostenere dal lavandino, con le mani a coprirsi il viso. Alla fine allungai un braccio e la spinsi a unirsi a noi, in una viscerale stretta di famiglia fracida che, però, si voleva bene.

Quando ci separammo, strappai un foglio di carta igienica e mi soffiai più volte il naso. Infine li guardai e abbozzai un fragile sorriso. "Non vi preoccupate," dissi, "il rubinetto lo riparo io."

Lenzuola sconcicate

Salgo sulla Vespa e metto in moto con un solo calcio. In genere ho bisogno del cavalletto per completare la non semplice operazione, invece stavolta tutto sembra facile. È che il bel discorsetto da "so tutto io" di mia madre mi ha fatta di nuovo arrabbiare.

Ogni giorno combatto contro me stessa e il mio trascorso, quello che sono e sono stata, per cercare di arrivare a sera e rimboccarmi la coperta delle mie poche certezze, che è sempre troppo corta, e ogni giorno c'è qualcuno che si prende la briga di sconcicarmi le lenzuola. Stavolta è toccato a mia madre, e quando si muove una madre è più facile poi avere a che fare con un cumulo di macerie da spalare.

È che odiare papà non mi serve a nulla. C'è stato poco e alla sua maniera, eppure non ho brutti ricordi di lui, niente che davvero possa aiutarmi a detestarlo, o, almeno, a dimenticarlo.

Tranne uno.

Era l'estate della fiera e dello zucchero filato. Avevo deciso di non parlarne, ma ora sono incazzata e mi sento di doverlo fare, nonostante l'aria tenue che arriva dal mare mi porti sul viso zaffate di polpo misto a catrame, lo stesso odore delle mie estati da bambina, quando ero costretta a giocare davanti casa della nonna perché mamma lavorava e non poteva di certo portarci a mare. Con gli amici di allora, nei giorni più caldi, ci arrampicavamo su fino ai tetti, dove si riusciva a scorgere una lenza di mare lontano, proprio alle pendici del Vesuvio. E ce ne stavamo lì ore, sdraiati sulla guaina che ci sporcava di nero le mani e le ginocchia, a goderci il vento marino che portava con sé lo stesso aroma agrodolce di oggi. Non è vero che il mare è per tutti, almeno a Napoli non è così, qui si fa corteggiare, spesso lo devi conquistare con fatica e sudore, facendoti cinque piani a piedi solo per ammirarlo da lontano, pur di non trascorrere l'ennesima giornata a vedere scorrere sotto gli occhi il solo tufo, i basoli, le pozzanghere, i tubi dell'acqua che si arrampicano lungo una parete, o un tombino arrugginito che sprofonda nell'asfalto.

Però quell'estate il mare non lo dovetti corteggiare, era a tre passi da me. Papà e io partimmo con un pulmino scassato e pieno di roba, perché, a parte l'affare che faceva lo zucchero filato, lui si era portato dietro pure non so quanti pupazzi gonfiabili, quelli che piacevano molto allora: l'Uomo Ragno, Jeeg Robot, Mazinga Z e così via. Ricordo ancora l'odore della plastica e quel tubettino per chiudere la valvola che mi scivolava sempre di mano. Non avevamo il gonfiatore, perciò lui era costretto a soffiare dentro ogni pupazzo e io, invece, ero addetta alla chiusura della valvola appunto. Arrivammo in questa località balneare del Cilento di cui non ricordo il nome e fermammo il pulmino sul lungomare, dove già c'erano altre bancarelle. Era sul finire dell'estate, perché mi ero portata i libri e i quaderni per i compiti estivi, anche se continuava a fare un caldo insopportabile, tanto che papà, appena parcheggiato, si tolse la maglietta, mi caricò sulle spalle, e disse: "Picceré, prima di tutto ce facimmo 'nu bagno!".

Antonio era ancora troppo piccolo per venire con noi, cosicché quel giorno quasi mi sentii unica, la sola figlia al mondo ad avere un padre del genere, sempre allegro, stravagante, divertente, mai una partaccia o uno schiaffo. A quello, in realtà, ci pensava mamma, che ci ha cresciuti a paccaroni, soprattutto ad Antonio; come quella volta che scoprì un suo filone a scuola e lo scommò di mazzate!

Comunque quel pomeriggio feci il più bel bagno della mia vita. Ora che ci penso, eravamo in mutande (figurarsi se papà si faceva il problema), eppure non mi sentii nemmeno un attimo a disagio. La sera sembravo un peperone, con i capelli arruffati, scalza e con una canottiera sporca di gelato al cioccolato che papà mi aveva comprato nel pomeriggio, me ne stavo accanto a lui a vendere lo zucchero filato, le caramelle e i palloni alle persone che mi guardavano di sottecchi. Forse si chiedevano chi fossi e perché mi trovassi lì, però poi lui era così simpatico con tutti che la gente non ci pensava più e passava oltre.

Il ricordo è talmente nitido che ho ancora davanti agli occhi la sua figura colorata: papà indossava una maglietta verdeoro della squadra di calcio del Brasile, un cappellino rosso dal quale fuoriuscivano lunghe ciocche, un costume azzurro, e ai piedi delle pantofole bucate in diversi punti. È che di soldi non ce n'erano, e poi lui non se ne fregava dell'abbigliamento, era troppo impegnato nei suoi mille progetti senza senso e gli bastava stare in compagnia, fumare (e quanto fumava!), bere birra, cose così. La prima giornata andò molto bene e la sera lui era molto allegro e faceva programmi. "A tua madre voglio comprare una bella collana, e anche un costume, ma uno da signora vera!" diceva. Dormivamo nel retro del pulmino, su un materassino, uno accanto all'altra, uno sopra l'altra. Quella notte ci addormentammo giocando al gioco dei rutti, a chi lo faceva più grande. Ovviamente vinse lui: si era scolato una cassa intera di birre!

La mattina mi svegliai sola. Scesi dal furgone e mi guardai intorno. Papà era già al mare e mi faceva segno da lontano per farsi raggiungere. La fiera, infatti, iniziava verso le sette di sera perciò il resto della giornata era libero. Corsi da lui e lo trovai a trafficare con una canna da pesca.

"Che fai?" chiesi.

"Pesco," fu la sua semplice risposta.

Non lo avevo mai visto pescare, né mi aveva mai parlato di questa sua passione.

"E dove hai preso la canna?"

"L'ho comprata da Luigi, la bancarella accanto alla nostra. Ho preso anche lo sgabellino, i vermi, e poi guarda qui quanti ami, e il retino. Te piace?"

Papà sorrideva come un bambino, nonostante avesse speso gran parte dei soldi guadagnati la sera precedente per comprare un kit professionale per la pesca che avrebbe usato per mezza giornata. Io misi il muso, perché pensavo a mamma e alla collana che non avrebbe mai ricevuto, ma lui nemmeno se ne accorse, troppo preso dalla nuova passione. In tutto il pomeriggio pescò solo una piccola spigola che parcheggiò dentro a un secchio con l'acqua, e mentre lui scrutava l'orizzonte, come il più provetto dei pescatori, io me ne stavo inginocchiata accanto al secchio, le ginocchia al petto, a fissare il pesce che girava in tondo e si fermava a boccheggiare, e iniziai a provare pena per lui, che un attimo prima era in mare, la cosa più grande e libera e speciale che c'è al mondo, e l'attimo dopo si ritrovava dentro una prigione di plastica, una cosa da uomini, che di prigioni se ne intendono, ma di mare e libertà molto meno. E più guardavo la spigola e più pensavo che non sarebbe dovuta morire, anche perché il suo paradiso di certo non sarebbe potuto essere più bello del mare, allora afferrai il polso di papà e lo pregai di liberarla.

Lui mi guardò con aria pietosa e disse: "Ma è l'unico che abbiamo preso!". Poi, di fronte alla mia faccia delusa, svuotò il secchio in mare. "Sei contenta ora?" chiese, e io scoppiai a ridere.

Mentre tornavamo al nostro pulmino per prepararci a una nuova serata di zucchero filato, commentò: "Comunque io la pesca non la capisco, che sfizio ce sta a starsene tutto il giorno ad aspettare... mah...".

"A me i pesci fanno pena..." dissi invece io.

"Già, c'hai ragione," rispose e strizzò l'occhio. Quindi infilò tutto l'armamentario dietro il furgone e si dimenticò per sempre della sua nuova quanto brevissima passione.

Anche quella sera le cose andarono bene e vendemmo moltissimo zucchero filato. Solo che io iniziavo ad annoiarmi e spesso mi perdevo a guardare le giostre piene di luci colorate che balenavano poco più in là. Papà se ne accorse e a un certo punto disse: "Che c'è, picceré, sì stanca?".

"Un po'..."

Cacciò cinquemila lire che conservava appallottolate nella tasca del costume e puntò le giostre con lo sguardo. Gli feci un grande sorriso e scappai via.

"Statte accorta, però!" urlò, ma io ero già lontana.

Restai più di un'ora, anche se dopo venti minuti avevo già terminato i soldi. Mi misi perciò a guardare gli altri salire e scendere dalle astronavi e dai cavallucci, e mi fermai anche davanti a uno spettacolo di marionette che mi divertì un sacco. Quando feci ritorno, la fiera era terminata e papà non c'era. Mi sedetti sulla seggiolina dietro al banco e attesi che tornasse. Dopo un quarto d'ora, però, mi venne sonno e pensai di stendermi dentro il pulmino; lo avrei aspettato lì. Aprii il portellone e davanti ai miei occhi si configurò la scena che mi avrebbe cambiato per sempre l'infanzia.

La vita è fatta di pochi momenti importanti che, spesso, nemmeno riusciamo a scorgere mentre li viviamo. Loro ci seguono sempre un passo indietro e quando ti volti è già tutto fatto, irrimediabilmente compromesso, nel bene o nel male.

Papà si paralizzò e rimase a guardarmi inebetito, io, invece, chiusi il portellone e scappai sulla spiaggia, con il cuore che sembrava rifiutarsi di battere regolare e il fiatone che non mi permetteva di respirare. Mi lasciai cadere sulla riva, a pochi passi dal mare che sbuffava piano la stanchezza accumulata durante il giorno, e lì rimasi per non so quanto, ad ammirare la luna che striava l'acqua, finché arrivò lui e mi poggiò una mano sulla spalla, senza dire una parola, una sola parola.

Ero troppo piccola per capire l'importanza di quello che avevo visto, troppo bambina per capire che uno di quei pochi momenti importanti che ti cambiano per sempre era appena sfilato dietro alle mie spalle.

Caro papà

Sdraiata sul letto, con una sigaretta in bocca e una birra vuota sul comodino, mi rigiro fra le mani l'audiocassetta con la voce di papà. Dentro ci sono tutte le risposte alle domande che per anni mi sono rimbalzate nel cervello, al perché fosse scappato all'improvviso e al perché di quella dannata scena alla quale avevo assistito nel pulmino.

La registrò per noi quando era già in Sud America e poi la spedì alla nonna, pregandola di darla a noi. Nonna Giuseppina, però, non ebbe la forza di assecondare la sua richiesta e decise di affidare la cassetta a mamma, convinta che solo lei avrebbe potuto sapere quando noi saremmo stati pronti per ascoltarla.

Un pomeriggio, tuttavia, la nonna mi condusse vicino alla sua credenza che occupava gran parte del soggiorno e tirò fuori un foglio bianco da un cassetto. Nel consegnarmelo, disse: "Nenné, ho pensato una cosa: perché non provi a scrivere una lettera a tuo padre...".

La guardai senza capire e passai a fissare il foglio che usciva già spiegazzato dalle sue dita indebolite.

"Quando tornerà, sarà contento di leggere le tue parole."

"Perché, torna?" fu l'unica domanda che mi venne in mente di porre.

Lei sorrise: "Io questo nun 'o saccio, però so che ai papà le lettere delle figlie piacciono assai. Prova a parlare con lui, a spiegargli come ti senti...".

Afferrai il foglio con due dita, quasi timorosa che potesse disintegrarsi, e rimasi a scrutare la nonna. Lei mi diede il solito pizzicotto sotto il mento e aggiunse: "E famme 'na promessa...".

"Cosa?"

"Che se pure non turnasse, non la getterai..." e guardò il foglio. "Dei ricordi s'adda avé rispetto..."

Promisi e infilai il pezzo di carta nella tasca. La sera, nel letto, tentai di cimentarmi con la scrittura, ma mi bloccai subito, dopo la prima frase "Caro papà". Che avrei potuto dire, che gli volevo bene? Che mi mancava? Sì, certo, ma dentro sentivo ribollire una sensazione alla quale non riuscivo a dare un nome, ma che ora so essere stata rabbia, frustrazione, senso di ingiustizia. Stavo imparando ad avere a che fare con l'odio, che è sempre passeggero e serve soprattutto a farci tenere botta, a permetterci di dimenticare più in fretta chi amiamo, chi ci fa soffrire.

Da quella sera sono passati venticinque anni e la lettera fallita è ancora qui con me, in qualche cassetto, sepolta sotto altri ricordi che non servono più. Non l'ho gettata perché ho fatto una promessa, però quella sera stessa l'accartocciai, e un'altra volta, nel riprovarci, ci feci cadere sopra la Coca Cola. Ma sono contenta di non averlo fatto, di non averla buttata, perché quel foglio giallognolo, quella frase spiegazzata e macchiata, sono le uniche parole che sono riuscita a dedicargli in tutti questi anni, e oggi posso dire che è stato giusto così, che non c'era bisogno di aggiungere altro. Il sentimento che provo pensando a lui, tutto quello che è avvenuto dopo, nel corso degli anni, quello che ho scoperto sulla sua vita, non avrei saputo e potuto spiegarlo meglio.

Era ed è tuttora racchiuso in quelle due semplici parole: caro papà.

Cozze, patelle e fasolare

Suonano al citofono e Alleria si alza di scatto con un abbaio. Sbuffo, poso la cassetta sul comodino al mio fianco e vado a rispondere. Stasera speravo di essere lasciata in pace.
"Chi è?" chiedo con voce sfastidiata.
"Luce."
"Eh..."
"Ciao, ti ricordi di me?"
"E se nun me dici chi sì, come faccio, scusa?"
"Je suis Thomàs..."
Oh cazzo, il soldatino francese bello come il sole è qui, sotto casa mia, e per poco non lo prendevo a maleparole!
"Thomàs, ciao," dico con voce impostata su un italiano perfetto.
"Ti va di scendere?"
"Scendere?"
"A mangiare quelque chose!"
Allontano la cornetta dall'orecchio e socchiudo gli occhi. Sono giorni che non mi lavo il polso per non cancellare il suo numero, giorni che non mi decido a telefonare, e lui adesso è qui. "E sì, come no, mi va di mangiare quelque non so cosa... aspettami, cinque minuti e scendo!"
Corro in bagno, mi lavo i denti, mi pettino, mentre Alleria sulla soglia del bagno mi guarda perplesso, mi infilo un top sopra i jeans, anzi no, mi sfilo il reggiseno e prendo un push-up, che fa sempre la sua figura, soprattutto quando,

come me, ti ritrovi con due punteruoli al posto del seno, mi passo al volo un po' di fard e la matita sugli occhi, una spruzzata di profumo, scarpe da ginnastica et voilà, sono pronta per la mia serata romantica con il francese spuntato dal nulla. Esco sul pianerottolo e suono il campanello di don Vittorio. Lui arriva dopo un po' e apre la porta lentamente, mi fissa dal basso verso l'alto: "Mamma mia, Luce, come siamo belle stasera. Che c'è, incontro galante?".

Dal suo appartamento arriva la solita struggente melodia, perciò mi viene spontaneo ondeggiare un po' il capo e quasi sto per chiedergli di prendere la tromba e suonarmela per una volta dal vivo 'sta cacchio di canzone, poi mi ricordo che lui non suona più e che, soprattutto, giù mi attende Thomàs. Perciò dico: "Qualcosa del genere, don Vittò, ma non mi ci faccia pensare, che non esco con un ragazzo da non so quanto e se ci rifletto troppo mi vengono i movimenti di panza, e non è proprio una cosa carina al primo appuntamento".

Lui ride, io, invece, faccio spazio ad Alleria. "Lo può tenere lei?"

"Va bene che non riesci a darmi del 'tu', ma almeno dammi del 'voi'" e sorride divertito, "lo sai che qui tutti mi danno del 'voi'. Certe volte faccio fatica a capire che ce l'hai con me..."

"Sì, lo so, sono l'unica ad avere questa strana abitudine... che ci vuole fare, deve avere un po' di pazienza", e strizzo l'occhio.

"Vai, vai," ribatte lui, "che noi ci guardiamo un po' di noiosa televisione."

Mi chino ad accarezzare sul capo Cane Superiore e do un bacio sulla guancia al mio vicino. "Sono stata fortunata ad incontrarla."

Lui sorride imbarazzato e non dice nulla.

"Non mi augura buona fortuna?"

"Non ne hai bisogno, sei bellissima!"

"Sì, vabbuò, mi vuole proprio bene allora! Ci vediamo dopo!"

Mi precipito per le scale e mi imbatto in Patrizia che fuma

e canticchia un'orrenda canzone neomelodica fuori dalla sua porta.

"Uh, mamma mia, Lulù, e che hai fatto? Sì tropp' bell', pare proprio 'nu bigné!" esclama appena mi vede, e agita le mani nell'aria in modo convulso per l'euforia e per sottolineare il suo evidente stato di choc.

Forse dovrei prendermela, perché, in effetti, sempre femmina sono, anche nella vita di tutti i giorni, e questo suo sottolinearlo solo stasera non mi sembra proprio una cosa carina, invece scoppio a ridere e mi lascio afferrare la mano per farmi condurre in una piccola sfilata nell'androne.

"Come sto?" chiedo, stando al gioco.

"'Nu bijoux," e appoggia il mento sulle nocche per squadrarmi, "se non fosse per quelle scarpe..." e volge lo sguardo ai miei piedi.

"Perché?" chiedo ingenuamente, "cos'hanno che non va?"

"Lulù," fa lei in tono di rimprovero, "'na femmena addà tené sempre i tacchi, questa è la regola numero uno!" quindi mi prende per la vita e mi volta come un calzino. "Lo vedi? Senza tacchi se ne scende pure il cofano", e mi afferra il sedere con entrambe le mani per sospingerlo verso il cielo. "Un paio di tacchi e queste starebbero su che è una meraviglia!"

"Non ci so stare sui tacchi."

Non è la prima volta che Patty mi offre lezioni di moda e femminilità; d'altronde, lei se ne va in giro sempre con tacchi dodici che solo a guardarli vengono le vertigini. Anche ora indosso delle scarpe fucsia che sembrano di lattice tanto sono lucide, con tacchi lunghi quanto il manico di un calice da spumante, sotto jeans attillatissimi. Non proprio una finezza, insomma, ma tant'è.

"Vabbuò, va bene pure così", e mi tira uno schiaffo sul culo, "però la prossima volta chiedi a me", e mi sospinge fuori, dove ad attendermi c'è il meraviglioso Thomàs, che appena mi vede spalanca gli occhi come se di fronte avesse proprio 'nu femminone esagerato, per dirla alla Patty.

"Ciao," fa e mi porge la mano timidamente.

"Ciao, Thomàs", e gliela stringo.

Senza il colore addosso spicca in tutta la sua bellezza, con i riccioli biondi a cingere un viso che ispira fiducia e allegria.

"Ti va di andare a guardare la mer?"

"Scusa?"

"Il mare."

"Ah, il mare, come no."

Sorride, infila le mani in tasca e mi cammina accanto guardando per terra. Dai suoi movimenti mi rendo conto che è un timido, forse perciò di giorno si nasconde dietro una maschera.

"Come hai fatto a trovarmi?" chiedo allora per spezzare il silenzio.

"Ho fatto un po' di domande autour..."

"Autour?"

"In giro..."

"Ah, ecco."

"Mi piace Napoli, la gente è chaud, calda... umana."

"Sì, in effetti... forse un po' troppo..."

Passeggiamo e lui parla senza fermarsi della sua vita in Francia, a lavorare nella ditta del padre, e che un bel giorno si è stufato del grigiore ed è partito.

"E tuo padre, come l'ha presa?"

"Mon père è un buon père..."

E allora puoi dire di essere un uomo fortunato, caro il mio Thomàs.

"E tu, tu fais quoi dans la vie?"

"Lungo la strada?"

"Nella vita..." e sorride.

Accidenti a lui e al suo sorriso, che se non fosse così affascinante, lo manderei a quel paese, perché un uomo che inizia così presto a fare domande non mi ispira troppa fiducia. Invece rispondo: "Bah, non lo so, faccio l'avvocato, almeno credo, e poi faccio la padrona di Alleria, il mio cane, la figlia di una madre sola, e la babysitter forse...".

Lui mi guarda divertito e allora mi lascio andare.

"Insomma, non lo so, è un periodo nel quale non sono

convinta della direzione che ha preso la mia vita. Sono confusa, da un lato sento l'esigenza di cambiare tutto, di partire, come te, di fuggire da tutta questa staticità, provare ad avere una esistenza diversa. In fondo, quante vite ognuno di noi può vivere? Se non proviamo, non lo sapremo mai..."

Non so perché mi sembra giusto rivelare al francesino verità e dubbi che finora ho tentato di nascondere anche a me stessa.

"E allora parti..."

"Non è così facile..."

"Pourquoi?" e mi fissa.

"Perché, perché... insomma, io qui ci sono nata e cresciuta, ho le mie abitudini, mia madre, un amico caro che non vorrei perdere..."

"Hai paura alors..."

Mi blocco. "Sì, può darsi, perché, cosa c'è di male ad avere paura?"

Lui sorride, e nel suo sorriso stavolta vedo una certa sicurezza che non mi piace, la convinzione di potermi spiegare come funzionano le cose. "Sai quante ne ho conosciute des gens comme vous?"

"Cosa?"

"Di persone come te..." e si trascina la erre ancora più del solito.

"Che vuoi dire?" e mi porto le braccia al petto. Mi sa che Thomàs a breve conoscerà il mio lato peggiore.

"Dico che gli uccelli che nascono in gabbia nemmeno sanno di pouvoir voler, di poter volare..."

"Senti", e gli punto l'indice contro, "ma perché non te ne stai a sorridermi tutto il tempo invece di uscirtene con queste frasi del cacchio?"

Lui non capisce, o forse capisce, ma non sa se ridere o offendersi.

"Mi stanno sulle palle quelli che credono di aver compreso come gira il mondo. Io non so se andare o restare, cosa sia meglio per me, e solo per me, di certo non credo che chi resti, chi tenti di aggiustare le cose, chi si fa il mazzo tutti i giorni per cambiare il proprio piccolo pezzettino di mondo sia meno coraggioso di chi manda tutto all'aria!"

Thomàs si produce in un'espressione smarrita e arretra con un piccolo passo, così mi rendo conto di essere entrata in modalità "bassotto incazzato", con le sopracciglia aggrottate, la mandibola inferiore sospinta in avanti (più da bulldog, in effetti) e le narici allargate. Sto abbaiando all'unico ragazzo che mi piace da un anno a questa parte. Brava Luce!

"Excusez-moi!" esclama lui, abbozzando un sorriso con le mani dischiuse nell'aria afosa di questo vicolo stantio, "non ti arrabbiare, che diventi laid..."

"Che significa laid?"

"Brutta."

Resto sospesa per un attimo, indecisa se ricambiare o continuare ad attaccare. Il suo discorsetto non mi è piaciuto per niente, e anche il suo sorriso ora mi sembra serva a nascondere una certa arroganza.

"Francesino dei miei stivali, non provare più a fornirmi verità assolute," dico quindi ricambiando il sorriso, "ché non penso proprio tu sia partito solo per il grigiore, e non credo neanche che tuo padre l'abbia presa poi così bene. Se tu vuoi viaggiare tutta la vita, bene, fallo, ma non contare di poter venire qui, con il tuo bel sorrisetto, a dirmi che tutti quelli che non lo fanno, che non fuggono dalle responsabilità, sono dei cretini. E ora andiamo a vedere questo benedetto mare!" e infilo il braccio sotto il suo.

Lungo il tragitto Thomàs non dice più una parola, lo sguardo fisso al selciato nonostante mi giri un paio di volte a cercare i suoi occhi. Dannata me, che proprio non riesco a non avere l'ultima parola.

"Scusa," dico dopo un po', "è che questi discorsi mi fanno venire in mente mio padre..." e non aggiungo altro.

"Désolé que vous, scusami tu, non volevo..."

"Vabbuò, mò smettiamola altrimenti se ne passa la serata..." e rido.

Lui mi viene dietro e chiede: "Hai fame?".

Sto per rispondergli che, in realtà, mi sono strafogata una

fetta di pane con la Nutella poco prima che mi citofonasse, ma Thomàs mi afferra la mano nella sua e allora, d'improvviso, non ho più tempo e voglia di parlare perché sento sciogliersi qualcosa dietro la nuca e avverto l'impeto del vento primaverile che sembra venuto a soffiarmi in faccia proprio per scompigliarmi i capelli e i pensieri. Tento di riprendermi e dire qualcosa di sensato, ma lui è più veloce e mi tira con sé davanti a un chiosco che vende taralli 'nzogna e pepe. Mi guarda come per avere il mio consenso, ma io riesco solo ad ammiccare come un'adolescente stupida che è appena riuscita a conquistare il posto sulla sella più ambita della scuola, la moto del maschio adocchiato da tutte le femmine del rione. A me, in realtà, non piacciono le moto e nemmeno le femmine che hanno sogni così gretti, eppure con la mia mano nella sua proprio non mi riesce di comportarmi da persona seria. Thomàs, però, sembra contento lo stesso, acquista una busta di taralli e un paio di birre, e mi trascina sugli scogli, dove il vento non incontra ostacoli.

Ci sediamo in riva al mare e a me viene da pensare che una cosa del genere non la facevo da chissà quanto, anzi, ora che ci rifletto, chi mai si è messa su uno scoglio a mangiare i taralli. E, in effetti, se non fosse che il soldato non è napoletano e che ha un viso d'angelo, e che quando sorride, nonostante l'arroganza, mi fa sentire uno strano friccichio in capa, come se mi stessero di botto crescendo i capelli, lo avrei già mandato a quel paese, a lui e ai taralli con la sugna. Anche perché con questo scirocco che ti porta il mare sotto il naso e la salsedine sul viso, con la luna che ora si staglia lì, libera e possente, qualche piano più su del Vesuvio, il primo pensiero che mi viene, ovvio, è che di qui a poco, pochissimo, Thomàs mi si abbarbicherà addosso come una cozza e mi succhierà come fossi una grande e succosa fasolara. E mica è tanto bello, però, lasciarsi andare all'amore se hai ancora la bocca impastata di sugna e pepe.

In ogni caso la scena appena descritta resta confinata solo nei miei pensieri sconci perché il francesino è fin troppo educato per i miei gusti e se ne sta tutto il tempo a sorseggiare, mangiare taralli, guardare il porto che con le sue luci gialle e i pontili sembra tagliare in due il golfo, e a parlare. Parla di tutto Thomàs, delle sue esperienze di viaggio, della passione per i travestimenti, della vita da artista di strada, della Francia e di Napoli, della sua prima ragazza, e persino della madre. E io me ne sto lì, a trangugiare birra senza riempirmi lo stomaco e a fissare la sua bocca carnosa contornata di peletti biondi che si apre e si chiude e, forse, dovrei anch'io raccontare qualcosa in più della mia vita, di mia madre per esempio, che a sessant'anni si ritrova con un cavaliere accanto, ma per me sarebbe andato bene anche uno scudiero, basta che si prenda un po' cura di lei, lei che di cura ne ha ricevuta troppo poca nella vita. O potrei raccontargli di mio fratello che non vedo da tanto e che ora ha un bambino, e quel bambino, senza volerlo, mi ha fatto franare d'improvviso la terra da sotto i piedi e mi ha reso vecchia, ma vecchia assai, perché un figlio, diamine, io lo voglio, anche se quelli degli altri non li sopporto e quando piangono gli darei un pugno in testa e quando ridono a me non fanno ridere, perché fanno ridere i genitori, che iniziano a emanare suoni grotteschi con quelle smorfie ridicole e le boccucce. Potrei parlargli di don Vittorio e di come il solo saperlo nella casa accanto mi faccia sentire davvero a casa, o di Kevin, il buffo bambino perfettino che mi ha invaso la vita e, nel suo piccolo, me l'ha riempita di presente, già, proprio di presente, che poi è l'unica cosa che conta davvero. Carmen una sera mi ha detto che da quando c'è il figlio non ha più tempo di preoccuparsi per le cose stupide. E credo sia proprio questa la magia più grande inventata dalla natura o da dio, non so cosa, e cioè che a un certo punto ti arriva un nanerottolo nella vita che ti costringe a pensare alla pappa, al ruttino e alle cacche, così da non farti più perdere la capa appresso al passato e al futuro, ché il Signore (o la natura) lo sa bene che a una certa età la capa sta sempre là appunto, al passato o al futuro. Come gli animali, o proprio come i neonati, che sono svincolati e felici perché inconsapevoli, e non vivono altro che il presente, all'infinito. Ecco, anch'io vorrei vivere il presente all'infinito, me ne starei tutto il tempo su questo scoglio a veder parlare Thomàs sperando in un suo bacio, e seppure ciò non accadesse, non me la prenderei, non me la potrei prendere, perché io sarei sempre lì, nel mio presente, in quell'istante che si ripete in continuazione, nel quale l'illusione che 'sto cacchio di francese troppo educato mi baci ancora non è svanita.

Si dice che la coscienza dell'uomo sia la prova che dio esista; io invece proprio non riesco a essere così egocentrica e sono convinta che dio, in realtà, si manifesti nell'incoscienza. Non posso certo dire di essere una donna di fede, eppure è proprio di fronte alle piccole forme di vita inconsapevoli che mi sembra di sentire l'eco della sua voce, nel morbido sguardo di un cane piuttosto che nella traiettoria bizzarra di una lucciola. In una conversazione con un umano cosciente, l'unica presenza che avverto, invece, è la noia.

Questa conversazione non è noiosa, non potrebbe esserlo, però lo stesso sento il bisogno di interromperla. Sarà che a casa avevo già bevuto e inizio a essere brilla, sarà che una situazione del genere e quando mi ricapita, insomma io sono molto più maleducata del francese, perciò mi lancio sulla sua bocca e mi ci attacco come una patella allo scoglio. Lui per un attimo indietreggia disorientato, poi parte all'attacco e mi ficca la lingua in bocca, e allora quasi mi sembra di soffocare perché una lingua così grande io non l'ho mai vista. Perciò ora sono io a indietreggiare, cosicché lui si calma e inizia a baciarmi piano, con meno foga e più dolcezza, e allora davvero mi sembra di essermi appena fatta la tinta, talmente che mi abbrucia il cuoio capelluto, e poi sento i peli delle braccia sollevarsi per l'emozione e poi... cacchio!

Apro gli occhi e mi trovo il suo viso a un palmo dal naso, le palpebre chiuse e la bocca aperta. In effetti, da così vicino anche il francese perde un po' del suo fascino. Dovrei richiudere in fretta e furia gli occhi e gustarmi il momento, l'attimo all'infinito, invece non riesco a non pensare che la serata dovrà concludersi per forza di cose in modo diverso da quel che per un attimo avevo pregustato. Insomma, mi sono lavata i denti, ho evitato di sgranocchiare i taralli, mi sono pettinata e profumata, mi so' mis' pure il push-up per apparire una femmena maggiorata, e poi mi sono scordata di farmi la ceretta alle gambe! Il più classico errore della sfigata che pensa sempre: "Va be', c'è tempo, che ci metto, tanto nessuno mi deve guardare...".

Eccoti sconfessata, cara Luce, la vita stasera ha deciso di darti un nuovo insegnamento, e cioè che le cose belle arrivano all'improvviso, un martedì sera qualunque, e non ti telefonano prima per avvertirti, e allora ti conviene sempre stare sul chi va là, sempre apparecchiata, come si dice qui da noi, truccata e vestita elegante, sempre pronta a prenderti cura di te, a rispettarti e a volerti bene, a vivere e non a sopravvivere, a sorridere e a non stare lì a menarla troppo con la sfortuna, perché così puoi star certa che quando infine la bellezza deciderà di bussare anche alla tua porta, tu potrai farle l'occhiolino e rispondere: "Aspettavo giusto te".

In ogni caso questo bacio sarà il massimo gesto erotico della serata e voglio godermelo. Gli getto le braccia al collo e lui mi attira a sé e inizia a spingere con il bacino, e allora no, cavolo, devo fermare il presente e pensare al futuro, al francese che mi passa una mano sulla coscia e incontra il pelazzo malefico. Mi stacco e torno a respirare. Ho le guance che scottano come la stufa a gas che la nonna accendeva solo tre volte all'anno, nei giorni della merla, e ho bisogno di aria; lui, invece, sorride e rimane al mio fianco, disteso per metà su di me. Allunga l'indice sul mio viso e segue il contorno delle labbra, come avesse una matita in mano. Ha la luce cobalto della luna che gli innaffia il viso e quella gialla del porto che gli rischiara i boccoli biondi scompigliati dal vento del sud. Maronna mia quanto è bello! Gli sorrido e afferro il suo dito fra i denti.

"Tu est très belle!" esclama.

E allora imparo pure che la bellezza è bellezza ovunque, e si dice sempre alla stessa maniera, in Francia come a Napoli.

"Hai bevuto troppo, senti a me," ribatto, e lo faccio di nuovo ridere.

"Quel bambino dell'altro giorno... c'est ton fils?"

Lo guardo senza capire, allora lui ripete in italiano. "È tuo?"

In realtà già me lo hai chiesto, penso, e mi affretto a rispondere di no.

"Peccato..." replica.

"Peccato?"

"Oui, c'est un beau bébé!"

"Ah, sì? Se fosse mio figlio, però, ci sarebbe anche un padre con noi, non trovi?"

"Be', non sempre è così. C'è qualcuno con te, anche se non padre?"

Gli ammiro le labbra carnose e rispondo: "Non c'è nessuno".

Mi sembra che gli brillino gli occhi, però può essere la luna che mi inganna. Ci alziamo a sedere e Thomàs caccia una canna. L'accende e me la offre, quindi torna a parlare, e mi racconta che a Bilbao una volta un ragazzino gli ha sputato in faccia e lui allora ha preso il secchio di vernice e glielo ha arrevacato in testa. Non dice proprio arrevacato, ovvio, ma il senso è quello. Fumiamo e ci godiamo l'istante, la piccola intimità che sembra instaurarsi dopo che ci si è baciati e che ti porta a ridere senza un perché, come bambini stupidi. Fumiamo e parliamo, anzi lui parla e, in effetti, parla un poco troppo il mio meraviglioso francese, e sarà lo spinello immagino, perché, in effetti, non si ferma mai. Ma alla fine chi se ne frega, che parlasse pure tutta la vita mentre io me ne sto ad ammirarlo e a tirarmela, e a riflettere sul perché un bonazzo del genere, che fra parentesi non è idiota, non puzza e non mi sembra un serial killer, ha deciso di corteggiare proprio me, che a trentacinque anni suonati sono ancora alla ricerca di qualcosa che mi faccia sentire bella e irresistibile davanti allo specchio, ai miei stessi occhi, che non mi perdonano mai niente. E invece, a un certo punto, anche Thomàs si zittisce, e lo fa perché io non lo sto più seguendo, ma fisso un punto davanti a me, sulla banchina a qualche metro.

"Che c'è?" domanda.

"Vicino al chiosco," rispondo abbassando il tono della voce, e non proseguo.

Lui si volta e cerca di capire.

"Quel bambino..."

"Cosa?"

"È Kevin."

"Il bimbo avec toi l'altro giorno?"

Ma non ho il tempo di rispondere, perché devo correre da lui, dal piccolo Kevin, che non capisco perché si trovi da solo, a via Partenope, di sera.

"Scusami..." e mi avvio a grandi passi verso il mio ragazzo, che si guarda attorno pensieroso.

Mentre copro la distanza, ho il tempo di pensare che l'amore per un figlio deve essere proprio qualcosa di molto simile a quello che sto provando io in questo momento, certo, un milione di volte più forte, ma il crampo allo stomaco che mi ha presa appena ho visto il suo faccino smarrito mi sa che sia uguale. Dentro di me c'è una strana energia, innata e ancestrale, che neanche sapevo di possedere e che mi porta a provare un senso di protezione per quella creatura, la stessa forza atavica che ci spinge alla conservazione della specie quando di fronte a un neonato iniziamo a fare smorfie insensate e a parlare come dei dementi, come già conoscessimo il linguaggio da usare di fronte a un esserino che ha bisogno di determinati stimoli sensoriali. È l'istinto a guidarci, ere di mutazioni e lotte per la sopravvivenza dell'umanità.

Perciò mentre corro a braccia aperte verso il mio Kevin, mi rendo conto di non star facendo altro che assecondare l'energia che mi corrobora e mi costringe a sorridere e ad allungare il passo. Sto contribuendo anch'io, nel mio piccolo, alla continuazione della specie. Almeno, così mi piace pensare. In realtà, se vogliamo vederla in modo meno romantico, sono solo una mamma che lotta per proteggere suo figlio. Anzi, se vogliamo vederla per come in effetti è, sono solo una donna che si sta attaccando in modo un po' troppo morboso al bambino di un'altra perché così sazia la fame di maternità che inizia a fare capolino. Mettere al mondo un figlio non è un atto di amore, è la soddisfazione di un bisogno che viene da lontano e ci comanda. Altro che dono, è qualcosa di profondamente egoistico a farci portare avanti una gravidanza. Con buona pace di mia madre e delle sue amiche bigotte.

A ogni modo sto sempre saltellando in direzione di Kevin e fra un attimo lo chiamerò e lui si girerà di scatto, e mi riconoscerà, e poi ci abbracceremo e mi riempirà di baci, e infine lo condurrò sullo scoglio da Thomàs, che ci sta guardando da lontano, e stanotte, semmai, potrei anche chiedere a Carmen di lasciarlo dormire da me, e poi... e poi mi blocco a qualche metro da lui e torno indietro senza girarmi, come fa un gambero. È che al suo fianco è arrivato un uomo, uno con una faccia brutta, ma con modi che appaiono non troppo rudi. Si inginocchia davanti a Kevin offrendogli un cono gelato, mentre alla sua destra fa la comparsa anche una stangona con i capelli a carré biondi e gli zigomi rifatti. L'uomo indossa un pinocchietto sotto una camicia bianca attillata dalla quale fuoriescono bicipiti tondi e tatuati di disegni tribali, lei, invece, jeans e scarpe viola con la zeppa. Li sento ridere, non capisco quello che dicono, però Kevin ora sembra divertirsi e ha sfilato dal viso l'espressione smarrita e il muso di poco fa, anche perché l'adulto adesso lo sta incalzando con pizzicotti e buffetti affettuosi mentre lui lecca il gelato. Poi, d'improvviso, il buzzurro si carica Kevin sulle spalle come fosse un palloncino senza peso e lo fa girare in tondo, e allora il bimbo inizia a urlare e a ridere e a dimenarsi. E a me, che continuo ad assistere alla scena da lontano, scappa un risolino, perché sarà pur vero che c'è qualcosa di irreale in un bambino educato e un criminale con i tribali che giocano e scherzano, ma è altrettanto vero che mi sembra evidente che i due si vogliano bene ed esista un forte legame tra loro.

Padre e figlio.

Così diversi, ma padre e figlio.

Continuo a indietreggiare piano e aspetto che i tre salgano su una grossa moto parcheggiata a qualche metro. Il cafone accende e inizia a giocare con il manicotto dell'acceleratore, di modo che il mondo (che nel suo piccolo cervello si limita a essere quello che lui conosce, il suo stupido quartiere e questo lungomare) possa conoscere la potenza del suo motore e, soprattutto, del suo membro (le due cose sono sempre strettamente correlate per una certa categoria di maschi). Pochi secondi e la coppia, con Kevin in mezzo, si allontana con una sgommata e un rombo secco, e persino il mare che sonnecchiava sembra incresparsi di colpo.

"Il casco..." sussurro, quando il mostro è, ormai, lontano.

Thomàs mi attende ancora seduto sullo scoglio. Ma sì va', meglio che torni dal mio Poseidone, che tanto non posso fare nulla per smorzare la spiacevole sensazione che mi attanaglia il petto, un misto di gelosia e invidia per due genitori ignoranti che, a dirla tutta, non meritano un figlio del genere. Perciò mi avvio verso il mio francesino che pure mi ruba un sorriso e che, però, non riesce comunque ad attutire il senso di ingiustizia che si sta facendo largo subito dopo l'invidia, come se fosse colpa di qualcuno se Kevin non è mio figlio, colpa di qualcuno se a trentacinque anni sono ancora su uno scoglio a farmi una canna, colpa di qualcuno se quelli come me, con un'infanzia di merda rintanata sottopelle, partono sempre in ultima corsia, e lo fanno anche con ritardo, quando l'eco dello sparo è svanito e il resto del mondo è già alla prima curva.

Non è colpa di nessuno.

Per questo me la prendo con tutti.

In Thailandia fa troppo caldo

Un paio di giorni fa ho chiesto a Thomàs da quanto fosse a Napoli e per quanto tempo ancora volesse rimanerci. Mi ha sorriso e ha risposto: "Je ne sais pas, quando ti sarai scocciata di me!".

Ho sorriso pure io, anche se in realtà mi sono accorta che mentiva. Non ho la presunzione di credere che un tipo come Thomàs possa decidere di bloccare la sua stramba e avventurosa esistenza per me e per questa città. Tra l'altro, come detto, non so neanche se vada a me di passare tutta la vita qui, fosse anche con questo francesino che mi ha fatto perdere la testa. Perciò sono passata oltre, tanto lo so che un giorno, all'improvviso, domani o fra sei mesi, mi dirà che deve andare. Tanto lo so che le cose belle durano poco e si sciolgono giusto un attimo prima di trasformarsi in abitudine.

È una settimana che non vado allo studio e non ne sento la mancanza, nonostante un paio di telefonate dell'avvocato, una di Manuel e una di Centogrammi. Non so cosa farò della mia vita e cosa ne sarà di questa strana voglia che ogni tanto mi prende di andarmene via lontano, di partire per una meta imprecisata, per adesso mi sembra di aver trovato uno strano equilibrio che mi fa stare bene. Ormai faccio la babysitter di Kevin a tempo pieno; ho sostituito la ragazza precedente e passo i miei pomeriggi con lui, lo aiuto a studiare, gli preparo la merenda, lo accompagno da qualche amichetto o riempiamo il tempo colorando, leggendo, raccontandoci storie. Carmen lo porta il pomeriggio e lo riviene a prendere la sera, a volte anche dopo cena. Non so cos'abbia sempre da fare, ma a me sta bene così. Don Vittorio preme perché dica la verità a Carmen, mentre mamma sostiene che sono pazza, che ho fatto tutti quei sacrifici per studiare e mi ritrovo a fare la babysitter, che ho un'età...

Con Thomàs ci vediamo ogni giorno. O andiamo noi, e per noi intendo io, Kevin e Alleria, a guardarlo lavorare (e Kevin si diverte ancora tanto), oppure viene lui quando ha finito. Ieri sera Carmen mi ha chiamata dicendo che sarebbe tornata tardi, allora don Vittorio ne ha approfittato per invitarci tutti e tre a cena, professando che Agata facesse la migliore pasta e piselli del meridione (lo dice di ogni piatto che prepara) e non approfittarne sarebbe stato indecoroso. Perciò ci siamo trovati tutti attorno a una tavola, come fossimo una famiglia, la più strana delle famiglie in realtà, perché nessuno di noi ha particolare confidenza con i legami. Eppure siamo stati bene, abbiamo riso e ci siamo raccontati un po' delle nostre vite. Sarà che Thomàs ha sempre mille aneddoti dei suoi viaggi, o che don Vittorio ha la capacità di farsi ascoltare o, forse, che in mezzo a noi c'era un bambino curioso che ha il dono di mettere di buonumore gli altri, non lo so, per un istante, un solo istante, mi sono incantata ad ammirare la tovaglia a rombi sulla quale poggiavano il vino rosso e il pane, elementi che sembravano unirci in una privata forma di liturgia inconsapevole: don Vittorio che ascoltava divertito, con la pipa spenta che gli colava dalla bocca, le storie assurde di Thomàs, il quale un po' parlava e un po' accarezzava Alleria, un altro po' rideva e scherzava con Kevin. E poi c'era proprio lui, il bimbo prodigio che interrompeva qualunque discorso per fare una domanda delle sue, per poi non udire la risposta perché troppo preso ad accarezzare Cane Superiore o Primavera, la nostra rondine, che cresce giorno dopo giorno e ormai svolazza da un mobile all'altro.

Quando è arrivata Carmen, Kevin le ha detto di salire, che ci stavamo divertendo, e allora lei si è seduta in mezzo a noi e ha bevuto e riso alla sua maniera, in modo sguaiato, e ha alzato la voce quando non era il caso, ha interrotto gli altri, ha proseguito a parlare anche quando nessuno la ascoltava.

Però alla fine ha sollevato il bicchiere e ha chiesto di fare un brindisi alla meravigliosa famiglia che dio aveva voluto mandare a lei e al figlio. Sarei voluta intervenire per dirle che di famiglia in quella cucina c'era ben poco, ma sono rimasta in silenzio perché ho pensato che in realtà io non lo so cos'è che tiene insieme le famiglie, so per certo, però, che non è il sangue, e nemmeno i problemi. Si dice che quando arrivano i guai, chi ti trovi vicino sono solo e sempre i familiari. Sarà vero, però mi chiedo: perché nei momenti di pura emozione, in quei fotogrammi che ci scorrono davanti alle pupille quando chiudiamo gli occhi, se andiamo a vedere, accanto a noi c'era sempre qualcuno che con la nostra ristretta famiglia c'entra poco o niente?

Alleria alza il capo e abbaia. È il citofono. Sollevo la cornetta e una voce familiare invade il mio padiglione auricolare. Una voce del passato che credevo passato per sempre.

"Lù, sono io..."

Allontano il ricevitore e resto a fissare inebetita il muro, nonostante avverta gli occhi di Alleria che mi guardano curiosi.

"Lù..." ripete la voce.

Passa un secolo prima che trovi la forza di rispondere.

"Che bbuò?" dico.

Lui resta spiazzato perché per un attimo non ribatte, dà un colpetto di tosse e ci riprova. "Lù, senti, ti vorrei parlare un attimo. Posso salire?"

"A parte il fatto che mi chiamo Luce e non Lù, che Lù mi può chiamare solo chi condivide le sue giornate con me, che sali a fare? Che teniamo da dirci ancora?"

"Un minuto..."

"Che c'è," incalzo, "in Thailandia fa troppo caldo? Troppa umidità?"

"E dai Luce, non fare come sempre la bambina dispettosa!"

Mi viene da urlare ma se lo facessi Alleria inizierebbe ad abbaiare come un matto.

"Aspetta lì", e poso.

Afferro le chiavi dalla mensola e mi chiudo la porta alle spalle. Per le scale penso a quel che dovrò dire, al comportamento da tenere, al modo migliore per ferire il bastardo. Mi ha chiamata bambina dispettosa, non ci posso credere! Anche se, in effetti, il paragone mi sembra azzeccato. Sì, sono una bimba che fa i dispetti e le linguacce, embè? È che celare i sentimenti è roba da adulti, io, invece, proprio non ci riesco e se amo qualcuno glielo devo urlare in faccia, e se lo odio e mi sento ferita, mi metto a frignare e faccio le ripicche. Non mi piace chi riesce a mantenere sempre e comunque un certo contegno, chi ama senza dirlo, chi scopa senza abbandonarsi, chi non urla di rabbia e si lascia corrodere all'interno, chi ricambia un abbraccio con una pacca sulla spalla. Bisogna essere adulti quando si ha a che fare con il coraggio, le responsabilità, l'educazione e il lavoro, ma quando si parla di sentimenti, mi sa che è meglio giocare a fare i bambini.

Apro il portone e me lo ritrovo davanti, identico a quando l'ho lasciato, quasi un'era fa, forse solo con i capelli un po' più lunghi. Lui mi viene incontro sorridente e mi porge la guancia. Indossa un giubbino di pelle del tutto fuori luogo con questo caldo, un basco e, addirittura, una sciarpetta di seta grigia al collo. Resto ferma sull'uscio e con una gamba mantengo il portone aperto, a fargli capire che non ho tempo da perdere, mentre ritraggo il viso e gli porgo la mano, che il bastardo afferra un po' offeso.

"Ancora incazzata?"

Ha l'aria molto sicura di sé, si vede che si piace assai.

"Perché, non dovrei esserlo?"

"Si dice che le ferite si rimarginino con il tempo..."

"Non ho una buona cicatrizzazione."

Non ribatte, e sono io a dire: "Allora, che vuoi?".

"Niente, è che... insomma, mi andava di vederti, volevo sapere come stavi."

"Benissimo, grazie," replico con voce glaciale.

Le sue sicurezze sembrano già svanite. "Insomma, come ti va, che stai facendo?" incalza.

"Niente che ti interessi."

"Luce, e dai, non ci vediamo da un anno e tutto quello che sai fare è questo? Guarda che non ti ho lasciata per un'altra..."

Incrocio le braccia al petto: "Appunto, peggio ancora. Se avessi perso la testa per qualcuno, me ne sarei fatta una ragione, invece è stato molto più difficile accettare che hai sputato su una relazione di due anni per farti qualche spinello in libertà con gli amici".

"Ma dai," fa lui, e ride, "non è per questo che sono andato via..."

"Che cazzo tieni da ridere?" domando, e avvicino il busto minàcciosa.

Lui indietreggia e balbetta: "Non lo so cosa mi è passato per la testa, mi sono sentito improvvisamente prigioniero, ingabbiato in una vita che non avevo scelto, come se il mio futuro fosse già stato deciso da qualcuno che non ero io... mi è venuta voglia di andare...".

"Che belle parole!"

"Ti giuro, Luce, sono stato un codardo, ho pensato che di lì a breve mi avresti chiesto di sposarti, o di avere un bambino, e ho avuto paura. Insomma, non mi sentivo pronto e..."

"Sì, bravo, ho capito. Ma adesso che vuoi?"

Lui china il capo e resta a fissare i sampietrini, con le mani ai fianchi. Alleria, la testa infilata fra le sbarre della ringhiera, abbaia sopra le nostre teste.

"Senti," dico, e arriccio il naso, "ti ho voluto bene, davvero, e per un po' ho anche creduto di voler trascorrere con te la mia vita, ma poi il tuo gesto mi ha fatto capire che era tutto sbagliato, che non posso gettare il mio futuro nel cesso. Perché con te così andrebbe a finire. Comunque posso capire quello che hai detto, davvero, lo comprendo. Non hai ancora la maturità per dare una scossa alla tua vita, sei un bamboccione, così si dice adesso, no? Però, sai qual è la novità?"

Lui rialza lo sguardo e ficca gli occhi speranzosi nei miei.

"È che il tuo passo mi ha fatto riflettere. Avevi ragione tu, non eravamo pronti per quella vita, nessuno dei due la voleva davvero. Forse non ci amavamo nemmeno e non ce ne accorgevamo..."

"No," mi interrompe, "io ti amavo... anzi, ti amo!"

Gli scoppio a ridere in faccia e lui ci rimane male. "Tu non sai nemmeno cos'è l'amore, credimi. Sei tornato dal tuo bel viaggetto, hai fatto le tue esperienze, ti sei scassato di fumo, avrai anche scopato con qualche thailandese e ora ti senti solo. Sei un codardo e basta... uno che non è riuscito neanche ad andarsene..."

E poi gli sussurro in un orecchio: "Non ti preoccupare, è solo paura della solitudine, un sentimento comune a molti e che porta a pronunciare spesso questi 'ti amo' privi di senso. Se tieni duro, o se trovi un'altra, vedrai che ti passa. Se invece ti perdonassi, torneremmo insieme, e sarebbe una catastrofe, credimi. La nostra relazione è peruta, scaduta, è roba marcia. S'adda ittà!".

"Certo, sai essere proprio acida", e solleva la testa verso Cane Superiore che continua a fissare la scena in silenzio. "Ti sei fatta una nuova famiglia?" chiede poi con tono ironico.

Non ho bisogno di alzare il capo per rispondere: "È molto più famiglia lui di te".

Il bastardo accusa il colpo.

"Sai, ci avevo creduto alla favola di noi due," proseguo, "di noi due che avremmo costruito qualcosa di buono lassù, in quello che pensavo fosse il nostro nido d'amore. Invece te ne sei andato all'improvviso e allora ho capito che c'era poco da costruire e che quel nido era solo una piccola casa ammuffita dei Quartieri, e che di favola non c'era niente, anzi era tutto troppo puzzolente e aspro come solo la realtà sa essere."

"Anch'io credevo alla nostra favola..." abbozza lui.

"Non è vero... non ci hai mai creduto. Le favole hanno una morale e finiscono semp' bbuon'. Tu, invece, sei una favola letta male."

"Una favola letta male?"

"Eh, hai sentito bene, una favola letta male."

Il condomino del quinto piano, quello con i baffi e Dorothy al guinzaglio, sbuca dal portone e si ferma un secondo a guardarci spiazzato; credo si fosse abituato a non vedere più il bastardo al mio fianco e ora non ci capisce nulla.

"Non si preoccupi, non siamo tornati insieme," preciso allora, "è solo che lui non ha le palle per andare fino in fondo a una decisione. Voi uomini non siete proprio un esempio di coraggio, non crede?"

L'uomo fa un sorrisetto idiota e rimane imbalsamato fra noi, pensando, forse, a come uscirne senza fare danni.

"Ad affrontare le onde che ce vò," aggiungo ancora, "siamo bravi tutti, basta nuotare e seguire la corrente. Il problema è quando passa la tempesta e ti trovi a galleggiare nel mare calmo. Lì devi essere abile a muoverti il meno possibile."

"Ma che dici?" interviene il bastardo, con tono della voce risentito.

Il povero condomino approfitta della mia pausa per dileguarsi, anche perché, nel frattempo, Cane Superiore ha iniziato a lanciare dal balcone i soliti guaiti amorosi per tentare di conquistare il bracco classista.

"Dico che non sai affrontare la quotidianità, che è molto più subdola della crisi, che ti fa paura viverla da solo, e probabilmente ti annoia a morte. Dico che sei uno di quelli che se ne va a metà, i peggiori..."

Lui si avvicina e mi afferra una mano.

"Lasciami," dico a denti stretti.

"Già ti sei dimenticata di me. Hai un altro, è così?"

Potrei raccontargli del francesino stupendo e di come diventi rossa ogni volta che mi fissa o mi dà un bacio. Oppure potrei confidargli quello che provo quando mi sfiora il collo o se mi giro e lo trovo che mi guarda. Potrei addirittura parlargli di questa cosa assurda che è il godere di una famiglia improvvisata dove nessuno è davvero al suo posto e dove, soprattutto, nessuno resterà lì per sempre. Invece rispondo: "Ma che te ne fotte?".

"Certo, sai essere proprio stronza..."

È un uomo fortunato, non c'è che dire, perché riesce sempre a cavarsela senza troppi danni. Stavo per sputargli dritto in faccia, fregandomene sia del condomino con i baffi che continua a sbirciare da lontano, sia della signora affacciata al primo piano che non si smuove dal balcone. Un attimo prima dello sputo, però, il cellulare che è nella mia mano sinistra si è messo a suonare. È Manuel. Sto per rifiutare la chiamata, poi mi viene a trovare un'idea geniale. Premo il tasto verde e rispondo.

"Amore."

Silenzio.

"Amore, ci sei?"

"Luce, sono Manuel..."

"Ciao, come stai?" ribatto con voce suadente.

Silenzio.

"Eh certo, come no," proseguo, "stasera. Va bene, non vedo l'ora!"

"Hai sbattuto la testa per terra?"

"Sì, sì, non ti preoccupare, mi faccio bella."

Lo stronzo mi guarda a bocca aperta, Manuel, invece, risponde: "Non so chi hai vicino e non mi interessa, però fa un certo effetto essere trattato con riguardo da te... quasi quasi ne approfitto e mi diverto un po' pur'io. Eh, che ne dici, amorino mio?".

"Non pensarlo proprio..."

"Tanto lo so che mi ami da sempre..."

"Statte cu 'sta capa..." rispondo d'istinto. Poi cerco di rimediare e torno nei ranghi. "Va bene, amore, ti devo lasciare, allora ci vediamo stasera?"

"Amorino, aspè, non posare. Ti volevo dire che ti sta cercando urgentemente l'avvocato."

"E che vuole?"

"Non me lo ha detto, ma credo ti voglia parlare della causa Bonavita. Abbiamo deciso finalmente che non ci sono i presupposti per intraprendere un'azione giudiziaria nei confronti della signora. Penso ti voglia dire questo."

"Davvero?" domando e mi scappa un sorriso.

"Sì, l'avvocato Geronimo mi ha riferito che rinuncerà al mandato ufficialmente. Il problema sarà spiegarlo al cliente, ma questo non ci riguarda."

"Sono contenta."

"Hai visto che il tuo Manuel sa sempre come renderti felice?" scherza lui, e subito dopo aggiunge: "Che ne dici di una cenetta romantica per festeggiare?".

"Ciao amò, ci sentiamo dopo", e chiudo la conversazione.

Il bastardo è ancora lì che aspetta e non dice nulla.

"Vabbuò, adesso devo andare..."

"Mi chiami?"

"Ma quando?"

"Quando ti va..."

"Allora no..."

Gli occhi gli si fanno piccoli piccoli, come quelli dei criceti, e l'attimo dopo mi spinge come un indemoniato dentro l'androne del palazzo e contro il muro, quindi mi blocca un braccio e tenta di baciarmi. Serro la bocca e mi ritrovo la sua lingua sul mento e sul collo. E allora succede quel che speravo non succedesse: mi partono le cervella.

Lui è talmente preso a strusciarsi sul mio corpo e a tentare di ficcarmi la lingua in bocca che nemmeno si accorge della mia mano che scende. Quando lo capisce, è troppo tardi e i suoi testicoli giacciono inermi nel mio palmo che si stringe come una tenaglia. Come ci avesse sentito, Patrizia esce dalla sua monocamera, truccata da far schifo e con indosso un vestito di paillettes che la fa assomigliare a una di quelle palle appese nelle discoteche. La prima cosa che mi si schiaffa sul viso, nonostante il suo culo a mandolino, le calze a rete e il vestitino attillato, è il naso aquilino, che una volta mi confidò si sarebbe rifatta prima o poi. La mia vicina rimane imbalsamata di fronte alla scena che si trova davanti.

"Ti suggerisco di non urlare, di fare un passo indietro e uscire da quel portone e dalla mia vita per sempre. Altrimenti ti stacco le palle e le do per cena al mio cane," dico come se lei non ci fosse.

Il bastardo vorrebbe anche rispondere, ma il dolore è troppo forte, e poi credo si vergogni da morire. Perciò cerca di allontanarsi e mi supplica con gli occhi di lasciarlo. Mollo la presa e lo spingo lontano, lui rimane a guardarmi con odio, e starebbe pure per ribattere qualcosa se non lo anticipassi: "Nun fa chella faccia, 'o saccio ca nun sì cattivo. Sei troppo preso da te per volere il male di qualcuno". Lui dedica un rapido sguardo a Patrizia nell'angolo, quindi sbuffa e fa per andarsene. Sulla soglia ci ripensa e dice: "Mi ero sbagliato, credevo fossi una brava ragazza...".

Rido e rispondo di getto: "Sì rimasto 'nu poco arretrato, le brave ragazze, ormai, le trovi solo nei romanzi dell'Ottocento".

Il bastardo scompare nel buio che inghiotte il vicolo appena fuori il portone e nel silenzio che segue riesco a sentire il cuore che mi pulsa nelle tempie, il respiro affannoso, e i movimenti irregolari del mio povero intestino.

"Lulù," dice solo allora Patty, e si avvicina, "tutto bene?" Annuisco.

"Hai bisogno di me?" e mi accarezza una guancia, un gesto che mi sorprende. Il suo profumo mi sale lungo le narici e mi ruba un conato di vomito.

"Tutto a posto, Patty," affermo per liberarmi della sua presenza, "davvero."

Lei rimane a fissarmi per qualche attimo e nei suoi occhi riesco a scorgere dispiacere e solidarietà, poi ritira il braccio e aggiunge: "Non so che ti abbia fatto, ma sì stata brava a tenergli testa. Gli uomini senza palle si vedono lontano un miglio, e chillo 'e palle nun l'ha mai tenute! Se hai bisogno di me, sai dove trovarmi", quindi mi schiocca un bacio sulla guancia e mi lascia un chilo di rossetto sulla pelle prima di gettarsi per strada.

Nell'androne torna il silenzio. Mi accendo una sigaretta e mi accorgo di star tremando. Allora mi lascio sostenere dal tufo alle mie spalle, sperando che nel frattempo non entri nessuno, altrimenti mi toccherebbe fare anche questioni per la sigaretta, come in effetti accade ogni giorno a Patrizia.

Mi sento così stanca, che quasi mi si chiudono gli occhi.

Quanto ci costa tentare di essere coraggiosi?

Persone speciali

Sono ancora appoggiata al tufo del palazzo quando sul display del telefono mi arriva un sms di Carmen. "*Vieni subito, ti prego,*" dice. E ora che sarà mai successo? Salgo a prendere Cane Superiore e mi tuffo di nuovo per le scale. Che seratina!

Ad accogliermi appena fuori dal portone stavolta trovo una blatta che zampetta veloce da un lato all'altro della strada, felice, forse, di godere dell'aria notturna e dell'umidità che sale dai sampietrini viscidi. Pochi minuti e sono sotto casa di Carmen, dove c'è Kevin, appoggiato al portale in piperno del palazzo, con la testa dentro lo smartphone.

"Uè," esordisco a un passo da lui.

"Luce," fa, e mi abbraccia.

Mi guardo in giro, ma di Carmen nemmeno l'ombra.

"E che fai qua?"

"Mamma è su con papà."

"Con papà?"

"Già, stanno litigando da un'ora e lui urla come un pazzo e ha anche rotto un vaso. Allora mamma mi ha dato dieci euro e mi ha detto di scendere, che tanto saresti arrivata tu."

Guardo d'istinto in alto, verso la finestra accesa di casa Bonavita, ma non vedo nulla e non sento nulla.

"Ma che ci fa tuo padre qui?"

"Boh, ogni tanto succede, passa, iniziano a litigare, e poi

se ne va," dice lui serafico, mentre preme convulsamente un tasto del telefono per completare il quadro del videogioco.

"Fa sempre così?"

Kevin solleva solo un attimo gli occhi: "Credo che papà vorrebbe che andassi a vivere da lui, una volta me lo ha anche chiesto."

"E tu che hai risposto?"

"Che voglio bene a mamma."

"Bravo."

"Ma anche a papà voglio bene, pure se lui è un tipo strano, e spesso non lo capisco, e lui non capisce me. Perché io lo so che anche lui mi reputa strano, e diverso da lui, so che mi vorrebbe più... ma io sono così, ecco. Però papà non è cattivo per davvero, e mi riempie sempre di regali, mi fa guidare la moto ogni tanto, e poi mi ha portato lui allo stadio la prima volta, però a me il calcio non è che piaccia tanto."

"È un buon padre allora," azzardo.

Kevin sembra riflettere, quindi annuisce e precisa: "Solo con lei è antipatico, si trasforma e inizia a urlare. Invece quando mamma non c'è, è simpatico, anche se mi fa fare un sacco di brutte figure perché lui vive... così, senza preoccuparsi tanto degli altri".

"Sì, posso capire cosa intendi," rispondo, "comunque sei sicuro che tua madre stia bene? Non è che dobbiamo chiamare qualcuno?"

Kevin torna a guardarmi. "Chi dobbiamo chiamare?"

Mi passo le mani sudate sui jeans e riprendo a parlare: "Va be', allora che si fa?".

"Boh, io avrei un po' di fame..."

Sono le dieci di sera e a quest'ora un bambino dovrebbe essere a letto, Kevin, invece, non ha ancora cenato. Sospiro e afferro il suo telefonino. "Ok, ora basta cu 'stu coso, te stai scemunenn'. Andiamo a mangiare, sperando che Sasà abbia ancora qualche focaccia, altrimenti ci toccherà scendere a via Toledo."

Lui si lascia prendere la mano e mi viene dietro in silenzio. Dopo qualche passo fa: "Io, comunque, non mi sposerò mai".

Mi giro verso di lui. "E perché?"

"Perché non mi piacciono le famiglie..."

Eccoci.

"Non dire così..."

"È la verità..."

"La famiglia è importante, te ne renderai conto quando troverai la donna giusta."

"No, no, tanto poi litigheremmo sempre, e a me non piace litigare. Io odio le urla."

Dovrei dire qualcosa, provare a difendere la famiglia agli occhi di un bambino, ma non mi viene nulla da ribattere, se non che anch'io odio le urla. Alla fine riesco a rispondere: "La famiglia non è un luogo dove si urla sempre, è che i tuoi genitori non erano fatti per stare insieme. Quando toccherà a te innamorarti, fallo con attenzione, ché la maggior parte delle persone sceglie il compagno come stesse decidendo quali piastrelle mettere nel cesso".

Mi accorgo solo un istante dopo di aver detto una parola poco carina, quando mi giro e lo vedo ridere.

"Potrei sposare te..." fa lui.

Mi scappa un sorriso e Kevin aggiunge: "Sarei un ottimo marito, eh. Io non urlerei mai, e non mi arrabbierei, perché proprio non mi riesce di arrabbiarmi. E poi ti farei sempre un sacco di regali, e ti porterei a mangiare fuori e anche al cinema. Papà non la portava mai mamma al cinema, e neanche me, a essere sincero. Invece a me piace il cinema, potremmo andarci anche tutte le sere".

Scoppio a ridere e mi inginocchio per guardarlo bene in viso. Ha il caschetto che gli cade sulle sopracciglia, la pelle del viso lucida come le ciliegie e le labbra a forma di cuore. È così bello che quasi mi viene voglia di mordergli la guancia, anche perché lui mi pianta le pupille nocciola addosso e prosegue: "Oppure qualche volta potremmo andare all'Edenlandia, che a me piace molto, e anche a mamma. Lei adora le montagne russe e quando è lassù ride e urla come una matta. Anche a te piacciono le montagne russe?".

"No," rispondo con espressione divertita, "soffro di vertigini. E poi non credo esistano più."

"Allora non ci andiamo, potremmo andare sui tronchi, e poi ti comprerei i popcorn, anzi ti regalerei un pupazzo, di quelli che si vincono sparando. Io sono bravo e una volta ho preso un peluche per mamma. O anche allo zoo..."

"Kevin..." tento di dire, ma lui non si ferma più.

"Ogni tanto potremmo portare pure lei, mamma, che ne dici? Al cinema o al luna park intendo, o allo zoo. Tanto siete amiche."

Finalmente si ferma. Ma è solo un attimo, l'istante dopo mi fissa e domanda ancora: "Allora, mi aspetti che divento grande?".

Ti aspetterei davvero se potessi, Kevin, perché sei un bambino eccezionale, e sono sicura che sarai un uomo altrettanto meraviglioso. Perché è proprio alla tua età che nascono e si formano le persone migliori, quelle profonde d'animo, che un domani saranno buoni compagni, mariti e padri. Sono semplici bambini come te, privati del diritto fondamentale di credere nella più bella delle favole, e cioè che la vita sia qualcosa di fantastico. Si dice che il dolore aiuti a crescere più in fretta, ed è vero, ma c'è una cosa che rende adulti ancora prima: la delusione. Tu, caro Kevin, come me, sarai un adulto sensibile e sempre un po' infelice, perché la vita, purtroppo, ti ha tirato un pizzicotto un po' prima degli altri.

"E certo che ti aspetto, come potrei non farlo!" rispondo e gli afferro le braccia, "ma scommetto che sarai tu a non volermi più!"

"Non è vero," prorompe accigliato, "io ci sarò sempre per te. E anche per Alleria!" e si gira a guardare Cane Superiore che, nel frattempo, stufo dei nostri discorsi incomprensibili, si è seduto a godersi la brezza notturna che arriva dal Tirreno.

Tiro Kevin a me e gli do un bacio sulla guancia prima di

aggiungere: "Facciamo così: se tra tanti, ma tanti anni, non avrai ancora trovato la donna della vita, ci sposeremo io e te".

"E avremo anche dei figli?"

"Be', non so, ti piacciono i bambini?"

"Non molto a essere sincero. Però mi piacciono i nonni!"

"I nonni?"

"Eh, cioè, non proprio tutti i nonni, i miei, per esempio, non sono molto simpatici, però don Vittorio è un nonno perfetto!"

Mi viene da ridere al pensiero di don Vittorio che fa il nonno. "Sì, in effetti, non sarebbe male come nonno."

E chissà perché a volte i genitori e i nonni migliori sono proprio quelli mancati, penso mentre ci incamminiamo di nuovo verso il bar di Sasà, la cui insegna al neon schizza di bianco il palazzo di fronte.

"Pensandoci, potremmo anche andare a vivere tutti insieme, tu, io, mamma, Thomàs, don Vittorio, Alleria e Primavera. Saremmo una bella famiglia!"

"Ma non avevi detto che non ti piacevano le famiglie?"

"Che c'entra, la nostra sarebbe una famiglia speciale!"

"Be', su questo non c'è dubbio."

Kevin mi offre il cinque, io ricambio e domando: "Ti piace la focaccia?".

I suoi occhi si illuminano.

"Sasà fa delle ottime pizzette. Io adoro quella con i funghi! Tu?"

Alza gli occhi al cielo nero e risponde: "A me piace quella con le patatine e i würstel".

"E patate e würstel sia!"

"Sììì!" fa lui e mi sfugge di mano per infilarsi nel bar.

Le famiglie speciali non esistono, Kevin.

Esistono le persone speciali.

Con un po' di fortuna qualche volta se ne incontra una.

Ed è già tanto.

Un insieme di abbandoni

"*Quell'autostrada è un muro, pieno di felicità, e io rimango sveglio, cercando qualcuno che vuole fumare a metà...*" Sono tornata a casa da nemmeno un'ora ed è passata la mezzanotte quando suonano alla porta. Non me ne accorgo subito perché ho le cuffie nelle orecchie e sto canticchiando la strofa di *A testa in giù*; al quarto scampanellio, però, capisco e mi fiondo ad aprire, preoccupata per l'ora tarda. Questa serata sembra non voler finire!

Davanti a me c'è Carmen. Le sorrido e quasi mi viene voglia di abbracciarla, perché ho una buona notizia da darle, una fantastica notizia, e domani mattina sarei passata proprio da lei, semmai per raccontarle tutto e chiederle perdono. Solo che Carmen non sembra troppo allegra, anzi, ora che la guardo con più attenzione, appare triste, no, non triste, proprio incazzata nera. E ha due righe di rimmel sciolto che le tagliano le guance.

"Che è successo?" chiedo allarmata.

"Ma tu chi sì, da dove vieni? E che bbuò da me e da mio figlio?"

Spalanco la bocca e indietreggio spontaneamente, mentre le parole di Pino Daniele provenienti dagli auricolari del telefono fanno da sottofondo.

"*Mi sconvolgo sempre un po', per gridare qualche nome che ho inventato e non lo so, ma che vvuò...*" Alleria si avvicina ringhiando.

"Non ti capisco," riesco a rispondere.

"Ah, nun me capisce?" e infila un piede in casa. È aggressiva come mai l'ho vista, e con il suo tono di voce credo stia svegliando l'intero condominio.

"Che vai truvann', chi ti ha mandato, quel pezzo di merda?"

Una vampata di calore mi risale lungo il torace.

"Non capisco," ripeto con uguale tono.

Invece capisco fin troppo bene, soprattutto che lei è sul punto di picchiarmi, e faccio un altro passo all'indietro. Carmen, invece, avanza, con le mani davanti al viso deformato dalla rabbia.

"Sì n'avvocato, Luce, è accussì?"

Sono fregata. Chino il capo per tentare di arrestare almeno la musica, ma lei mi incalza. "O nun te chiamm' nemmeno Luce?"

Le mani mi tremano e non riesco a spegnere il telefono.

"Il feeling è sicuro, quello non se ne va, lo butti fuori ogni momento, è tutta la tua vita e sai di essere un nero a metà..."

Se non faccio qualcosa, rischio di finire all'ospedale. Credo che la signora Bonavita non se la passi male a "buttare le mani".

"Posso spiegarti..." dico sottovoce.

"E spiega," replica lei, "ma cerca 'e fa ambress', perché se no te vatt'!"

"Sì, sono avvocato," ammetto, "però, ecco... ora non lo sono più. Ho rinunciato alla causa e ho lasciato lo studio."

"E che me ne fotte a me! Io voglio sapere perché sì trasut' int' 'a casa mia. Cosa volevi? Chi ti ha mandato, quel pezzo di merda?"

Lei ormai urla, e la sua voce si espande e rimbomba per tutto il cortile interno del palazzo, tanto che dalla finestra del pianerottolo di fronte alla mia porta noto un paio di persiane che si aprono e alcune capuzzelle che mettono il naso fuori per capire cosa accade.

"Entriamo," dico allora e la spingo in casa. Mi appoggio alla parete e resto a guardarla muoversi come un'indemoniata per la stanza, avanti e indietro, mentre si porta ogni due secondi le mani al viso. Alleria resta immobile in un angolo a controllare la scena e lancia un ringhio di avvertimento che mi fa sentire in qualche modo protetta.

"Come lo hai saputo?" chiedo.

"Davvero pensavi di potermi nascondere una cosa del genere? Qui? 'A gente parla, dovresti saperlo!"

"Mentre il buio se ne va, ti ritrovi a testa in giù..."

Chino il capo e spengo, infine, la musica; nel silenzio che segue riesco a sentire il suo affanno.

"Dov'è Kevin?"

Lei si gira con una smorfia di cattiveria in viso: "E a te che te ne fott'? Dorme, nun te preoccupà, che a mio figlio lo so crescere, nun tengo bisogno 'e nisciuno, tantomeno di te!".

"Domattina sarei venuta a dirti come stavano le cose. L'avvocato ha rinunciato all'incarico, non difenderà tuo marito, dice che non ci sono i presupposti per una richiesta di affido esclusivo al padre..."

Carmen si porta le mani ai fianchi. Indossa una canotta marrone dalla quale fuoriescono spalle abbronzate, dei calzoncini di jeans chiari e un paio di stivaletti di cuoio.

"T'avess vatter', lo sai, per quello che hai fatto?"

"Lasciami spiegare..."

"Ma che bbuò spiegà, che ce sta da spiegare? Sì 'na femmena 'e niente!"

Il suo viso è a pochi centimetri dal mio, riesco addirittura a scorgere le vene nel bianco dei suoi occhi e, più giù, il torace sudato e punteggiato di chiazze cremisi. E poi, all'improvviso, tutta la rabbia accumulata rompe gli argini e si riversa all'esterno tramite alcune gocce di pianto che iniziano a colarle sul viso senza che lei abbia mai cambiato espressione. Carmen si passa il dorso della mano sulle guance e si gira di spalle.

Attendo qualche secondo per parlare. "Sono cresciuta con mia madre e con nonna. Mio padre se n'è andato che avevo nove anni ed è morto due anni dopo. Non l'ho mai più rivisto. Di lui conservo solo un'audiocassetta e niente più. Sono una donna cresciuta con e da donne, so che cosa significa essere sole, so che cosa si prova e che cosa prova Kevin."

"Non lo nominare più," replica senza voltarsi, ancora impegnata a respingere il pianto.

"Sono sempre stata dalla tua parte, sin dall'inizio. Solo che era il mio primo incarico, non avevo uno stipendio, il mio ragazzo se n'era andato, e non volevo tornare da mia madre. Così ho accettato di seguirti per capire se erano vere le accuse di tuo marito."

Alla fine lei si gira, il volto ancora deformato dal rancore e dal dolore, e grida: "Sì trasuta int 'a casa mia con l'inganno. Hai fatto fessa a me, e soprattutto a Kevìn, che te vò bene!".

"Anch'io voglio bene a Kevin, non sai quanto..." replico, ma lei si porta l'indice alla bocca e mi zittisce. "Non ti permettere di parlare di lui, non lo devi nemmeno nummnà! E se proverai ad avvicinarti ancora a lui, t'accir'. Hai capito bbuono?"

Sposto lo sguardo verso Cane Superiore che sta lanciando un nuovo ringhio.

"Ho capito subito che eri una buona madre," provo ad aggiungere quindi, "già la prima sera, e ti giuro che te lo avrei voluto dire, ma non ho trovato il modo, e poi i giorni sono passati e allora ho pensato che sarebbe stato inutile, perciò sono andata dall'avvocato e ho rinunciato alla causa."

"Troppo tardi..." dice lei, e si asciuga l'ennesima lacrima.

"Li ho convinti a non difendere tuo marito. Ho lottato per te e per tuo figlio come ho potuto."

"E io che credevo di aver trovato finalmente una specie di famiglia, un'amica..." stavolta la voce è un sussurro.

"Carmen, mi devi credere, l'amicizia che è nata fra noi è sincera, come l'amore che provo per..."

"T'aggio ritt' che non lo devi nominare!"

Mi zittisco e porto le mani al petto. Carmen si accovaccia con le spalle al muro e fissa il cielo fuori alla finestra. Dopo un tempo infinito attacca a parlare senza guardarmi. "Di me non mi importa, non sei la prima persona che se ne approfitta, io so' fatta accussì, do fiducia agli altri e non imparo mai. So' scema, me piace crerere che 'a gente è onesta. Se fosse per me, ti avrei perdonata, davvero. Tanto c'è chi mi ha fatto di peggio. Pensa che so accussì deficiente che credevo che mio marito teneva sulo a me, che esistessi solo io per lui. Quando l'aggio conosciuto, ero ingenua, ma ingenua assai, 'na creatura praticamente. Da ragazza immaginavo sempre che avrei conosciuto n'omm speciale, che mi avrebbe portata via da questo posto di merda, a farmi vedere il mondo. Non sai quanto ho sperato che quell'uomo putesse essere iss', e che un domani me ne sarei andata via da qui."

Anche con il viso pieno di lacrime e il trucco sciolto, la sua bellezza è devastante. I capelli biondi che separano spalle muscolose, i lineamenti spigolosi del viso che ricordano un ritratto cubista di Braque, le gambe armoniose, la pelle del colore del deserto, tutto di lei contribuisce a renderla una femmina che ti ruba il fiato. Persino le labbra e le tette rifatte, nell'insieme, non stonano. Come non stona (e pure potrebbe) il piccolo tatuaggio che sbuca da sotto la canotta: una rosa che attorciglia il suo gambo spinoso al nome del figlio. Se questa donna non fosse nata qui, la sua vita sarebbe stata ben diversa.

"Sai qual è la cosa peggiore che mi ha fatto?" riprende, e immagino si riferisca al marito. "Mi ha rubato quell'ingenuità. Diceva sempre che tenevo la capa in mezzo alle nuvole! Ora non ce l'ho più la capa fra le nuvole, non credo più al principe azzurro e nemmeno che la gente è buona, ma la mia vita per questo nun è meglio. Poi sei arrivata tu e mi sono detta: 'Vuò vedé che la vita finalmente ti regala quaccosa?'."

Si gira a guardarmi e mi fa sentire proprio una merda. Perciò mi lascio scivolare anch'io per terra.

"Carmen, senti..."

"Se fosse per me, Luce, te perdonass', perché aggio bisogno 'e te, e non solo per mio figlio. Ma Kevìn non lo dovevi toccare, lui è diverso, si fida di te e delle persone, e nun voglio che se 'mpar' a non fidarsi. Perciò deve campare con me e non con il padre."

Poi smette di parlare e resta a fissare il vuoto tirando su con il naso ogni tanto. Io la guardo e non apro bocca, mentre Alleria decide infine di accucciarsi. Passano cinque minuti prima che lei dica: "Me ne vaco, Luce, statte buono".

"Carmen, io ero dalla tua parte, lo sono sempre stata," ripeto, ma lei nemmeno sembra ascoltarmi.

"Che dirai a Kevin?" domando allora e mi tiro su di scatto.

"Boh," risponde e mi fissa un istante con occhi spenti, "forse che sì muort'", e si chiude la porta alle spalle.

Mi lascio cadere di nuovo a terra, proprio accanto a Cane Superiore che si mette a leccarmi il gomito, caccio una sigaretta dalla tasca e la consumo in quattro profonde boccate. Pochi istanti e suonano di nuovo. Mi alzo con un salto, convinta che sia lei, tornata per dirmi che mi perdona e che da domani tutto sarà come prima, e nel pomeriggio mi porterà Kevin. Invece è don Vittorio, con indosso un pigiama nero a righine rosse, e la sua sedia a rotelle. Non riesco a non donargli un'espressione delusa; lui mi squadra e domanda: "Né, ma che è stato? Avete fatto un tale baccano che mi avete scetato. E mò secondo te che dovrei fare? Lo sai che passerò la notte in bianco?".

Non capisco se scherzi o faccia sul serio, ma non mi interessa. "Carmen ha scoperto tutto," dico.

Vittorio Guanella si gratta la barba.

"È venuta qua e mi ha detto che non rivedrò mai più suo figlio."

Il vecchio porta le mani alle ruote della carrozzina e si spinge all'interno di casa mia. Accarezza Alleria che si è avvicinato scodinzolando, si gira, mi guarda e domanda: "E mò che vuoi fare?".

"E che devo fare? Che posso fare?"

"Forse dovresti lasciar passare qualche giorno e tentare di riparlarci."

"No, la mia vita andrà avanti. D'altronde, fino a un mese fa nemmeno li conoscevo. Me ne farò una ragione, e quando incontrerò Kevin per strada, lo abbraccerò. Tanto lo so che è stata una parentesi, come so che la storia con Thomàs sarà una parentesi, come tutte le cose troppo belle, che proprio perché belle, sono un inciso. E poi, comunque, fra un mese o fra un anno anch'io andrò via... mica voglio restare qui ad ammuffire tutta la vita, come hanno fatto mamma e nonna!"

Lui sbuffa contrariato: "Luce, ma quante fesserie che dici! Innanzitutto chi ti ha detto che la storia col francese debba essere una parentesi. A me il ragazzo sembra innamorato, e poi questa cosa dell'inciso non mi convince. Allora anche le cose brutte sono racchiuse in una parentesi, perché pure loro passano. Se c'è una cosa che la vita mi ha insegnato, è che non esistono parentesi tonde o quadre, nessun inciso o intervallo, le cose, belle o brutte che siano, te le trovi all'improvviso davanti, quando vai a capo, e forse è una fortuna, perché altrimenti basterebbe evitare le parentesi per condurre una vita serena. Solo che a saltare gli incisi la frase si accorcia e giunge presto il punto finale".

Don Vittorio sorride soddisfatto, a me, invece, viene da piangere.

"Don Vittò, non è serata per le digressioni filosofiche..."

"Vabbuò, è tardi, ti lascio dormire", e si avvia alla porta.

Gli apro senza aggiungere nulla, lui si volta e fa: "Se mi vuoi, sai dove trovarmi".

È già dinanzi alla sua porta di casa quando preciso: "È che non sono abituata alla gente che rimane. O, perlomeno, alla gente che rimane, convinta della sua scelta, felice di averlo fatto. Sono cresciuta con l'idea che a un certo punto chi è al mio fianco se ne va".

"Le tue esperienze passate sono, appunto, passate," replica subito, "la maggior parte delle persone non va da nessuna parte, Luce, resta al suo posto. Io sono uno di questi."

Una lacrima mi scende lungo la guancia mentre con la mano mi appoggio allo stipite della porta. "Certe volte mi pare di essere solo il risultato di quello che ho vissuto. Sono un insieme di abbandoni," bisbiglio quindi.

Don Vittorio stavolta sembra davvero imbarazzato e si

gratta ancora una volta la barba sfatta. Quindi decide di commentare alla sua maniera: "Divertente il giochino dell'insieme, mi fa pensare a quei cerchi che ci facevano disegnare a scuola da bambini, quelli pieni di mele. A te sarebbero pieni di abbandoni, a me, invece, colmi di delusioni".

Stavolta viene da ridere anche a me. Intanto una falena sta sbattendo ripetutamente contro il neon appeso al soffitto.

"Ah, allora non hai perso il tuo sorriso!" fa lui, raggiante in volto. "Mi dispiace contraddirti, ma non credo che siamo solo quello che abbiamo vissuto. Il nostro trascorso può intaccarci fino a un certo punto, ma c'è una parte che resta sempre integra, sempre nuova, pronta a ripartire e a indicarci altre strade. È dentro ognuno di noi, anche se molti nemmeno sanno di possederla, e sta lì in attesa di essere utilizzata per qualcosa di straordinario."

"Ma come fa a vedere sempre le cose così?"

"Così come?"

"Belle."

"È che ho vissuto più del necessario," ribatte secco. Poi sospinge la carrozzina fino alla finestra del piano e la apre. Quindi torna indietro e infila una ruota nella sua casa.

"Domattina, con la luce del sole, anche lei", e indica con lo sguardo l'insetto vicino al neon, "troverà la sua strada. Dormici su e aspetta la tua alba. E non ti permettere più di svegliarmi per fare discorsi tanto stupidi. Un insieme di abbandoni..." e ciondola il capo.

Sono fortunata ad avere quest'uomo al mio fianco; sorrido e gli mando un bacio prima di rientrare in casa.

"Luce?"

"Eh", e mi volto di scatto.

"Ricordati: veniamo al mondo per assolvere qualcosa di meraviglioso. Tutti. Anche tu."

Per Luce e Antonio

Non sono le giornate che si allungano, il sole che si fa maturo, o il vento che si fa leggero e profumato a ricordarti che sta arrivando 'a stagione, l'estate, a Napoli. No.
È la puzza di fritto.
Stamattina mi sono svegliata con la signora del palazzo di fronte che cucinava la parmigiana di mulignane dentro al mio letto. Ieri sera ho avuto l'ardire di lasciare uno sputo di finestra aperta e il risultato è che alle sette e un quarto ho sgranato gli occhi già accigliata e, come un segugio, ho iniziato ad annusare l'aria, cosa che Alleria, in realtà, già stava facendo da un quarto d'ora.
"Cane Superiore, dormi," ho detto, e mi sono girata a pancia sotto, con un braccio che penzolava nell'aria. Solo che lui era seduto e mi fissava; ho chiuso gli occhi ma lui ha passato a leccarmi la mano.
"Che c'è?" ho chiesto allora.
Alleria ha guaito.
"Sì, è arrivata l'estate, come ogni anno. Dormi."
Un abbaio.
"Ok, hai vinto tu," ho dichiarato dopo dieci minuti di lamenti, "anzi, ha vinto l'estate. Ha vinto la signora di fronte."
Siamo scesi prima delle otto, i negozi erano ancora chiusi e nei vicoli si era infilata una delicata brezza che portava con sé odore di mare, cornetti e graffe, tutto mischiato. Con Cane Superiore abbiamo fatto il solito giro che prevede una

prima pipì vicino al palo che sostiene un segnale divelto di divieto di sosta, la seconda ai piedi di una saracinesca arrugginita che non si apre più da anni, dove un tempo c'era un meccanico, e la terza quasi sotto casa di mia madre, più precisamente sul portone di legno di una vecchia parrocchia sconsacrata. Il ritorno, invece, avviene sempre percorrendo vico Conte di Mola. Insomma, me ne stavo con Alleria al guinzaglio, gli occhi gonfi di sonno e delusione, calzoncini corti, anfibi ai piedi e una t-shirt di Topolino, quando lo sguardo mi è caduto su un cartello affisso che diceva "Vendesi".

Nulla di strano, intendiamoci, qui è dappertutto tappezzato di "Vendesi" e "Affittasi", solo che il cartello in questione era attaccato sulla porta di quella che un tempo era la casa di nonna Giuseppina. Mi sono bloccata di colpo e mi sono avvicinata. Non c'era scritto nulla, solo un numero di telefono che ho memorizzato sul cellulare.

Da bambina la chiamavo la "casa degli gnomi", perché era piccola e infossata nelle viscere del tufo. Uno dei miei giochi preferiti consisteva proprio nell'immaginarmi amica della famiglia di gnomi che vivevano lì sotto. Non avevo un amico immaginario, bensì un'intera famiglia di gnomi immaginari. Il padre, che era il più vecchio, con la barba bianca e lunga, alto poco meno di un metro, aveva la pelle piena di striature, come il legno, e gli occhi blu, e si chiamava Geppo. Poi c'erano la moglie e i due figli, di cui uno bellissimo per essere uno gnomo, con i capelli biondi, la pelle dorata e gli occhi cobalto. Però i figli non c'erano quasi mai in casa, perché lavoravano nelle cave di tufo, cosicché il tempo lo passavo più che altro con Geppo (la moglie non mi era molto simpatica), che era sì un vecchio scorbutico, ma mi faceva morire dal ridere. A volte si impuntava con un'idea e non c'era modo di convincerlo a fare qualcosa, allora mi spazientivo e andavo a giocare all'aperto, dimenticandomi della sua esistenza. Non ricordo il giorno esatto in cui ho detto addio a Geppo e alla sua famiglia, forse non c'è stato un momento preciso, ma un distacco lento e indolore, almeno per me. Un po' come è avvenuto con la nonna, che durante la mia adolescenza se n'è restata a controllarmi da lontano e a mandarmi un bacio dalla sua seggiulella quando passavo di lì con un'amica o un compagno.

Dopo la sua morte, la casa è stata abitata per anni da un pakistano, o qualcosa del genere, che però non c'era quasi mai, anche se era gentilissimo. Un giorno passai da lì e lo trovai fuori al basso che spazzava il marciapiede, come faceva anche la nonna. Mi avvicinai e gli spiegai che quella era stata la casa della mia infanzia, la casa degli gnomi; non credo lui capì, però mi invitò a entrare. E sarebbe stato meglio che non lo avesse fatto. Appena dentro, infatti, il ricordo della casa degli gnomi andò in frantumi e davanti ai miei occhi si stagliò la dura realtà, quella che i bambini sono così bravi a eludere, modellare e colorare attraverso il dono più grande in loro possesso: la fantasia. Non c'era nessuno gnomo con la barba bianca e lunga lì dentro, nessuna traccia di Geppo, della moglie o dei figli. Nemmeno più quella strana sensazione di protezione riuscii a sentire. Tutto svanito.

Spesso con mio fratello Antonio costruivamo in soggiorno la nostra personale caverna con i cuscini del divano, una grotta che ci avrebbe dato riparo e protetto dalle insidie. E ogni volta mamma arrivava a cazziarci, fregandosene della necessità (che provano tutti i bambini) che avevamo di sentirci protetti, ma nera di fronte alla prospettiva di sfoderare e lavare a mano l'intero divano. Ecco, quando uscii dalla casa del pakistano, mi sentii proprio come dopo che mamma arrivava a distruggerci la caverna: indifesa e in balia di tutte le brutture del mondo.

Abbiamo bisogno di conservare un po' del nostro percorso infantile, anche solo un ricordo che ci aiuti a trasformare la realtà in qualcosa di più romantico e colorato. Alcuni, ogni tanto, ci riescono, molti, invece, nemmeno ci provano. Solo pochissimi ne fanno una ragione di vita: sono i sognatori, quelli che la gente chiama pazzi.

Mamma era più giovane di me quando papà se ne andò. A nemmeno trent'anni, perciò, si ritrovò a dover crescere da sola due bambini. Normale che fosse la nonna ad aiutarla, anche perché lei doveva lavorare sempre di più per mantenerci; papà, infatti, non mandò mai una lira in quei due anni. Mamma fu costretta a intensificare l'attività di sartoria e passava tutto il giorno china sulla macchina per cucire, con gli occhi infilzati nelle imbastiture di un pantalone, sotto il bagliore giallognolo stinto della lampada della cucina, nella quale la luce, anche nei giorni di sole, non entrava mai.

Dopo scuola mi mandava dalla nonna, così che lei dovesse pensare solo ad Antonio. La sera, poi, mi bastava attraversare la strada per essere a casa. Lei non veniva mai a prendermi, né veniva mai a trovare la nonna. E la nonna, da parte sua, non metteva mai piede in casa nostra. All'epoca non ci pensavo, ero per lo più presa da papà sparito nel nulla, e per il resto la mia vita mi sembrava solo un po' più storta di quella di altri compagni, anche se in classe ce n'erano di ragazzini messi peggio di me, perciò non mi lamentavo e tentavo di godermi l'affetto che quelle due donne, ognuna a suo modo, riuscivano a darmi. Non mi chiedevo perché non potessi passare il tempo con entrambe, perché non potessimo trascorrere il Natale tutti insieme, o andare a prendere una limonata a via Chiaia, nei pomeriggi silenziosi di agosto. Se pure qualche domanda me la ponevo, non lo ricordo più. So solo che dovetti attendere la morte della nonna per conoscere la verità, il perché della mia strampalata infanzia, strattonata un po' qua, un po' là, il pomeriggio con nonna Giuseppina, la sera con mamma. Come una figlia di genitori separati, ho potuto godere dell'amore dell'una solo quando non c'era l'altra.

Il giorno del funerale di nonna, la verità mi colpì in pieno viso, tramite le parole impastate di nostra madre, la quale si fece convincere a seguire il carro funebre solo grazie al mio pianto dirotto. Avevo ormai ventitré anni e il bisogno di verità e risposte che mi erano mancate per tutta l'infanzia. Quel pomeriggio, di ritorno dal cimitero, mamma ci spiegò come stavano le cose, e perché non riusciva a perdonare la nonna.

"Voi non conoscete tutta la verità," esordì.

"E qual è la verità, diccela tu, una benedetta volta!" esclamai.

Antonio era dietro di me, immobile, e fissava il pavimento.

"Vostro padre non è scomparso dalla sera alla mattina," confessò quindi, "i primi tempi si è appoggiato nella casa della nonna. Di mia madre..."

Ricordo ancora il silenzio che seguì quelle parole. E ricordo persino da cosa fu occupato quel silenzio: dal rintocco del solito orologio a muro che avevamo sopra la cappa e al quale ogni tanto mamma dedicava una rapida occhiata, fra una cucitura e un taglio. E poi dal rumore del piccolo becco del nostro passerotto di allora, che sgranocchiava il mangime e trascorreva la sua misera esistenza in una gabbietta appesa accanto alla finestrella della cucina, alla ricerca di una lenza 'e sole. E anche dallo stridìo dei denti di Antonio, che aveva preso la brutta abitudine di stringere le mascelle quando si innervosiva, il che capitava sempre più spesso. Saranno stati pochi istanti, eppure riesco a riviverli ancora come se mi trovassi lì, in quel pomeriggio uggioso di fine ottobre.

"Che vuoi dire?" riuscii infine a chiedere.

"Quello che ho appena detto," ribadì lei a muso duro, "per quasi un mese la nonna ha ospitato vostro padre nella sua casa, senza dirmi e dirci nulla."

"Perché? E come ho fatto a non accorgermene?"

"Andava lì solo per cenare e dormire," rispose mamma, "e per quanto riguarda il perché, è la domanda che mi sono fatta per tanti anni. Perché lo ha accolto, perché non mi ha detto niente, perché non lo ha convinto a tornare a casa da noi."

Tirai la sedia da sotto il tavolo e mi lasciai sprofondare sulla seduta; le gambe sembrava dovessero cedermi da un momento all'altro.

"E non glielo hai mai chiesto il perché?" si intromise Antonio.

"Certo. Un giorno una mia cliente e amica di allora mi

confidò di aver saputo che vostro padre la sera si ritirava a casa della suocera. Non ci credetti, non potevo crederci. La mattina dopo vi accompagnai a scuola e corsi subito da lei. Lui, però, già non c'era più da qualche giorno, scappato via per sempre. Iniziai a piangere e a urlare, anche se mamma tentava di abbracciarmi e calmarmi. Chiedevo perché mi avesse fatto questo, perché non mi avesse avvisata, perché lo avesse protetto, perché avesse preso le sue parti, perché, perché, perché. Ma lei continuava a ripetere che non avrebbe potuto fare in altro modo, che la verità non poteva dirmela e che me l'avrebbe dovuta confessare lui, che lo aveva fatto per proteggere me e voi. Allora la colpii con uno schiaffo e lei mi dedicò uno sguardo meravigliato, ma non disse né fece nulla. Restammo per un istante a guardarci come due nemiche, poi scappai via."

Antonio mi mise una mano sulla spalla, come a volermi proteggere. A vent'anni credeva di essere l'uomo di casa e per questo di doversi sobbarcare anche i miei dolori, le mie assenze, le mie cicatrici.

"Non ci siamo parlate più, anche se per voi dovevamo fingere che fosse tutto normale. Nel corso degli anni lei ha più volte tentato un riavvicinamento, ma io non ho mai voluto. Non sono riuscita a perdonarla. Io mi disperavo la notte, in silenzio, nel letto, sola e con due creature piccole, e lei dava da mangiare all'uomo che ci aveva fatto tutto quello."

"Perché?" la interruppi ancora una volta.

Mamma sospirò, indugiò, intrecciò nervosamente le mani, fissò il soffitto a lungo, quindi fece uno sbuffo finale e sparì nel corridoio. La sentimmo armeggiare nel cassetto della credenza, dove c'erano i suoi ferri del mestiere, e Antonio mi guardò disorientato, forse aspettandosi da me una risposta che non potevo avere. Mamma tornò strusciando le pantofole sulle piastrelle della cucina, che allora erano ancora di un azzurro intenso, ma che ora, dopo milioni di strusciate, si sono stinte, e in alcuni punti sono chiazzate di bianco. In mano aveva un'audiocassetta con su scritto a biro: "Per Luce e Antonio". Ci squadrò a lungo, prima l'uno poi l'altra, infine allungò la cassetta verso di me, che l'afferrai titubante.

"È di vostro padre," affermò quindi, guardandomi dritta negli occhi, "l'ha registrata l'anno dopo essere scappato..."

Strabuzzai gli occhi e risposi di getto: "E ce la dai adesso?".

Mamma non sembrò vacillare, forse perché preparata al momento; indurì soltanto la mascella: "L'ho fatto per voi, per proteggervi. Eravate piccoli e meritavate di avere un'infanzia serena. Lì dentro ci sono cose che i bambini non devono sapere".

"Meritavamo di capire perché nostro padre ci ha abbandonati!" urlai con gli occhi offuscati da un velo di lacrime, e mi alzai di scatto. Lei fece un passo indietro e Antonio uno in avanti, ad afferrarmi il braccio. Ero in piedi davanti a nostra madre e la guardavo con disprezzo.

"Odiami pure, ma resto convinta di aver fatto bene."

Mi bastò incrociare un istante lo sguardo di mio fratello per calmarmi e per capire che sarebbe toccato a me ascoltare il nastro; lui aveva le mascelle contratte sulle quali si arrampicava il rosso vivo dell'ira. Allora cercai di abbracciarlo, ma Antonio sfilò dalla presa e uscì di casa sbattendo la porta.

Stavo fissando ancora il vuoto quando lei tornò a parlare: "Se hai la forza di perdonare entrambi, me e lui, meglio per te. Io ancora non ci sono riuscita a perdonare mia madre". Poi si trascinò di nuovo in soggiorno.

E io infilai la cassetta nel walkman.

Cose arrepezzate

A ogni modo avevo appena terminato di memorizzare il numero del venditore della casa della nonna quando ha squillato il cellulare. Era Antonio.

"Uè..."

"Ciao, picceré." Aveva un tono di voce gaio. "Come va?"

"Ho appena saputo che si vende la casa della nonna."

Lui è rimasto per un attimo in silenzio, quindi ha domandato: "La casa della nonna?".

"Eh. Te lo ricordi sì che avevi una nonna?"

"Ma che c'entra adesso?"

"Mi piacerebbe comprarla. La casa."

"Tu?"

"Eh."

"Ma che ci devi fare con quella casa, Luce? Era una cantina!"

"Una grotta," l'ho corretto, "con tanto di gnomi."

Antonio ha sbuffato. "Va be', e come hai pensato di fare?"

"Quanto può costare? Potrei chiedere un prestito."

"Una casa ce l'hai, se non sbaglio."

"Non è mia."

"E vuoi andare a vivere in una grotta?"

"La rimetterei a nuovo."

Silenzio.

"Dovresti guardare avanti, picceré, non indietro."

"Eh lo so, solo che quando lasci qualche porta aperta dietro alle spalle, ti coglie uno spiffero maligno sulla noce del collo e ti fotte."

Antonio ha riso e io ho fatto altrettanto. Sulla mia destra una signora di mezz'età, col tuppo in testa e le pantofole ai piedi, stava srotolando la saracinesca di uno scantinato che usa per vendere qualche detersivo cinese di contrabbando.

"Come sta Arturo?" ho chiesto.

"Bene, anche se la notte piange sempre."

"Sì, ho sentito di 'sta cosa strana che fanno i bambini."

Lui credo abbia sorriso, anche se poi ha cambiato discorso. "Mi ha chiamato mamma ieri sera."

Sono rimasta in silenzio e lui ha proseguito: "La vuoi sapere la novità?".

"Che novità?"

"Non ci crederai, io ancora ho difficoltà quando ci penso..."

"Cosa?"

"Mi ha chiesto scusa."

"Scusa?"

"Già. Te la vedi nostra madre che chiede scusa?"

"In effetti, mi riesce difficile pensarlo."

"Ha detto che è felice per me, che sarà felice di conoscere Raffaella e di vedere suo nipote. E poi si è scusata per non essere stata una buona madre."

"Così ha detto?"

"Già. Ma di che avete parlato voi due? Ti avevo chiesto solo di convincerla a non fare troppe storie, mica volevo rinfacciarle il passato."

"Di niente, di che dovevamo parlare? Di te soprattutto, e di suo nipote. E non è vero che è stata una cattiva madre."

Alleria ha infilato il naso nell'incavo di un basolo e ha piantato le zampe per terra, perciò sono stata costretta a fermarmi per aspettarlo.

"Infatti."

"E comunque la prossima volta ci parli tu se non ti sta bene quello che dico."

"Mi sta sempre bene quello che dici, picceré!"

"Sì tropp' ruffiano, Antò, te l'ho sempre detto."

Lui ha riso di gusto e ha aggiunto: "E mi ha confessato anche che c'è un uomo nella sua vita. Ci ha messo un quarto d'ora in realtà, però alla fine ce l'ha fatta".

"Il cavaliere..."

"Bonfanti, sì. Io già lo sapevo."

Mi sono bloccata subito dopo aver compiuto un passo.

"Lo sapevi?"

"Sì, da anni, da sempre, in pratica. Un giorno tornai prima dal calcio e li trovai nella cucina che si abbracciavano. Pensa che non si accorsero nemmeno che ero lì. Filai di nuovo verso la porta e uscii."

"E non me lo hai mai detto?"

"No."

"Perché?"

"Non c'eri mai, eri sempre da nonna. Poi ti sei fatta grande ed eri sempre per strada. Non ho trovato il momento giusto."

"E sì, è chiaro, mica è facile trovare un momento in venti anni!"

"Va be', poi a un certo punto ho pensato che fosse finita. Mica potevo immaginare che la storia fosse così seria."

Stavo per rispondere, ma a una decina di metri c'era Kevin, con le mani dietro le bretelle dello zaino e il volto al selciato. Camminava assorto, ma appena mi ha vista si è fermato un attimo e poi è corso verso di me, con la cartella che gli sballottava dietro la schiena, e si è gettato su Alleria.

"Fetentò," ho detto quindi, "a lui tutte le carezze del mondo e a me nemmeno un bacio?"

Lui si è aggrappato alla mia guancia.

"Ma chi è?" ho sentito chiedere ad Antonio.

"Che ci fai da solo per strada? Tua mamma dov'è?"

"Vado a scuola. Mamma non si sente bene," ha risposto, "ha mal di testa e non ha dormito. Ma io non le ho creduto... secondo me ha pianto. E, forse, anche un po' bevuto. Lei quando beve è perché è triste."

"Luce?"

"Aspè," ho detto a mio fratello, e sono tornata a rivolgermi a Kevin. "Lo fa spesso? Questa cosa di bere intendo."

Lui ha inclinato un po' il capo, come per riflettere, quindi ha replicato: "Mmh, no, solo quando è triste".

"E chi ti viene a prendere all'uscita? Vuoi che venga io?"

"No, grazie, viene papà. Credo che lei stanotte gli abbia telefonato. Fa anche questo quando è triste. Però non dire che te l'ho detto. Come sta Primavera?"

"Primavera? Bene."

"Ehi, non vi azzardate a liberarla senza di me, mi raccomando. Mi dovete chiamare!"

"E certo."

Poi mi ha dato un bacio, si è chinato a strofinare di nuovo il viso contro il muso di Alleria, e mi ha salutata.

"Vuoi che ti accompagni?" ho chiesto quando era già lontano.

Lui nemmeno si è girato, ha alzato solo il braccio e ha fatto di no con l'indice. Sono rimasta inebetita finché ha svoltato l'angolo, quindi sono tornata da mio fratello.

"Chi è il bambino?"

"Il figlio di un'amica."

"Va be', comunque ti avevo chiamato per dirti che questo fine settimana sono a Napoli."

"Questo fine settimana?" ho quasi urlato.

"Eh già. Ho approfittato di un'offerta e ho preso i biglieti. Così conoscerai Arturo e Raffaella. Pensa che mamma ha organizzato un pranzo tutti insieme, come fanno le famiglie vere. E ci sarà anche il famoso cavaliere! Ti voleva chiamare, ma le ho detto che lo avrei fatto io."

Una goccia mi è caduta sulla fronte.

"Un pranzo domenicale insieme?"

"Già."

Silenzio.

"Non mi sembri particolarmente contenta..."

Un'altra goccia, stavolta sul naso. Ho alzato lo sguardo al cielo sereno e ho svelato l'arcano mistero: mi ero fermata proprio sotto la cordicella che sembrava tenere insieme i due palazzi che mi accerchiavano, e che invece serviva solo per stendere qualche panno ad asciugare. Una maglietta del Napoli appesa a capa sotto, con il numero dieci e il nome "Ciro" tatuati sulle spalle, aveva deciso di liberarsi dell'acqua in eccesso gocciolandomi sulla testa, forse per farmi capire che ero indesiderata. Mi sono rimessa in cammino.

"No, scusami, sono contentissima, è che ho mille pensieri..."

"Problemi?"

"Come sempre," ho risposto per tagliare corto. Lui ha capito e ha aggiunto: "Vabbuò, non me lo vuoi dire. Allora ci vediamo sabato...".

"Ok, un bacio."

Non è che non te lo voglio dire, è che non saprei dove prendere le parole per spiegarti quello che mi passa per la testa. Domenica, dopo tanto tempo, ritroverò una parvenza di famiglia. È una cosa bella e mi dovrebbe rendere felice. Solo che tu poco fa mi hai detto che dovrei iniziare a guardare avanti e non più indietro. E io là cerco di guardare, Antò, solo che t'aggia dicere 'a verità, annanz' a me veco sulo cose arrepezzate. Perché tu verrai con una compagna e un figlio, e nostra madre avrà accanto un uomo che, forse, ama da tanto, da sempre. E io chi porto? Ti ricordi quando eravamo piccoli e mamma per tenerci buoni mentre lavorava a maglia ci metteva il gomitolo nelle mani e diceva di srotolarlo ogni tanto, così che non si ingarbugliasse tutto? Tu ti scocciavi subito, io, invece, restavo lì ad annodare e snodare i gomitoli per ore. Ho imparato talmente bene che, una volta adulta, ho cominciato ad annodare anche la mia vita, giorno dopo giorno. Solo che a un certo punto devo essermi distratta perché è venuto fuori uno strano gomitolo che non sono più in grado di districare.

Ora, dimmi tu, Antò, come facevo a spiegarti tutto questo.

Un sabato sera, avrò avuto diciotto anni, con il mio ragazzo di allora andammo a fare un giro per i quartieri nobili della città. Mi portò a prendere un gelato a Posillipo e poi, nella famosa curva che affaccia sul mare, mi fece poggiare il culo sulla sella e tirò fuori un anello mediocre che mi porse intanto che recitava una specie di dichiarazione mediocre, perché, a essere sinceri, non è che lui fosse poi questa persona così romantica e profonda. Eppure fu tale l'emozione che le guance mi si fecero del colore delle fragole e mi lasciai infilare l'anello tremante e in apnea. Dopo due mesi venni a sapere che il mio uomo mediocre frequentava anche un'altra, una vrenzola che abitava il vico sopra al mio, e che l'anello era un pezzotto, un falso insomma, come la storia di amore nella quale avevo creduto.

Andai a citofonargli e attesi che scendesse preparandomi il colpo in canna: quando giunse per strada con il solito sorrisetto beota, gli diedi un calcio nel culo, poi sfilai l'anello e lo gettai in un tombino. E così finì la nostra relazione mediocre. Ma quella sera nella curva di Posillipo tutto sembrava perfetto e il mondo mi appariva come quello dei cartoon, dolce, morbido e pieno di colori tenui. Davanti alla sua promessa e al Vesuvio pieno di lucine che scivolavano in acqua mi sentii per un attimo felice o, quantomeno, mi sembrò di trovarmi nel posto giusto al momento giusto. Perciò sulla via del ritorno mi aggrappai ai suoi fianchi e, mentre lui dava prova della sua abilità di pilota, passai a baciargli il collo, cosa che lo fece attizzare alquanto perché mi chiese di fermarci un po' nel Parco Virgiliano, che è il luogo dove vanno tutte le coppiette per trovare un po' di intimità. Solo che, a differenza degli altri, noi avevamo una moto e non un'auto, e poi sapevo che mamma mi attendeva sveglia, e in caso di ritardo mi sarei dovuta sorbire la predica per giorni. Per fortuna riuscii a vincere le resistenze del mio uomo e mi feci accompagnare a casa. Era passata la mezzanotte e i vicoli dei Quartieri erano bui e vuoti. Per questo la sagoma di mio fratello Antonio (con il solito cappellino da baseball fosforescente) si stagliò dinanzi a noi come un catarifrangente. Il pischello era all'angolo di un quadrivio, appoggiato a un'auto, con le mani nelle tasche del giubbino.

In un qualunque altro posto un ragazzo che se ne sta addossato per i fatti suoi a un'auto non desterebbe nessun sospetto, ma nel ventre dei Quartieri Spagnoli, in piena notte, una simile scena può voler dire soltanto un cosa: il guaglione sta vendendo l'hashish.

Feci arrestare la moto e scesi come una furia; Antonio sembrò frastornato dal fascio di luce proveniente dal faro della motocicletta e non si accorse della mia mano che partì dal basso per assestarsi dietro la sua nuca. Il rumore del buffettone fu così forte che rimbalzò come una pallina di flipper tra un parete e l'altra dei palazzi per poi imbucarsi in uno slargo alla fine del vicolo. Quando Antonio si rese conto dell'accaduto, cominciò a balbettare qualcosa tipo: "Ma che vuò? Ma che vuò?" ripetutamente.

Io, però, non ero abituata a portare anelli, cosicché dopo il paccarone mi si gonfiò subito la mano, mentre nella gola mi sembrava di avere un rospo che gracchiava rabbia (i rospi gracchiano?). Insomma, ero abbastanza nervosa e su di giri, perciò non persi tempo a rispondere e gli tirai un calcio, e poi ancora un ceffone che lo fece indietreggiare quasi piangendo. Alla fine fu il mio uomo mediocre a fermarmi: si piantò davanti ad Antonio e mi urlò di calmarmi. Solo a quel punto ripresi a respirare e piano piano mi sgonfiai di collera.

Mio fratello si massaggiava il collo e aveva gli occhi lucidi, ma non mi feci impietosire, mi avvicinai e infilai la mano nel suo giubbino, dove ero sicura di trovare il pezzo di fumo, una tavoletta di hashish intatta. Sapevo chi gliel'aveva data, conoscevo i suoi amici, la gentaglia con la quale stava iniziando a farsela, perciò, in preda a una nuova ondata di furore cieco, infilai l'hashish in tasca e saltai sulla motocicletta.

"Che fai?" chiese l'amore mediocre della mia vita.

Non risposi e misi in moto. Avevo imparato a guidare le due ruote molti anni prima, perciò sgasai come un pilota provetto e un minuto dopo giunsi nello slargo dove quei quattro farabutti che frequentava Antonio si incontravano. Nel vedermi arrivare a tutta velocità si alzarono di scatto e mi vennero incontro con tutti i sensi allertati. Solo quando mi ebbero riconosciuta, si tranquillizzarono. Chiamai a me il più

261

grande, tale Ciro, che non era ancora maggiorenne, e gli misi in mano la mattonella. Poi dissi: "Cirù, mò stammi a sentì buono! Antonio è 'nu guaglione appost', non lo mettere di nuovo in mezzo a queste cose. Tu fai la tua vita e noi facciamo la nostra, e siamo tutti contenti!".

Lui mi squadrò da capo a piedi con aria arrogante, ma non aprì bocca.

"Ci siamo capiti?"

Ciro impiegò qualche secondo per annuire, dopodiché si voltò e mi diede le spalle in segno di disprezzo. Misi la prima e me ne andai. Quella notte mi avvicinai al letto di Antonio e sussurrai al buio: "Lo so che sei un bravo ragazzo, perciò devi campare e morire da persona onesta. Come nostra madre. E papà. Se ti rivedo un'altra volta con quella gente, ti ammazzo, lo giuro. Uccido prima te e poi me. E lo sai che ne sono capace".

Lui non rispose, ma ero certa che mi stesse ascoltando. Per qualche giorno evitò di incrociare il mio sguardo poi, col passare delle settimane, tutto tornò come prima. Con Ciro e gli altri comparielli non si vide più, finché partì militare e io tirai una boccata d'ossigeno; ci avrebbe pensato l'esercito a toglierlo per un po' dalla strada.

Quando tornò era un altro. Lo avevo salvato. Ancora una volta.

Per quel che riguarda Ciruzzo, da allora mi saluta con ossequio, credo perché mi ritenga una femmina vera. Se per femmina vera si intende una che non accetta di farsi mettere i piedi in testa e lotta per sé e per i suoi cari, allora sì, sono una femmina vera.

Andare o restare

L'acqua scende sottile e silenziosa, quasi avesse premura di non disturbare. Sono le quattro di un pomeriggio di inizio estate, eppure il cielo è plumbeo e ogni tanto borbotta, tanto che Cane Superiore, disteso al mio fianco, si lascia andare a dei lamenti, che nella sua testa dovrebbero servire a far smettere la natura di rompere le balle. Per lui il riposino pomeridiano è sacro, soprattutto quando la casa, come adesso, è immersa nel silenzio. Ci troviamo da don Vittorio, più precisamente nella cucina del mio vecchio vicino, lui sulla carrozzina proprio accanto alla finestra, io seduta dietro la tavola con la testa sul braccio appoggiato al legno. Sulla cappa c'è anche Primavera, che un po' muove la testa a destra e a sinistra per guardare il tempaccio al di là dei vetri, e un altro po' passa a leccarsi sotto le ali.

"Schizzechea," rompe il silenzio don Vittorio.

Sollevo la testa a guardare fuori, dove un raggio di sole è riuscito a tagliarsi la strada per giungere fino a qui, sui piedi di Vittorio Guanella. In controluce si vede la pioggerellina che ancora taglia l'aria.

"Già."

"È bello quando piove e c'è il sole," prosegue lui. "Lo sapevi che nel mondo il fenomeno è descritto in diversi modi folcloristici? In Russia la chiamano la 'pioggia dei funghi', perché la condizione sarebbe favorevole proprio alla formazione dei funghi. In Catalogna, invece, si dice che siano le streghe che si lavano i capelli."

"Ma come fa a sapere sempre tutte queste cose?" domando senza alzare la testa dal tavolo.

"Ho viaggiato, nenné, solo questo."

"Beato lei."

Lui si gira a guardarmi e dice: "Dovresti iniziare a farlo, a viaggiare intendo".

"Da sola?"

"Be', viaggiare da soli aiuta a crescere. Altrimenti potresti seguire il tuo francese in giro per il mondo."

"E chissà che non sia una buona idea."

Sono a un bivio della mia vita, l'ennesimo. Senza più un lavoro (anche se devo ancora comunicarlo all'avvocato Geronimo), e senza più un bambino che mi aveva fatto venire la voglia di avere un bambino, ma con un nipote che sicuramente mi farà pentire di non averlo ancora fatto un bambino, e con un uomo accanto al quale di certo non posso chiedere di fare un bambino.

"Forse davvero dovrei partire, potrei travestirmi anch'io da statua vivente e darmi all'arte di strada, viaggiare con Thomàs per l'Europa, un giorno qui, uno là. Potrei lasciare Cane Superiore con lei, oppure portarlo con me, ché gli artisti di strada con il cane hanno più successo. Oppure potrei aspettare che le cose evolvano come devono, che il francese salpi da Napoli per poi tornare allo studio Geronimo, tapparmi il naso e andare avanti con le microtruffe assicurative, semmai accettare anche la corte di Manuel, un collega, e andarci a letto, in attesa di qualcuno che dia un senso al tutto. Mi sembra di star giocando a quel gioco che bisogna trovare qualcosa e il tuo compagno dice 'fuoco' o 'acqua' a seconda di quanto ti avvicini all'oggetto. Mi sento a un passo dalla verità, come se ci fosse una voce interna che mi dicesse 'fuocherello', che significa che non hai ancora risolto il rebus e trovato ciò che cerchi, ma ci sei vicino. Ho la sensazione di essere prossima, insomma, a una svolta, ma non riesco a capire quale potrebbe essere e come muovermi per ottenerla.

Ho paura di sbagliare e tornare a sentire la voce che dice 'acqua'."

Don Vittorio mi fissa con gli occhi che brillano e un sorrisetto appena accennato, ma non ribatte.

"Questo fine settimana conoscerò mio nipote," aggiungo allora, "e anche il cavaliere, il compagno di mia madre."

"Bene," commenta infine lui, "sei contenta?"

"Sì, certo, anche se immaginavo di poterlo essere di più."

Silenzio. Primavera svolazza dalla cappa alla credenza.

"Mi piacerebbe comprare la casa che è stata di mia nonna. Si vende. Solo che sono senza lavoro adesso."

"Allora hai deciso di restare."

"Non lo so, in effetti..."

"Bella idea comunque. Sai, ho pensato alla cosa del lavoro, e mi sono ricordato di avere un amico che fa l'avvocato. Potrei chiamarlo e sentire se ha bisogno di una valida collaboratrice."

"Davvero?"

"Be', non ti assicuro nulla, però un tentativo posso farlo."

"Fuochino," dico dopo un po', e lui stavolta sorride davvero.

Don Vittorio si accende la pipa e apre la finestra, e l'odore dell'asfalto bagnato invade la cucina. Restiamo in silenzio a goderci i granelli di pioggia che si accompagnano al sole e sembrano far germogliare tutti i rumori della città prima inaccessibili. Così riesco a sentire addirittura il canto delle rondini, e lo deve sentire pure Primavera, perché si gira di colpo e inclina la sua piccola testa per capire da che parte arrivi la voce familiare. E poi sentiamo il cucù di una tortora, che chissà sotto quale cornicione si è riparata, e, ancora più affilato e lontano, un ronzio, che mi piace pensare sia un calabrone giunto ad avvertire le signore di spalancare le finestre, che l'estate è arrivata, nonostante la pioggia, e che, invece, più probabilmente, è solo il rumore metallico di uno di quei cosi schifosi con i quali tappezziamo i nostri palazzi: i motori dei condizionatori. Fra un po' potremmo andare in giro tutti con un telefono al polso e per avere un po' di refrigerio, invece, siamo costretti ad appendere un carro armato fuori dal balcone.

"A me, invece, non piace troppo la pioggerellina," dico, una volta recuperato il filo dei pensieri, "peggio ancora quando c'è il sole. Mi fa pensare a qualcosa di indefinito, che non prende una via, una cosa irrisolta. Come la mia vita. Fuochino..." e sorrido.

Don Vittorio resta a guardare il cielo. Quando fa così, alla fine se ne esce sempre con una delle sue frasi memorabili.

"Dimentichi una cosa fondamentale..." sentenzia quindi senza muovere un muscolo, "che quando piove e c'è il sole, quasi sempre dopo compare l'arcobaleno."

Ecco, appunto.

"Oggi è il mio compleanno," dice don Vittorio dopo un altro po' di silenzio.

Drizzo il collo come fa in genere Alleria.

"Mbe', che c'è? Anche io ho un compleanno da festeggiare, sai..."

"E me lo dice adesso?"

"E quando te lo dovevo dire?"

"Magari ieri? Potevo far preparare una torta a mia madre... o magari compravo un babà e le candeline. Un compleanno senza candeline è triste assai."

"Uuh, Luce, sai quanti ne ho fatti di compleanni senza candeline! Chi se ne importa delle candeline. E poi a me non piace il verbo 'spegnere', mi sa di interruzione improvvisa..."

"Va be', almeno potevo comprarle un regalo..."

Lui non ribatte e torna a guardare fuori dalla finestra.

"Non possiamo stare qua," sbotto allora, "vuole passare il suo compleanno chiuso in casa come sempre?"

Don Vittorio torna a guardarmi. "E dove andiamo?"

"Boh, a fare una passeggiata", e Cane Superiore alza il busto da terra, "a prendere un gelato, a trovare Thomàs!"

"Che ne dici di andare a mare?"

"A mare?"

"Eh... a mare. Quest'aria mi sta portando l'odore del mare sotto il naso..."

"Piove..."

"Schizzechea," aggiusta il tiro lui.

Ci rifletto un istante, quindi, rivolta ad Alleria, domando: "Che ne dici di una passeggiata?".

Cane Superiore si tira su e inizia ad abbaiare come un forsennato, così siamo costretti a scendere di fretta e furia, prima che qualche invasato si affacci alla finestra e ci mandi a quel paese per il sonnellino pomeridiano che gli abbiamo rovinato. In breve siamo per strada, sotto una pioggerellina fitta che rende i basoli scivolosi e che mi costringe a zigzagare con la carrozzina per evitare le pozzanghere. Indossiamo due incerate verde militare che don Vittorio mi ha fatto riesumare da un vecchio mobile che puzzava di naftalina, e con il cappuccio che mi cade ogni due e tre davanti agli occhi non riesco nemmeno a gettare un'occhiata ai vicoli che tagliamo, dai quali spuntano, come sempre, motorini e macchine a tutta velocità. Perciò è il vecchio a guidarmi, a dirmi di voltare quando c'è da voltare, di fermarmi per cedere il passo a due brutti ceffi su una moto Tuareg o a una vecchia incattivita che trascina il carrellino della spesa e iastemma contro il vento. Nel frattempo quel poco di sole che ancora gozzovigliava per strada sta cedendo il passo a dei grossi nuvoloni neri che si addensano sui palazzi.

"Don Vittò," urlo, "ha scelto proprio la giornata adatta per farsi venire la voglia di mare!"

Lui credo rida, perché non posso vederlo in volto, ma non commenta. In breve arriviamo su via Toledo (dove alcuni africani sono intenti a coprire con un telo di plastica le bancarelle sulle quali espongono decine e decine di occhiali da sole) e un indiano ci viene incontro con una mappata di ombrellini appesi all'indice, di quelli che, dopo un'infernale trattativa, riesci ad acquistare a tre euro e perciò ti senti uno buono, perché hai fatto fesso all'indiano. E, invece, alla prima folata di vento, il tuo bell'ombrello da tre euro si contorce e diventa improvvisamente uno di quei scarrafoni che danzano pancia all'aria e muovono le loro zampette senza sapere cosa fare, e tu tenti anche di ripararlo il tuo bell'ombrello, mentre l'acqua ti schizza in faccia, ma ti resta in mano una stanghetta e poi si strappa il tessuto, e allora al primo cestino butti nella monnezza l'insetto morto che per un tempo brevissimo è stato un oggetto e ti allontani sotto la pioggia imprecando contro gli indiani, i cinesi, i napoletani e tutti quelli che, mentre ti imbrogliano, sorridono pure.

Quando siamo arrivati sul lungomare, don Vittorio ha fissato un attimo l'orizzonte, poi si è girato a guardarmi e ha detto: "Nenné, lo so che tu mò penserai che sono un vecchio rompiballe, ma io vorrei andare a mare, nel mare, non a 'vedere il mare'. Da qui siamo troppo lontani".

"Lontani? Il mare è lì, a dieci metri!" e ho proteso la mano.

"Ci sono gli scogli di mezzo..."

Ho guardato di nuovo il cielo nero: "Don Vittò, ma non poteva chiedere una bella cravatta come regalo? Qui il tempo fa sempre più schifo...".

"Ti sembro il tipo che per regalo chiede una cravatta?"

La domanda non richiedeva risposte, così mi sono accesa una sigaretta.

"Ma non c'è una spiaggia da queste parti?" ha domandato lui.

No, nessuna spiaggia, ci sono solo queste cacchio di scogliere frangiflutti di un bianco sporco che tengono lontano il mare dalla città di mare e, però, piacciono tanto alle zoccole, che si riparano fra i loro anfratti.

"Nell'Ottocento Napoli aveva una spiaggia bellissima, con tanti piccoli gozzi che all'alba venivano issati su, mentre i pescatori iniziavano a vendere la merce appena pescata. E poi c'erano gli scugnizzi che si rincorrevano, qualche femminiello che passeggiava e ti strizzava l'occhio..." racconta don Vittorio pensieroso.

"I femminielli ce li abbiamo ancora," ho ribattuto in

tono scherzoso, e ho pensato a Patty, mentre riprendevo a spingere la carrozzina, con Alleria che mi seguiva paziente, il pelo già bagnato. Don Vittorio ha cacciato la pipa da sotto l'incerata e ha tentato più volte di accenderla, e nel frattempo si è messo a riflettere, come fa sempre quando gli viene voglia di fumare. Ha emesso un paio di sbuffi, poi ha esordito: "E se ce ne andassimo a Bagnoli? Lì la spiaggia c'è ancora...".

"Sì, lì ci sta la spiaggia, però la sabbia è mischiata con il catrame e l'amianto... va bene comunque?" ho risposto di getto.

Don Vittorio ha sorriso: "Va bene comunque nenné... bisogna avere il coraggio di mettere le mani nel fango, se vuoi trovare l'oro".

Mi fermo a un metro dall'acqua, le ruote della carrozzina che affondano nella rena nera. Se non avesse piovuto e la sabbia non si fosse condensata in una specie di moquette, con il cavolo riuscivamo ad arrivare fin qui.

"Mbe'?" fa don Vittorio.

"Ancora più avanti? Vuole fare il bagno per caso?" chiedo sbigottita.

"No, voglio mettere i piedi a mollo, come si diceva una volta."

Non rispondo subito e lui si sente in dovere di precisare: "Sì, mi sto comportando come un vecchio zio rincitrullito che rompe i coglioni a chiacchierare di ricordi. Ma tu hai parlato di regalo, e ora eccoci qui...". Poi si gira e mi fa l'occhiolino. Io ricambio con un sorriso, mentre scruto Alleria che è rimasto indietro a scavare una buca al centro della corsia lasciata dalle ruote della carrozzina e che la pioggia e questa strana nebbiolina già sembrano volersi inghiottire. Solo dopo spingo il mio amico due metri più avanti e lo aiuto a sfilarsi i calzini. Il mare grigio si abbatte energico ai nostri piedi e al suo interno quasi mi sembra di notare alcune striature rossastre, forse alghe, o forse è il riflesso dell'Italsider, di questi vecchi edifici arrugginiti dietro alle nostre spalle che sembrano stare in piedi a fatica e che sono tutto quel che rimane della grande fabbrica che per decenni ha dato lavoro a un intero quartiere, riversando in mare, e sui balconi degli operai, le sue polveri tossiche e i miasmi.

Afferro la gamba del vecchio e la poggio sulla sabbia, lì dove c'è stato il mare fino a un attimo fa e dove ritornerà fra un attimo. L'acqua bruna di Nisida divora famelica i nostri arti e mi costringe a ritirare di fretta e furia la mano. "Cazzo, è proprio fredda!" dico, ma don Vittorio nemmeno mi ascolta, sorride e guarda il suo piede che sembra cedere inerme alla forza del mare. Poi si accorge che fisso la scena incuriosita e si affretta a spiegare: "Non sento niente, ma non ne ho bisogno".

Restiamo in silenzio mentre il vento ci secca gli occhi e Alleria si lancia all'inseguimento di due gabbiani.

"Ricordo perfettamente la sensazione... e mi basta..." aggiunge dopo un po', e mi accorgo che trema.

"Forse dovremmo tornare..." tento.

"Ma no..."

"Come è successo?"

Lui si gira di scatto e mi fissa a lungo, quindi attacca a parlare: "Una mattina di undici anni fa ero sul ponte della nave con un amico, Carmine, un marinaio napoletano, e altri del nord, a chiacchierare con loro che stavano smontando una scialuppa dal sostegno. A un certo punto qualcuno fece una mossa sbagliata e... bum... la lancia ci rovinò addosso e mi spezzò schiena e gambe. Ma non mi lamento, sarebbe potuta andarmi peggio. Al povero Carminiello ruppe la testa in due parti".

Mi stringo le braccia al petto per proteggermi da un improvviso fremito e dico: "Tira parecchio vento, l'acqua è gelata... e lei sta tremando...".

Don Vittorio stavolta sorride mentre ribatte con aria serafica: "Ma non eri tu quella alla quale piaceva l'odore del mare e il rumore dell'inverno? In ogni caso, meglio così, generalmente è proprio in un brivido che si racchiude tutta la nostra piccola vita, mia cara Luce", e torna ad ammirare il piede che mulina nell'acqua.

Già, forse è vero. Forse è un istante di pura emozione che dà significato a tutto.

E l'attimo dopo sei pronto a ricominciare.

Se nel frattempo non ti è venuto il catarro.

Viento 'e mare

E ora siamo qui, su una lunga banchina sferzata dal vento che taglia in due il mare e il Golfo di Pozzuoli, con Nisida alla nostra sinistra e Capo Miseno dall'altro lato, a fissare il mare livido e rabbioso e i gabbiani che sorvolano le nostre teste con versi striduli. L'intero pontile (dove un tempo attraccavano le navi cariche di ferro e carbone) è deserto, ci siamo solo noi, io, don Vittorio e Alleria, che ora se ne sta accucciato a fissare Monte di Procida con le orecchie che danzano al vento.

"Non ho mai percorso il pontile fino in fondo, fin qui..." dico dopo un po'.

Don Vittorio si guarda indietro e commenta: "Neanche io. Sarà un chilometro...".

"Nemmeno ho ricordi della sua esistenza da piccola."

Il vecchio tenta di accendere la pipa, ma c'è troppo vento. "Le cose più belle della mia vita sono successe in mare..." dichiara poi mentre fissa il Monte Epomeo, il vulcano di Ischia che sta sfumando piano, sottratto dal nero del mare e della notte che incombe alle sue spalle.

"La ragazza della foto sulla cappa..."

Mi faccio attenta.

"È una spagnola, si chiama Gisela. La conobbi più di quarant'anni fa. Lavoravo da poco sulle navi, se non ricordo male era la mia seconda crociera. E, insomma, attraccammo a Valencia e lì salì lei, che all'epoca non aveva nemmeno venti anni ed era in viaggio con i genitori e un fratello più piccolo. Si presentò la sera seguente all'imbarco, dopo che avevo finito di suonare, per farmi i complimenti. Parlava velocemente e facevo fatica a starle dietro, però mi fece capire che le era piaciuto tanto lo spettacolo e che anche lei amava il jazz e suonava il piano. Non avevo mai visto una ragazza così giovane e bella che amasse il jazz. Restò a bordo per una settimana, ma dopo due giorni eravamo innamorati. Ci incontravamo nei corridoi più isolati della nave, per paura che i suoi ci trovassero, ci raccontavamo le nostre vite e i sogni sul ponte, la sera tardi, con il mare che sbuffava contro la carena sotto di noi e la luna che colorava di bianco la sua pelle. Studiava architettura, ma la sua passione era la musica, il piano, così diceva. L'ultima mattina, mancava poco all'attracco, riuscii a farla entrare di nascosto nella sala da ballo; eravamo soli in quella grande stanza con il legno chiaro a terra e un bel pianoforte sul palco rosso in un angolo. Dagli oblò già si scorgeva la terraferma che ci veniva incontro, così lei non perse tempo, si sedette al piano e iniziò a suonare il pezzo che da quel giorno è entrato nella mia vita, quello che ascolti sempre a casa mia..."

"Wow..." mi scappa mentre osservo ammaliata il suo volto increspato dal vento di mare e dai ricordi.

"In quei cinque giorni ci dicemmo tutto quello che c'era da dire, ci raccontammo le vite, i nostri sogni, i progetti, ma non ci demmo nemmeno un bacio..."

"Nemmeno un bacio?" lo interrompo, e tiro a me Alleria, ormai stufo di stare in balia di questo rigurgito d'inverno.

"Lo so che non capirai, ma... non ci fu il tempo, dovevamo raccontarci le nostre esperienze, e racchiudere tutto in quel piccolo contenitore di cinque giorni. Quando la crociera finì, pensai di scendere con lei, ma Gisela rispose che mi avrebbe scritto presto."

Don Vittorio si zittisce e tenta di accendere di nuovo la pipa. Nulla da fare.

"E le scrisse?"

"Sì, molte volte, anche se dopo quel giorno non ci siamo più visti."

"Mai più? E perché?"

"E perché... non lo so il perché, forse perché la vita ti arriva addosso con tutta la sua forza quando ancora non sei adulto, non hai la maturità per capire certe cose. Ci scrivemmo per più di un anno, Gisela a Valencia a studiare, io che salivo e scendevo dalle navi. Ci raccontavamo le giornate, ci facevamo compagnia con le nostre lettere, lei mi descriveva la sua camera, gli amici di università, mi parlava degli esami, dei problemi a casa, con il padre che non c'era, e io le parlavo dei miei viaggi, dei posti sempre diversi ma, in fondo, sempre uguali, della mia vita vista da un oblò e, soprattutto, della musica. Ci scambiavamo impressioni, giudizi, consigli, io le dicevo di ascoltare un pezzo e lei, nella lettera successiva, mi parlava di un album che l'aveva rapita..."

"È una bellissima storia," decido di interromperlo.

"Sì, anche se mi lascia uno strano gusto in bocca. Mi accendi una sigaretta?"

"Fuma le sigarette?"

"No, ma questa dannata pipa ha deciso di non funzionare oggi!"

È nervoso come mai l'ho visto; accendo la sigaretta e gliela passo.

"Poi un giorno mi ritrovai a Valencia. Non sentivo Gisela da almeno tre mesi, ma conoscevo il suo indirizzo. Presi tre autobus e, nel tardo pomeriggio, arrivai sotto casa sua. Ricordo ancora come mi batteva il cuore quando lessi il suo cognome sul citofono e quanto mi tremava la mano mentre premevo il pulsante. Mi rispose la madre, che non capì nulla del mio discorso, però mi disse che la figlia si era trasferita a Madrid da un mese per completare gli studi."

"No!" mi lascio scappare, sempre più presa dalla storia.

"Già. Mi vidi perso, non sapevo nulla di quella novità e non avevo idea di come fare per parlarle. Risalii sulla nave e non rivolsi la parola a nessuno per giorni, finché al ritorno dal lungo viaggio non trovai la sua lettera, spedita una settimana prima del mio arrivo a Valencia, nella quale mi spiegava che era andata nella capitale perché aveva iniziato già a collaborare con un importante studio di architettura, che era felice, aveva stretto subito nuove amicizie, e condivideva la casa con un compagno di studi. Non fece nessun accenno alla musica. Mi sembrava di impazzire: sentivo che la donna che amavo da quasi due anni, che non avevo più visto da allora, che non avevo mai nemmeno baciato, si stava allontanando da me. Perciò presi carta e penna e feci la più grande fesseria della mia vita..."

"Cioè? Non mi dica che troncò..."

Attorno a noi, Nisida, Ischia e Procida, ombre ormai scure in balia del Mediterraneo, iniziano a truccarsi per la sera con tante piccole luci che brillano in lontananza.

"Forse dovremmo tornare," fa lui, "sta per fare buio."

"Concluda prima la storia," rispondo decisa.

Lui sospira e prosegue: "Sì, già, le scrissi che fra noi era finita, che non c'era futuro in quella relazione, che non riuscivo ad accettare che lei vivesse lontano da me, con un altro uomo nella stessa casa. Che la cosa iniziava a essere ridicola".

"Ridicola? Cosa c'è di ridicolo in due persone che si vogliono bene?"

"La verità è che ci è voluta una vita in mare per insegnarmi a lasciare andare le cose. Da giovane non ne ero capace, purtroppo. Gisela ci rimase malissimo e mi scrisse altre tre lettere, ma io non le risposi più." Poi si zittisce e finisce di rosicchiare l'ultimo pezzo di sigaretta. "Come fate a fumare questo schifo non l'ho mai capito..." commenta infine.

"Non vi siete più rivisti?" chiedo e accarezzo Cane Superiore che sembra supplicarmi con gli occhi di tornare al calduccio del nostro monolocale ammuffito.

"Tredici anni fa... un giorno bussa alla porta una ragazza giovane, molto carina, sui venti anni, con un uomo accanto più grande di lei, uno con pochi capelli in testa e il pizzetto. Erano spagnoli e non persero troppo tempo in preamboli: volevano sapere se fossi io Vittorio Guanella. Annuii perplesso e allora lei mi saltò al collo e mi abbracciò. Era la figlia di Gisela, pensa tu! E quello al suo fianco, il compagno. Mi disse che la madre, saputo che sarebbe venuta a Napoli, aveva deciso di raccontarle il suo grande amore di cinque giorni con un bel ragazzo napoletano che suonava la tromba."

"Ma come fecero a trovarla?"

"Gisela aveva conservato il mio vecchio indirizzo. Arrivati lì, ai ragazzi era bastato fare qualche domanda in giro per essere indirizzati da me. D'altronde, nei Quartieri la gente mi conosce..."

"Incredibile..."

"Sono stati loro a portarmi quella vecchia foto scolorita che conservo sulla cappa. Ce l'aveva scattata in quei giorni di crociera il fratello e Gisela l'aveva conservata per tutto quel tempo."

Il vento, intanto, sopraffatto dalla sera, sembra vincere le proprie ritrosie e cala d'intensità.

"Le telefonarono dal mio soggiorno e, mentre la figlia componeva il numero, io pensavo a quante volte avevo sperato di poter parlare con la mia Gisela. Lei all'inizio rimase in silenzio, credo piangesse perché tirava su con il naso. Fu una grandissima emozione, anche se restammo a telefono per poco. Da allora, però, non ci siamo più persi."

"Ma lei è sposata?"

"Il marito è morto l'anno scorso."

Lo guardo come per dire: "Embè, non sarebbe il caso di andare da lei, farla venire qui, incontrarvi finalmente?".

Lui sorride e aggiunge: "Un pomeriggio di qualche anno dopo mi arrivò una telefonata. Era lei. Mi disse che si trovava alla stazione di Napoli, ma che stava per partire e non aveva avuto il coraggio di chiamarmi prima, di incontrarmi. Aggiunse anche che il marito non sapeva nulla, ma non gliene importava più, voleva vedermi, stringermi almeno un'altra volta, voleva fare un ultimo ballo con me, proprio così disse, 'vieni a farme bailar come quella sera della mia gioventù, Vittorio'".

Mi accorgo di avere gli occhi imperlati di pianto, così mi passo il dorso della mano sul viso e resto in silenzio.

"E io che dovevo fare? Le dissi di aspettarmi, di non prendere quel treno, ché sarei arrivato e avremmo ballato ancora una volta. Solo che già ero su questa cosa", e tira un piccolo pugno al bracciolo della carrozzina, "e per organizzarmi ci misi una vita. Arrivai più di un'ora dopo in stazione e non la trovai, il treno era partito."

"Ma no..." dico con trasporto.

"Non ci siamo più rivisti. Ci siamo amati da lontano per tutto questo tempo e non ci siamo mai baciati. Lei non sa neanche del mio incidente, non ho avuto il coraggio di dirglielo, mi piace che Gisela possa pensare che un giorno quel ballo davvero lo rifaremo."

Stavolta le lacrime se ne fregano della mia resistenza e scendono giù con impeto. Alleria, da buon Cane Superiore, come sempre quando mi vede piangere, inizia a mugolare e mi salta addosso nel tentativo di leccarmi il viso e mangiarsi così il mio dolore.

"Vedi che me la dovevo tenere per me questa storia?" fa lui. "Commuove un vecchio rospo come me, figuriamoci una romanticona come te."

"Fra tutti i miei pregi, don Vittò, non credevo ci fosse quello di essere romantica."

"Lo sei, lo sei, Luce, come tutte le persone che hanno le tasche piene di sogni e speranze."

Mentre percorriamo all'incontrario il pontile, con le sagome arrugginite degli edifici della vecchia fabbrica che si stagliano di fronte, e alla nostra sinistra i lidi balneari ancora addormentati che danno le spalle al mare, ripenso alla grande storia d'amore vissuta da don Vittorio che in realtà non ha vissuto proprio un bel niente, e mi viene da chiedermi se sia sempre il caso di combattere per far avverare i nostri sogni o se non sia a volte più "romantico" accontentarsi di attendere con pacienza, come diceva nonna Giuseppina. Se non sia meglio, insomma, ubriacarsi di speranza e poi... vada come deve andare.

"Uè, nenné, hai conosciuto la storia, però d'ora in avanti

non ne parliamo più, ché ogni volta mi viene un groppo alla gola che non se ne va. Intesi?"

Annuisco mentre spingo la carrozzina, anche se una domanda sulla punta della lingua ce l'ho. Vorrà dire che la terrò per me. Peccato, gli avrei volentieri chiesto se lui per caso abbia idea di dove vadano a finire tutte le vite che sarebbero potute nascere dagli amori non vissuti, da questi incontri appena sfiorati.

Se esista, da qualche parte, un luogo magico abitato da storie mai iniziate.

La smania in cuollo di vivere

Ho dovuto portare Alleria a fare una toelettatura, nonostante il tempo sia ancora una schifezza e minacci temporali; è che con tutta la pioggia presa ieri il pelo gli era diventato come quei vecchi cuscini della nonna, pieni di vera lana che si ammonticchiava in tanti grappoli.

Perciò, quando sbuco sul pianerottolo, l'ascensore ancora sa di talco, il profumo spray che hanno spruzzato sul dorso del povero Cane Superiore. Chiudo le ante e uno sbadiglio mi muore in bocca: davanti a me c'è Carmen Bonavita in lacrime. Non ho il tempo di dire nulla, perché lei fa un passo in avanti e mi salta addosso. Indietreggio e mi metto in posizione di difesa, con le mani davanti al volto, perché a fare a mazzate nun so' poi tanto brava, però da bambina in parrocchia ci fecero partecipare a un paio di lezioni di karate con un maestro, tal Alessio, uno senza capelli, piccolo piccolo e con la faccia della cazzimma, che portava la nominata di quello che se si incazzava, era meglio fuire. Cerco di ricordarmi le sue direttive e mi posiziono con una gamba più avanti rispetto all'altra e attendo la mossa avversaria, perché è questo che diceva sempre Alessio, che il karate serve per difendersi, non per attaccare.

Solo che l'attacco di Carmen è ben diverso da come me l'aspettavo: mi arriva addosso con le braccia spalancate e si àncora al mio torace. Poi stringe forte. Impiego più di un secondo per capire che si tratta di un abbraccio, e resto nella mia posizione di karate un po' troppo. Lei, però, non demorde e continua a stringere mentre piange. A quel punto mando a cagare le arti marziali e Alessio, e mi abbandono, anche se non sono proprio una grande esperta neanche di abbracci. Alessio avrebbe dovuto farci qualche lezione pure su come difendersi dagli abbracci, ma tant'è.

"Che succede?" riesco infine a domandare.

Solo che Carmen singhiozza con la faccia nella mia spalla, e per tentare di rispondere mi insozza la maglietta di muco.

"Carmen, che è successo?"

Il suo alito puzza di alcol, il pianto le ha reso il viso come quello di un pupazzo di plastilina, e ha i capelli sporchi annodati con un elastico giallo fosforescente. Fra i singhiozzi e i singulti, riesco a percepire un nome: "Kevìn..." ripete per tre volte. E allora i peli delle braccia mi si sollevano di colpo, come militari di una parata, e una scarica di adrenalina mi centra dietro la nuca. "Che ha fatto, Carmen, rispondi!" grido e la scuoto.

Don Vittorio è un po' sordo, eppure la sua porta si apre con uno scatto.

Lei allora smette di piangere, si porta le mani agli occhi e si pulisce prima di dire: "Scusatemi".

"Scusatemi di che?" domando. "Dicci che è successo!"

Carmen si scosta, fa un colpo di tosse, un lungo respiro, poi guarda don Vittorio, infine me, e dice: "Me l'hanno portato via...".

"Insomma, è andato a prenderlo a scuola e non l'ha riportato a casa. Allora l'aggio chiammat' e mi ha detto che non sono una buona madre e che nostro figlio addà 'sta cu' iss'..."

Carmen si ferma nel racconto perché deve frenare il pianto.

"Bisogna chiamare i carabinieri," interviene don Vittorio, che ha Primavera adagiata sulla spalla. Siamo tutti e tre nella sua cucina.

"Ha detto che siccome la giustizia nun funziona, se la fa lui!" riprende Carmen.

"Tuo marito che parla di giustizia è un paradosso..." commento.

"Ti ha passato il bambino?" si intromette don Vittorio.

"No, ha detto che stava giocando."

"Bisogna chiamare i carabinieri," ripete allora il vecchio.

"Non gli farà mai del male, lui a Kevìn vuole bene."

"Sì, ma questo è un sequestro!" dico io.

"Aiutami a riprendermelo," mi prega Carmen.

Mi sento un groppo in gola e ho il cuore che va a mille; pensare a quel povero creaturo sballottato di qua e di là, oggetto di una guerra di merda, mi fa venire il voltastomaco.

"Forse dovremmo andare davvero dai carabinieri," tento di dire.

"Vulesse pruvà a farlo ragionare..."

"E come?"

Carmen si soffia il naso e fa: "Luce, sient', io so' venuta qui pecché tu sì l'avvocato. È così o no? Nun ce può parlà tu e convincerlo a tornare indietro? Semmai ce lo dici proprio che se non ci ridà a Kevìn, vai dalla polizia!".

Subito dopo si accende una sigaretta, e ne approfitto per farmene offrire una: "Non sono io l'avvocato di tuo marito, Carmen, io nun so' nisciuno, è quello che ti ho tentato di dire l'altro giorno. Sono una collaboratrice, una dipendente, una che fa 'a gavetta inso...".

Lei non mi fa nemmeno finire. "Nun me ne fott' che fai là dint', Luce, se vuoi bene a Kevìn, e lo so che gli vuoi bene, mi devi aiutare!"

Guardo l'orologio: sono le quattro del pomeriggio. Spengo la sigaretta appena accesa e mi alzo.

"Che fai?" chiede lei.

"Che fai?" ripete don Vittorio.

"Quello che mi hai chiesto, mi prendo cura di Kevin."

Alleria si alza con me. "No, Cane Superiore, tu resti qua a proteggere i miei amici," dico e gli stringo il muso fra le mani, "io torno presto."

"Dove vai?" chiede di nuovo don Vittorio.

"A parlare con l'avvocato Geronimo. È lui che mi ha messa

in questo casino e lui me ne deve far uscire. Sarà lui a trattare col 'suo' cliente e a spiegargli a cosa va incontro se non fa un passo indietro. Qua parliamo di sequestro di minore."

"E l'avvocato 'e tene 'e palle di fare una telefonata del genere a mio marito?"

"L'avvocato Geronimo è un avvoltoio e fa solo quello che gli torna utile. Mi sa che dovrò alzare un po' la voce, ma farà quel che deve fare..." rispondo, e mi avvio lungo il corridoio.

"Vengo con te," urla Carmen e mi corre dietro.

"No, tu aspettami qua, non puoi farti vedere in queste condizioni; si sente anche che hai bevuto. Non diamo a quegli stronzi altri motivi per dubitare di te."

Lei mi guarda dritta negli occhi e dichiara: "Non sono un'alcolizzata, come vò fa crerer' mio marito! Bevo quando sto male, e mai di fronte a mio figlio. E nun ce faccio mancà nulla. E lo amo da morire!".

"Lo so," ribatto e mi avvio verso la porta.

"Luce, mi raccomando, non fare fesserie!" alza la voce don Vittorio dalla cucina.

Afferro la borsa dall'appendiabiti ed esco sul ballatoio. Carmen arriva dietro le mie spalle e mi afferra per un braccio. "Luce, te vulev' dicere che... insomma, mi dispiace per l'altro giorno, forse so' stata troppo impulsiva, ma capirai..."

"Sono io ad aver sbagliato."

"Sì, però mi hai chiesto scusa, ma io nun song' abituata alle scuse. A casa ci ho ripensato e, insomma, ti credo che non l'hai fatto in cattiva fede. Perciò avrei voluto chiamarti, ma tengo questa cosa dell'orgoglio che nun me fa fa mai niente. Però ci sei mancata, e Kevìn ha chiesto di te. E quando oggi è successa 'sta cosa, aggio pensato subito a te, perché io nun l'aggio mai avuta un'amica con le palle che c'hai tu, una che ha studiato e fa l'avvocato. Perciò mi piacerebbe se ricominciassi ad aiutarmi con Kevìn, mò che torna. Ecco, questo ti volevo dire."

Sorrido. "Mi va tantissimo."

Carmen mi abbraccia e mi bacia sulla guancia.

"Però è arrivato il momento che tu risponda a una domanda..." aggiungo sfilando dalle sue braccia.

Lei mi guarda perplessa.

"Si può sapere come diavolo ti è venuto in mente di chiamarlo Kevin?"

"Come Costner, l'attore, 'o ssaje? 'O biondino con gli occhi azzurri. Mi piaceva assai 'na vota... mò aggio imparato a diffidà anche dei biondini..."

Sorrido per non piangere e mi tuffo per le scale. Non so questa specie di amicizia con Carmen cosa potrà mai portarmi, se davvero ciò che desidero sia prendermi cura di Kevin, o se sia troppo poco da chiedere all'esistenza. Non so se questa voglia che ho di partire sia reale desiderio di una nuova vita o solo paura di restare. Credo, però, di aver bisogno di tempo, di aspettare che gli eventi facciano il loro corso, sento la necessità di seguire l'istinto e affidarmi alle piccole cose che in quest'ultimo periodo mi hanno fatta sentire bene. Sento che qualcosa prima o poi si smuoverà e mi porterà a capire quale strada imboccare. Ormai manca poco al prossimo incrocio.

Fuochino.

E alla fine la pioggia arriva di nuovo, a suggellare una giornata del cacchio. E sì, perché mi trovo in via Diaz, con le chiappe sul mitico Vespone arancione senza scocche anno millenovecentottantadue, ad attendere che le auto incolonnate in un ingorgo senza via di uscita si spostino di quel poco che basta per farmi passare, mentre davanti a me un tipo massiccio su un Tmax sgasa l'acceleratore e suona il clacson all'impazzata, come se così facendo le macchine potessero liberare la carreggiata per permettere a noi poveri motorizzati di trovare un balcone sotto il quale ripararci dal pata pata dell'acqua che sta venendo giù.

Sollevo lo sguardo dal mio parafango e incontro i suoi occhi per nulla concilianti.

"Vai, vai, che stai aspettanne?" fa lui, invitandomi ad arretrare non so dove.

Indietreggio finché possibile e attendo nuove istruzioni, ma lui nemmeno mi guarda più e si lancia come se davanti avesse una pista da corsa tutta per sé; la sua possente ruota sfila a un millimetro dal mio parafango ammaccato e il suo specchietto retrovisore mi sfiora l'occhio destro. Potrei anche dire qualcosa, ma il tipo è molto più veloce di me e in un baleno perdo le sue tracce. Valuto la possibilità di gettarmi sulla destra, tra un autobus stracolmo di gente che mi osserva con compassione e una Fiat Punto bianca con alla guida un nobiluomo intento a perlustrare la sua narice destra con il mignolo, ma capisco in fretta di non avere via d'uscita, sono messa peggio di prima.

Se qualche cervellone mettesse a confronto il mio quoziente intellettivo con quello del prototipo camorristico sul Tmax, sono certa che non ci sarebbe gara. E io credo di essere mediamente intelligente. Ma se lo stesso cervellone decidesse di usarci come cavie per un esperimento sulla capacità di adattamento all'ambiente che ci circonda, ebbene, l'uomo sul Tmax sarebbe il topolino vincente.

"Luce, mamma mia, e che hai combinato?" domanda Giovanna Forino appena aperta la porta.

Sono fradicia dalla testa ai piedi, con i pochi capelli azzeccati in testa che mi gocciolano davanti agli occhi, la camicetta dalla quale, mi accorgo solo adesso, prorompono due capezzoli turgidi nemmeno il francesino avesse appena finito di baciarmi sul collo, le Superga al piede che fanno *ciac ciac*, e il casco in mano, che per un attimo penso di chiavare in faccia alla Forino, come risposta alla sua domanda stupida.

Lei, al contrario, svetta in tutta la sua femminilità: vestitino attillato con decolleté che, onestamente, ruba uno sguardo di ammirazione (se non di invidia) anche a me, scarpe con i tacchi, capelli raccolti, trucco da vamp e occhialini da segretaria perversa. Detta così sembrerebbe 'nu femminone, in realtà non ho tempo per indagare, ma, come dicono spesso quei gran signori di colleghi che mi ritrovo accanto, la Forino è un quadro in lontananza. Se vai a vedere meglio, ha il culone piatto e sceso, le caviglie che sembrano quelle di un giocatore di rugby, le braccia ricoperte di peli lunghi e neri, e la pelle a cascata in alcuni punti fondamentali. Nonostante ciò, in questo momento, di fronte a lei, mi sento il brutto anatroccolo. Dannata mamma, che ha speso una vita a insegnarmi la buona educazione, la morale e l'importanza di avere una cultura, e s'è scurdata di spiegarmi che senza un po' di sana autostima l'educazione e la cultura servono a poco.

Una volta litigammo furiosamente e me ne uscii con questa frase che a suo tempo mi sembrò molto avanti: "Mà," dissi, "la devi smettere di parlare di coscienza e morale, tengo la smania di vivere in cuollo, nun pozz' perdere tiempo, e tu mi parli di morale!".

Lei mi guardò come avesse di fronte Satana, tirò su un chilo d'aria nei polmoni, si portò le mani alla bocca e fuggì. Nel ripensare alla scena mi scappa un risolino che non c'azzecca proprio niente, e infatti Giovanna mi fissa perplessa prima di tornare al suo posto. Mi dirigo in quella che è stata la mia stanza, appendo il casco all'attaccapanni e solo dopo mi giro a guardare la scrivania. Seduto lì dietro c'è un ragazzo sui venticinque anni, tutto impettito, come se avesse una mazza infilata nel sedere, vestito con un abito blu, cravatta azzurrina, camicia bianca dalla quale fanno capolino le iniziali F.S., e occhialino alla moda.

"E tu chi sì, il capostazione?" chiedo.

Lui credo non afferri la battuta, si alza con uno scatto e mi porge la mano. "Salve, signora, mi chiamo Fabrizio Schirri, sono un nuovo collaboratore dell'avvocato Geronimo."

Se non stessi gocciolando come un vecchio pino nell'arsura di agosto, se non fossi già pronta al duello all'ultimo sangue con Geronimo, se Kevin non fosse stato sequestrato dal padre, e se il pivellino con i brufoli non si fosse preso la briga di chiamarmi "signora", non risponderei come sto per rispondere: "Guagliò, signora lo dici a mammt'. Sarai pure giovanissimo e molto fashion, ma nisciuno ti ha detto di prenderti le confidenze...".

Lui si fa dello stesso colore del vino da duemila lire a bottiglia che comprava papà da un amico di Pianura e balbetta: "Ma, veramente...".

"Vabbuò, lascia stare. Piuttosto, dimmi un po', caro il mio F.S., che ci fai là dietro?"

Il ragazzo si guarda intorno inebetito.

"Intendo dietro a quella scrivania che un tempo era mia."

Schirri strabuzza gli occhi e non risponde.

"Non ti preoccupare," aggiungo allora, "non mi interessa, te la puoi tenere. E siediti, che mi fai sentire una vecchia appena entrata sull'autobus."

In quel momento fa la sua comparsa in stanza Pasquale Acanfora con un fascicolo in mano.

"Uè, Centogrà," dico.

"Luce," fa lui e sfodera un abbozzo di sorriso, "che ci fai qua? Pensavo non tornassi più..."

"Sono venuta a salutarvi."

Pasquale posa il fascicolo e mi si piazza davanti. Anche oggi indossa una delle sue solite camicie azzurrine a mezza manica.

"Centogrà, senti, ora non ci vedremo più, potrei fregarmene e lasciare stare, però mi sento tua amica, davvero..."

Lui mi guarda incuriosito.

"Insomma, io ti devo aiutare. Pasquà, ti devi togliere 'ste camicie da dosso, me pari 'nu controllore! Se ti guardo sottocchio mi viene pure da mostrarti il biglietto."

Il ragazzino dietro di me scoppia in un risolino.

"No, accussì nun va bbuono. Tu non puoi ridere di Centogrammi, devi rispettàre i ruoli. Mò sì arrivato e devi fare 'la botta', devi sottostare, è così che va. Fra un annetto, però, puoi cominciare anche tu a sfottere Pasquale, se nel frattempo non avrà buttato queste camicie."

"Guarda F.S.," aggiungo poi, e mi rivolgo a Centogrammi, "guarda come è fighetto con la camicia con le iniziali. Che po' nun se capisce a che servono 'ste iniziali. Mamma ne faceva tante di camicie accussì, e allora un giorno le chiesi perché le persone si facessero cucire il nome sulla pancia, e lei sapete come mi rispose?" e squadro entrambi. "Che, evidentemente, la gente è assai impegnata tutto il giorno, che pò succedere che si scordi il proprio nome."

Pasquale ride, e subito dopo anche F.S. si lascia rapire dall'ilarità generale.

"Non la stare a sentire," fa quindi Centogrammi, "a Luce piace sempre scherzare! Tiene la capa fresca!"

"Eh, assai," ribatto. "Piuttosto, Geronimo ci sta, vero?"

"E dove deve stare? Lo sai che non ha una vita privata."

"Già," rispondo, anche se vorrei dire: "Senti chi parla".

"Devi salutarlo?"

"Diciamo così..."

Sono già fuori dalla stanza quando Acanfora mi richiama. "Che c'è?" chiedo.

"Alla fine l'ho presa la casa ai Quartieri," dichiara soddisfatto.

"Sì, lo so..."

"È carina, anche se piccola e vecchia. Però con una rinfrescata e qualche aggiusto può venire un amore."

"Bravo Centogrammi, un primo passo verso l'età adulta!"

Sfilo dinanzi alla scrivania della Forino che tenta di dire qualcosa, ma nemmeno la ascolto, busso alla porta di Arminio ed entro senza aspettare la risposta. L'avvocato è impegnato in una conversazione telefonica, i piedi sulla scrivania e le dita nel naso. Appena mi vede strabuzza gli occhietti da avvoltoio che si ritrova, stacca l'indice dalla narice e lancia i piedi per terra. Quindi mi fa un cenno di saluto, un sorriso, e mi prega di attendere con la sua mano grassoccia aperta nell'aria. Anche oggi i due ciuffi di capelli bianchi e arruffati che gli partono dalle tempie riescono a vincere la gravità e si librano nell'aria come le grosse ali di un jet.

Giovanna si precipita nella stanza con i suoi tre chili abbondanti di tette e fa: "Avvocato, ho cercato di dirle che era impegnato, ma la conosce Luce, la conosciamo entrambi!". E mi guarda. Ricambio con un sorriso idiota, un movimento di palpebre e un bacio sensuale. Lei indietreggia inorridita e chiude la porta.

Dopo due minuti faccio segno all'avvocato che è tardi e devo parlargli. Lui annuisce e si accende un sigaro. Non ho ricordi di Arminio Geronimo senza il suo famoso sigaro fra le dita. Gli serve per sentirsi importante, tipo quei boss americani, alla Al Capone per intenderci, o il personaggio di Dallas, che non ricordo come si chiama, che la nonna amava tanto. Per fortuna dopo altri due minuti l'avvocato decide di chiudere la conversazione, si alza (e non cambia molto da quando era seduto) e mi viene incontro per baciarmi. Conoscendolo, non mi faccio trovare impreparata e infilo le mani dietro la schiena. Ciononostante mi tocca sorbirmi le sue zampette rattose sulle braccia.

"Uè, Luce, che piacere rivederti! Hai deciso finalmente? Resti con noi? Se è così, a quel fighetto là fuori lo sbatto subito in mezzo al corridoio e ti ridò la scrivania!"

"No, avvocà, non torno indietro."

Lui si mette sulla difensiva. "Ah," dice e si siede sulla poltrona di fronte alla mia, al di qua della scrivania. "Allora che c'è, nun me dicere che vuò sord' perché nun è jurnata!"

"Veramente..."

"No, Luce, io te voglio bene, o ssaje, ma nun me scassà 'o cazzo cu 'sti strunzate, 'a liquidazione e roba varia, se no mi fai incazzare!"

"Avvocà, ma quale liquidazione. Sono venuta per la causa Bonavita."

"Ah," fa di nuovo lui, più rilassato, "che è stato? Noi abbiamo rinunciato, te l'ha detto Manuel, no?"

"Sì, me l'ha detto. Solo che è successo un casino."

Il ratto mi dedica uno sguardo a metà fra l'incuriosito e l'annoiato.

"Il padre del bambino, il suo cliente, ha sequestrato il figlio."

Arminio Geronimo resta a studiarmi per buoni venti secondi e alla fine se ne esce con questa frase: "Ma che hai cumbinate? Te veco diversa...".

"Ho acchiappato la pioggia," rispondo proprio mentre avverto una lacrima dei capelli nascondersi fra le scapole.

"No, che c'azzecca. Tieni un'espressione diversa, cchiù allegra, e poi gli occhi, sono luminosi."

Deglutisco per vincere l'imbarazzo. Arminio Geronimo è uno stronzo, ma gli esseri umani li conosce bene. È il suo mestiere. L'avvoltoio avvicina la capuzzella alla mia e sorride sornione. "Né, picceré, ti fossi innamorata?"

Punta sull'orgoglio, ho un colpo di coda: "Avvocà, innanzitutto picceré mi chiamava solo mio padre, e lei, per fortuna, non è mio padre, ma poi, mi faccia capire, a lei che importa della mia vita privata?".

"Niente, niente, per carità, è che sono contento se tu sei contenta."

"Troppo buono," commento. "Però stavamo parlando della causa Bonavita..."

Lui si fa serio. "Uuuhhh, Luce, te ne sei andata e continui a fare la petulante e a rompere i coglioni. Il signore non è più mio cliente, cosa vuoi che me ne freghi di intervenire. Che ce pozz' fa io, che si scannassero marito e moglie, tanto so doje bestie!"

Ecco, siamo giunti al punto di non ritorno, a quello che speravo non dovesse accadere e che, invece, accadrà: il regolamento di conti con Arminio Geronimo. Mi alzo di scatto e punto l'indice contro il suo viso, lui sbatte le palpebre due, tre volte, e indietreggia il collo impaurito.

"Avvocato, così, però, mi fa partire la cervella, e nun è mai bbuono, perché io cerco sempre di essere gentile e di capire il prossimo, anche quando il prossimo è una iena come lei!"

Ad Arminio Geronimo cede per un attimo la mascella inferiore e sta per ribattere qualcosa, ma non gliene do il tempo. "Innanzitutto lei che dà della bestia a qualcuno è una barzelletta. Seconda cosa: ha pensato che in mezzo a quei due che si scannano c'è un bambino? Se ne fotte anche di questo? Sono troppo petulante se insisto affinché il figlio di quella coppia abbia una vita più serena?"

Nella stanza cala il silenzio, rotto da Giovanna Forino che arriva di nuovo fra noi e, nel vedermi a un passo dal picchiare Geronimo, con il dito schiacciato contro il suo viso e la faccia rabbiosa, fa un passo in avanti e domanda: "Avvocato, tutto a posto?".

"Tutto a posto," risponde lui, "e chiudi quella dannata porta, che nessuno ti ha detto di aprire!"

Giovanna, seppur colpita dalla risposta maleducata di Geronimo, fa una specie di inchino e si allontana camminando all'indietro, tipo i giapponesi. Mi risiedo e continuo a fissare il mio interlocutore.

"Sei troppo moralista tu, e questo ti rovina la vita," sentenzia l'avvocato dopo che siamo rimasti a studiarci per qualche secondo. Quindi si alza e torna dietro la scrivania, per prendere la sua agenda. "D'altronde, se lo fossi stata di meno, moralista intendo, ora la situazione sarebbe diversa fra noi, non ti pare?" e inizia a rovistare fra i contatti. "E poi ti devi fare più dura, che so' tutte 'ste storie! 'A vita è piena di ingiustizie, dolori e tragedie, c'amma fa, mica possiamo sobbarcarci le difficoltà degli altri? Quel bambino se la deve vedere da solo, come abbiamo fatto tutti quanti. Ognuno deve pensare a se stesso e basta, Luce, è l'unico modo per tirare a campare, sient' a me. Il mondo è pieno di brutte storie che ti scassano il naso, e tu che vvuò fa, vuoi stare ogni due e tre a farti uscire il sangue? Tira a campà, te lo ripeto."

Afferra il telefono e compone un numero, solo per questo recedo dal proposito di scassare io il naso a lui, altro che.

"Potevamo essere una coppia io e te, dentro e fuori da qui," prosegue con la cornetta già accanto all'orecchio, "saremmo potuti diventare addirittura soci, perché tu tieni le palle, quelle che qua dentro nun tene nisciuno, nemmeno Manuel. Ma sì troppo coscienziosa, troppo seria, integra, accussì la vita diventa insopportabile. E io ho bisogno di gente che se ne vede bene, che sape campà!"

Infine mi guarda negli occhi e conclude con una domanda: "Tu sai campare, Luce?".

Se non stesse facendo la cacchio di telefonata al marito di Carmen, prenderei la cornetta e gliela schiatterei in testa. Sì, sono moralista, coscienziosa e seria e, soprattutto, non la do a un vecchio rattuso come te solo per fare un po' di carriera in questo studio di merda. Così gli direi, se non iniziasse la conversazione con una voce maschile che sbuca dal ricevitore.

Geronimo assume subito le vesti del grande avvocato e si spende nello spiegare all'uomo che sta commettendo una grande fesseria, che così si cade nel penale, che non si possono sistemare le cose in questo modo, e dice anche: "Pensa a tuo figlio, lui ha comunque bisogno di una madre!", frase che, ascoltata in bocca ad Arminio Geronimo, mi ruba uno sguardo stupito. Solo dopo qualche minuto l'avvocato si zittisce e punta gli occhietti rapaci sui miei capezzoli ancora turgidi che spuntano dalla camicetta inzuppata. Dovrei dire o fare qualcosa, ma sono troppo presa dalla conversazione e lascio sfilare il gesto. Alla fine saluta in modo ossequioso (come fa sempre con le persone "importanti"), riattacca, intreccia le mani, e mi continua a fissare.

"Allora?" chiedo con una certa ansia che non riesco a mascherare.

Lui ora sembra più sicuro di sé, si appoggia allo schienale, infila il sigaro spento in bocca, e commenta a denti stretti: "Luce, ho fatto quello che volevi, mò, però, mi devi fare tu una cortesia a me...".

"Cosa?"

"Non ti devi fare più vedere qui sopra, che io già tengo i cazzi miei e aggià sta tranquillo, e tu ultimamente mi rendi nervoso!"

"Che ha detto il padre di Kevin? Si è convinto?"

"Nun tenevo niente 'a convincere..."

"Che significa?"

Arminio Geronimo accende di nuovo il sigaro, mi sbuffa un paio di volte il fumo in faccia, e replica: "Che il mio bel discorsetto pedagogico non è servito a 'nu cazz'... il bambino non è più con lui!".

My Funny Valentine

Esco dal portone dello studio guardando il telefonino e non mi accorgo di una persona che fa il suo ingresso. Quando alzo gli occhi, è troppo tardi e gli sono addosso. Avverto subito un buon odore di vaniglia, o mandarino, o forse menta, non so, qualcosa di femminile però. Il punto è che dalla forza prorompente dell'urto deve trattarsi per forza di cose di un uomo.

"Luce, sempre con la testa fra le nuvole, eh?"

Manuel Pozzi.

Ecco il perché di quel profumo femminile. Manuel si prende cura di sé e si addobba come fosse una zoccola.

"Ciao, Manuel."

"Che è quella faccia? Hai avuto la solita discussione con Arminio?"

"Non proprio..."

In realtà dovrei metterlo al corrente della brutta piega presa dall'ex causa Bonavita, ma la rivelazione mi farebbe perdere tempo prezioso.

"Hai per caso cambiato idea? Vuoi tornare da noi? O sei venuta per me? Dimmelo subito che disdico la cena di stasera."

Mi fissa e sorride. Che bello che è Manuel Pozzi. Se nella mia vita non fosse arrivato Thomàs, credo che oggi sarebbe stato il giorno giusto per farsi strapazzare da questo pupazzo impomatato. Per una volta decido di ricambiare il sorriso:

sarà pure un po' stronzo, sarà che, in effetti, non mi ha mai presa davvero in considerazione come partner di letto e che, semplicemente, lo diverte e gli viene naturale flirtare con qualunque soggetto abbia un paio di tette e nessun pelo in viso, eppure è una persona che ha il pregio di metterti di buonumore, uno che ti fa dimenticare per un po' che non c'è poi mica tanto da ridere ogni giorno. Lui, invece, ride, sorride, scherza, se la gode insomma.

"Non disdire un bel niente," ribatto, "che con me andresti in bianco, invece la tua amichetta di sicuro ti regalerà una notte di passione. Scommetto che in questo momento", e guardo l'orologio, "starà valutando quale completino sexy indossare per l'occasione."

Manuel ride ancora: "Sì, può darsi. Eppure mi intrigherebbe non poco vedere anche te con un bel paio di autoreggenti e una sottana. Secondo me faresti la tua figura!".

Gli offro un altro sorriso (cosa accaduta di rado) e commento: "Quanto invidio i tuoi stupidi pensieri!".

Lui non si offende (non lo fa mai): "Hai deciso, te ne vai?".

Annuisco.

"Allora posso dirti quello che penso: fai bene. Qui dentro non c'è futuro. Tu sei fatta per altro, non so nemmeno se l'avvocato sia il lavoro giusto per te..."

"Già, sì, può darsi," mi viene da rispondere d'istinto.

Manuel mi dà un buffetto sulla guancia e conclude: "Devo andare, ho fatto tardi e non voglio sentirmi le solite fesserie dell'avvocato sull'importanza di arrivare puntuali e cose del genere. In bocca al lupo per tutto".

Poi mi infila una mano dietro la nuca e mi bacia sulla guancia. E allora un piccolo sussulto lo avverto, perché sempre femmina sono, e se un uomo bello come il sole mi appoggia la mano calda dietro il collo mentre mi porge un candido bacio sulla guancia io, anche se solo per un attimo, penso a quella cosa lì che di candido ha poco. Perciò mi ritraggo velocemente prima di dire: "Stammi bene, Manuel, e mi raccomando, non cambiare mai, vola basso, sii sempre lo stupendo essere superficiale che sei, che a cambiare in meglio non ci guadagni niente di davvero speciale".

"Fiero di essere superficiale!" replica lui e mi dà il cinque mentre fa l'occhiolino. Poi si gira e con il suo passo sicuro e i piedi un po' a papera si infila nel portone.

Resto a guardarlo solo un istante mentre mi dico che sono proprio i tizi come lui ad arrivare fino in fondo al traguardo, quelli senza peso, che non affondano mai o che, se lo fanno, dopo poco tornano comunque a galleggiare, come un turacciolo.

Io, purtroppo, di un turacciolo ho solo la statura.

Infilo le chiavi nella toppa del portone e avverto il suono di una tromba che si propaga per il cortile. Drizzo le orecchie e resto ad ascoltare. Possibile? Faccio due passi all'interno e cerco di capire se il suono provenga proprio da dove penso. Patrizia, nel frattempo, apre la porta di casa; indossa un top scollato, leggings rosa e pantofole, e in mano ha un pacchetto di MS. Guarda verso l'alto e fa: "'O viecchio ha cummencia-to a sunà n'ata vota...".

Strabuzzo gli occhi e sto per lanciarmi di corsa verso le scale, poi ci ripenso e mi volto. "Tutto a posto?" chiedo. Non solo Patrizia ha le pantofole ai piedi, ma non è nemmeno truccata, qualcosa di inammissibile per lei.

"Tutto a posto, Lulù," dice e si sforza di sorridere, "solo che stasera va accussì..."

"Accussì come?" domando, nonostante la musica che proviene da casa di don Vittorio rubi i miei pensieri.

"Niente, nun te preoccupà, è che mica se po' sta semp' allegri, ogni tanto pure a Patty ci vengono i brutti pensieri... sarà 'stu tiempo nir'."

"I brutti pensieri a un certo punto se ne vanno, devi solo resistere e avere un po' di pazienza," rispondo, e schiaccio il pulsante per chiamare l'ascensore.

"'O saccio, Lulù, 'o saccio, aggià sulo aspettà 'nu poco. Domani vedrai che ti ritrovi davanti la solita Patrizia", e mi fa l'occhiolino.

"Ci conto, e domani ti voglio vedere almeno con le zeppe, eh!" e ricambio la strizzata prima di entrare nella cabina.

Giunta al pianerottolo, mi imballo dinanzi alla casa di don Vittorio; non c'è dubbio che la musica provenga proprio dalla abitazione del mio vicino, e non c'è dubbio che si tratti di uno strumento musicale e non di un cd. Apro e il suono melodico e struggente della tromba mi avvolge e mi invita a entrare, a seguirlo lungo il corridoio, un passo alla volta, mentre attorno a me tutto è immobile, e all'improvviso mi sembra di trovarmi in un film, una di quelle pellicole americane romantiche degli anni cinquanta. Il pezzo è quello che don Vittorio ascolta sempre, la colonna sonora di questa casa, della mia vita nell'ultimo periodo. Un pomeriggio gli chiesi chi fosse il trombettista e lui mi guardò come se gli avessi posto la più stupida e ignorante delle domande. "Chet Baker," disse quindi con un filo di voce, *My Funny Valentine.*"

Il suono celestiale arriva dalla cucina, ed è lì che i piedi mi spingono, anche se con calma, quasi fossero spaventati da ciò che potrebbero trovare appena dietro l'angolo. Invece c'è la solita stanza con le piastrelle bianche e nere scheggiate e annerite nei solchi, con la credenza troppo lunga che non permette di chiudere del tutto la porta, la cucina dove da mesi, ormai, consumo i miei pranzi, fra silenzi mai imbarazzanti e discussioni filosofiche, fra un sorriso e un lamento. La vecchia e un po' trasandata cucina che mi riporta alla mia, di cucina, dove un tempo mamma passava il suo tempo a cucire. Perché, per un attimo, un breve quanto fugace istante, provo lo stesso incredibile tepore di quella piacevolissima sensazione antica, che altro non era che incrollabile fiducia nella vita, ché là fuori poteva anche succedere il finimondo, tanto a casa avrei trovato la mia cucina che odorava di zuppa e mamma con la testa china e l'ago in mano.

Ora mamma non c'è, però c'è don Vittorio che suona e quasi sorride con gli occhi mentre mi guarda entrare, e c'è Cane Superiore che mi scodinzola da un angolo. Faccio un passo in avanti timorosa e scorgo pure Carmen, seduta al tavolo, una mano a sostenere la guancia, che si volta e mi fa

cenno di sedermi al suo fianco. E poi mi giro ancora un po'
alla mia destra e vedo Kevin, in piedi al lato del frigo, con la
bocca spalancata e con sulla spalla Primavera, la rondine che
guarda assorta l'improvvisato concerto.

Appoggio la borsa sul tavolo e sfilo una sedia senza fare
rumore, quindi resto ad ascoltare le note calme e struggenti
che invadono l'ambiente e che portano odore di pace. Carmen mi appoggia una mano sul braccio senza distogliere lo
sguardo da don Vittorio, il quale ora ha gli occhi chiusi, perché immagino si trovi sulla sua vecchia nave da crociera a
ballare con Gisela. Kevin fa un passo e si siede dietro di me, e
allora Primavera con un balzo atterra sulla testa del suo vecchio padrone.

Decido di chiudere anch'io gli occhi e di perdermi in
quella lenta musica che sembra non finire mai e ti fa sentire
che l'attimo che stai vivendo è proprio quello giusto, dove
ogni cosa è al suo posto, l'istante che attendevi da sempre.
Poi Kevin mi cinge la schiena e infila la testa nell'incavo del
mio collo, perciò sarebbe naturale girarsi e sorridergli, invece
gli afferro la mano che stringe il mio bacino e resto a ondeggiare il capo con gli occhi chiusi mentre mi faccio cullare dalla dolce nenia che proviene dalla gola di don Vittorio, che
chissà perché ha deciso di tornare a suonare proprio oggi.

Nella cucina giallognola si allarga il soffio strozzato di
una vecchia voce che si serve di una tromba ossidata per spiegarci che quando un attimo è stato intenso e pieno di amore,
è possibile riviverlo all'infinito, nel buio delle proprie palpebre.

E allora io ballo fino in fondo con te, vecchio amico, ballo
con questa specie di famiglia improvvisata, e ballo anche con
la vita, che a volte sa essere signora e si mette lì ad aspettare
paziente che tu la smetta di fare ammuina prima di invitarti,
infine, a danzare con lei.

Il cielo blu e il sole di smerzo

Primavera si aggrappa al bordo della ringhiera e si guarda attorno diffidente, girando il capo da una parte all'altra. Al suo fianco don Vittorio, che si sforza di sorridere e ripete sempre la stessa frase: "È la cosa giusta da fare, la vita non va mai rinchiusa in gabbia", rispondendo così implicitamente a Kevin, il quale vorrebbe che la rondine restasse con noi. È domenica e siamo tutti a casa del vecchio: io, Carmen e Kevin, Thomàs, mia mamma con il suo cavaliere, e anche mio fratello Antonio con Arturo e Raffaella. La figlia di lei, invece, è rimasta al nord con il padre.

Quando don Vittorio ha saputo del pranzo con la mia famiglia, ha detto: "Perché non fai venire tutti qui? Dico ad Agata di preparare la pasta al forno, Agata è la regina della pasta al forno!" ed è scoppiato a ridere. Perciò non ho potuto far altro che invitare tutti a casa di questo vecchio che ha deciso di farmi un po' da amico, un po' da confessore, e un altro po' da nonno. Agata ha preparato la sua pasta al forno e mamma ha portato il polpettone con le patate e una dozzina di crocchè, che non saranno come quelli della nonna, ma hanno un loro perché. Thomàs, invece, ha pensato ai dolci. Ero indecisa se chiedergli di venire, non volevo si sentisse intrappolato, invece lui ha reagito con un gran sorriso e ha detto: "Je suis heureux di conoscere votre famille!" che significa che era felice di incontrare mia mamma e mio fratello. Gli ho afferrato il mento e l'ho baciato con foga, perché volevo trasmettergli un po' dei miei battiti in eccesso.

Ed eccoci qui, tutti a casa di Vittorio Guanella, uomo solitario e innamorato della vita, in una domenica assolata di inizio estate, con il solito odore di cucinato che entra dalle finestre, il solito disco jazz nel giradischi, e la confusione dei pranzi rumorosi delle altre famiglie che si confondono alle nostre voci. Mi guardo attorno e quasi mi scappa da ridere, perché io una cosa del genere non l'ho mai vissuta, non ho mai avuto un posto pieno di sole dove pranzare la domenica tutti insieme, i vecchi con i bambini, i fratelli e le sorelle, le cognate e le nuore. Le mie domeniche erano e sono sempre state giorni normali, se non fosse per i crocchè che mamma iniziava a friggere alle nove del mattino.

La verità è che il mio passato mi ha insegnato a non avere un gran senso della famiglia, né a rispettarla troppo, ché spesso le famiglie chiudono la porta di casa a doppia mandata e relegano l'amore dietro a quattro mura. Ma, in effetti, a me non serve un rifugio e non ho nessuna intenzione di fare la guerra ai mulini a vento, voglio solo godermi questa strana domenica familiare che mi ha portato la brezza d'estate.

Ieri sera ho cenato da mia madre con Antonio e la sua famiglia. Alle dieci Raffaella si è esiliata nella nostra vecchia camera per addormentare Arturo e io, mamma e Antonio ci siamo ritrovati di nuovo insieme in quella cucina, di nuovo a guardarci negli occhi, fra l'odore di funghi che si mischiava a quello del vapore del ferro da stiro, di nuovo a scambiarci parole intervallate dal rintocco dell'orologio sulla cappa.

"Sono contento di essere qui," ha esordito lui.

"Anche io sono felice che tu sia qui," ha risposto nostra madre con il capo chino a guardarsi il dito indice che giocherellava con una briciola di pane.

Mi sono versata un po' di birra e ho detto: "Arturo è uno spettacolo!".

"Già," ha sorriso mio fratello, quasi imbarazzato.

Poi, per un istante, il silenzio si è impadronito della stanza. E in quell'attimo tutto mi è stato chiaro, e ho capito che il tempo divora ogni cosa, anche le famiglie, che se ti allontani, quando torni, mica è detto che trovi tutto come prima, e che devi essere pronto a saper riempire i silenzi che, d'improvviso, si innalzeranno tra te e il tuo passato, te e le persone che sono state importanti.

"Allora," ci ha provato Antonio, "come ci si sente da nonna?" ed è rimasto a fissare nostra madre.

"Vecchia," ha ribattuto lei, in evidente difficoltà.

"Mà," sono intervenuta subito, "lo so che non sei mai stata capace di dire a qualcuno che gli vuoi bene, però, ecco, credo che stavolta sia arrivato il momento, mi sa che non puoi più sgusciare via..." e ho buttato giù un lungo sorso di birra calda. Poi mi sono alzata, ho aperto il frigo e ho cacciato una nuova Peroni ghiacciata. L'ho stappata mentre lei ribatteva alla mia provocazione. "Sempre a fare la stupida tu..." ha detto, "è che tutte queste novità mi hanno stordita, mi sento confusa e felice..."

"Come la canzone," ha commentato Antonio e le ha afferrato la mano mentre le offriva un bel sorriso.

"Quale canzone?"

"Niente, lascia stare..."

Loro parlavano e io trangugiavo la birra. Antonio era di un bello talmente bello che a un certo punto non ho resistito e ho detto: "Antò, ma quanto ti sì fatt' bello!".

"Picceré," ha replicato lui senza lasciare la mano della madre, "sono sempre stato bello!"

"Mò nun dicere fesserie, da adolescente eri pieno di brufoli, i capelli azzeccati in capa, lo sguardo corrucciato..."

"Lo sguardo è di famiglia..."

"Già, sì, può darsi," ho ammesso.

"È sempre stato bello," ha detto mamma, "entrambi siete sempre stati bellissimi. Come vostro padre..."

Ho strabuzzato gli occhi e soffocato un rutto. Non le sentivo dire qualcosa di buono su nostro padre da trent'anni. Anche Antonio è rimasto di stucco. "E che è 'sta novità?" ha chiesto. Mamma ha guardato prima lui, poi me, e ha risposto:

"Be', ho sempre detto che era un buono a nulla, mica che era brutto. Anzi, inizi a somigliargli molto", e ha appoggiato la mano sinistra sul petto, come non sapesse dove metterla.

Ecco perché lo vedo così bello, ho pensato, non senza un pizzico di colpa, è che è identico a papà. E quella verità mi ha costretta a tirare giù un altro bicchiere di birra.

"Uè, nenné," ha detto mamma, "e poi sarei io quella che non è capace di dire le cose? Sei così nervosa che in cinque minuti ti sei bevuta una birra e mezza. Perché non la finisci?"

In effetti, aveva ragione; è che l'alcol mi permette di trattare a pesci fetenti le emozioni, a sentirmi più forte di loro, a credere di poter fare a meno di loro.

"Non farmi più una cosa del genere," ha aggiunto poi mamma, stavolta rivolta ad Antonio.

"Mà..." stavo per interrompere sul nascere la discussione, perché quello era proprio uno dei rari momenti nei quali nun s'adda parlà.

"Non te preoccupà," ha precisato subito lei, "voglio soltanto dire a mio figlio che non deve più avere paura di me, non mi deve nascondere le cose. Perché, ecco... io mi so' fatta vecchia, sono testarda, orgogliosa, certo, e a volte nun capisco i vostri discorsi, le scelte che prendete, però alla fine sto sempre dalla vostra parte, schiaffatevelo in quella capa tosta che vi trovate!" e ha guardato me. "Una madre, pure se non capisce, abbozza, e sta dalla parte dei figli. Sempre."

"E allora abbozza 'nu poco chiù spesso!" ho ribattuto in tono scherzoso.

Antonio è scoppiato a ridere e ha allungato la mano verso di me, e l'ha lasciata lì, in mezzo alla tavola, sulla tovaglia buona ricamata a mano che mamma aveva tirato fuori per l'occasione. E davanti a quel gesto mi sono resa conto che posso anche bere tutta la birra del mondo, ma se c'è di mezzo il passato, quello proprio passato passato, quando sei piccolo e non conti nulla, e ti senti sperso in mezzo al mondo, ecco, di fronte a due occhi che ti riportano a quella sensazione, hai voglia a scolarti una Peroni, a girarti dall'altra parte o a farti una canna per riderci su, non c'è nulla da fare, ti tocca smetterla di fingere che tanto non ti fa male. Perciò ho allungato il braccio e mi sono unita a lui, che mi ha stretto forte e ha sorriso contento mentre strizzava l'occhio. Poi si è girato verso nostra madre e le ha fatto un rapido cenno con il capo; lei, per tutta risposta, ha allungato la mano sinistra e ha afferrato la mia destra.

E siamo rimasti così, uniti l'uno all'altra, con le braccia poggiate sul vecchio tavolo di una vita, a incrociare le nostre dita prima dolcemente e poi sempre più forte, finché la pelle si è schiarita e quasi mi è sembrato di sentire il loro sangue pulsare nell'incavo delle mani. Mamma finalmente si è lasciata andare e si è fatta sfuggire una lacrima. Allora ho pensato: "Ma sì, chi se ne fotte!", e mi sono lasciata andare pure io, come non facevo da tanto, e mentre mi lasciavo andare, guardavo un po' lui e un po' lei, e lei guardava un po' me e un po' lui. E lui, invece, lui non piangeva e non ci guardava, se ne stava semplicemente lì, a stringerci, quasi a tirarci a lui, con gli occhi e le braccia sul tavolo, mentre ripeteva sottovoce una sola frase, come fosse un mantra: "Sono tornato a casa".

"Perché non salta?" chiede Kevin.

Già, perché Primavera non spicca il volo? Forse è stata troppo tempo con noi, dovevamo liberarla prima. Forse si è umanizzata. O, forse, come diceva mio padre, volare è una cosa bella e le cose belle fanno sempre paura, altrimenti non sono belle.

Sul balconcino, in seconda fila, ci sono Carmen, Thomàs, Alleria, e il cavaliere, tutti interessati all'esito dell'operazione. Il resto della famiglia, invece, è alle prese con Arturo, che piange a dirotto da venti minuti. Sono rimasta dinanzi alla sua culla per non so quanto, a fissarlo inebetita dormire a quattro di bastoni, con le braccia aperte. Poi all'improvviso si è svegliato e ha iniziato a piangere, allora è arrivata Raffaella che ha cacciato un'enorme tetta alla quale il piccolo si è attaccato con avidità.

"Non sai quanto tiri forte, mi fa un male..." ha commentato con uno di quegli accenti del nord che sembrano tutti uguali.

"Buon segno," ho risposto, "vuol dire che ha sangue meridionale, noi qui ci attacchiamo a quelle poche cose che abbiamo..."

Lei ha sorriso, così siamo finite a parlare di Antonio, che è un ragazzo formidabile che le trasmette energia ogni giorno, ed è un inguaribile ottimista, uno che vede il bicchiere sempre mezzo pieno. Infine è rimasta a fissarmi in modo strano, tanto che alla fine sono stata costretta a chiederle se ci fossero problemi.

"No, è che ti immaginavo diversa," ha fatto lei.

"Diversa come?"

"Be', tuo fratello ti ha sempre descritta come un vulcano in continua eruzione, dice che sei piena di energia. A me, invece, non dai quest'impressione..."

"Ah no?"

"No, mi sembri una donna pacata."

"Oggi è domenica, Raffaella, anche il Signore si è riposato in questo giorno," ho ribattuto, e lei è scoppiata a ridere.

Dopo è entrato Antonio, che è sembrato contento di vederci parlare, ha fissato il figlio che non la smetteva di ciucciare e ha detto: "Eppure ancora non ho capito come faccia. L'altro giorno ci ho provato, ma nun esce niente!".

"Ci hai provato?" ho chiesto.

"Eh, a succhiare, ma nun succere niente."

"Tu non stai bene," ho risposto, e Raffaella ha annuito divertita, prima di staccare il piccolo e offrirmelo, come fosse un regalo. L'ho guardata titubante e lei ha domandato: "Deve fare il ruttino. Non vuoi tenere in braccio tuo nipote?".

Mi sono girata verso Antonio che aveva una smorfia di felicità dipinta sul viso e ho allungato le braccia. Solo che non so mica bene come si faccia a tenere un lattante e, insomma, qualcosa devo averla sbagliata perché lui si è messo di nuovo a frignare e allora è arrivata nostra madre che, senza tanti preamboli, mi ha sfilato il creaturo di mano e ha iniziato a ondeggiare per la stanza cantando una strana nenia.

Antonio si è avvicinato e ha sussurrato: "Sì, lo so, ci ritiene incapaci di vivere, ma è il suo modo per sentirsi importante, lascia stare...".

Stavo per ribattere che in trent'anni ancora non ho imparato a lasciare stare, ma poi è arrivato anche Thomàs, il quale mi ha cinta da dietro, davanti alla mia famiglia schierata, e allora il pizzico di risentimento che pure aveva fatto capolino dal mio stomaco è rotolato giù di nuovo, perché la verità è che mi sono innamorata di questo stupido francese senza nemmeno rendermene conto. A un certo punto mi sono accorta di non riuscire a reggere il suo sguardo e mi è sembrato di non sapere dove posare gli occhi, se sulla sua bocca, sul naso, o dritto nei suoi occhi. Ecco, questa spiacevole sensazione che spesso confondiamo con il disagio, in genere altro non è che il primo baluginio dell'unica vera magia a portata dell'uomo: l'amore.

"Dai, Primavera, prendi il volo!" continua a ripetere don Vittorio, "sei libera, torna dai tuoi simili!" ma l'uccello lo guarda e non si muove di un millimetro, le zampette ancorate saldamente alla balaustra.

Kevin fa un passo in avanti e si avvicina alla rondine, le accarezza il capo e dice: "Tu non vuoi andartene, vero? Vuoi restare, è così?".

Interviene Carmen: "Kevìn, Primavera è un auciello, è nato libero e adda essere libero!".

Solo che Primavera continua a guardarci smarrita, e finché non volteggerà alta nel cielo, non potremo metterci a tavola, perché oggi è il gran giorno per liberarla e nessuno potrà smuoverci da questa convinzione, nemmeno la voce di mia madre che ripete ogni tre minuti che è pronto in tavola. Per fortuna a un certo punto accade l'imponderabile sotto le spoglie del cavaliere Bonfanti, il quale si è presentato con un abito scuro e le scarpe nere impomatate, nemmeno fosse stato invitato a una cena di gala.

Insomma, il galantuomo mormora un gentile "permettete" e si intrufola fra Carmen e Alleria (che adesso ha il muso infilato nell'inferriata), agguanta la rondine e la solleva sul palmo della mano, quindi ci offre uno sguardo sicuro e l'attimo seguente lancia il povero uccello nel vuoto, rubando un grido di dolore a Kevin e uno di paura a Carmen, ma pure a me, che chiudo d'istinto gli occhi perché già immagino la fine ingloriosa di Primavera, nata per volare e cantare fra le nuvole e spiaccicatasi sui sampietrini dei Quartieri Spagnoli, dove nel giro di pochi minuti un motorino provvederà a rendere poltiglia quel che resta del suo corpo.

Invece quando riapro gli occhi la rondine è in volo, e sale in cielo roteando su se stessa, sempre più forte e sempre più veloce, e mentre lo fa sembra quasi osservarci, e poi inizia anche a cantare, come volesse dedicarci una serenata d'amore, e allora Carmen che, come sappiamo, non ha alcun freno inibitorio, si mette ad applaudire e a saltellare come una forsennata, mentre il cavaliere la guarda scettico e Kevin le va dietro urlando un "ciao" ripetuto. A quel punto anche Cane Superiore si fa prendere dall'euforia generale e si mette ad abbaiare perché ad applaudire proprio non è capace.

Pochi istanti e Primavera fa un'ultima giravolta e sparisce dietro il balcone del palazzo adiacente. Restiamo per qualche secondo in silenzio, a fissare quel punto preciso, un acino di cielo azzurro che si mescola con il colore ferroso del cornicione, in attesa che da un momento all'altro la rondine torni, si fermi a mezz'aria (come fosse un colibrì) e ci saluti, semmai muovendo un po' l'ala. Invece Primavera non torna, perché lei è un uccello e giustamente se ne fotte di noi poveri umani costretti ad assistere al suo grande salto verso la libertà da un balconcino sgarrupato che ci fa stare avvinghiati uno in cuollo all'altro, affossati in un vico dove il sole riesce a infilarsi soltanto mettendosi un po' di smerzo, e dove la luna puoi vederla solo se non soffri di cervicale.

"Primavera non tornerà," sentenzia dopo un po' don Vittorio, e scompiglia i capelli a Kevin, il quale si aggrappa alla ringhiera e continua a guardare speranzoso verso l'alto.

Il primo a rientrare è Bonfanti, il quale si lascia andare anche a una chiosa filosofica nello scostare la tenda: "Le grandi azioni non necessitano di coraggio, ma di puro istinto".

Don Vittorio mi dedica un mezzo sorrisetto, io ricambio e non commento. In effetti il cavaliere tronfio è un tipo un po' strano, sembra provenire dall'Ottocento, ma in fondo chi se ne frega, uno che si prende la briga di stare con mia madre per tanto tempo mica potevo sperare che fosse anche normale.

Pian piano rientriamo tutti in sala da pranzo, anche Kevin, il più sconsolato, e sul balcone resta solo Cane Superiore, che, però, sta fissando un piccione sul cornicione e di Primavera credo se ne freghi. L'ultima ad arrivare a tavola è Carmen, la quale sbuffa amareggiata e fa: "Comunque l'auciello almeno 'nu fischio per salutarci 'o puteva fa!".

Kevin ha fatto tutto da solo per tornare a casa. Ha detto al padre che si stava annoiando e gli mancava la mamma, e poi che non poteva stare lì perché doveva prendersi cura del cane di un'amica, un certo Alleria, e di un uccello che non sapeva volare.

"E lui cosa ha fatto?" ho chiesto a Carmen con un sorriso che mi apriva in due il volto.

"Dice che per un po' lo ha fissato come volesse sgridarlo, allora lui lo ha abbracciato e ha aggiunto: 'Perché non torni tu a casa? Ti giuro che non vengo più la notte nel vostro letto'. A questo punto il padre si è messo a ridere e ha commentato: 'Tu sì tropp' 'nu figlio e 'ntrocchia, comme a tuo padre!', quindi ha cacciato la moto dal garage e lo ha accompagnato."

"Ma tu stavi da don Vittorio però..."

"Sì, a un certo punto hanno suonato alla porta, sono andata ad aprire e me lo sono trovato davanti, con quella sua facciulella sorridente. L'ho abbracciato e non l'ho lasciato più! Dieci minuti dopo è arrivato l'sms di mio marito: '*Me so' scucciato 'e fa 'a guerra*' diceva."

"Mmh... quindi avete firmato un armistizio?"

"..."

"Un armistizio, una tregua, la pace insomma."

"È il padre di mio figlio, Kevìn ha bisogno anche di lui. E poi quelli come mio marito, Luce, sanno fa 'a guerra, ma so bravi pure a fa 'a pace. Perché nella pace si fanno gli affari."

Beato lui, ho pensato. Io, invece, non so fare bene nessuna delle due cose. Come mia madre del resto. Ma tu guarda se un camorrista ti deve fare sentire manchevole.

Petite belle femme du sud

Una volta seduti mamma piazza la pasta al forno al centro. Accanto ho Thomàs e don Vittorio, la mia famiglia, invece, siede dall'altro lato della tavola. Sotto ai piedi c'è Cane Superiore che sgranocchia un osso, e poco più in là Arturo riposa nella cesta porta enfant.

Il padrone di casa stappa la bottiglia di vino con movimenti sicuri, il cavaliere, invece, gli passa i calici. Mi accorgo che mio fratello Antonio mi sta fissando, allora gli strizzo l'occhio e lui sorride. Poi Carmen mi offre il bicchiere con il vino.

"Voglio brindare alla splendida giornata," prende la parola Vittorio Guanella, e alza il calice in aria, "brindo a chi ha trovato il coraggio di spiccare un balzo nel vuoto per ritornare al suo vero mondo, e brindo a noi tutti, grandi e piccoli, affinché possiamo trovare anche noi il coraggio di alzarci in volo per seguire i nostri desideri!"

Carmen è la prima ad applaudire entusiasta (e anche un po' molesta a dire il vero), subito seguita dal resto della tavolata. Mi porto il vino alla bocca e attraverso il cristallo scorgo la mano del cavaliere che si stringe attorno a quella di mia madre. Poi noto il braccio di Antonio che corre a cingere la spalla di Raffaella, la quale, a sua volta, sta provvedendo a dondolare Arturo. E per la prima volta nella vita tutto mi sembra abbia un senso.

"Fermi!" interviene Thomàs all'improvviso, "je voudrais aussi faire un brindisi!"

Don Vittorio si blocca con il bicchiere a metà strada, Carmen mi fissa e non capisce, e mia madre si fa attenta. L'aria si cristallizza e la musica di Chet Baker si impadronisce ancora una volta della scena.

"Volevo brindare anch'io a questa giornata speciale, et à vous tous qui m'avez accueilli avec beaucoup de chaleur, e poi volevo brindare aux deux enfants présents, que le vostre vite possano essere piene de belles choses! E, infine, permettez-moi di brindare à cette femme spéciale à mon côté", e si gira a guardarmi, "pleine de soleil dans les yeux, di mare nella bocca, di scirocco nei capelli. A te" e si avvicina a un centimetro dalle mie ciglia, "petite belle femme du sud, dico 'merci' per aver incrociato la mia strada."

Nessuno parla più, e manco a farlo apposta anche *My Funny Valentine* termina di suonare, e nel silenzio irreale che subentra riesco persino a distinguere i canini di Alleria che continuano imperterriti la loro lotta personale con l'osso, fregandosene del fatto che mi è stata appena donata la frase più romantica della mia vita. Perciò divento dello stesso colore della tovaglia (la solita a quadretti rossi) e mi sale in gola una voglia irrefrenabile di accoppiarmi con quest'uomo del nord (si fa per dire), ma siccome ciò non è possibile, mi perdo di nuovo con gli occhi e, d'improvviso, non so più dove posarli, se sulla sua bocca che sorride, sugli occhi che mi fissano, sul suo naso, o sui boccoli biondi che gli incorniciano il viso pulito, senza ancora graffi di delusione. Allora mi giro e incontro lo sguardo di mia madre che si è portata una mano alla guancia, come fa sempre quando una frase riesce nel non facile compito di smuoverla, e mi accorgo che anche mio fratello vorrebbe parlare, solo che Carmen Bonavita lo anticipa, perché quelle come Carmen anticipano sempre tutti, e quasi tutte le volte per annunciare qualcosa che non c'entra niente o che spoetizza il momento. E, infatti, la signora Bonavita se ne esce con questa frase: "Uh, maronna mia, che dedica meravigliosa! Mi hai fatto commuovere" e si porta il tovagliolo di carta agli occhi, "site proprio 'na bella coppia!", e si allunga a schioccarmi un rumoroso bacio che, però, ha il merito di ridestarmi dal sonno nel quale ero sprofondata subito dopo le dolci parole di Thomàs, che hanno avuto lo stesso effetto dell'arcolaio per la Bella addormentata. Grazie al gesto ristoratore della mia nuova amica mi riprendo e sollevo il calice dedicando uno sguardo alla tavolata. Don Vittorio, allora, si blocca di nuovo a metà strada e sul suo viso barbuto scorgo un po' di disappunto, perché, diamine, come dice spesso lui: "A volte bisogna zittirsi e lasciare parlare il vino!".

Ma io non posso, perché se non dico ora quello che ho da dire, non lo farò più, e non voglio tenermi dentro tutte queste parole che con il tempo rischierei di vedere consumate, arrugginite, vinte dal tempo, che tanto vince sempre. Perciò apro la bocca e sono pronta al mio personale brindisi, solo che Kevin mi precede ed esordisce: "A me non piace il vino, e poi sono piccolo, perciò brindo con la Coca Cola, tanto è lo stesso. Però... volevo dire che sono contento che Claudia, la mia vecchia babysitter, abbia trovato un nuovo lavoro, perché così ho potuto conoscere Luce" e si gira verso di me, "che è la ragazza più simpatica e dolce del mondo, e non ho capito perché non sia mamma. E poi ho conosciuto don Vittorio, che all'inizio mi faceva un po' paura e che invece è il nonno più simpatico del mondo, e ho incontrato Alleria, il cane più bello del mondo, e anche Primavera, che già mi manca, e che è stata la rondine più fortunata del mondo a vivere per un po' in questa casa. Perché, ecco, a me piace casa mia", e guarda la madre, "ma qui, non so come dire... qui è come se ci fosse tutto quello che ci deve essere".

Quando Kevin finisce il suo discorso, nell'aria galleggia un silenzio imbarazzato che si nutre della commozione che vedo dipinta sui volti attorno a me. Carmen piange senza ritegno e don Vittorio tira fuori il fazzoletto dalla giacca per soffiarsi il naso.

"Bene," dice poi il vecchio, "ci siete riusciti, infine, a farmi commuovere. Il problema è che io detesto gli anziani mollicci, perciò zittitevi un po' e mangiamo, ché la pasta si raffredda." Quindi guarda Kevin e aggiunge: "E tu, piccolo furfantello, impara a stare al posto tuo e a fare il bambino, ché la vita già è difficile!".

Tutti ridono, compreso Kevin, al quale don Vittorio risponde strizzando l'occhio. L'attimo sembra passato, e con esso anche la mia voglia di parlare, il coraggio di dire quello che avevo da dire. Mi guardo attorno e tutti sembrano felici, tutto sembra perfetto, perciò decido di non spezzare l'incantesimo e di ripeterlo in testa il mio discorso, mentre le persone che fanno parte della mia vita da sempre o da pochissimo assaporano la pasta di Agata.

Don Vittò, proprio a lei va il primo grazie, e lo guardo infilzare la forchetta in una polpettina, a lei che sa accompagnare la vita delle persone con leggerezza, come fa la musica che sto imparando ad apprezzare. Poi volevo brindare a te, e mi giro verso Kevin, che ha il braccio sinistro sotto il tavolo e mangia con la bocca aperta, mio piccolo scugnizzo coraggioso che sei venuto ad arrevotarmi la vita. E a te, Carmen, che conosci il significato della parola "fiducia". Mi guardo attorno un attimo prima di posare gli occhi su Antonio. A te, fratellino, che mi hai fatta diventare zia, e alla splendida famiglia che ti sei costruito. Avete la mia ammirazione. E poi ci sei tu, mamma. Ti potrei dire tante di quelle cose... invece ne dico una sola: grazie per avermi insegnato a non sfilare nella vita con gli occhi bassi. E poi ci sei tu, e mi giro verso Thomàs, il quale si volta di scatto, incuriosito dal mio sguardo fisso su di lui. A te, che mi hai donato una frase tanto romantica, a te, che pure se a volte parli troppo e nun te capisco, pure se tieni la erre moscia e la pelle troppo bianca, pure se, in fondo, sei un po' arrogante e pensi di aver capito tutto della vita, mi piaci assai, e al tuo fianco quasi mi sembra di essere un'imbranata, nun saccio mai dove fuggire con gli occhi. E se pure fra qualche giorno andrai via...

Lui fa per aprire la bocca, probabilmente per chiedermi cosa stia pensando, ma gli poso un dito sulle labbra e proseguo il brindisi virtuale. No, nun dicere niente, non lo voglio sapere, e non mi interrompere, se no non riesco più a parlare. Ti stavo spiegando che se pure fra qualche giorno dovessi andartene, io sarò contenta lo stesso, perché dove sta scritto che le cose devono durare per sempre, non è così, quello succede solo nelle favole, e io nemmeno da bambina ho potuto credere alle favole. Qui le cose durano quanto durano, una farfalla vive qualche giorno, un'orchidea appassisce dopo tre mesi e un cane muore a quindici anni. Così è e nessuno può farci niente. Perciò mi farò bastare quel che sarà, ma in quel che sarà, puoi star certo, metterò tutta me stessa.

Sorrido al mio francese e fingo di concentrarmi sul piatto, così che lui possa tornare a mangiare. In realtà non ho ancora finito di brindare. A te, nonna, che mi segui da lassù, a te che mi hai insegnato a coltivare sogni e non rancori! E, poi, l'ultimo grazie non può che essere per te, Alleria, e sbircio sotto il tavolo, che adesso stai mangiucchiando un osso e non puoi intervenire. A te, Cane Superiore, e torno ad afferrare il bicchiere con il vino, che sei costretto a convivere ogni giorno con questa piccola femmina del sud un po' incazzosa. A te, che sei come me, come noi, e mi giro a guardare don Vittorio, uno che resta!

Butto giù in un sorso la bevanda e mi dedico finalmente alla pasta, mentre il tintinnare delle posate prende il sopravvento per propagarsi nella stanza e giù nel vicolo, così da riunirsi ai tanti suoni simili che pure arrivano dalle altre case e che insieme al verso dei gabbiani, al rumore lontano di una bottiglia stappata, alla telecronaca in sottofondo di una partita di calcio, alla voce di un neomelodico che sguscia dalla casa di Patty, al lamento del solito piccione sul davanzale e all'odore di crocchè fritti, contribuiscono a creare un'unica opera, una speciale sinfonia che sa di vita, di famiglia, di mare e di sud.

È don Vittorio a rompere la piccola magia, quasi avesse ascoltato il mio discorso; si allunga verso di me e sussurra: "Nenné, allora, famme capì... quella idea di partire è abortita o solo rimandata?".

Sorrido e rispondo con la bocca ancora piena: "Non lo so, don Vittò, non lo so, vediamo...". Poi ci rifletto un istante, strizzo l'occhio, e aggiungo: "... magari domani resto...".

Play

Amori miei, eccomi qui, a parlarvi dentro a uno stereo per-
ché a scrivere nun so' capace, non sono mai stato bravo a scuo-
la, di certo non come voi, che siete intelligenti e mi rendete or-
goglioso.
Silenzio. Fruscio. Poi un respiro profondo.
Il fatto è che manco a parlà so' tanto bravo, soprattutto di
cose serie. Ho sempre pensato che la serietà nun serve a niente,
'a vita è complicata e una risata la rende più leggera. Però devo
chiarirmi, soprattutto cu' te, Luce, che ti starai facendo un sac-
co di domande. In realtà non so manco da dove cominciare;
forse da quel giorno del pulmino, eh, che ne dici, picceré?
Silenzio.
Era un uomo quello al mio fianco.
Silenzio.
Ma tu questo già 'o ssaje, è accussì? Quello che non sai è
che subito dopo sono corso sulla spiaggia proprio per spiegarti
come stavano le cose, solo che tu non ti sei girata, e allora ho
pensato che, forse, non avevi capito, e me so' stat' zitt'. E ho
sbagliato. Comunque ci stava poco da spiegare, picceré, l'am-
more è ammore, e nisciuno ce pò fa nulla.
Un brusio improvviso, poi un abbaio. Sempre lo stesso.
Sempre al solito punto.
Non mi sono mai messo scuorno di quello che sono e di
quello che ho fatto nella vita, e questo credo sia l'unica cosa che
conti. Mi metto vergogna, però, di quello che non ho fatto per

voi. Quando ho capito che il mio posto non era più accanto a vostra madre, me ne sono andato. Quella mattina le dissi che avevo bisogno di riflettere, che non ero più sicuro dei miei sentimenti, ma lei iniziò a scassare tutto. Allora decisi di allontanarmi per un paio di giorni, giusto il tempo di riordinare le idee. Invece quel paio di giorni sono diventati tre, e poi quattro, e alla fine della settimana non ho più trovato il coraggio 'e turnà. E poi non avrei saputo cosa dire, come spiegarvi tutto. Sono stato egoista e superficiale, è vero, ma voi lo sapete bene che so' fatto 'nu poco sbagliato, e probabilmente manco li meritavo due figli!

Respiro affannato. In sottofondo il cigolio di una finestra che si chiude piano, come spinta dal solo vento.

Lo so che mi ritenete un irresponsabile e un buono a nulla, come dice vostra madre, lo so che, probabilmente, nemmeno vorrete ascoltarle le mie parole, ma io v'aggia dicere una cosa importante, altrimenti nun campo sereno. Non so quando tornerò e... insomma, quello che vi voglio dire è che dovete essere coraggiosi, pecché 'a vita è fetente e, se nun sì forte, ti porta via le cose belle. Invece voi dovrete avere le spalle larghe e prendere le difficoltà di petto. Antò, mi raccomando, sii uomo, nel senso più nobile del termine, aiuta tua madre e tua sorella e non perdere mai la dignità. Combattete, non fuggite di fronte ai problemi, ché tanto quelli vi seguono ovunque, non fate come me, che per scappare e non guardare in faccia la verità, aggio rinunciato a vuie, la cosa più bella che mi sia capitata.

Altro respiro profondo.

Luce, ti ricordi cosa ti dissi la notte prima di partire per quel maledetto viaggio? Mi chiamasti perché ti era venuta la malinconia e io ti risposi che era normale, ma che non bisogna farsi vincere dalla paura, altrimenti int' 'a vita nun se combina mai niente. E oggi ti dico, vi dico: non partite solo per fuggire, e non restate solo perché non avete il coraggio di prendere nuove strade. Siate sempre aperti ai cambiamenti, scegliete un obiettivo e puntatelo, però sappiate che se pò semp' fallì, che ca nisciuno è perfetto. E non smettete mai di essere curiosi, pecché 'a curiosità è 'na forma 'e coraggio.

Lungo silenzio al termine del quale il tono di voce diventa più profondo, come se la bocca fosse stata avvicinata al microfono.

E, se ci riuscite, perdonatemi, perché tanto non ci rimedierete niente a odiarmi. Sono stato un cattivo padre, è vero, ma ho fatto del mio meglio per farvi crescere senza paure, per insegnarvi a campare liberi e allegri.

E così vi vorrei sempre, liberi e allegri.

Come il vostro papà.

Fruscio.

Stop.

Ringraziamenti

Mi piace concludere il libro con i ringraziamenti, perché credo che i progetti da soli raramente si possano portare a termine, e perché mi hanno insegnato che le cose belle non si danno mai per scontate.

E allora ringrazio l'editore Feltrinelli, che mi ha accolto con grande entusiasmo, ringrazio Gianluca Foglia, il direttore editoriale, per la fiducia che mi ha mostrato e per essersi innamorato subito di Luce e del suo caratteraccio. Ringrazio Ricciarda Barbieri, per i modi gentili, i consigli, per la passione e la grande energia che mi ha trasmesso. E Carlo Buga, per il lavoro certosino sul testo, impregnato di napoletano.

E poi ringrazio le persone che fanno parte ogni giorno del mio piccolo pezzettino di mondo. Mia moglie Flavia, una che resta, mio figlio Riccardo, perché il fatto che mi ami a prescindere è rivoluzionario, la mia "Cana Superiore" Greta, che c'è stata quando doveva esserci e che, come Alleria, conosce il valore della parola "attenzioni", Silvia Meucci, agente e amica, che sa tenere per mano chi ne ha bisogno. Ringrazio Antonino e Mayte, che mi hanno regalato un frammento della loro bella storia. E Gianluca, che ogni giorno cerca di difendere e diffondere la bellezza e la nobiltà di Napoli e perché una volta mi raccontò di aver trovato una rondine e averla accudita finché non fu pronta a spiccare di nuovo il volo. E per ultimo ringrazio lei, la mia città, perché in quanto a resistere e tirare avanti non prende lezioni da nessuno.

Indice